BASTEI
LÜBBE

BASTEI LÜBBE Ian Irvine im Bastei Lübbe Taschenbuchprogramm:

DIE DREI WELTEN:

20 569 Bd. 1: Der Spiegel der Erinnerung
20 576 Bd. 2: Das Magische Relikt
20 581 Bd. 3: Der Turm von Katazza
20 585 Bd. 4: Die Festung der Macht
20 591 Bd. 5: Dunkler Mond
20 593 Bd. 6: Der Fluch des Bettlers
20 597 Bd. 7: Der Weg zwischen den Welten
20 598 Bd. 8: Der Ruf der Wächter

In Vorbereitung: Neuer Zyklus DIE MAGIE DER DREI WELTEN
Bd. 1: Die Geomantin
Bd. 2: Der Tetrarch

Über den Autor:

Ian Irvine, geboren 1950, ist Meeresbiologe und zählt inzwischen zu den absoluten Top-Autoren aus Australien. Mit der Arbeit an den Romanen über DIE DREI WELTEN begann er schon während seiner Studienzeit. Nach dem Studium arbeitete er als Berater für Umweltfragen, ehe er sich ganz dem Schreiben widmete.

Ian Irvine

DER RUF DER WÄCHTER

Aus dem australischen Englisch von
Alfons Winkelmann

BASTEI LÜBBE

BASTEI LÜBBE TASCHENBUCH
Band 20 598

1. Auflage: Februar 2009

Vollständige Taschenbuchausgabe

Bastei Lübbe Taschenbücher
in der Verlagsgruppe Lübbe

Deutsche Erstausgabe

Titel der australischen Originalausgabe:
»The Way between the Worlds« (Teil 2)
Textredaktion: Gerhard Arth
Lektorat: Ruggero Leò
Originalverlag: Penguin Books, Australia

Titelillustration: Ciruelo/Agentur Schlück
Umschlaggestaltung: Bettina Reubelt
Satz: Urban SatzKonzept, Düsseldorf
Gesetzt aus der Baskerville
Druck und Verarbeitung: CPI – Ebner & Spiegel, Ulm
Printed in Germany
ISBN 978-3-404-20598-1

Sie finden uns im Internet unter
www.luebbe.de
Bitte beachten Sie auch:
www.lesejury.de

Der Preis dieses Bandes versteht sich einschließlich
der gesetzlichen Mehrwertsteuer.

1

Die Attentäterin

Eine schattenhafte Gestalt schlich in die Zitadelle und ging zu Llians Arbeitsraum hinab. Da Ellami sich bereits gründlich in der Zitadelle umgesehen hatte, wusste sie, wo er sich befand. Die Tür war verschlossen, aber nicht mit einem Spezialschloss, daher hatte sie es in einer Minute geöffnet.

Sie zog die Tür hinter sich zu, beschwor ein Geisterlicht aus den Fingern herauf, durchsuchte den Raum nach Yalkaras Buch und fand es fast sofort – es lag ganz offen auf einem Regal. Es war genauso, wie Faelamor es beschrieben hatte, und es schien, als wollten sich die fremdartigen, halb vertrauten und verhassten Glyphen aus den Seiten herauswinden und sich auf sie stürzen.

Ellami schloss es mit einem Knall, steckte es in ihren Beutel und verließ den Raum. Ein Drittel ihrer Aufgabe war erledigt – das leichte Drittel. Mit Glück würde sie heute Nacht das Übrige vollenden und vor Anbruch der Dämmerung diese stinkende Jauchegrube von Stadt wieder verlassen haben. Allerdings war das, was sie zu tun hatte, ein entsetzlicher Verrat an Maigraith, doch wenn ihr Volk überleben sollte, bliebe keine andere Wahl. Sie hatte vor, erst Karan und dann Maigraith im Schlaf die Kehle durchzuschneiden.

Ellami gelangte völlig problemlos in Karans und Llians Zimmer, denn die Whelm-Wache war vor einiger Zeit abgezogen worden, und die Tür war nicht einmal abgeschlossen. Sie schlich mit gezogenem Messer durch das Wohnzimmer und erstarrte. Im Schlafzimmer schien Licht. Sie schob den Kopf um die Türkante und sah Llian, der aufrecht im Bett saß und las. Wo war Karan? Im Bad? Dort war es dunkel, aber sie schaute trotzdem nach. Der Raum war leer. Nach einer Weile blies Llian die Kerze aus und legte sich schlafen.

Karan war nicht hier. Ellami fluchte. Sie könnte ihr Werk heute Nacht nicht vollenden. Sie schlich wieder hinaus und ging zu Maigraiths Zimmer.

Maigraith wälzte sich im Schlaf hin und her, wenn man das, was sie gerade tat, überhaupt schlafen nennen konnte. Seit sie mit dem Gold zurückgekehrt war, waren die Nächte so unruhig gewesen, dass sie morgens zumeist das Gefühl hatte, überhaupt nicht geschlafen zu haben. Ihr Zwiespalt war nicht zu lösen. Sie wollte der Gemeinschaft bei der Suche helfen. Viel mehr als das wollte sie allerdings ein Tor nach Aachan öffnen, um Shand und Yalkara zusammenzubringen. Jedes Mal, wenn sich dieser traurige, sehnsüchtige Ausdruck in seinen Augen zeigte, wollte sie das.

Welche Aufgabe hätte sie sonst, wenn nicht die goldene Flöte wieder zu erschaffen? Insbesondere, da es ihr die beste Möglichkeit erschien, ihr eigenes Ziel zu erreichen, nämlich die Düsternis zu zerschlagen und das Gleichgewicht zwischen den Welten wiederherzustellen. Aber wenn sie das täte, würde sie sich unausweichlich Rulke und ihrem Charon-Erbe entgegenstellen. Sie spürte nach wie vor dieses verstörende Verlangen beim Gedanken an Rulke. Für dieses Problem gab es anscheinend keine Lösung.

Maigraith drehte sich Richtung Fenster, sodass sie für Ellami, die sich gerade durch die offene Tür schob, das perfekte Ziel darstellte. Ellami hatte keine Illusion erschaffen – Maigraith hätte es vielleicht bemerkt. Sie stand völlig reglos da und beobachtete ihr Opfer, um zu sehen, ob es wach war. Es gab kein Anzeichen dafür – Maigraith lag still da und atmete langsam. Ellami zog die lange Klinge hervor und strich prüfend mit einer Fingerspitze darüber. Sie war scharf.

Sie kroch heran und hielt das Messer so, dass sie es in einer einzigen Bewegung unter das zarte Gewebe der Kehle schieben und diese aufschlitzen könnte. Das erschien ihr die beste Methode, obwohl sie nie zuvor jemanden ermordet, ja noch nicht einmal daran gedacht hatte. Maigraith wäre außerstande, einen Schrei auszustoßen, das Blut würde in die andere Richtung spritzen und Ellami nicht benetzen. Noch vier Schritte, drei, zwei.

Und wieder wälzte sich Maigraith auf die andere Seite, zur Tür hinüber, und vergrub den Kopf in der Hand. Jetzt war sie ein schwierigeres Ziel in der Dunkelheit, da der linke Arm ihre Kehle halb bedeckte. Ellami überlegte von neuem. Die Halsseite aufschlitzen? Ein Stich zwischen die Rippen oder in den Rücken? Sie entschied, dass von hier aus der Hals am besten wäre, da sie im Dunkeln ansonsten eine Rippe treffen könnte. Maigraith durfte nicht die geringste Chance erhalten.

Maigraith stieß einen kleinen Seufzer aus und schmiegte den Kopf in die Hand. Da hielt Ellami inne – es war ein kindlicher Seufzer gewesen und erinnerte sie daran, was Maigraith als Kind angetan worden war. Sie stellte sich die Frage, was sie da eigentlich tat. Die Frau auf dem Bett war jemand, den sie kannte und mochte. Mit jeder Sekunde wurde der Mord immer schwieriger.

Tu's einfach!, ermahnte sie sich. Die Zukunft von Tallallame steht auf dem Spiel. Denk nicht drüber nach! Mach weiter und verschwinde dann! Nervös zitternd tat sie einen weiteren Schritt und stieß mit dem Fuß gegen einen Becher, den Maigraith neben dem Bett stehen lassen hatte.

Maigraith fuhr in ihrem Bett hoch. Ellami warf sich nach vorn und stieß zu. Sie war nicht schnell genug. Maigraith wälzte sich auf der anderen Seite aus dem Bett, schleuderte Ellami die Decke ins Gesicht und krabbelte im verzweifelten Versuch davon, sich auf ihre Mörderin zu konzentrieren.

»Nein, Ellami!«, schrie sie.

Ellami war beschämt, konnte das Maigraith gegenüber jedoch nicht zugeben. Sie löste sich aus den Decken, sprang vor und stieß wild zu. Erneut ging der Stoß daneben; dank ihrer Ausbildung besaß Maigraith blitzschnelle Reflexe. Jetzt erwischte Maigraith sie am Fuß, verdrehte ihn, und Ellami spürte, wie ihr Knie nachgab – etwas war darin gerissen. Sie versuchte zuzutreten, geriet aus dem Gleichgewicht und fiel in das Messer.

Es fuhr durch die weiche Haut ihres Unterleibs und trat auf der anderen Seite fast wieder aus. Ellami riss sich los und rannte zur Tür davon, das Messer immer noch im Bauch.

Sie riss es heraus und presste die Wunde mit den Fingern zusammen. Der Schmerz war entsetzlich. Maigraith folgte ihr. Ellami benutzte einen Zauber, der sie verbergen sollte, und verschwand. Draußen wurde die Blutspur auf dem dunklen Pflaster vom Regen fortgespült.

Ellami erreichte gerade noch ihren Gasthof. Dort verbrannte sie das Buch im Kamin ihres Zimmers, zerrieb die Asche, bis sie nur noch Staub war, und rief verzweifelt in Gedanken nach Faelamor, was in den besten Zeiten nur eine plumpe Art und Weise der Kommunikation war, aber sie bekam die Botschaft hindurch, dass das Buch zwar vernichtet war, aber sowohl Karan als auch Maigraith unversehrt geblieben waren. Dann brach sie zusammen und verblutete vor dem Kamin.

Karan hatte sich weder von Elludore noch von Carcharon erholt. Jede Nacht hatte sie Albträume, in denen sie der Armee dabei zusah, wie sie in den Tod marschierte, und sie konnte die Katastrophe nicht verhindern. Zwischen diese Albträume drangen andere, ältere Träume, Träume von Rulke und dem Konstrukt oder von dem Egel aus der Düsternis, der sich in ihr Ohr bohren wollte, um ihr das Gehirn auszusaugen. Hin und wieder schmerzte sie dieses Ohr, und sie hörte darauf nicht mehr so gut wie auf dem anderen. Einmal träumte sie vom Hrux, der getrockneten Frucht, mit der die Ghâshâd die Gedanken miteinander verbanden, und erwachte schweißgebadet, während es sie am ganzen Körper danach verlangte.

Sie konnte sich nicht im Geringsten konzentrieren. Unaufhörlich litt sie diese Qualen, Tag und Nacht, und es half nicht, mit Llian oder sonst jemandem darüber zu sprechen. Bei diesem Leiden war Reden nutzlos. Sie fürchtete sich davor, etwas zu tun, weil jede Entscheidung eine Reihe böser Folgen nach sich zog. Sie fühlte sich ziemlich allein.

Am Morgen vor dem Überfall auf Maigraith war Karan ausgegangen und hatte die Straßen Thurkads durchstreift. Die Politisiererei in der Zitadelle interessierte sie überhaupt nicht. Sie wollte zurück nach Gothryme. Jeden Tag schrieb sie an Rachis, sie wollte alles wissen, was dort vor sich ging, angefangen vom Wetter bis hin zu den kleinsten Einzelheiten der Landwirtschaft und Viehzucht, aber bisher hatte sie noch keine Antwort erhalten.

Andererseits hatte der fehlgeschlagene Überfall sie wohl von ihrer Verpflichtung entbunden, denn weder Mendark noch Yggur schienen daran interessiert, ihre Talente erneut nutzen zu wollen. Yggur war unendlich zornig auf sie und gab ihr nach wie vor die Schuld an der Katastrophe von Elludore. Mendark jedoch, der stets die entgegengesetzte Position seines Feindes einnahm, war freundlicher denn je.

Nach einer Weile fand sie sich am Ufer wieder, gleich neben der ausgedehnten alten Speicherstadt. Sie mochte Thurkad nach wie vor nicht, aber sie konnte es jetzt dort aushalten. Selbst die Speicherstadt, die ihr bei den ersten Besuchen als Kind einen solchen Schrecken eingejagt hatte, war in ihren Augen nur noch heruntergekommen, verwahrlost und überbevölkert.

Karan schritt am Ufer entlang. Sie hegte die Hoffnung, vielleicht auf Pender zu stoßen, aber obgleich sie Stunden mit der Suche verbrachte, bekam sie die *Herrenlose* nicht zu Gesicht, und die Menschen, die sie ansprach, hatten nichts von ihm gehört. Sie befand sich im falschen Teil des Hafens. Hier löschten die größeren Schiffe ihre Ladung aus Crandor und den weiter entfernt gelegenen Orten. Pender würde auf der anderen Seite vor Anker gehen, wo die kleineren Küstenfahrzeuge und der Fährverkehr vom Fluss anlegten. Sie wusste ungefähr, wo das war – weit weg von hier, denn die Speicherstadt zog sich fast eine Meile an der Küstenlinie entlang. Zu weit im Regen.

Karan drückte sich ihren Hut über die Ohren und machte sich auf den Heimweg. Wahrscheinlich säße Pender an einem solchen Tag sowieso in einer Kneipe. Am Ufer gab es hunderte davon. Sie wählte eine aus, die weniger schmierig als die anderen wirkte, und trat ein. Es war jedoch ein dunkler, stinkender Raum, wo die Gäste auf den Fußboden spuckten und sie mit dem übellaunigen Funkeln in den Augen anstarrten, wie Leute es tun, deren Heiligtum gerade ungerechtfertigterweise betreten worden war.

Sie hatte beim Eintritt den Hut abgenommen, und ihr helles Haar quoll hervor. Sie stand da, eine Hand auf dem Riegel, und überlegte, ob sie die Leute anfauchen sollte, entschied dann jedoch, dass Umsicht die bessere Wahl wäre, und trat wieder in den Regen hinaus. Eine zweite Kneipe war ebenso schlimm wie die erste. Ein zahnloser Mann riss schmutzige Witze, als er ihrer ansichtig wurde. Auf der Theke stand ein hölzerner Käfig, in dem eine traurige kleine Kreatur mit hängenden Schultern hockte und den Fußboden anstarrte. Sie sah aus wie eine Kreuzung zwischen einem Affen und einem Opossum und hatte riesige, tränende Augen. Karan fühlte sich ebenfalls eingesperrt.

Die anderen Kneipen sahen genauso aus. Während sie weiterging, erreichte sie einen tristen kleinen Markt, eine Ansammlung von einem halben Hundert Stände, obwohl nur wenige Kunden hatten. Sie blieb an einem Gewürzstand stehen und kaufte ein wenig mit Zitronenschale gewürzten Tee. Die Standbesitzerin, eine winzige Frau, die an einem dunklen, schlanken Arm Dutzende filigraner Bänder trug, wog sorgfältig den Tee ab und sah mit einem Lächeln zu ihr auf, fügte eine Prise hinzu und schlug einen kleinen Tuchfetzen darum.

»Guter Tee?«, fragte Karan, wie sie es immer tat, wenn sie nicht genau wusste, wie gut die andere Person die Sprache verstand.

»Jarr«, kam die Erwiderung, und die Frau schenkte Karan ein strahlendes Lächeln, das wenig Zähne, aber viel Gold zeigte. »Guter Tee. Sehr, sehr gut.«

An einem anderen Stand kaufte Karan ein großes Stück Honigwabe. Sie brach etwas davon ab, pflückte die Überreste einer Biene heraus und stopfte sich den Klumpen in den Mund, als sie an den Lagerhäusern entlangging. Das Wachs schmolz in ihrem Mund, und der wunderbare starke Honig tröpfelte heraus. Sie kaute im Gehen an dem aromatischen Wachs, nachdem alle Süße verschwunden war. In Thurkad kam sie sich fehl am Platz vor. Llian wäre nach wie vor in den Archiven. Ihr war nicht danach, in ihr Zimmer zurückzukehren und den Tee allein zu trinken.

Während Karan ziellos durch die Straßen irrte, bemerkte sie, dass ihr das Gebäude auf der anderen Seite vage bekannt vorkam. Es war dasjenige, wo Shand sie nach dem Konklave wieder gesund gepflegt hatte. Erinnerungen an jene schreckliche Zeit wallten in ihr auf. Sie folgte ihnen die Gasse hinab durch das Straßengewirr. Ja, hier war es, wo sie von Yggurs Wache befragt worden waren. Ein Stück weiter erreichte sie die Treppe, über die sie nach unten in die Speicherstadt geflohen war.

Vom oberen Absatz sah sie hinab auf das grüne schaumige Wasser. Die Treppe war nicht so steil, wie sie sie in Erinnerung hatte, auch nicht so lang. Es war Ebbe, sodass die Plattform zu sehen war, wo sie fast ertrunken wäre. Die Steine und Balken waren mit grünen und rosafarbenen Pflanzen bewachsen. Sie erinnerte sich an jeden einzelnen Schritt der früheren Reise, sogar daran, wie sie sich gefühlt hatte – innerlich kalt, elend, verloren. Gegenwärtig war ihr kaum besser zu Mute.

Karan hatte nicht die Absicht gehabt, weiterzugehen, fand sich jedoch auf einmal unten wieder. Sie suchte sich den Weg über die schlüpfrige Plattform und mied dabei die vielen Stellen, wo verfaulte Balken zusammengebrochen waren oder bald zusammenbrechen würden, wenn ein unachtsamer Fuß darauf träte. Auf der anderen Seite angelangt sah sie zu den riesigen Gebäuden und Balken der Speicherstadt auf. Das geteerte Holz war bedeckt mit Ranken und Muscheln. Sie schritt in das stinkende Dunkel und blieb abrupt stehen. Zwei der schlaksigen Hlune, die Herren dieses Ortes, standen ganz still da und beobachteten sie.

Früher hatte Karan vor ihnen Angst gehabt. Aber dann waren sie während des Krieges in ihrer Existenz bedroht gewesen. Seitdem bewegte sich das Leben der Stadt wieder in seinen alten Bahnen. Karan traf eine Entscheidung.

Sie streckte die Hände aus, die Handflächen nach oben, und sagte langsam und deutlich: »Ich bin gekommen, die Telt zu sehen!« Sie meinte damit die kleinere Rasse, die für die Hlune rackerte. Deren Mitglieder hatten sie vor einem Jahr hier versteckt, vor ihrer Flucht mit Shand. Die Telt hatten sie freundlich behandelt, und zwar einzig und allein deswegen, weil sie ihr Gast gewesen war, und noch dazu ein uneingeladener Gast. »Mein Name ist Karan«, fügte sie hinzu.

Die beiden sahen sie verständnislos an. Da begriff sie, dass es vielleicht tausende von Telt in der Speicherstadt geben mochte. Und damals hatte sie sich das Haar schwarz gefärbt. Wie hieß diese junge Frau doch gleich, die so freundlich zu ihr gewesen war?

»Ich möchte zu Cluffer, der Telt. Mein Name ist Karan. Ich war vor einem Jahr zusammen mit Shand hier.«

Die Namen bedeuteten ihnen anscheinend gar nichts. Sie fassten sie jeder bei einem Arm, nicht grob, und führten sie zum ummauerten Versammlungsplatz, wo man sie damals befragt hatte. Nach einer ziemlich langen Wartezeit wurde Karan vor die beiden älteren Hlune geführt, die wie damals dort auf ihren Zedernsesseln thronten. Die beiden trugen lediglich zeremonielle Lendentücher. Der Kinnbart des Mannes war zu mindestens hundert Zöpfen geflochten, Zeichen seines herausgehobenen Rangs. Das Haar der Frau war ähnlich geteilt, hing fächerförmig herab und bedeckte den größten Teil der Brust.

»Shand ist mein Freund«, sagte sie. »Ich bin Karan Fyrn aus Bannador.«

Diesmal wurde Karan wiedererkannt, obwohl die beiden, als sie ihre Frage wiederholte, leicht erheitert wirkten.

Die Frau betastete ihren Arm. »Karan«, sagte sie und schnalzte mit der Zunge. Dann: »Shand, ha!«

»Ich bin gekommen, die Telt zu besuchen, die mich vor einem Jahr beschützte«, sagte Karan betont langsam.

Die Älteren wirkten verwirrt. Vielleicht bekamen die Telt niemals Besuch, oder der Besuch kam niemals auf diesem Weg.

»Telt!«, wiederholte Karan. »Ich will zu Cluffer, der Telt.«

»Wer ist Cluffer?«

Karan schrieb den Namen mit einem feuchten Finger auf die Mauer.

»Cluffer?« Der Mann blies die Backen auf, als er den Buchstaben mit dem eigenen Finger folgte und den Namen vor sich hin sprach. »Cluffer?«

Dann lachte er plötzlich. »Nein, nein«, sagte er und strich *Cluffer* mit dem Finger aus und buchstabierte ganz sorgfältig C-L-O-G-H-E-R. »Cluffer«, wiederholte er mit einem subtilen, jedoch fast unmerklichen Unterschied in der Aussprache. »Siehst du?«

»Cluffer«, stimmte Karan zu.

Die Frau lächelte und winkte den Hlune, die sie hereingebracht hatten. Karan wurde durch nasse, dunkle, hölzerne Gänge der Speicherstadt zu einem Raum geführt, der sich in nichts von den anderen unterschied. Er war lediglich eine Schachtel roh behauenen Holzes mit einem Fußboden, der unter Wasser lag, und einer Plattform auf halber Höhe, knapp über dem Wasser, mit einem halben Dutzend Fässer und einem Haufen Quallen. Ein Dutzend Telt arbeitete dort, ein kleines, schlankes, blasshäutiges, dunkelhaariges, breitnasiges Volk. Männer und Frauen trugen das gleiche Kleidungsstück, ein spärliches Lendentuch aus einem graubraunen Material. Es war ein fröhliches Volk, trotz seiner erbärmlichen Existenz.

Die Telt waren damit beschäftigt, Quallen in Fässer zu verstauen. Der üble Gestank fauliger Quallen drang unangenehm in Karans Nase. Der Gestank des Fischöls in ihrem Haar war gleichfalls überwältigend. Wie einer wandten sie sich um und starrten sie an, erkannten sie allerdings nicht.

»Ich bin Karan«, sagte sie. Sie griff in ihre Tasche und zog den Tee und die Honigwaben heraus und bot sie an.

Jemand erkannte ihre Stimme und lächelte. Es war Cluffer. Alle legten die Werkzeuge hin, wuschen sich im Meer und schüttelten ihr die Hände, wobei jeder ihre beiden Hände mit den eigenen umklammerte. Der Mann, an den sie sich als Cluffers Geliebten erinnerte, ein schlanker, junger Bursche, dessen Haar vor Fischöl glänzte, ging zur Teemaschine hinüber und zündete die Flamme darunter an.

Sie waren sehr reserviert, viel mehr als damals, und warfen einander Blicke zu, sahen Karan jedoch nicht an. Sie begriff, dass sie nicht wussten, was sie mit ihr anfangen sollten. Damals war sie wie sie gewesen, denn ihr einziges Besitztum auf der Welt war ein geliehenes Lendentuch gewesen. Jetzt war Karan, gemessen an ihren Standards, reich gekleidet, weitaus besser als sie. Die Barriere war zum Überwinden zu hoch. Dann fiel ihr etwas ein.

Sie zog sich Mantel, Bluse, Stiefel und Socken aus, krempelte die Hosenbeine bis zu den Knien hoch und ließ sich wieder auf den nackten Brettern nieder, mehr als nur ein wenig verlegen. Ihre nackte Haut überlief ein Frösteln. Die Feuchtigkeit drang durch ihre Hose. Sie fragte sich, wie die Telt wohl reagieren würden.

Die lachten und klatschten in die Hände. Einer nach dem anderen umarmte sie. Dann bildeten sie einen Kreis um sie und nahmen sie in die Mitte. Ihre Haut war warm und sehr tröstlich.

Danach tranken sie ihren gewürzten Tee, Tasse um Tasse, bis das Licht allmählich verblasste. Eine oder zwei Lampen wurden entzündet, und Karan zeigte zu den Fässern für die Quallen hinüber, ein Hinweis, dass sie ihnen gern beim Säubern, Verstauen und Pressen helfen würde. Das fanden die Telt anscheinend sehr komisch.

»Urlaub«, erklärte Cluffer fröhlich grinsend.

Sie setzten sich zum Abendessen auf den oberen Boden. Das Essen wurde auf einer einzigen hölzernen Platte serviert, die abgenutzt und schwärzlich verfärbt war. Bevor sich jeder einen Brocken nahm (und sie aßen alle mit den Fingern), bot jeder Einzelne ein wenig seinem Nachbarn an, oder auch Karan, als besonderem Gast. Derjenige, der die Gabe annahm, verneigte sich zunächst und leckte nach dem Verzehr dem Geber die Finger ab, um damit seine Wertschätzung zu beweisen, ein Brauch, der jedoch nicht auf Karan übertragen wurde, ihren Gast. Dennoch ahmte sie ihr Verhalten und ihre Weise nach, die Nahrung zu sich zu nehmen, so sehr sie es eben konnte. Sie fassten das Essen nur zwischen Daumen und den ersten beiden Fingern der rechten Hand und leckten sich höflich die Finger, bevor sie ihr einen Brocken anboten oder ein Stück für sich selbst nahmen.

Das Abendessen war nicht so ganz das, was Karan als ein Festmahl beschrieben hätte, da die Grundlage ein Kuchen aus Quallen war, bei dem das sehnige Material übrig geblieben war, nachdem alles Gelee herausgedrückt worden war. Es gab jedoch etwas genießbarere Gerichte. Sie nahm von den gewürzten Algen, Muscheln in einer gegorenen Bohnensoße sowie aalähnlichen schwarzen Dingern, nach denen sie anscheinend getaucht und im Schlamm gewühlt hatten. Auf der Platte lagen ebenfalls dünne Stränge roter Algen, gewürzt mit essigsaurer Fischsoße, die abscheulich stank, jedoch ziemlich gut schmeckte, obwohl die Algen schwer zu kauen und noch schwerer zu schlucken waren, da sie eine Konsistenz wie Angelschnüre aufwiesen. Am Schluss wurden kleine braune Schoten serviert, die aussahen wie die Schwimmblasen von Seegras. Sie zerplatzten im Mund und gaben einen dünnen, äußerst süßen, wenn auch leicht nach Fisch schmeckenden Sirup frei.

Es war angenehm, in der Gesellschaft von Leuten zu sein, die nichts von ihr erwarteten. Es war ein köstliches Mahl, und Karan merkte, dass sie mit ihren Freunden über alles Mögliche plauderte, mochte es wichtig oder trivial sein, denn sie verstand ihre Sprache besser als zuvor. Am Ende der Mahlzeit reichten sie ihr die Platte, als Ehrengast. Karan war verlegen, da sie nicht wusste, was sie damit anstellen sollte. Dann begriff sie, dass es ihr Privileg war, sie sauber zu lecken. Anschließend klatschten sie erneut in die Hände und stellten die Platte beiseite.

Ein junger Mann lief hinaus und kehrte kurz darauf mit einer großen schwarzen Flasche zurück, die mit Wachs versiegelt war. Karan bot ihr Messer an, das sie bewundernd ansahen. Das Wachs wurde herausgeschnitten und aufbewahrt. Erneut tauchten die hölzernen Teebecher auf. Eine kleine Portion einer dicken, milchigen Flüssigkeit floss gurgelnd hinein.

Karan beäugte ihre misstrauisch. Sie hatte kein Verlangen nach einem starken Getränk, und das hier wirkte sehr stark. Cluffer, die ihr am Tisch direkt gegenübersaß, hob ihren

Becher ebenso wie die anderen. Daraufhin brüllten sie etwas, das sich anhörte wie »*Caranda!*«, und dann leerten sie ihre Becher bis zur Neige.

»*Caranda!*«, brüllte auch Karan und schüttete das Getränk die Kehle hinab. Es war entsetzlich, sehr bitter, brennend und stark, dass es ihr wie Senf in der Nase stach und ihr den Atem raubte. Tränen traten ihr in die Augen. Alle lachten.

Dem ersten Becher folgte fast sofort ein zweiter. Während Karan sich davon erholte, lehnte sie sich gegen die Wand, und die bloßen Schultern berührten zu beiden Seiten andere warme Schultern. Einige der Telt zogen Pfeifen und andere Instrumente hervor und begannen zu spielen. Ihre Lieder waren größtenteils melancholisch. Liebliche, umherwirbelnde Melodien, jedoch ging es um Schiffswracks oder verlorene Kinder, blutige Schlachten und schreckliche Rache.

Karan wunderte sich über die Telt. Was wollten sie vom Leben? Träumten sie ihren Traum vom freien Leben in der Speicherstadt? Aber es war gewiss nicht höflich, solche Fragen zu stellen. Das Getränk pulsierte in ihren Adern. Karan spürte, wie sie in einen träumerischen Zustand versank, und wäre vielleicht eingeschlafen, wenn ihr Hinterteil nicht so kalt und nass gewesen wäre.

Innerhalb einer Stunde folgte ein weiteres Gelage mit *Caranda!*, dem seinerseits ein Tanz folgte, ein langsames, kompliziertes, ineinander verwobenes Ballett. Karan ließ sich hinausführen, und die Telt lehrten sie ein paar Schritte, obwohl sie rasch begriff, dass es Jahre dauern würde, den Tanz zu meistern, selbst wenn sich ihr nicht alles im Kopf drehen würde. Sie setzte sich wieder und klatschte im Takt zur Musik. Als sie vorüber war, nahmen auch alle anderen wieder ihre Plätze ein.

»*Caranda?*«, fragte Cluffer.

Karan schüttelte den Kopf und lächelte, und ohne sichtbares Anzeichen des Bedauerns stöpselte Cluffer die Flasche mit einem Holzstopfen zu und stellte sie weg.

Die Telt bereiteten mit dem letzten Rest ihres kleinen Geschenks noch mehr Tee zu. Dankbar trank sie einen weiteren Becher, denn ihr war jetzt kalt. Es war ziemlich spät. Die Teemaschine, die Becher und Werkzeuge wurden verstaut. Cluffer nahm sie bei der Hand und führte sie zur Schlafkammer, wo sich alle aufs Zubettgehen vorbereiteten.

Karan verspürte einen leichten Anflug von Panik, weil ihr die vergangenen Nächte dort in den Sinn kamen, als sie ganz allein in feuchtem Seegras gefroren hatte. Das war vorbei. Sie zogen sich die Lendentücher aus, wuschen sie im Meer und hingen sie zum Trocknen auf. Karan streifte sich die nasse Hose ab und tat dasselbe. Sie putzten sich die Zähne mit Seegras. Karan rieb sich mit einem ledrigen gelben Blattwedel über die Zähne. Einer der Telt winkte sie zur Mitte des großen Haufens gewebter Seegrasdecken hinüber und deutete an, dass sie den Ehrenplatz einnehmen sollte. Sie kroch hinein, das Gras kitzelte auf der Haut, und alle vergruben sich nach ihr in dem Haufen. Der Letzte blies das Licht aus.

Jetzt verstand sie, was sie mit den Worten »die Wärme teilen« gemeint hatten, denn in der Mitte war es wunderbar warm und gemütlich, obwohl sie sich an den stechenden Geruch des geölten Haars gelinde gesagt nur schwer gewöhnen konnte. Das Wasser schwappte über den Lattenboden, der Likör stieg ihr in den Kopf und nahm sie mit sich in den Schlaf.

Zweimal erwachte Karan in der Nacht von einem Albtraum. Einmal war es der vertraute grässliche Traum vom Egel, der ihr das Gehirn aussaugen wollte, das zweite Mal der Albtraum von der Armee, die in ihr Verhängnis geführt wurde, während sie alles versuchte und dennoch keinen Warnschrei ausstoßen konnte. Jedes Mal schlossen sie ein Dutzend Telt in die

Arme, und eine Vielzahl Hände streichelte die Angst weg, das Schuldgefühl und die Hilflosigkeit. Karan merkte rasch, dass sie in einen lieblichen, sorglosen Schlaf zurücktrieb.

Später erwachte sie und lag still in der Dunkelheit da. Es dauerte lange, bis sie wieder einschlafen konnte. Das Bett war wie ein Nest von Maden, stets in Bewegung, und bei jeder Bewegung raschelte das Seegras. Wenn den Leuten an der Außenseite kalt wurde, wanden sie sich an einen Platz im Innern, der frei war, und die Gruppe rückte hierhin und dorthin, bis alle einen Platz gefunden hatten und sich wieder zur Ruhe begaben.

Und manchmal gab es andere Geräusche, Geflüster und Gekicher, obwohl sie jetzt wusste, was es bedeutete, und keine Angst mehr hatte, dass man insgeheim über sie lachte. Sie rührten sich rings um sie her, Brüste und Knie, Beine und Nasen, während sanfte Hände über ihre Haut krochen. Träumerisch lag sie da, berührt von einem seidigen Feuer, und sie protestierte nicht, auch wenn sie Stellen berührten, die sie ihnen normalerweise verboten hätte. Aber sie machte keine Angebote, und nach einer Weile waren die Hände wieder verschwunden.

Am Morgen erwachte Karan ruhiger und entspannter, als sie seit Monaten gewesen war. Sie dankte ihren Gastgebern und zog sich wieder an. Aber bevor sie ging, mussten sie ihr ein Geschenk überreichen. Sie brachten ihr Schnitzereien, eine Auswahl der besten, und bettelten sie an, sie solle sich eine aussuchen. Sie wählte ein winziges, wunderschönes Ding, ein lachendes Kind, das mit einer Spielzeugkrabbe spielte. Sie verspürte eine gewisse Sentimentalität dabei und war ziemlich traurig, weil sie niemals ein Kind haben könnte.

Aber ein solches Geschenk forderte eine Gegengabe, und sie hatte nur ein Ding, das ihrer Gabe ebenbürtig war. Ihr kostbares Messer, das Malien ihr als Ersatz für das geschenkt hatte, was sie in Katazza verloren hatte. Es war ebenfalls ein wunderschönes Ding, gefertigt aus dem feinsten Stahl aus Aachim. Sie bot es ihnen an, und sie nahmen es mit Gelächter, Umarmungen und Tränen entgegen. Dann eilte sie davon, weil ihr plötzlich einfiel, dass Llian sich um sie sorgen würde.

In ihr eigenes Zimmer zurückgekehrt, verstand Karan, was sie von ihnen erhalten hatte. Die Telt unterstützten einander stets und trösteten einander auch. Sie erinnerte sich daran, wie sie vergangenes Jahr für sie eingestanden waren, als die Hlune sie auf die Straße hatten werfen wollen. Sie konnte sich nicht vorstellen, dass sie aus Furcht vor Konsequenzen so gehandelt hatten. Sie musste ebenso handeln. Karan verspürte eine überwältigende Erleichterung, dass sie schließlich, nach so langer Zeit, diese Entscheidung getroffen hatte.

Danach war sie frei von ihren Ängsten, wenn auch nicht von ihren Fehlschlägen, und jene Albträume beunruhigten sie nicht mehr.

2

Zeit zu wählen

Wegen des Mordversuchs war die Feste in Aufruhr. Die Wachen am Tor waren verdoppelt worden und wollten Karan ohne ihren Pass, den sie schon vor Wochen weggeworfen hatte, nicht einlassen. Sie eilte zur Zitadelle hinunter, wo sie sich wegen des Diebstahls aus Llians Zimmer demselben Problem gegenübersah.

Zum Glück kam in diesem Augenblick gerade Tallia vorbei und winkte sie herein. Karan rannte zu Llians Arbeitszimmer hinab und entdeckte, dass dieses voller Menschen war. Mendark zeigte sich wütend über die Sicherheitslücke und noch mehr über den Verlust von Yalkaras Buch. Er hatte zwei Archivare mitgebracht, die sich, zu dessen Zorn, über Llians Papiere hermachten. Yggur war ebenfalls anwesend. Der Überfall auf Maigraith hatte ihn aufgerüttelt und aus seiner alles durchdringenden Verzweiflung geholt. Maigraith stand beim Fenster und sah hinaus, anscheinend nicht im Geringsten berührt von dem, was sie durchgemacht hatte, obwohl sie müde wirkte.

»Das ist ein furchtbarer Schlag«, sagte Mendark, der hin und her humpelte. »Ein furchtbarer Schlag!« Der Verlust des Buchs beunruhigte ihn offenbar mehr als der Überfall auf Maigraith.

Das sieht ihm ähnlich!, dachte Karan.

Ein Bote kam hereingerannt und flüsterte Mendark etwas

ins Ohr. Er blickte noch finsterer drein. »Lass mir die ganze Asche bringen!« Der Bursche lief wieder hinaus. »Die Diebin ist bis in ihr Zimmer verfolgt worden«, verkündete Mendark, »aber sie ist tot und das Buch, tragischerweise, verbrannt. Eine Katastrophe!«

»Ihr Name war Ellami«, sagte Maigraith und barg den Kopf in den Armen. »Ich kenne sie von klein auf. Ich kann's kaum glauben, dass Ellami mich umbringen wollte!«

»Faelamor muss eine geringe Meinung von uns haben. Sie wird's wieder versuchen. Seid auf der Hut!« Mendark schüttelte den Kopf. »Ich hatte so viel Hoffnung in das Buch gesetzt!«

»Na ja«, meinte Llian, der alles sehr gelassen nahm, »keiner von uns war in der Lage gewesen, eine einzige Glyphe zu entziffern, und ich glaube nicht, dass es mir je gelungen wäre.«

»Nutzloser Chronist!«, schrie Mendark und stapfte davon. Die Archivare, Yggur und Tallia folgten ihm und ließen Karan, Llian und Maigraith allein im Zimmer zurück.

»Was war mit diesem Buch?«, fragte Maigraith, die kurz vor Karan eingetroffen war.

Llian erklärte es.

Maigraith stieß einen erstickten Seufzer aus. »Aber das war *mein* Buch! Yalkara hat es mir gesagt, in der Botschaft, die sie im Spiegel zurückgelassen hatte.«

»Welche Botschaft?«, fragte Llian neugierig.

»Ich hab's niemandem außer Shand erzählt. Das Buch enthielt die ursprüngliche Geschichte der Charon von der Zeit an, als sie die Leere betraten, und sogar noch davor. Es war unendlich kostbar.« Ihr standen Tränen in den Augen.

»Kommt!«, sagte Llian hastig. »Ich ertrage diesen Ort nicht mehr.«

Sie gingen in einen Park hinunter, der wegen des erbärmlichen Wetters leer war. Llians Humpeln war mittlerweile beinahe verschwunden, obwohl die Narben an den Beinen immer zu sehen sein würden. Er wischte die steinerne Bank mit seinem Mantel ab und ließ sich darauf nieder.

Karan setzte sich neben ihn und sah Maigraith zu, die hin und her durch den Matsch stapfte. »Was geht hier vor, Llian? Du bist doch hinter was her! Maigraith, komm her!«

Als Maigraith sich setzte, brach Llian in Gelächter aus. »Ich habe das Buch nach wie vor«, sagte er leise. »Es ist hier in meiner Tasche.«

»Was …?«, fragte Maigraith.

»Na ja.« Er ließ sein berühmtes Lächeln aufblitzen. »Lilis hatte irgendwann mal nichts zu tun und wollte das Abschreiben üben, also habe ich ihr Yalkaras Buch zum Abschreiben gegeben. Es war die Kopie, die gestohlen wurde. Das Original trage ich stets bei mir, wie meine Tagebücher. Es ist alles hier.«

Er öffnete seine Schultertasche und reichte ihr ein schmales Bändchen. »Niemand weiß von der Kopie, außer Lilis, und sie ist mit ihrem Vater weg. Ich werde sie nach ihrer Rückkehr schwören lassen zu schweigen.«

Maigraith nahm das Buch entgegen, als wäre es das kostbarste Ding der Welt. Sie streichelte den Einband und legte es sich an die Wange. »Ich weiß gar nicht, wie ich dir danken soll«, sagte sie. Sie öffnete das Buch und starrte die Glyphen auf der ersten Seite an. »Das sind die Spiegelbilder derjenigen im Spiegel von Aachen. Warum wohl?«

»Ich habe keine Ahnung«, erwiderte Llian.

»Vielleicht können wir gemeinsam daran arbeiten, wenn ich den Schlüssel finden kann.« Sie stand auf, ließ das Buch in ihre Tasche gleiten, lächelte verstohlen und wandte sich ab. Dann kehrte sie zurück und umarmte Llian befangen. »Vielen Dank, Llian. Nach der vergangenen Nacht muss ich über ein paar ziemlich dringliche Angelegenheiten nachdenken. Bis morgen dann!«

Sieh in den Spiegel, und er wird dir zeigen, was du zu tun hast.

Aber was *muss* ich tun?, dachte Maigraith voller Qual, als sie in ihr Zimmer zurückkehrte. Mendark und Yggur gingen davon aus, dass ihre Bestimmung war, den Krieg gegen Rulke zu wagen, aber das hatte Yalkara gewiss nie im Sinn gehabt. Wem *sollte* ihre Treue gelten? Den Interessen dieser Menschen, dieser Welt? Den Drei Welten? Rulke und den Charon? Die Konflikte waren nicht zu lösen.

Sollte das Erbe eingeschmolzen und daraus ein Apparat hergestellt werden, der Tore erschaffen konnte? Auch daran hatte Yalkara nicht gedacht. Und wenn sie eine neue goldene Flöte erschaffen würden, könnte es gefährlich werden, ihren Gebrauch auch nur zu erlernen. Überhaupt – wie sollte sie das Gleichgewicht zwischen den Welten wiederherstellen? Maigraith, daran gewöhnt zu tun, was ihr gesagt wurde, war wie erschlagen von den Wahlmöglichkeiten. In gewisser Hinsicht behinderte Faelamors Hinterlassenschaft sie nach wie vor.

Der Spiegel wird es dich lehren, wenn es an der Zeit ist.

Sie öffnete den Spiegel, stellte Yalkaras Botschaft an Aeolior wieder her, saß still da und las die Worte immer und immer wieder. Warum fehlte ein Teil? War er über die Jahre hinweg verloren gegangen, oder verbarg der Spiegel etwas?

Warum willst du es mir nicht sagen?, dachte sie müde. Wie ich dich brauche, Yalkara! Es ist allzu schwer. Maigraith legte den Kopf auf die Arme, ließ die Wange auf der kalten Oberfläche des Spiegels ruhen und schlief ein.

Ihre Träume waren nicht friedlich. Immerzu sah sie Ellami, die mit dieser gezogenen Klinge auf sie zukroch, aber Maigraith war wieder ein Kind und konnte bloß hilflos aus ihrem Bett zuschauen, wie Ellami mit dem Messer zustieß.

Der Traum wiederholte sich etwa zwanzig Mal, bevor Maigraith in einen erholsamen Schlaf sank. Plötzlich wurde sie ruckartig durch einen blendenden Glanz geweckt, als würde ihr die Sonne in die Augen scheinen. Sie hob den Kopf und versuchte, etwas zu erkennen.

Der Spiegel strahlte blendend hell; eine flüssige Sonne leuchtete daraus hervor. Der Glanz verblasste und enthüllte ein grünes und goldenes Land, ein Paradies mit Seen und Wäldern, Gebirgen und üppigen Wiesen. Der Aussichtspunkt näherte sich rasch dem See und erleuchtete einen Pavillon am Ufer, der aus weißem Marmor gefertigt war. Eine Frau saß am Rand, den langen Rücken an eine fünfeckige Säule gelehnt. Sie war groß und träge, hatte schwarzes Haar, das ihr übers Gesicht fiel. Ihre Haltung war eine melancholische. Sie fuhr mit den Fingern einer Hand durchs Wasser.

Der See war so glatt wie Metall, aber während Maigraith zuschaute, kräuselte eine Brise die Oberfläche, und etwas tauchte darunter auf, wie eine schwarze, spiegelnde Träne.

Die kleinen Wellen glätteten sich, und die Frau stand auf und starrte ins Wasser. Die Träne klarte auf. Im Innern sah Maigraith etwas, das verzweifelt hinauswollte. Sie hielt den Atem an. Ein junger Mann war darin gefangen, ein gut aussehender, breitschultriger Bursche mit lockigem dunklem Haar.

Er kratzte verzweifelt an den Wänden seines Gefängnisses, und der Mund stand ihm weit offen. Die Frau starrte hilflos hin; sie konnte nichts tun. Sie schrie ihm etwas zu, aber die Worte waren nicht zu hören. Wild schaute sie sich nach etwas um, mit dem sie das Gefängnis aufbrechen könnte, und Maigraith sah, dass die Frau Yalkara in der Blüte ihrer Jugend war.

Sie stieß ein Jammern der Qual aus, und Maigraith las ihr das Wort von den Lippen: *»Gyllias!«*

Der Mann war eine jüngere Variante von Shand. Maigraith stöhnte laut, denn Shand war ebenso in seiner Tränenwelt gefangen wie Yalkara in ihrem Paradies. Es musste eine Möglichkeit geben, sie zu vereinen.

Yalkara streckte Shand die Hand entgegen und zeigte dadurch ihre Hilflosigkeit. Gefangen in ihrer Qual begriff Maigraith, dass es einen Weg zu ihrer Befreiung *gab* – die goldene Flöte! Der Spiegel hatte ihr endlich den Weg gezeigt.

»Ich werde mein Gold aufgeben«, sagte sie laut. »Aber ich werde nicht zulassen, dass die Flöte gegen Rulke verwendet wird.« Dann schlief sie ein.

Am Morgen schritt Maigraith in die verzweifelte Ratsversammlung und ließ ihren Schmuck vor einem erstaunten Mendark auf den Tisch fallen.

»Hier ist Yalkaras Gold, Aeoliors Erbe und jetzt das meine«, sagte sie. »Du kannst es für den Neubau der Flöte benutzen.«

Es folgte ein langes Schweigen.

»Wie hast du es zurückbekommen?«, rief Mendark. Er warf Shand einen argwöhnischen Blick zu, der jedoch unschuldig lächelte.

»Dies ist nicht das Gold, das Faelamor gestohlen hat«, erwiderte Maigraith. »Dies ist Yalkaras *eigenes* Gold.«

»Woher ist es denn gekommen«, fragte Yggur.

Maigraith zuckte die Schultern. »Ich habe keine Ahnung.«

»Shand?«, schrie Mendark wütend.

»Ich weiß es auch nicht«, entgegnete Shand.

»Wir finden das besser heraus«, sagte Yggur und starrte auf den Schmuck hinab. »Das gefällt mir alles überhaupt nicht. Wo zum Teufel ist Llian? Maigraith?«

»Ja?«

»Unter welcher Bedingung stellst du das Gold zur Verfügung?«

Aller Augen wandten sich ihr zu. »Ich kann mein Erbe nicht weggeben. Was daraus gemacht wird, es gehört mir.«

Zunächst sah Mendark so aus, als wollte er protestieren, musste es sich dann jedoch anders überlegt haben. »Sehen wir zunächst mal, ob wir sie bauen können«, sagte er und senkte den Blick. »*Dann* wird genügend Zeit sein zu entscheiden, wer sie benutzen könnte. Ja, wer sie benutzen *kann.*«

»Vielen Dank für dein Angebot, Maigraith«, sagte Yggur ernst. »Obwohl ich nicht weiß, ob wir es annehmen sollen ...«

»Ich nehme es an!«, brüllte Mendark und hielt das glänzende Gold hoch in die Luft.

Maigraith setzte sich an den Tisch und legte den Kopf in die Hände, denn sie befürchtete bereits, eine törichte Entscheidung getroffen zu haben. Sie wurde das Gefühl nicht los, dass Yalkara letztlich ganz und gar nicht glücklich wäre.

Mendark rieb sich die Hände, rief laut nach einem Diener, und als der Mann hereingerannt kam, wies er ihn an, sogleich die Aachim zu holen.

»Sind sie bereits zurück?«, fragte Karan.

»Ihr Schiff hat gestern früh angelegt«, erwiderte Tallia.

Es dauerte eine ganze Weile, bevor sie auftauchten, alle sechs. Tensor sah schlimmer denn je aus. Das einstmals prächtige schwarze Haar lag wie ein Lappen auf seinem Kopf. Seine Lippen waren grau wie Schiefer. Malien wirkte älter und entschlossener. Xarah war ebenfalls anwesend. Sie hatte sich völlig von der in Carcharon erlittenen Verletzung erholt.

»Maigraith hat uns Yalkaras richtiges Gold gebracht«, erklärte Mendark. »Jetzt bist du an der Reihe, Tensor. Wirst du uns zeigen, wie man die goldene Flöte wieder herstellt?«

»Maigraith, die Charon!«, sagte Tensor bitter. »Es ist Gold von Aachan, das uns gestohlen wurde!« Er sah Maigraith genau an und erschauerte, woraufhin sein Blick im Raum umherschweifte und schließlich auf Karan liegen blieb. Sie ging zu seinem Stuhl.

»Ist es nach wie vor dein Wunsch, dass ich dir helfe?«, fragte er mit dünner Stimme, die nur sie hören konnte. Auf dem Weg zurück von Katazza über das Meer der Trockenheit hatte er ihr das versprochen.

»Ich möchte nichts für mich«, erwiderte sie. »Ich möchte nach Gothryme zurückkehren und dort meine Gärten pflegen.«

Er gönnte ihr ein geisterhaftes Lächeln. »Dann hast du mehr gelernt, als ich es je tat. Worum bittest du mich?«

Es widerstrebte ihr, ihn nach irgendetwas zu fragen. »Hältst du es für ein großes Verbrechen, die Flöte neu zu erschaffen? Ist es etwas Böses oder eine Dummheit?«

Er schnitt eine Grimasse. Sein Mund war so trocken, dass er aus Holz hätte geschnitzt sein können. Er berührte sie an der Wange. »Selbstverteidigung ist kein Verbrechen. Auch nicht, deinen Feind zu schlagen, bevor er dich schlägt. Es mag eine Dummheit sein – so nennen wir kühne Pläne, die fehlschlagen.«

»Erhalten wir dadurch eine Chance?«

»Niemand kann das Ergebnis dieses Kampfs voraussagen. Mir ist es so oder so gleichgültig. Meine Zeit ist vorüber. Die Entscheidung liegt in deinen Händen.«

»Warum liegt die Entscheidung bei mir? Alles, was ich anpacke, geht daneben.«

Tensor ließ sie nicht aus den Augen. »Weil das mein Preis ist«, sagte er schließlich. »Karan, wenn man nicht handelt, ist das Ergebnis ebenso schrecklich, als wenn man das Falsche tut.«

Sie wusste, dass er Recht hatte. Dennoch war der Zweifel da, die Qual der Wahl, aber sie hatte ihre Entscheidung getroffen.

»Ich bitte darum«, flüsterte sie.

»Dann werd ich's tun.«

Seine einstmals so fest zupackende Hand fühlte sich an wie eine lose Sammlung Knochen. Er klammerte sich an sie. »Hilf mir auf! Ich halte mich an meiner Würde fest, da ich alles verloren habe, was wirklich zählt.«

Schwankend suchten sie sich ihren Weg durch den Raum. Tensor richtete sich mühsam zu voller Größe auf, legte Karan kurz eine Hand auf die Schulter und stand daraufhin aufrecht da. Karan wollte sich davonstehlen.

»Bleib!«, sagte Tensor aus dem Mundwinkel. »Es würde mir nicht guttun, wenn ich stürzen würde und außerstande wäre, wieder hochzukommen.

Ich werde euch den Weg zeigen«, sagte er, an die Gruppe gewandt. »Ich und meine Aachim werden eure Handwerker bei der Bearbeitung dieses gefährlichen Materials überwachen. Ihr ...« – (es war nicht klar, ob er sich an Yggur, an Mendark oder an sie alle gemeinsam wandte) – »... werdet uns eine abgesicherte, geräumige Werkstatt zur Verfügung stellen sowie die zum Schmelzen, Läutern und Umwandeln des Metalls notwendige Ausrüstung, darüber hinaus die Reagenzien, Destillierkolben, Tiegel und andere Geräte.«

»Es wird geschehen«, sagte Yggur.

»Und anschließend wird alles vernichtet, indem es verbrannt oder eingeschmolzen wird, auch das Gebäude selbst und die Erde darunter, bis zu einer Tiefe von einer halben Spanne, und das Kalzinierte soll über einhundert Meilen auf hoher See verstreut werden. Und ihr werdet einen Eid schwören, dass die Flöte, wenn sie das Ganze übersteht, zu Staub zermahlen und vermischt mit zehn Wagenladungen Asche ebenfalls auf hoher See versenkt wird, sodass sie niemals mehr geborgen werden kann.« Er schwankte und riss Karan näher zu sich heran.

Die Bedingungen hatten aufgeregte Gespräche und Debatten zur Folge, aber am Schluss waren alle einverstanden. Drei Kopien eines Vertrags wurden vorbereitet, auf dem jede dieser Bedingungen aufgelistet war, und alle traten heran, um sie zu unterzeichnen, entweder als Beteiligter oder als Zeuge.

»Ich habe eine solche Werkstatt«, sagte Yggur. »Das alte Backhaus in der westlichen Ecke des Hofs hat die erforderliche Größe, auch Rauchfänge und Kamine. Ihr werdet euch euren eigenen Brennofen bauen müssen. Möchtet ihr es euch jetzt anschauen?«

»Allerdings«, entgegnete Tensor.

Alle gingen nach unten. Das Backhaus war ein prächtiger alter Bau aus vielfarbigem Ziegel und bleichem Stein, fest und sicher, denn es hatte keine Fenster, nur eine Tür hinten und vorn. Tensor ging mit Yggur, Karan und den Aachim hinein, während die anderen draußen vor der Tür warteten. Nach etwa einer Stunde kamen sie wieder heraus.

»Es reicht aus«, sagte Tensor. »Schickt eure Schmiede her, sie sollen es sich ansehen. Wir werden die Hintertür versiegeln. Hinfort darf niemand mehr ohne meine Einladung eintreten. Wir fangen am Morgen an.«

Gleich nach Anbruch der Morgendämmerung kehrte die Gemeinschaft zur Werkstatt zurück. Tensor persönlich, der ohne Hilfe ging, öffnete die Tür. Maigraith trat heran. Sie trug ein Gewand aus schwarzer Seide, das ihre schlanke Gestalt betonte, und dazu Aeoliors Erbe. Die rot-goldene Kette lag ihr um die Kehle, der Armreif ums Handgelenk und der Stirnreif über der Braue. Von ferne wirkte sie königlich, aber aus der Nähe ziemlich unsicher. Die Spannung zwischen ihr und Tensor war fast mit Händen zu greifen, denn Maigraith sah so sehr wie eine Charon aus, dass er es kaum ertrug, mit ihr in derselben Stadt zu sein.

»Komm her!«, sagte er. »Du auch, Karan.« Sie folgten ihm hinein, und die Tür schlug zu. Die Aachim waren bereits am Werk.

»Maigraith, mit *dir* kann ich nicht umgehen!« Er zitterte vor Widerwillen. »Meine Wut steckt zu tief in mir, obwohl ich weiß, dass du nicht bei den Charon aufgewachsen bist. Von nun an muss unser Gespräch über Karan stattfinden.«

»Wie du wünschst.« Sie stellten sich in entgegengesetzte Ecken des Raums. Maigraith war so reglos wie ein Pfahl. Das ist nicht rechtens, dachte sie. Er ist mein Feind, wie er auch Yalkaras Feind war, und er wird Rulkes Feind sein bis zum Augenblick seines Todes. Was soll meine Großmutter von mir denken, wenn sie mich dabei sieht, wie ich ihm das Gold in die Hände gebe?

Tensor krümmte sich unter einer Zuckung, die er nicht beherrschen konnte. Kurz wirkte sein Gesicht wie das eines Totenschädels. Er war dem Ende nahe, und diese Angelegenheit würde es bestimmt herbeiführen. Nicht wegen ihm musste sich Maigraith Sorgen machen, sondern wegen denen draußen vor der Tür. Entscheide dich!, sagte sie sich, und bleibe dann dabei!

Es erforderte eine körperliche Anstrengung, um vorzutreten. Sie nahm Stirnreif, Armreif und Halskette ab, hielt alles einen Moment lang in Händen und legte es dann mit einem Ruck Tensor in die Hände. An ihren Wimpern klebten Tränen.

»Sie hätte es genau zu diesem Zweck nach Santhenar bringen können«, sagte Tensor und starrte ihr ohne zu blinzeln ins Gesicht. Etwas zeigte sich in seinen Augen, eine Anerkennung ihres Leidens.

»Warum sagst du das?«

»Ich kannte sie.«

»Hier, auf Santhenar?«

»Ja, und sogar noch davor. Der Charon waren wenige, als sie uns *unsere* Welt stahlen. Ich kannte sie alle, zu meiner Zeit.«

Die Aachim im Hintergrund arbeiteten rasch, jedoch vorsichtig, obwohl sie scheinbar lediglich mit Säubern beschäftigt waren. Sie entfernten jedes Staubkorn aus der Werkstatt. Der ganze Raum war bereits makellos sauber.

»Hier drin darf es keine fremden Partikel geben«, sagte er, als hätte er ihre Gedanken gelesen. »Die geringste Spur Schmutz wird alles verderben. Später werden wir einen besonderen Raum zum Schmelzen einrichten, mit abwaschbaren Wänden und Doppeltüren, die jegliche Zugluft fernhalten, sowie einem riesigen Gebläse, das dafür sorgt, dass die Luft hinausströmt und kein Staub einsickern kann.« Er sah zum anderen Ende des Raums hinüber.

Maigraith erkannte, dass es an der Zeit war zu gehen. Sie verneigte sich. Tensor geleitete sie zur Tür.

»Es hat angefangen«, sagte sie zu der Gemeinschaft.

3

Die goldene Flöte

In der Werkstatt wurden die Schmiedefeuer entfacht, und die Gebläse begannen als Vorbereitung auf das große Werk zu pumpen. Rauch stieg aus den Schornsteinen. Aber was immer dort auch geschah, es blieb ein gut gehütetes Geheimnis. Nur Karan durfte hinein, jedoch nur, nachdem die Arbeit für den Tag beendet war und alle geheimen Apparate wieder weggeschlossen waren.

Während der Herstellung der Flöte wurden Spione nach Elludore, Carcharon sowie anderen Orten im Osten und Norden ausgesandt, die herausfinden sollten, was ihre Feinde vorhatten. Allen Verbündeten schickte man Boten sowie Skeets zu denjenigen, die in weiter Ferne lebten. Einer flog zu Wistan, dem Direktor des Kollegiums der Historien in Chanted. Alle ausstehenden Gefälligkeiten und alle Schulden wurden eingefordert.

»Und ich gehe davon aus, dass Wistan diese Botschaft respektvoller behandeln wird als beim letzten Mal«, erklärte Mendark düster, als der Skeet davonschwebte. Vor anderthalb Jahren hatte er Wistan darum gebeten, Karan zu suchen und sie nach Thurkad bringen zu lassen. Wistan hatte Llian mit dieser Aufgabe betraut, jedoch nur, um ihn loszuwerden, sowie in der Hoffnung, dass es ihm misslingen möge. Mendark vergaß eine Gefälligkeit ebenso wenig wie einen Groll.

»Wenn ich es richtig verstanden habe, hat Tensor Probleme«, sagte Shand ein paar Tage später zu Mendark.

»Deine Spione müssen besser als meine sein.«

»Ich habe ein bisschen Klatsch und Tratsch mitbekommen«, sagte Shand rätselhaft. »Das Gold erweist sich als schwierig zu bearbeiten, und manchmal passieren seltsame Dinge in der Werkstatt.«

»Wie zum Beispiel?«

»Na ja, zunächst konnten sie das Gold nicht zum Schmelzen bringen, obwohl sie es weit über die normale Schmelztemperatur erhitzt hatten. Dann verloren Werkzeuge auf rätselhafte Weise ihre scharfen Kanten, obwohl sie nie benutzt worden sind. Einmal pumpte das Gebläse in umgekehrter Richtung und hat Feuer gefangen und einen der Schmiede so schlimm verbrannt, dass er ins Krankenhaus gebracht werden musste. Die Handwerker sind völlig verstört. Tensor ist nahe daran, aufzugeben.«

»Das wird Yggur doch zweifelsohne gerne hören«, bemerkte Mendark.

Eine Woche verstrich, bevor die Aachim zum ersten Mal von einem Fortschritt berichteten. Die Gemeinschaft wurde zu den Stufen der Werkstatt gerufen, und Tensor trat heraus. Er sah besser denn je seit Katazza aus. Er schritt jetzt frei dahin, wenn auch nicht schmerzfrei. Trotz der beunruhigenden Gerüchte schien das Werk in seinen Augen gut zu verlaufen. Er wirkte geradezu euphorisch.

»Es hat mehr Mühe gekostet als erwartet«, begann er. »Es gab Unreinheiten im Gold, und zwar einige äußerst hartnäckige und störrische, aber sie sind jetzt alle entfernt. Und wir hatten ... andere Probleme, auf die ich nicht näher eingehe.

Bis zur Fertigstellung wird es etwas dauern, aber wir haben den Korpus der Flöte gerade heute Morgen zusammengeschweißt.«

Er zog aus einem Tuch eine goldene Röhre von der Länge seines Unterarms mit ausgestreckten Fingern hervor. Das Metall war matt und rau und noch nicht völlig gereinigt. Trotzdem war es ein wunderschönes Ding und auch ein verführerisches. Alle spürten seinen Sog. Tensor konnte die Hände nicht davon lassen. Er ließ es unentwegt durch die Finger gleiten. Maigraith sah, wie Mendark es mit gleicher Begierde anstarrte.

Nachdem die Gemeinschaft gegangen war, rief Tensor Karan und Maigraith herein, worüber Maigraith angesichts der Spannung zwischen ihnen sehr erstaunt war, aber Tensor hatte anscheinend während der Arbeit seine Gefühle unter Kontrolle bekommen.

»Es war ein wenig mehr Gold als nötig vorhanden«, sagte er. »Als wir es anfangs abwogen, blieb ein Verbindungsglied der Kette übrig. Gold von Aachan war mir stets kostbar gewesen, und ich *hasse* jeden Charon, der es besitzt.« Die Hände mit diesen außergewöhnlich langen Fingern hielt er zu Fäusten geballt. »Aber dieses hier war so lange in Händen der Charon gewesen, dass ich es nicht ertrage, es zu behalten. Es ist noch nicht eingeschmolzen, nur zu einem Ring geformt. Nimm ihn, obwohl du mein ... Nein, ich werde es nicht aussprechen. *Nimm ihn und geh!*« Er hielt Maigraith einen ziemlich dicken schlichten Ring hin, wunderbar poliert, jedoch ohne Verzierung. Seine Hand zitterte.

Maigraith hielt das Gold auf einer Fingerspitze hoch. War es eine Falle? Sie spürte nichts Falsches, aber sie würde sich später dessen vergewissern. Sie ließ den Ring auf ihren Finger gleiten. »Vielen Dank«, sagte sie.

Malien betrat Karans Zimmer, während diese sich gerade die Haare an einem Becken wusch.

»Ich muss mit dir reden, Karan. Ist Llian hier?«

»Er ist in der Bibliothek. Was gibt's?«

»Keine Eile! Wenn du fertig bist.« Sie setzte sich aufs Bett.

Karan wusch sich das Haar mit mehreren Krügen Wasser aus und trocknete es dann mit einem Handtuch. Das dauerte eine Weile, und als sie fertig war, sah das Haar aus wie eine verwuschelte Decke. Schließlich wischte sie den Fußboden mit einem Tuch und zog eine andere Bluse an, da die erste klatschnass war. Sie sah sich nach ihrer Haarbürste um.

Malien entdeckte sie. »Soll ich sie dir bürsten?«

»Ja, bitte.«

Karan setzte sich auf einen Stuhl und Malien aufs Bett hinter sie. Sie kämmte das Haar aus. »Worüber möchtest du reden?«, fragte Karan.

Die Bürste blieb an ihrem Ohr stehen. »Über uns Aachim – und über dich!«

Maliens Stimme klang ebenso magisterhaft streng wie Tensor in ihrer Kindheit, dachte Karan.

»Wir haben in Insoldiss eine große Versammlung der Aachim abgehalten«, fuhr Malien fort. »Die größte seit dem Fall von Tar Gaarn. Viele Pläne wurden dort verworfen ...«

»Was wurde entschieden?«, fragte Karan.

Malien nahm ihre Arbeit wieder auf, aber Karan fand das Auskämmen nicht mehr beruhigend. Sie fühlte sich genötigt, wie es bei Malien nie zuvor der Fall gewesen war.

»Eine Anzahl von Dingen. Ich kann dir nichts über diese Pläne erzählen. Aber ich kann dir sagen, dass wir entschlossen sind, unseren Platz im großen Kampf einzunehmen. Wir haben vor, Rulke mit jeder Waffe zu bekämpfen, die uns in die Hand gerät! Und deswegen bin ich zu dir gekommen.«

»Zu mir?« Karan gefiel die Richtung dieses Gesprächs überhaupt nicht.

»Wegen deines Aachim-Erbes und weil du den Spiegel vor uns verborgen hast. Du bist uns doppelt etwas schuldig, Karan.« Die Bürste zerrte schmerzhaft an einem Haarknoten. »Vor allem jedoch, weil du den Feind in Carcharon unterstützt hast. Du weißt Dinge von Rulke, die uns unbekannt sind.«

»Das habe ich niemals von dir erwartet, Malien«, sagte Karan nach einem langen Schweigen.

»Na ja, Karan, wirst du uns helfen *oder nicht?*«

»Meine Loyalität liegt jetzt anderswo«, erwiderte Karan hitzig. »Und ich habe nicht vergessen, was die Aachim *mir* angetan haben! Ihr verlangt Loyalität, verweigert jedoch die Bürgerschaft allen, die nicht reine Aachim sind. Das hat Emmant vernichtet, und das hat meinen Vater vernichtet.«

Maliens Hand erstarrte mitten in der Luft. »Du weist uns zurück, wenn wir deine Hilfe am dringendsten benötigen?«, fragte sie ungläubig.

»Nein. Aber ich werde auch keiner emotionalen Erpressung nachgeben. Dennoch«, fuhr sie etwas ruhiger fort, »werde ich für die Aachim tun, was ich kann, solange es nicht im Gegensatz zu meinen übrigen Pflichten steht.«

Malien sah sie kalt an. »Dann beantworte mir folgende Frage: Was hat Maigraith mit der Flöte vor?«

»Ich weiß nicht, was du meinst.«

»Wozu möchte sie sie? Das passt nicht zu dem, was ich von ihr weiß.«

»Nein, allerdings nicht«, gab Karan zu, die sich das selbst fragte. »Vermutlich ... Ich könnte mir vorstellen, sie tut es für Shand.«

»Shand!«

»Na ja, die Anfertigung der Flöte war ursprünglich seine Idee. Und Yalkara ...«

Die Bürste erstarrte. »Yalkara!«, zischte Malien. »Natürlich!« Sie rannte hinaus und ließ die Bürste in Karans Haar hängen.

Maigraith überprüfte den Ring sorgfältig und ließ auch Shand einen Blick darauf werfen, aber er unterschied sich nicht von dem Gold, das sie Tensor in der vergangenen Woche gegeben hatte. Später ließ sie sich mit dem Spiegel nieder und suchte nach irgendeinem Hinweis darauf, wie die Flöte zu benutzen war. Sie entdeckte nichts und fragte sich allmählich, ob die Antwort überhaupt hier lag.

Wer sonst würde etwas darüber wissen? Sie hatte bereits Mendark und Yggur gefragt, aber wenn sie es wussten, sagten sie es nicht. Tensor war ein Handwerker gewesen, der sich für Shuthdar abgerackert hatte, als die ursprüngliche Flöte in Aachan zusammengeschmolzen worden war, aber würde er es ihr sagen? Sie nahm allen Mut zusammen und kehrte zur Werkstatt zurück. Tensor war beschäftigt, wollte sie jedoch in einer halben Stunde treffen, wenn Karan dabei wäre. Maigraith hatte keine Ahnung, wo Karan war. Sie setzte sich auf die Treppe.

Kurz darauf erschien Tensor in der Tür, wütend über die Unterbrechung. Sie erklärte, wonach sie suchte.

»Ich habe sie nie in Gebrauch gesehen«, knurrte er. »Sie wurde nur das eine Mal auf Aachan benutzt, von Shuthdar. Er hat sehr gut darauf geachtet, dass ihm niemand dabei zuschaute. Auf Wiedersehen!«

Er schlug ihr die Tür vor der Nase zu. Maigraith trottete zurück zu Yggurs Feste. Als sie sich dem Haupteingang näherte, traten gerade Karan und Llian Arm in Arm heraus. Llian hatte sehr lebhaft einen Witz erzählt, denn er wedelte mit den

Armen, und Karan lachte. Beim Anblick ihres langen Gesichts blieben sie stehen.

»Was ist los?«, fragte Karan. »Du siehst aus, als hättest du gerade den zweitbesten Teebecher des Magisters zerbrochen.« Das musste irgendeine Anspielung auf Llians Witz gewesen sein, denn sie kicherte, und Llian brach in Gelächter aus.

»Wir gehen in die Stadt runter, was essen«, fuhr Karan fort. Ihr Gesicht war gerötet.

Maigraith beneidete sie. »Ich weiß nicht, was ich tun soll!«, brach es aus ihr heraus.

»Weißt du«, sagte Llian, »ich denke auch unentwegt an die Glyphen auf dem Spiegel. Warum sind sie das Spiegelbild der Schrift in Yalkaras Buch?«

»He!«, sagte Karan. »Was, wenn es eine Anweisung wäre?«

»Ziemlich nutzlos, solange wir sie nicht lesen können«, entgegnete Llian.

»Ich meine, vielleicht ist das *Spiegelbild* die Anweisung«, erklärte Karan.

Beide starrten Maigraith an. »Ja!«, schrie Llian. »Öffne den Spiegel, Maigraith, rasch! Wo ist dieses Stück Pappe, auf dem ich die Glyphen kopiert habe?« Er fischte es aus seiner Tasche.

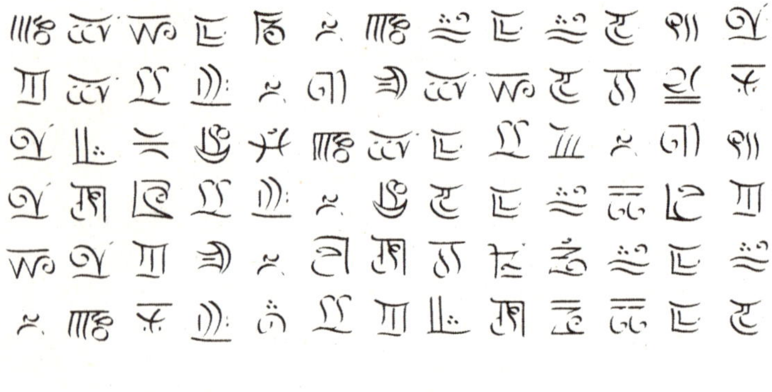

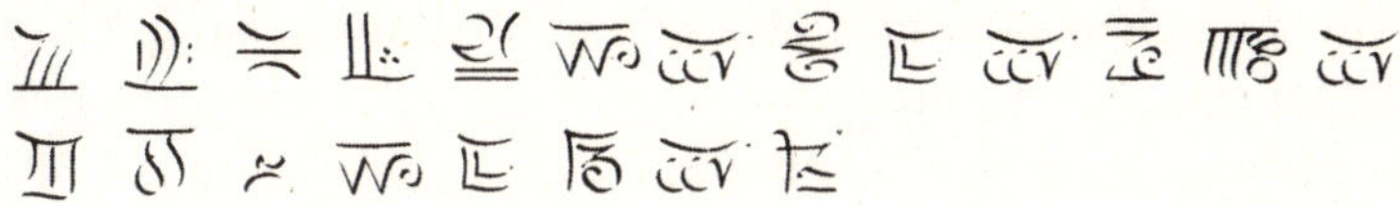

Maigraith reichte ihm den Spiegel. Llian hielt ihn hoch und Karan das Stück Pappe. »Was steht darauf?«

»Genau dasselbe, nur umgekehrt«, erwiderte Maigraith.

»Na ja. War trotzdem eine gute Idee.«

»Dann will ich mal los.« Maigraith streckte die Hand nach dem Spiegel aus. Der Goldring an ihrem Finger glänzte.

Karan hielt das Stück Pappe erneut hoch. »Das ist seltsam!«, rief sie aus und starrte das Spiegelbild an.

»Was?«

»Die Glyphen werden überhaupt nicht gespiegelt, nur jede Menge Buchstaben.«

»Schreib sie ab, Llian!«, rief Maigraith. »Bevor sie verschwinden!«

Llian schrieb die Buchstaben unter die Glyphen:

> No sze gwi ta sha mu no dzo ta dzo gwu cho ksi lo sze mo nu mu bu gi sze gwi gwu je ru she ksi cha vo gw'uh wi no sze ta mo va mu bu cho ksi kso fe mo nu mu gw'uh gwu ta dzo lu u lo gwi ksi lo gi mu qa kso je e i dzo ta dzo mu no she nu che mo lo cha kso pi lu ta gwu va nu vo cha ru gwi sze ya ta sze pi no sze lo je mu gwi ta sha sze e.

»Was bedeutet das?«, fragte er hoffnungsvoll.

»Ich habe nicht die leiseste Ahnung«, entgegnete Maigraith. »Aber ich wette, Shand weiß es.«

Sie entdeckten Shand, als er gerade den Hauptkorridor der Feste hinabeilte. »Komm hier herein«, sagte Maigraith und zog ihn in ein leeres Zimmer. »Hast du eine Ahnung, was das hier bedeutet?« Sie reichte ihm das Stück Pappe mit den Glyphen und dem Gewirr von Buchstaben.

»Ist anscheinend eine Botschaft in der Silbentabelle der Charon«, erwiderte er.

»Bitte?«

»Die Sprache der Charon ist in einer Sprache geschrieben, in der jeder Buchstabe eine Silbe repräsentiert, anders als ein Buchstabe unseres Alphabets.«

»Aber diese Glyphen sind nicht die geheime Schrift der Charon«, wandte Llian ein.

»Nein«, sagte Shand, »es sei denn, es ist eine ältere Version. Und das mag gut so sein, weil die Silbentabelle sehr ähnlich aussieht. Woher habt ihr die?«

Llian erklärte es. »Was steht da?«

»Ich weiß es nicht. Ich muss zunächst herausbekommen, wie die Silben zusammenzufügen sind, damit sich Worte ergeben. Aber es muss eine Botschaft von Yalkara sein.«

»Oder eine Warnung!«, sagte Karan.

»*Kannst* du die Silben zu Worten formen, Shand?«, fragte Maigraith begierig.

»Möglich. Ich kannte einstmals die *gesprochene* Sprache der Charon ziemlich gut, obwohl ich sie nicht lesen konnte. Es wird ziemlich viel Nachdenken erforderlich sein, und die Worte müssten nach wie vor übersetzt werden. Fertige mir eine Kopie an, Llian. Ich fange gleich nach meiner Rückkehr an. Tut mir leid, aber ich bin ziemlich in Eile. Bis später!« Er eilte ohne weitere Erklärung hinaus.

»Mendark kommt!«, sagte Karan, die den Eingang bewachte.

Llian sprang schuldbewusst auf, und sie rannten lachend hinaus.

»Komm mit uns essen!«, rief Karan über die Schulter.

»Ich habe zu tun«, erwiderte Maigraith gereizt, die es nach dem verlangte, was die anderen voneinander bekamen. »Abgesehen davon seht ihr so aus, als hättet ihr einen Abend ganz für euch geplant.«

»Unsinn!«, sagten sie wie aus einem Mund. »Wir können beim Essen weiterreden«, ergänzte Karan.

Llian hakte sich bei Maigraith unter, und da konnte sie sich nicht mehr länger weigern. Sie wollte mit ihnen zusammen sein; außerdem war sie auch hungrig.

Sie gingen zu einem Café, das Llian auf einem seiner Ausflüge in die unteren Teile der Stadt gefunden hatte, und – wie hätte es bei Llian auch anders sein können? – sie liefen drei- oder viermal in die falsche Richtung und betraten mehrere normale kleine Gaststätten, bevor sie das Café schließlich fanden. Maigraith sah unentwegt über die Schulter, während sie von einem Restaurant zum anderen zogen.

»Was ist?«, fragte Llian.

»Oh, nichts! Seit Ellamis Überfall bin ich ganz kribbelig. Ein- oder zweimal habe ich geglaubt, jemand würde uns folgen, aber ich muss mir das eingebildet haben.«

Karan zitterte, obwohl es niemandem auffiel. »Hier ist es!«, rief Llian. »Es ist ziemlich einfach.«

Aber auch so war Maigraith nicht auf die Nüchternheit der Gaststätte eingestellt. Sie hatte eine Hütte mit einem irdenen Fußboden und ein paar Bänken und langen Tischen aus rohem Holz vor sich. Es waren weiter keine Gäste da, aber in einer Ecke brannte ein Feuer. Dort war es gemütlich, obwohl Maigraith wegen einer großen Pfütze unter dem Tisch nicht so recht wusste, wohin mit den Füßen.

Der Inhaber, ein gebeugter Bursche mit einer muffigen Jacke und Pantoffeln, schlurfte herein. Er neigte sich über den Tisch, bis seine Nase fast mit Maigraiths Nase zusammenstieß. Er hatte einen winzigen Mund mit Fältchen, den er kaum öffnete, wenn er sprach.

»Wersall?«, wollte er wissen. Schwarzes Haar spross ihm ebenso üppig aus der trichterförmigen Nase wie der Schnauzbart eines Walrosses. »Wersall?«, wiederholte er.

»Sie!«, erwiderten Karan und Llian wie aus einem Mund und zeigten auf Maigraith.

»Dusall?« Die Barthaare zitterten. Maigraith starrte fasziniert und entsetzt zu seiner Nase auf.

»Er möchte wissen, wer bezahlt«, erklärte Karan ihr fröhlich. »Offenbar vertraut er uns nicht. Sag ihm, du bezahlst, sonst kriegen wir nie was zu essen.«

»Ich bezahle«, sagte Maigraith würdevoll. Sie fühlte sich hintergangen. Karan fing Llians Blick auf, und beide lachten wie mittellose Studenten, die sich gerade ein Bankett erschnorrt hatten. Nasenhaar schlurfte wieder hinaus.

»Er hat unsere Bestellung nicht aufgenommen«, knurrte Maigraith.

»Ist auch nicht nötig«, sagte Llian. »Hier kriegt jeder dasselbe.«

Der Wirt kam wieder hereingeschlurft, einen Krug mit goldenem Wein in der Hand. Er goss etwas davon in drei Becher, knallte den Krug in die Mitte des Tischs, dass das Besteck klirrte, und wandte sich ab.

»Ess komm bal«, sagte er über die Schulter und verschwand durch die Hintertür.

»Was hat er gesagt?«

»Keine Ahnung«, erwiderte Karan fröhlich. Allein der Duft des Weins reichte aus, sie in Schwung zu bringen. »Rutsch mal ein Stück zur Seite! Dein dicker Hintern nimmt den ganzen Platz weg.«

Maigraith, deren Hinterteil sogar noch schmaler war als das Karans, war beleidigt. Eilig rutschte sie die Sitzbank hinauf. »Au!«, jaulte sie auf.

»Was ist denn jetzt?«

»Nichts. Ein Splitter im ... Hintern.«

»Soll ich den Wirt rufen, damit er ihn rauszieht?«, fragte Llian schelmisch.

Maigraith fand Witze über sie gar nicht komisch. »Das kriege ich schon selbst hin«, erwiderte sie mit gespitzten Lippen.

Gleich darauf betrat eine junge Frau den Raum, ebenso rundlich und hübsch, wie der Mann grotesk war. Sie lächelte sie an, insbesondere Llian, nahm ihre Bestellungen auf, natürlich alles dasselbe, und ging wieder hinaus.

Llian hob seinen Becher, und sie tranken. Der Wein war besser, als Maigraith erwartet hatte, und nachdem der Becher geleert war und sie sich einen neuen eingeschenkt hatte, ging es ihr besser.

»Nun, Maigraith«, begann Karan. »Sage uns doch, was dich beunruhigt. Abgesehen von dem Splitter.«

»Ich habe Angst.«

»Wovor?«

»Vor allem! Angst, dass ich das Falsche mit Aeoliors Erbe getan habe. Angst, was Yalkara von mir halten würde. Angst, was die Leute mit der Flöte anstellen.«

»Dann nimm sie und benutze sie selbst, wenn sie fertig ist.«

»*Wie* denn?«, rief sie. Daraufhin zog sie den Kopf ein und wurde feuerrot im Gesicht, denn der Wirt war Flüche murmelnd in der Tür erschienen. »Ich weiß nicht, wie, Karan. Ich finde einfach nicht heraus, wie die Flöte benutzt werden sollte. Niemand weiß es, und der Spiegel kann's mir nicht sagen.«

»Oder will es nicht.«

»Oder will es nicht«, stimmte sie zu. »Ich habe geglaubt, du hättest vielleicht ein paar Ideen, Llian.«

Llian leerte seinen zweiten Becher. Er schüttelte den Kopf. »So ein Geheimnis lässt niemand einfach so herumliegen.«

Die hübsche Kellnerin kehrte mit einem Tablett zurück, darauf eine Vielzahl von Schüsseln: feurige Gewürze, saure Gurken, Senf und dünner süßer Essig. Sie setzte es nieder und kehrte mit einem weiteren zurück – ebenfalls kleine Schüsseln mit rohen Fleischstückchen und rohem, dünn wie ein Streichholz geschnittenem Fisch. Schließlich setzte sie einen rauchenden Granitbrocken mitten auf den Tisch und warf das Fleisch darauf, sodass es braten konnte. Das Mahl wurde von einem Berg aus gedünstetem Gemüse und einem weiteren aus klebrigen Klößen begleitet.

Sie aßen, ohne weiter dabei zu reden. Am Ende leckte sich Karan zufrieden die Finger. »Eine Geschichte wäre ein guter Abschluss des Abends«, sagte sie. »Was hast du für uns, Llian? Aber gefälligst keine deiner *Unflätigen Geschichten* wie heute Nachmittag.« Sie lachte bei der Erinnerung. Llian errötete, woraufhin Karan noch lauter lachte. »So etwas möchte Maigraith nicht hören.«

Da sie bereits bei ihrem dritten Becher Wein und weit über ihre natürliche Prüderie hinaus war, hätte Maigraith liebend gern eine solche Geschichte gehört, aber genau in diesem Moment sagte Karan sehr laut: »He!«

Die anderen beiden richteten sich auf und fragten sich, was denn los war. Der Wirt schob seine haarige Nase um die Tür, sagte so etwas wie »Steh Her« und warf die Tür wieder zu.

»Was?«, fragte Maigraith.

»Erinnerst du dich an die Geschichte, die du in Carcharon

erzählt hast, Llian? Der Teil über Nassi, die junge Frau, die herausgefunden hatte, wie Shuthdar Bandiar, den Zauberer, ausgetrickst hatte?«

»Ja.«

»Stimmte das wirklich?«

Llian wirkte schmerzlich berührt. »Das haben wir bereits besprochen. Es war die reine Wahrheit.«

»Ich meine es ernst. Stimmte es, dass Nassi mit Shuthdar entkommen und später eine große Zauberin und weise Frau geworden ist?«

»Ja, aber ich sehe nicht so recht, worauf du damit hinauswillst.« Dann ging ihm plötzlich ein Licht auf. »Sie war Begründerin eines großen Hauses.«

»Einer Dynastie? Oder meinst du ein Kollegium?«

»Einer Dynastie, aber natürlich sind viele Studenten zu ihr gekommen, um von ihr zu lernen, und nach ihrem Tod wurde das Haus zu einem Kollegium. Ich hätte daran denken sollen! Nassi verstand mehr von Shuthdars Denkweise und Werk als sonst jemand, und sie sah ihn die Flöte benutzen.«

»Sie wäre jetzt seit dreitausend Jahren tot«, bemerkte Maigraith.

»Noch länger, aber sie hat es vielleicht in ihrer Historie niedergeschrieben. Unglücklicherweise liegt ihr Kollegium in Saludith. Die Reise dorthin würde Monate dauern.«

»Ich kann euch dorthin bringen. Ich werde ein Tor anfertigen.« Maigraith griff in ihre Tasche.

»Nicht hier!«, sagte Llian hastig.

Sie starrte ihn wie einen Idioten an und holte ein Taschentuch hervor, mit dem sie sich die Stirn wischte. »Es ist sehr heiß.«

»Die Gewürze und der Wein«, sagte Karan. »Sind wir fertig?« Plötzlich mussten sie nach draußen. Alle Gedanken an eine Geschichte waren zerstoben.

Sie rief die Kellnerin zurück. Als Maigraith die Rechnung beglich, die nur wenige Kupferstücke betrug, sah sie auf und entdeckte, dass Nasenhaar sie wie ein Skeet auf der Jagd beobachtete. Seine Lippen bewegten sich, als sie den Betrag der Kellnerin in die Hand zählte, dann wandte er sich ab und ging hinaus.

»Ich weiß nicht, was dieses ganze Getue sollte«, bemerkte sie. »Wegen so einem geringen Betrag.«

»Er ist immer so«, sagte Llian. »Der Krieg hat ihn in den Wahnsinn getrieben. Ist eine tragische Geschichte, obwohl nur allzu verbreitet.«

»Und?«, fragte Karan.

»Er war ein reicher Mann, hat aber freiwillig im Krieg gegen Yggur gedient und wurde in der ersten Stunde der Schlacht niedergestreckt. Tagelang lag er unter einem Haufen Toter, heißt es. Nach seiner Heimkehr waren Frau und Kinder tot, und das Haus nur noch Schutt und Asche. Er hat alles verloren.«

Maigraith schwieg, denn sie dachte an die tragische Jugendliche, die sie und Faelamor nach dem Konklave beschützt hatte. Die Schauer, die ihr über das Rückgrat liefen, nahmen die Leichtigkeit mit sich, welche die drei Becher Wein ihr geschenkt hatten.

4

Saludith

»In alten Zeiten rund ums Horn
Segelte der Seeräuber Chorn ...«

Llian brüllte die Verse heraus, während er sie eine dunkle Gasse hinaufführte, die stärker nach menschlichem Schmutz und fauligem Abfall stank als sonst üblich.

»Pscht!«, sagte Karan. »Llian, wohin führst du uns?«

»Eine Abkürzung!« Er pfiff unmelodisch vor sich hin und hatte Schlagseite wie eine Jacht in schwerem Sturm.

Karan sah ängstlich in die Dunkelheit. »Es gefällt mir hier nicht. Hier wäre es nicht mal tagsüber sicher. Kehren wir um!« Sie wandte sich dem fernen Licht von der Straße zu.

Llian lief in einen Haufen Kisten hinein, die unter heftigem Klirren umkippten. Er rappelte sich wieder hoch. »Schuldigung! Schuldigung!«

»Llian!«, zischte Karan. »Du bist betrunken!« Sie stand mitten auf der Straße, die Hände in die Hüften gestützt. »Komm schon!« Sie machte sich wieder auf den Weg.

Bevor sie ein Dutzend Schritte hinter sich gebracht hatte, stieß Llian ein Gurgeln aus. »Karan, ggrrrll!« Dann ging er wieder zu Boden.

Karan überlegte, dass sich so jemand anhörte, dem gerade die Kehle aufgeschlitzt wurde. Sie griff nach ihrem Messer, aber es war nicht da. Sie hatte es den Telt geschenkt und vergessen, es zu ersetzen. Sie stolperte in die hungrige Dunkelheit hinein.

Auf einmal erhellte ein weißes Licht die Gasse von einem Ende zum anderen, heller als der Tag. Es war Maigraith, die eine ihrer Kugeln hochhielt. Vier Menschen waren zu sehen, die auf Karan zugingen. Llian lag im Schlamm auf dem Rücken. Maigraith stieß einen Schrei aus, bei dem sich Karan das Haar sträubte.

»Karan! Bleib, wo du bist!«

Maigraiths Arm fuhr herum. Die Kugel zog eine Spur durch die Luft und landete zu Füßen der nächsten beiden Angreifer. In einem Ausbruch aus Licht und Klang schleuderte es sie gegen die Mauer. Danach rührte sich keiner mehr. Die beiden anderen machten sich davon, wobei ihre Beine wie die Schere eines Schneiders arbeiteten. *Ghâshâd!*, erkannte Karan. *Sie sind wegen mir hier!*

Maigraith, die jetzt ruhiger war, hielt die Hand den flüchtigen Ghâshâd entgegen. Diesmal gab es kein Geräusch, Licht oder Aufruhr, aber die Beine gaben unter ihnen nach. Einer lag reglos da. Der andere wirbelte nach wie vor mit Armen und Beinen und zog sie sich dann an die Brust.

Maigraith rannte vorüber und holte eine zweite Kugel aus ihrem Mantel, die über den Angreifern aufflammte. Dann kam sie zurückgelaufen. Karan lag auf den Knien neben Llian und wiegte seinen Kopf in ihren Händen. Llian stöhnte.

»Ich habe geglaubt, sie hätten ihn getötet«, sagte Karan.

»Tut mir leid, ich habe den Kopf verloren«, meinte Maigraith.

Karan sah sich um. Das Licht aus Maigraiths Kugel gab die Einzelheiten weiter unten in der Gasse nicht preis. »Sind sie tot?«

»Nein«, erwiderte Maigraith. »Sie sind ... nicht *tot.*« Sie führte das nicht weiter aus.

Karan hob Llian hoch. »Ich kann laufen«, sagte Llian, der sich den Kopf mit beiden Händen hielt. »Verschwinden wir von hier!«

»Sie sind von Shazmak«, erklärte Karan. »Vielen Dank, Maigraith!« Sie verspürte immer noch Ehrfurcht vor dem, was sie gerade gesehen hatte.

»Tut mir leid«, sagte Maigraith. »Meine Kraft kommt offenbar in blinder Wut oder gar nicht.«

»Sie haben auf dich gewartet«, meinte Llian. »Auf *dich*, Karan!«

»Ich weiß. Sie wollten mich zurückbringen. Zu Rulke!«

Vier Soldaten von Yggurs Wache tauchten bedrohlich am anderen Ende der Gasse auf. Maigraith zündete ihre Kugel an. Natürlich kannten sie sie. Sie zeigte zu den verkrümmten Gestalten hinüber. Die Soldaten salutierten und rannten in diese Richtung.

»Ich hasse Thurkad«, sagte Karan und fluchte unterdrückt. »Wie sehr wünsche ich mir, wieder in Gothryme zu sein!«

»In Gothryme wärst du auch nicht sicher«, meinte Llian. »Hier kann man dich zumindest beschützen, solange du nicht irgendwelchen Idioten eine dunkle Gasse hinab folgst. Warte mal eine Minute!« Er setzte sich auf die Bordsteinkante und legte den Kopf zwischen die Knie. »Mein Kopf!« Er betastete ihn mit den Fingern. Er hatte eine große Beule, und ein klein wenig Blut war an den Fingern zu sehen. »Mir ist ziemlich übel.« Er stand wieder auf und ging zwischen ihnen, die Arme über ihre Schultern gelegt.

Der Wächter grinste höhnisch, als sie durch das Tor schwankten.

»Voll, nicht wahr?«

»Wie eine Haubitze«, erwiderte Maigraith nüchtern.

»Oder ein Magister«, bemerkte Karan.

Der Wächter lachte, sah sich unbehaglich um, ob jemand sie hören könnte, und winkte sie nach wie vor grinsend weiter.

In Karans Zimmer halfen sie Llian aufs Bett, zogen ihm die Stiefel aus und legten eine Decke über ihn. Karan blies die Lampe aus.

»Saludith?«, fragte Karan, als Maigraith zur Tür ging.

»Ich muss hin! Es ist jetzt dringend. Rulke muss bereit sein.«

»Ich komme mit.«

»Nein«, wehrte Maigraith wenig überzeugend ab.

»Ich muss von hier weg, Maigraith! Thurkad ist für mich wie ein Gefängnis. Und jetzt erwarte ich, dass Rulke es jeden Tag wieder versuchen wird.«

»Na gut.« Sie wirkte erleichtert. »Was ist mit ihm?«

»Was er doch für ein Stümper ist! Ich sorge besser dafür, dass sich jemand um ihn kümmert«, erwiderte Karan mit einstudierter Beiläufigkeit.

»Hast du nicht etwas vergessen?«, fragte er kalt vom Bett aus. »Wie wollt ihr Zutritt zu Saludith erhalten? Wie werdet ihr dort finden, wonach ihr sucht? Es stünde nicht in der Umgangssprache. Ihr würdet ohne Meisterchronisten nicht mal reinkommen!«

»Vermutlich nehmen wir ihn besser mit, nur für den Fall der Fälle«, gab Karan knurrend zu, lachte dann und nahm Llian in die Arme.

Sie setzten sich aufs Bett und schmiedeten Pläne. Sie würden vor Anbruch der Dämmerung losziehen, und bis dahin gab es viel zu tun. Saludith lag weit im Süden, und zu dieser Zeit des Jahres war es dort bitterkalt. Und sie mussten darauf vorbereitet sein, dass das Tor vom Weg abkäme.

»Ich würde gern etwas schlafen, bevor wir gehen«, sagte Karan, nachdem das alles erledigt war. Llian schlief bereits.

»Treffen wir uns eine Stunde vor Sonnenaufgang auf dem Dach der Zitadelle«, sagte Maigraith und hob ihr Bündel auf.

Irgendwann während der Nacht hatte es angefangen zu regnen, und der Regen wurde gegen Morgen immer heftiger, sodass überall Pfützen standen, als Karan und Llian das Dach erreichten. Ein schwaches rotes Licht führte sie zu Maigraith. Wasser lief Llian bereits den Nacken herunter. Er wünschte sich, nie von Saludith gehört zu haben. Er wünschte sich zurück in sein warmes Bett, mit oder ohne Karan. Ihn schmerzte der Kopf.

Maigraith hatte etwas Kleines und Dunkles in der Hand, wie eine Lichtkugel, die nicht brannte. Sie steckte das Gegenstück in einen Spalt auf dem Dach, konzentrierte sich stark, und plötzlich wob ein schwaches blaues Feuer ein Netz aus Linien um sie herum, wie ein Vogelkäfig. Die Linien verblassten.

Maigraith fluchte und zog sich die Kapuze zurecht. »Es gibt eine Schwierigkeit, die mir letzte Nacht entfallen war. Ich kann kein Tor zu einem Ort erschaffen, an dem ich noch nie gewesen bin.«

»Ich bin in Saludith gewesen«, sagte Karan. Sie verband sich mit Maigraith und übermittelte ihr die Erinnerungen an die Stadt.

Maigraith versuchte es erneut, und erneut schlug der Versuch fehl. »Tore können nur an gewissen Orten geöffnet werden, wie zum Beispiel hier, und sie können nur zu gewissen Orten führen. Anscheinend ist Saludith kein solcher Ort.«

»Vielleicht hat Nassi ihn aus diesem Grund gewählt«, meinte Llian.

»Dieses Kollegium von ihr, Llian, ist das tatsächlich in Saludith?«

»Nein, nicht *in*. In der Nähe, glaube ich. Ich bin noch nicht dort gewesen.«

»Kannst du dich an irgendeinen Ort in der Nähe von Saludith erinnern, Karan?«

Karan überlegte einen Augenblick. »Es ist Jahre her. Nichts in der Nähe hat ein so deutliches Abbild in meinem Gedächtnis hinterlassen, dass ich unser Leben riskieren würde. Es *gab* einen Ort eine oder zwei Tagesreisen östlich von Saludith.« Sie schloss die Augen, um dieses Bild heraufzubeschwören. »Ein schmales, tiefes Tal, in dem alle Felsen weiß waren – Kalk! Ich erinnere mich genau daran. Ich hatte nie zuvor Kalk gesehen. Die Straßen waren weiß, und das Gras von einem komischen Grüngelb, und links von mir zog sich ein Pfad einen hohen Hügel hinab, der wie ein Kegel geformt war. Auf der der Straße zugewandten Seite hatte es nahe der Kuppe einen Erdrutsch gegeben, aus dem ein weißer Felsen herausragt, wie ein Fenster in der Seite des Hügels. Die Kuppe war mit Gras bedeckt, und darauf stand ein verlassener Wachturm.«

Es wurde gerade hell. Karan erneuerte die Verbindung, und Maigraith konzentrierte sich auf das Bild. Es war ein gutes – deutlich und stark.

»Ich habe es«, sagte Maigraith. »Fasst mich an den Händen!«

Das blaue Flechtwerk um sie herum glühte. Llian drehte sich alles im Kopf, und sie verschwanden vom Dach.

Sie tauchten in pechschwarzer Finsternis wieder auf, in eisiger Kälte und bei heulendem Wind, mitten in einem Schneesturm. Karan packte Llians Hand fest, damit sie nicht umgeweht wurde.

»Wo ist Maigraith?«

»Ich weiß es nicht!«, rief Llian.

»Bleib dran, ich versuche, meine Lichtkugel zu finden.«

»Nicht loslassen!«, schrie er.

Schnee wirbelte zwischen ihnen umher, und seine tastenden Finger fanden nur die Luft.

»Wo bist du?«, kreischte er über den Wind hinweg. Er ging zwei Schritte und fiel einen Abhang hinab. Unten rollte er weiter und kam schließlich an einem Schneehügel zum Halten.

»Karan!«, rief er, aber es erfolgte keine Antwort.

Llian stand auf. Der Wind wehte ihn wieder von den Füßen, daher setzte er sich vor die Schneewehe hin, die einen kärglichen Schutz vor dem heulenden Wind bot. Er versuchte herauszubekommen, was geschehen war. Sie waren auf der Seite eines steilen Bergs gelandet. Wahrscheinlich waren Karan und Maigraith ebenfalls hier irgendwo abgestürzt. In Thurkad hatte es gerade gedämmert, aber hier, so weit im Süden, mochte es eine Stunde später sein. Er hüllte sich in seinen Umhang und wartete stoisch darauf, dass es hell würde.

Schließlich ging die Sonne auf und enthüllte eine weiße Welt. Überall wirbelte Schnee. Llian erhob sich und schüttelte den Schnee von der Kapuze.

»Karan!«, rief er.

Ein schafförmiger Buckel nicht weit den Hang hinauf bewegte sich. »Oh, es ist so kalt!«

»Warum hast du meine Hand losgelassen?«, fragte er verärgert.

»Hab ich gar nicht. Du hast meine losgelassen. Hast du sie gesehen?«

»Nein!«

Schließlich fanden sie Maigraith, die neben einem Felsen im Schnee kauerte. Sie hatte sich das Knie verdreht und eine Beule am Kopf.

»Was ist passiert?«, fragten sie gleichzeitig.

»Weiß ich nicht. Ihr wart nicht bei mir. Als Erstes erinnere ich mich daran, mit Kopfschmerzen aufgewacht zu sein, also bin ich hierhergekrochen und habe gewartet.«

»Ist das hier der richtige Ort?«

»Wir werden warten müssen, bis es aufgehört hat zu schneien«, erwiderte Karan.

»Offenbar war es nicht Winter, als du das letzte Mal hier warst«, bemerkte Llian säuerlich. »Bring uns hier raus! Irgendwohin!«

»Kann ich nicht«, sagte Maigraith.

»Warum nicht?«

»Ich kann kein weiteres Tor erschaffen, ohne mich vom ersten zu erholen. Die Nachwirkungen sind schon schlimm genug.«

Sie bauten ihr Zelt auf, unter beträchtlichen Schwierigkeiten, und blieben den ganzen Tag über darin.

In dieser Nacht ließ der Schneefall nach, aber am Morgen war Maigraiths Knie noch mehr angeschwollen und schmerzte noch heftiger als zuvor. »Wir müssen zurück«, sagte Karan.

Maigraith versuchte, sich das Dach vorzustellen. Nichts geschah.

»Ich kann's nicht«, sagte sie. »Ich kenne das Ziel, aber ich sehe es nicht vor mir.«

»Lass mich dir helfen«, meinte Karan. Sie stellte wieder eine Verbindung her und schickte Maigraith das eigene Bild des Ortes.

Maigraith versteifte sich. »Aufhören!«, schrie sie.

»Was ist?«

»Du ... *siehst* es anders als ich. Nein, ich hab's verloren. Es ist hoffnungslos, und jeder Versuch macht es noch schlimmer.«

Karan und Llian sahen einander an. »Es wird ein langer und kalter Gang zurück nach Thurkad werden«, sagte Llian. »Zweihundert Meilen, Luftlinie – ich schätze, wir werden gegen Mittsommer dort eintreffen. Hat jemand etwas Geld dabei?«

»Pscht, Llian.« Ohne das Tor war ihre Lage verzweifelt. Karan hatte natürlich nicht das geringste bisschen Bargeld dabei.

»Mein Knie ist nicht mehr so schlimm«, meinte Maigraith.

Das Wetter klarte auf, und binnen kurzem sahen sie von ihrem Aussichtspunkt die Stadt Saludith nur eine Meile oder zwei nach Westen liegen und, etwa ebenso weit im Süden, eine Festung, die sehr wohl ihr Ziel sein konnte. Sie passte zu der ziemlich vagen Beschreibung des Kollegiums, an die Llian sich erinnert hatte. Weiter die Straße hinab führte ein Pfad ungefähr in diese Richtung.

Als sie den Ort erreichten, war es fast dunkel. Haakhaast-Akademie stand in eisernen Lettern über dem Tor geschrieben. Ein uralter, zittriger Wächter fragte sie nach ihren Wünschen. Aus seinem Umhang holte Llian ein Abzeichen hervor, das ihn als Meisterchronisten auswies.

»Ich bin Llian von Chanthed. Ich muss die Bibliothek in einer ziemlich dringlichen Angelegenheit konsultieren.«

Der Wächter starrte das Abzeichen an, musterte Llian, läutete dann eine Glocke und winkte sie durch bis zum nächsten Tor. Diesmal war die Musterung gründlicher, schließlich jedoch stießen sie in einen Innenhof und zu einem dritten Tor vor. Es stand offen, und dahinter sahen sie eine weite Halle.

Erneut zeigte Llian seinen Ausweis und erzählte seine Geschichte. Dieses Mal wurde er gründlich über Dinge befragt, die ein Meisterchronist wissen sollte, oder zumindest verstand es Karan so, da sie keine der Antworten kannte.

Offensichtlich hatte er die Überprüfung bestanden, denn ein Diener bat sie in einen Salon: steinerne Wände, steinerner Fußboden, hohe Balkendecke. Im Raum war es eisig, sogar am Feuer. Eine schlanke Frau in einer Toga aus grauer Seide humpelte herein. Sie hatte ein langes, blasses Gesicht, und die Lider hingen ihr so weit über die Augen, dass sie wohl kaum etwas sehen konnte. Sie trug Sandalen mit dünnen Lederriemen, die ihre vor Kälte blauen, vom Rheuma verkrüppelten Füße zeigten.

»Mein Name ist Ralah. Ich bin die Autand der Akademie.« Sie musterte Llians Ausweis und stellte ein oder zwei weitere Fragen, die er, offensichtlich zu ihrer Zufriedenheit, beantwortete.

»Wir müssen uns vergewissern«, entschuldigte sie sich unentwegt blinzelnd. »Was wir hier haben, ist sehr kostbar. Für uns auf jeden Fall, obwohl immer weniger Leute zum Anschauen oder Studieren herkommen. Llian der Zain! Natürlich habe ich von Euch gehört, obwohl ich noch nicht das Privileg genossen habe, Euch erzählen zu hören. Es ist so viele Jahre her, seitdem ich die lange Reise nach Chanthed unternommen habe, und ich werde sie nie mehr antreten. Vielleicht, wenn Ihr schon mal hier seid ...« Sie sah ihn mit zusammengekniffenen Augen an, und Llian erkannte, dass die Augen unter den herabhängenden Lidern milchig waren – sie war nahezu blind.

»Ich würde mich äußerst glücklich schätzen, für Euch zu erzählen«, sagte er. »Wenn es nicht allzu vermessen ist, vielleicht die *Geschichte von Nassi und Shuthdar.*«

Ralah kicherte. »Nein, diese nicht, darin sind wir allzu sehr verwickelt! Eine der Großen Geschichten oder auch eine der weniger großen. Es kommt nicht so darauf an! Wir hören hier so wenig, und vielleicht würde das etwas von der Begeisterung entfachen, die wir verloren haben. Aber wo sind denn meine Manieren?«

Sie zog an einer Glocke, und Erfrischungen wurden hereingebracht, ein süßes, mildes Gebräu, Lasee nicht unähnlich, jedoch nannte man es hier anders, *Mhord*, sowie Honigkuchen.

»Ihr sagt mir besser, worum es Euch geht«, fuhr sie fort, während sie sich um das Feuer niederließen und die knusprigen Kuchen aßen. »Die wichtigsten Nachrichten werden mir mit Skeets zugesandt, obwohl die genaueren Einzelheiten monatelang bis hierher benötigen. Es muss schwierig gewesen sein, im Winter die ganze Strecke zurückzulegen. In welchem Zustand ist die Große Nördliche Straße südlich von Clews Top? Wenn Schnee liegt, ist sie normalerweise …« Ihre Stimme war plötzlich eisig.

Llian warf Maigraith einen Blick zu. »Wir sind nicht über eine Straße hergekommen, von der vor Eurem Tor einmal abgesehen«, sagte sie. »Noch vor zwei Tagen waren wir in Thurkad, im Regen. Dort habe ich ein Portal geschaffen und diese beiden zu den Kalkbergen mitgenommen.«

Ralah starrte sie an. Sie blinzelte nicht einmal, sondern stieß einen Seufzer aus, und ihre Schultern sackten zusammen. »Es ist nie wirklich vergessen, nicht wahr? Eintausend Jahre mag es sich im Verborgenen halten, aber früher oder später wird es wieder herauskommen. Das Wunder der Tore!«

»Wir versuchten, zurückzukehren, aber Maigraith verdrehte sich das Knie, und das Wunder funktionierte nicht mehr.«

»Ihr wart wahrscheinlich nicht am richtigen Ort«, erklärte

Ralah. »Ich glaube zu verstehen, weshalb Ihr gekommen seid, aber erzählt mir die Geschichte doch beim Essen. Die ganze Geschichte!«

Nach dem Essen, das aus weißen Rüben in einem Dutzend Kombinationen bestand, die samt und sonders schrecklich schmeckten, nahmen sie ein Glas sauren Portwein und gingen auf ihre Zimmer. Karan und Llian bekamen ein riesiges Himmelbett, und das Zimmer war so kalt, dass sie fast sogleich hineinkrochen.

Am Morgen brachte man sie zu den Archiven, wo die kostbarsten Papiere aufbewahrt wurden, darunter die Original-Handschriften der berühmten Nassi. »Hier ist es«, sagte Ralah und zeigte auf ein Regal mit vielen rechteckigen Schachteln aus Leder.

Karan streckte die Hand nach einer aus, wurde aber sofort zurückgehalten. »Nur der Chronist darf diese Schachteln berühren. Die Papiere sind alt und sehr brüchig.«

Maigraith und Karan standen im kalten Gang und sahen zu, wie Ralah Llian an der Reihe entlangführte und ihm das System erklärte, wobei sie hin und wieder eine Schachtel herabnahm, um ihm den Inhalt zu zeigen.

Llian holte eine der Schachteln herunter. Ein schwacher Geruch nach Kampfer wehte den Gang hinab. »Kommt her und seht euch das an!«, rief er. Als sie herangeeilt waren, senkte er die Stimme zu einem Flüstern und sagte: »Das sind genau die Papiere, mit denen Shuthdar Bandiar betrogen hat.« Er war voller Ehrfurcht. »Stellt euch das vor! Nichts sonst ist von seinen Schriften geblieben!«

Karan empfand weniger Ehrfurcht. »Sind die uns irgendwie nützlich?«

»Nein, vermutlich nicht. Aber stell dir vor ...«

Karan schnaubte laut.

»Ja«, sagte Llian traurig. »Du hast Recht. Vielleicht ein andermal.« Er schloss die Schachtel, blies einen Staubfleck vom Regal und setzte sie besonders vorsichtig wieder zurück. Er nahm eine weitere herab.

Dieser Vorgang wiederholte sich den ganzen Tag über, und mehrmals mussten sie Llian daran erinnern, dass sie nicht zum Spaß hier waren, obwohl Karan den Verdacht hatte, dass er die Sache so sehr genoss, wie er sich getraute. Sie war sich gewiss, dass er auch zu der Schachtel mit Shutdars Papieren zurückgekehrt war und lange Zeit darüber verbracht hatte, aber als sie ihm das vorhielt, lächelte er sie bloß an. Dennoch durchsuchte er viele Schachteln und fand spät an diesem Nachmittag die gesuchte mit den Aufzeichnungen von Nassi, die sie kurz nach ihrer Flucht mit Shuthdar angefertigt hatte.

Es war offensichtlich, dass diese Dokumente viele Male untersucht worden waren, denn sie befanden sich in schlimmerem Zustand als die übrigen. Sie waren gelb und zerbröselten. Sie mussten mit solcher Sorgfalt gehandhabt werden, dass man zum Umwenden einer Seite fast eine Minute benötigte. Die Aufgabe konnte Wochen erfordern.

»Natürlich gibt es Kopien von diesen Papieren«, bemerkte er zu Ralah.

»Keine Kopien«, erwiderte sie.

Llian war erstaunt. »Aber es könnte ein Feuer geben, oder der Sturm könnte das Dach fortwehen! Selbst ein Wurm könnte vernichten, was ihr so sorgfältig bewacht.«

»Es war der Wunsch unserer Gründerin, dass ihre Privatpapiere nicht kopiert werden sollten. Wir haben diesen Wunsch respektiert. Wenn sie verschwunden sind, sind sie verschwunden. Es gibt natürlich Kopien von allen unseren sonstigen kostbaren Dokumenten.«

Llian grunzte unhöflich. Die Historien waren wichtiger als eine einzelne Person, und wenn er nach Thurkad zurückkehrte, würde er alles, was er gelesen hatte, aus dem perfekten Gedächtnis des Chronisten niederschreiben. Er wandte sich wieder seiner Arbeit zu. Ralah saß auf einem Hocker und beobachtete ihn. Karan und Maigraith schritten hin und her.

Am folgenden Tag begannen sie früh. Für die Zuschauer verstrich die Zeit ermüdend langsam. Die Handschrift war verblasst vom Alter und in einem archaischen Dialekt verfasst, der sogar für Llian schwer zu verstehen war. Er durchstöberte methodisch die Schachteln, vergewisserte sich, nichts übersehen zu haben, und kehrte dann zu einer zurück.

»Das ist alles, was ich finden konnte. Darf ich mir den Katalog ansehen?«

Ralah brachte ihn dorthin. Llian durchblätterte die relevanten Karteikarten immer wieder. »Da fehlt anscheinend eine. Eine Nummer ist nicht da.«

Ralah beugte sich über die Schublade und durchsuchte die Karten vorwärts und rückwärts. »Du meine Güte!«, sagte sie wütend. »Ihr habt Recht!«

»Worum ging es dabei?«, fragte Maigraith.

»Ich weiß es nicht«, erwiderte Ralah, »aber es wäre ...«

»Etwas, das Nassi über die Flöte schrieb«, sagte Llian bitter. »Aber es ist weg, und der Eintrag im Katalog entfernt, und es gibt keine Kopie.«

Ralah schwieg.

»Habt Ihr eine Vorstellung, was darauf stand? Wie sie benutzt wurde?« Llian versuchte, die Enttäuschung aus der Stimme herauszuhalten.

»Ich bin Kustos, kein Chronist. Es ist nicht *meine* Aufgabe, die Einzelheiten ihrer Papiere zu kennen, nur, sie für die Nachwelt sicher zu verwahren.«

Wäre doch Nadiril hier!, dachte Llian. Die Nachwelt ist jetzt, und du bist nicht von geringstem Nutzen. »Wie kann ich herausbekommen, ob sie andernorts darüber geschrieben hat?«

»Ihr könnt alles in der Bibliothek lesen.«

»Das würde Jahre erfordern«, bemerkte er zu Maigraith. Dann, wieder an Ralah gewandt, fuhr er fort: »Hier sind keine Meister oder auch nur Studenten, die sich in diesen speziellen Papieren auskennen?«

»Oje«, erwiderte sie. »Nicht mehr.«

»Geh noch mal alles durch!« Maigraith wirkte ungeduldig.

Llian nahm die Papiere zu einem Tisch in der Nähe mit, setzte sich und las laut vor. Schließlich legte er alles in die Schachtel zurück. »Sie spricht von Shuthdar, der die Flöte spielt, aber nur beiläufig.«

»Sie schrieb des Langen und Breiten über sämtliche seiner Tricks und Verwirrspiele, aber nichts über das Wichtigste?«, fragte Maigraith. »Wird nirgendwo erwähnt, wie er mit der Geheimen Kunst die Musik in ein Tor verwandelte und wie er das Tor anschließend lenkte und beherrschte?«

»Sie hatte vielleicht etwas darüber geschrieben«, erwiderte Llian, »aber es ist nicht hier.«

»Nun, was meinst du? Schnüffele es doch mit deiner Chronisten-Nase aus!«

»Derlei Dinge haben so ihre Art und Weise zu verschwinden, *insbesondere, wenn keine Kopien angefertigt wurden.*« Er funkelte Ralah vorwurfsvoll an, aber sie achtete nicht darauf.

Ralah beugte sich herab, bis sie mit der Nase fast das Papier berührte, und bewegte den Kopf beim Lesen auf und ab. Ihr tränten die Augen. »Ich brauche meine Brille.« Sie fummelte in ihrem Umhang herum, fand nichts und ging mit dem Kopf wieder nahe an die Seite heran. Dann drehte sie die Schachtel um und schaute nach, was dort geschrieben stand. Sie bewegte die Lippen, sah auf und konzentrierte den Blick langsam auf Llians Gesicht.

»Das ist ganz bestimmt die Richtige. Ich bin vor Jahren das hier durchgegangen und habe alles gelesen und den Katalog überprüft. Ihr wärt erstaunt, auf wie viele Fehler ich gestoßen bin.«

Llian kannte die Arbeitsweise von Bibliotheken genügend gut, als dass es ihn erstaunt hätte, was er dort fand, aber er murmelte bloß etwas Unbestimmtes.

Maigraith sah die Reihe von Regalen entlang. »Tage sind jetzt kostbar. Wir können hier keine Zeit mehr verschwenden.«

Ralah schloss die Schachtel, stellte sie zurück ins Regal und führte sie in die Halle und zum Feuer zurück. »Essen ist fertig«, sagte sie.

Während sie einen willkommenen Becher Tee tranken, blätterte Maigraith das Gästebuch durch.

»Sucht Ihr jemanden Bestimmtes?«, fragte Ralah, die lautlos hinter sie getreten war.

»Faelamor, Yggur, Tensor, Mendark, Tallia, Malien, um damit anzufangen«, erwiderte Maigraith. »Oh, was soll's. Sie hätten verkleidet herkommen können.«

»Das hätte schon eine sehr gute Verkleidung sein müssen«, bemerkte Ralah. »Nassi hat eine Art von Wächter geschaffen, um uns vor solchen Eindringlingen zu beschützen, und die meisten sind nach wie vor funktionsfähig. Ich kann Euch sagen, dass Faelamor nicht hier war, aber Yggur schon. Nadiril natürlich und Mendark oftmals. Er hat einmal Monate hier verbracht, aber das war vor meiner Zeit. Ich habe schon seit Jahren keinen von ihnen mehr gesehen.«

Maigraith seufzte. »Nun ja, wir dürfen nicht mehr länger hier verweilen.«

»Jemand ist hier gewesen«, sagte sie, sobald sie außer Hörweite waren, »und hat das mitgenommen, wofür ich gekommen bin. Jemand wartet darauf, dass die Flöte gebaut wird, damit er sie für sich nutzen kann.«

»Hast du eine Vorstellung, wer das sein könnte?«, fragte Karan.

»Faelamor, Yggur, Tensor, Mendark, um damit anzufangen.«

»Wir müssen vorsichtiger sein«, sagte Llian. »Jeder Schurke auf Santh wird die Flöte haben wollen, sobald sie fertig ist.«

Sie stapften durch den Schnee zurück, gingen auf einem spiralförmig um den Hügel führenden Weg hinauf, und Maigraith versuchte alle paar Schritte, das Portal wieder zu öffnen, aber ohne den winzigsten Schimmer eines Erfolgs. Schließlich, als die Sonne gerade unterging, brach sie im Schnee zusammen.

»Mir platzt der Kopf«, sagte sie.

»Dann lass es«, meinte Karan, »sonst kommen wir hier nie mehr weg.«

Maigraith lag auf dem Schnee und schaute hinauf zu dem weißen zahnförmigen Hügel, zu der weißen Kalksteinwand, die hoch über ihr aufragte, durchsetzt mit schmalen Simsen, auf denen kaum eine Ziege hätte gehen können. »Wo genau bist du aus dem Tor gekommen?«, überlegte sie.

»Da drüben, gleich an der Basis der Felswand«, erwiderte Llian. »Siehst du diesen kleinen Vorsprung, der dort abfällt? Da sind wir alle heruntergefallen.«

»Versuchen wir es da!« Karan stützte Maigraith mit der Schulter. Im schwindenden Licht humpelten sie hinüber.

»Das fühlt sich schon eher danach an«, sagte Maigraith.

»Ja, ich glaube, ich könnte es von hier aus probieren, wenn nur der Kopfschmerz etwas nachlassen würde. Oh, ich bin ganz heiß und kalt, und Handgelenke und Ellbogen schmerzen.« Sie rieb sich Schnee auf die heißen Wangen.

Karan und Llian wechselten Blicke. »Klingt eher wie Fieber als nach Nachwirkung«, brummte Karan.

Maigraith nahm Karan und Llian an die Hand. »Jetzt!«, sagte sie. Ein schwaches Netz aus Licht umhüllte sie, erlosch jedoch mit einem Zischen. Maigraith brach im Schnee zusammen.

»Ich mache uns ein Lager«, sagte Karan. »Wir können es morgen früh wieder probieren.«

»Nein – ich bin krank. Ich fühle mich wirklich krank.« Maigraith ächzte. Schweißtropfen rannen ihr das Gesicht herab, erstarrten jedoch, bevor sie ihr Kinn erreichten. »Noch einen Versuch – da oben, so hoch wir kommen können.«

Sie schleppte sich die Felswand hinauf, Sims über Sims, bis sie eine Stelle auf halbem Weg nach oben erreichte, wo der Sims hervorstand. Sie fiel auf die Knie, stützte sich mit einer Hand an der Kalksteinwand ab und wischte sich die Stirn mit der anderen. Stöhnend erhob sie sich, und als Llian sich weiter hinauf mühte, taumelte sie. Ihr Gesicht war durchsetzt mit roten Beulen.

»Das ist dumm!«, rief Karan. »Komm runter!«

Maigraith reichte jedem von ihnen die Hand. Ein krankhaftes Netz aus Licht flackerte um sie herum auf, aber als Llian sich gegen die Felswand drückte, verblasste es. »Kommt heraus«, würgte Maigraith. »Bis ganz zur Kante!«

»Ich stehe ganz an der Kante«, brummte Llian. »Sie ist wahnsinnig.« Dennoch schob er sich ein wenig weiter vor, und das Licht wurde heller.

»Noch weiter«, sagte sie und zog ihn zu sich. Er bewegte

sich kaum merklich voran, und das Netz wurde noch etwas heller, obwohl es nicht ausreichte. Maigraith stolperte und riss Llian dann ganz zur Kante. Der Kalkstein gab unter ihm nach, und er zog sie hinüber. Maigraith packte sie fest bei den Händen und schrie: *»Jetzt!«*. Der Käfig aus Licht flammte auf, wurde zum Tor, und sie wurden in die Dunkelheit geworfen.

Sie landeten krachend auf dem Dach. In Thurkad regnete es nach wie vor.

5

Den Code knacken

Ein Gefühl von Dringlichkeit, gar Verzweiflung, durchdrang jetzt jede Versammlung der Gemeinschaft. Die Zeit lief ihnen davon, und sie waren nach wie vor hoffnungslos unvorbereitet. Yggur hatte seine Armeen in Alarmbereitschaft versetzt, und in rasender Eile wurden neue Soldaten ausgebildet, aber nach der Katastrophe von Elludore war ihre Moral fast bis zum Punkt der Meuterei abgesunken. Der Verlust der Tausend seiner Elitesoldaten ließ sich nicht aufwiegen.

Mendark lag wach und voller Qual da, wie er es jede Nacht getan hatte. Die Welt, die er eintausend Jahre lang beschützt hatte, brach um ihn herum zusammen. Allem war eine Grenze gesetzt, und er hatte die seine überschritten. Er würde vielleicht noch ein weiteres Jahr überleben, oder auch zwei, aber er wollte es nicht mehr. Er versuchte, sich aufzusetzen, aber seine Muskeln versteiften sich, und er fiel so gut wie hilflos wieder zurück. Oh, dass es so weit hatte kommen müssen!

Er lag keuchend auf seinem Bett und wollte nur noch sterben. Aber nachdem sein Herz nicht mehr so heftig hämmerte und die Benommenheit wich, schweiften seine Gedanken wieder zu Rulke, wie fast immer dieser Tage. Es hieß Rulke gegen ihn. Das waren sein Leben und sein Daseinszweck. Das größte aller Spiele.

Ein neuer Magister wurde gebraucht, ein jüngerer mit

Feuer in den Adern. Tallia war stark genug, klug genug auch, und ihre Fähigkeiten auf dem Gebiet der Geheimen Künste waren weit entwickelt. Er hatte sie gut ausgebildet. Aber Tallia mangelte es am wichtigsten aller Impulse: der Unerbittlichkeit in der Seele, die sie dazu antriebe, alles Nötige zum Kampf gegen den Feind einzusetzen. Er, Mendark, würde seinen besten Freund verraten, wenn das der einzige Weg wäre, den Krieg zu gewinnen. Er würde sogar Tallia verraten. Es würde ihm die größte Qual bereiten, und er würde es hinterher auf ewig bereuen, aber wenn es keine andere Alternative gäbe, würde er es tun.

Wen versuche ich, zum Narren zu halten?, dachte er höhnisch. Ich bin erledigt! Diese Niederlage wird meinen Ruf hoffnungslos ruinieren. Nicht einmal die Große Geschichte kann ihn retten. Diese Vorstellung brachte Mendark so weit, dass er sich vom Bett wälzte, einen sackartigen Umhang über seinen altersschwachen Körper streifte und auf der Suche nach Llian in die Halle hinabtaumelte. Er fand ihn in der Bibliothek. Auch Karan war dort.

»Wo bist du gewesen, Chronist?«, keuchte Mendark. »Ich habe dich zwei Tage lang gesucht.«

Karan und Llian wechselten Blicke.

»Nun?«, schrie der Magister und spannte seine fleckigen Krallenhände.

»In Saludith«, erwiderte Llian. »Maigraith hat uns dorthin gebracht, durch ein Tor.«

Mendark schien aus dem Gleichgewicht geraten zu sein. »Warum?«

»Wir haben nach Hinweisen gesucht, wie die Flöte zu benutzen ist«, entgegnete Karan.

»Ich habe dort bereits nachgesehen! Vor Jahren!«

»Ich weiß«, sagte Llian. »Obwohl wir nichts gefunden haben.

Das relevante Dokument und sämtliche Aufzeichnungen davon sind entfernt worden. Sehr schlau.«

Medark wusste, dass Llian versuchte, ihn aus der Reserve zu locken, also ließ er nicht mehr durchblicken als die Wand neben ihm. »Du bist allzu schlau, Llian, und eines Tages wird dich das umbringen! Wir sind alle oftmals in Saludith gewesen. Welchen Fortschritt hast du bei meiner Geschichte gemacht?«

Llian fuhr überrascht auf. »Schon so einiges, obwohl es noch etliches zu tun gibt. Ich habe noch nicht mal mit der Niederschrift begonnen.«

»Gib mir eine Zusammenfassung dessen, was du getan *hast*, damit ich deine Fortschritte beurteilen kann.«

Llian suchte unter den Papieren auf seinem Tisch. Karan saß nach wie vor reglos auf ihrem Stuhl und versuchte, sich unsichtbar zu machen. Für Mendark war es nur allzu offensichtlich, dass sie ihn verachtete. Es war ebenfalls klar, dass Llian nicht an der Geschichte arbeitete und auch nicht die Absicht hatte, es zu tun. Undankbarer Bursche! Seine Schuld bedeutete ihm gar nichts!

»Ich bin nicht willens, die Geschichte zu erzählen, bevor sie fertig ist«, sagte Llian ausweichend.

»Das werde ich beurteilen«, knurrte Mendark.

»Die Meisterchronisten werden es beurteilen«, bedeutete ihm Llian kalt, »wenn es eine Große Geschichte sein soll. Sie ist noch nicht bereit, und ich werde kein weiteres Wort mehr darüber verlieren, bis sie so weit ist.«

Humpelnd und voller Panik kehrte Mendark auf sein Zimmer zurück. Der Vorfall zeigte deutlich, wie wenig Macht ihm verblieben war. Es würde niemals *Mendarks Geschichte* geben. Er würde als Versager sterben. Er holte eine seiner Flöten hervor und spielte eine fröhliche Jig, das genaue Gegenteil dessen, wie er sich fühlte. Es half nicht, und bald warf er das Instrument beiseite und ging zu Bett. Er verspürte den heftigen, zerstörerischen Drang, die Geschichte auszulöschen und von vorn anzufangen. Eine letzte Anstrengung, die entweder Rulke und Faelamor vernichten würde oder ihn selbst. Das würde ihm einen Namen verschaffen oder *ihn auslöschen!*

Es wäre das Spiel fast wert, dachte Mendark. Er spürte, wie sein Herz bei der Vorstellung eines solchen Einsatzes zu rasen begann. Zum ersten Mal seit Äonen fühlte er sich lebendig. Und anschließend, ob Erfolg oder Fehlschlag, das segensreiche Vergessen.

Der Rücken schmerzte ihn quälend heftig. Mendark wälzte sich im Bett herum, aber die neue Position war noch schlimmer als die alte. Der Schmerz hatte ihn seit Havissard nicht mehr in Ruhe gelassen. Warum hab ich's getan?, fragte er sich immer und immer wieder. Warum konnte ich nicht einfach aufgeben und dort sterben?

Im Geiste zählte er die Leben, die Erneuerungen zusammen. Er war eintausendzweihundertsechzig Jahre alt. Für die Charon oder Faellem war das kein Alter, nicht einmal für einige der Aachim, aber für einen Altmenschen war es uralt.

Das Erste, was er getan hatte, nachdem er die Geheime Kunst gemeistert hatte, war, seinen Körper zu erneuern, und seitdem hatte er das weitere dreizehnmal getan, was mindestens fünfmal zu viel gewesen war. Jedes Mal zwang der Erneuerungsspruch seine Zellen, sich zu kopieren, jedes Mal traten weitere Defekte hinzu, und jedes Mal gingen weitere Dinge schief. Und die Erneuerung in Havissard war unter einem solchen Druck erfolgt, dass es ihn nicht weiter überrascht hätte, wenn er als Insekt oder Affe hervorgegangen wäre.

Er war nach wie vor ein Mann, obwohl ein äußerst unattraktiver, und obwohl er ein Vermögen für die besten Heiler und

Spruchmeister in Thurkad ausgegeben hatte, war sein Körper in kaum einem besseren Zustand. Sämtliche Gelenke knirschten bei jeder Bewegung. Er schied mehr Blut aus als Abfallprodukte, und seine Innereien wälzten sich in ihm umher, als wäre da nichts, was sie festhalten würde.

Ich bin vielleicht der älteste Mensch, der jemals auf Santhenar gewandelt ist, dachte er. Dennoch ist mein Bewusstsein scharf wie eh und je, und die Geheime Kunst habe ich nach wie vor sicher im Griff. Diese Gaben habe ich bestimmt erhalten, um sie für das Wohlergehen der Welt zu verwenden. Nur ich kann Santhenar vor diesem Ungeheuer Rulke retten. Aber wie?

Diese Frage beschäftigte ihn für den restlichen Teil der Nacht. Er drehte und wand sich unablässig hin und her, nahm jede Position ein, die sich ein Balletttänzer nur vorstellen konnte, aber keine linderte die Qual, die seine Knochen ihm bereiteten. Der Morgen brach an, und Mendark war derart gepeinigt, dass er sich die Kehle durchgeschnitten hätte, wäre da ein Messer zur Hand gewesen.

Er fiel aus dem Bett und versuchte, zu seiner Truhe mit den Schubladen hinüberzukriechen, aber selbst das war zu viel für ihn. Stundenlang lag er dort und fürchtete (und welche Ironie war dies!), dass er dort auch sterben würde. Sein Tod würde gewiss den Untergang Santhenars bedeuten.

Schließlich döste Mendark ein und bemerkte beim Erwachen, dass der Schmerz etwas nachgelassen hatte. Seine verspannten Muskeln hatten sich im Schlaf gelockert. Auch die Antwort war da – eine letzte Erneuerung. Der Spruch würde ihn vielleicht umbringen – ein weiteres prächtiges Glücksspiel! –, obwohl er andernfalls in besserem Zustand wäre. Aber dieses Mal täte er es richtig. In Havissard hatte er seinen Körper selbst erneuert, halb verdurstet und kopfunter in einem Dickicht hängend. Dieses Mal fände die Erneuerung in seinem eigenen Bett statt und liefe so gut ab, wie es sein Vermögen erlauben würde. Die größten Heiler und Zauberer wären da mit den kostbarsten Arzneien und mächtigsten Artefakten und würden alles begleiten und überwachen.

Mendark schritt hin und her und organisierte in Gedanken alles Nötige: die Zauberer, die Heiler, die Umgebung, die Arzneimittel. Magische Artefakte hatte er im Überfluss, doch er fragte sich, ob sie stark genug wären. Die Flöte wäre besser, aber Mendark wusste, dass ihm die Kraft fehlte, sie Tensor abzunehmen.

Aber was wäre mit dem Spiegel? Er war praktisch unbewacht, und Maigraith war immer noch krank. Wenn er ihn in die Hand bekäme, würden selbst wenige Stunden ausreichen. Der Erneuerungszauber nahm nicht viel Zeit in Anspruch. Mendark humpelte zur Glocke hinüber, wobei er sich besser fühlte als seit langer Zeit, und als Tallia persönlich auf das Läuten hin erschien, gab er ihr eine ganze Reihe von Anordnungen.

Die Vorbereitungen waren rasch getroffen. Schließlich hatte er so etwas schon oft zuvor getan. Gegen Mitternacht war alles fertig.

»Sollen wir anfangen?«, fragte Tallia. Er erkannte ihren Eifer zu lernen. Erneuerung war einer der mächtigsten Zauber, und bislang hatte er sie noch nichts darüber gelehrt.

»In wenigen Minuten.«

Mendark schritt unter Schmerzen zu Maigraiths Zimmer. Er hatte ihr heute bereits nachspioniert. Sie hatte den ganzen Nachmittag über in einem benommenen Schlummer verbracht. Es war nicht unplausibel, dass er sich nach ihrem Gesundheitszustand erkundigen würde, wenn jemand danach fragte. Maigraith döste unruhig, warf sich umher und trat mit den Beinen um sich. Ihr Gesicht war aufgedunsen. Wo würde sie den Spiegel aufbewahren? Gewiss nahe bei sich. Seine Hand glitt unter das Kissen, und da war sie, eine harte Metallröhre. Er ließ sie in seine Tasche fallen und ging hinaus. Genau in diesem Augenblick kam Shand vorbei.

»Sie schläft«, sagte Mendark und setzte seinen Weg den Korridor hinab fort.

In seinen eigenen Gemächern angekommen, legte er sich mit dem Spiegel in der Hand aufs Bett. Die Zaubermeister und Heiler scharten sich um ihn. Tallia stand am Kopf des Betts und wirkte besorgt.

»Fangt an!«, ordnete Mendark an.

Der Frühling war jetzt über einen Monat alt, aber das Wetter hatte sich nicht geändert. Nach wie vor fühlte es sich an wie im Winter – der längste, so weit man zurückdenken konnte. Maigraith wusste nicht, dass ihr der Spiegel entwendet worden war, denn als sie am folgenden Morgen vollständig erholt erwachte, lag er wieder unter ihrem Kissen, wo er stets gelegen hatte.

Sie aß zusammen mit Karan und Llian in einem der Speisesäle der Zitadelle. Yggur saß an einem Tisch daneben und las beim Essen. Von draußen ertönte Geklapper. Die Tür öffnete sich, und ein unbekannter Mann erschien auf der Schwelle, auf der einen Seite gestützt von Tallia und auf der anderen von Osseion. Sie trennten sich. Der Mann tat einen zaghaften Schritt vorwärts. Das Knie knickte ein, und er torkelte wie ein neugeborenes Füllen, das gerade Laufen lernte. Ein weiterer Schritt, ein weiteres Stolpern. Er ging weiter, und bei jeder Bewegung bekam er seinen Gang besser unter Kontrolle.

»Wer ist das?«, hörte Maigraith Llian flüstern. »Das Gesicht kommt mir bekannt vor.«

Der Mann, ein junger, schlanker Bursche mit Wangen so weich und rosig wie die eines Kindes, kam eilig die letzten Schritte heran. Schwer atmend stützte er sich mit den Händen auf der Tischplatte ab, warf dann den Kopf in den Nacken und brüllte vor Lachen.

»Es hat funktioniert!«, schrie er. »Welches Wagnis!«

»Mendark!«, keuchte Maigraith.

Es *war* Mendark, wie er als junger Mann ausgesehen haben musste. Er war auch ein gut aussehender Bursche, obwohl die rosigen Wangen, die breite Nase und die vollen Lippen ihm ein übermäßig gefühlsbetontes Aussehen verliehen. Gleichzeitig war jedoch etwas anders an ihm. Maigraith bekam nicht heraus, was es war.

»Vielen Dank, Maigraith!«, sagte Mendark.

»Wofür?«

»Ich habe mir heute Nacht deinen Spiegel entliehen, für meinen Erneuerungszauber.«

»Das hätte ich mir denken können!«, rief sie aus. Mendarks Züge waren spiegelverkehrt zu denen seines vorherigen Gesichts.

»Es wird nicht andauern«, bemerkte Yggur säuerlich und mit einer Spur Neid. »Du wirst Glück haben, wenn du ein Jahr herausholst.«

»Mir egal«, sagte Mendark, der vor guter Laute fast übersprudelte. »Ich habe mein Leben gelebt und möchte kein anderes!«

»Warum hast du es dann getan?« Yggur wirkte verbittert, enttäuscht.

»Allein um des Wagnisses willen!«, schrie Mendark. »Und für die Aufgabe, die du zu tun außerstande warst – Rulke und Faelamor erledigen!«

An jenem Nachmittag ging die Gemeinschaft wie jeden Tag zu dem alten Backhaus hinab, und als sie es wieder verließen, klangen ihnen Tensors Flüche in den Ohren, ebenfalls ein alltägliches Ereignis.

»Ich werde euch sagen, wenn sie fertig ist!«, rief er ihnen nach.

Mendark und Yggur wechselten Blicke. »Nun ja, Mendark«, sagte Yggur, »hältst du Tensor immer noch für eine gute Wahl?«

»Er war die einzige Wahl!«, erwiderte Mendark fröhlich.

Maigraith schritt hinter ihnen. Seitdem sie ihr Gold aufgegeben hatte, waren ihr alle anderen fremd geworden, sogar Shand, und das war eine Qual.

Am folgenden Tag kehrte einer von Yggurs Spionen von Elludore zurück.

»Was hast du erfahren?«, fragte Llian sogleich.

»Nicht viel, Chronist«, erwiderte Yggur. »Einige hundert Faellem sammeln sich in Elludore, und alle Zugänge zum Tal sind dicht versiegelt. Sie müssen gewarnt worden sein, denn wir haben unterwegs keinen von ihnen aufgegriffen.«

»Ihr Instrument wird niemals funktionieren«, sagte Malien. »Die Faellem können solche Apparate nicht beherrschen.«

»Nach unseren kürzlich gemachten Erfahrungen«, bemerkte Shand, »würde ich vorschlagen, wir unterschätzen sie nicht noch mal.«

»Dann sollten wir besser herausfinden, woher das Gold stammt«, sagte Malien.

»Gibt es etwas Neues von Shazmak?«

»Keiner meiner Spione ist von dort zurückgekehrt. Und es gibt noch weitere schlechte Nachrichten«, entgegnete Yggur. »Die Nachricht von der Katastrophe in Elludore hat sich in

Windeseile ausgebreitet. Armeen sind in Quilsin und Galandi in Marsch gesetzt worden, und auch im Norden. Mein halbes Reich rebelliert. Jeder kleine Kriegsherr in Meldorin hat die Gelegenheit ergriffen zu rebellieren. Sie wissen, dass ich schwach und schwer unter Druck bin.« Er sah auch so aus, als ob er gerade die Vorbereitungen zu einem Krieg durchspielte.

»Und es gibt Gerüchte, dass Thyllan drüben, über dem Meer, sich erneut regt«, sagte Mendark. »Ich würde eher dir helfen als ihm, Yggur.«

Yggur zog den Hut und verneigte sich aus der Hüfte heraus. »*Euch* zu Diensten«, sagte er ironisch.

»Ich meine es ernst! Nehmen wir uns doch die Flöte und greifen Shazmak an, bevor er bereit ist.«

»Sie wird wahrscheinlich sowieso nicht funktionieren«, sagte Yggur apathisch.

Eine Stunde lang saß Maigraith am erloschenen Feuer, überlegte fieberhaft, fand jedoch keinerlei Antworten. Mendark schien die Herrschaft wieder zu übernehmen. Die Vorstellung, dass er ihre Flöte überhaupt in die Hand nahm, gefiel ihr ganz und gar nicht. Sie spürte jemanden hinter sich, und es war Karan, die reglos dastand. Bei ihrer jähen Bewegung vollführte Karan einen Satz.

»Heißer Tee«, flüsterte sie. Sie hielt eine Kanne und einen Becher in Händen. »Hier drin ist's so kalt.«

»Kälte macht mir nichts aus. Ich bin daran gewöhnt.«

»Du siehst müde aus«, bemerkte Karan. »Und du hast dich auch ganz bestimmt vom Fieber erholt?«

»Oh ja. Es ist nur so, dass ich …« Maigraith zögerte. »Ich habe mit Toren experimentiert.«

»Wie ist's gelaufen?«

»Ziemlich gut. Ich brauche keine Torstruktur mehr – ich kann jetzt welche in Gedanken bilden.«

»Ist das nicht gefährlich?«

»Es kann gefährlich sein, insbesondere, wenn das Tor in die Irre führt. Es kann ... schwierig sein, den Weg zurück zu finden. Aber es verschafft mir auch viel Freiheiten.«

»Führen sie oft in die Irre?«

»Bisher nur einmal. Das Tor öffnete sich in einen wirbelnden Albtraum, und ich musste mich sofort wieder zurückziehen. Es hätte mich fast umgebracht; ich war danach einen Tag lang bettlägerig.«

»Also hast du gar kein Fieber gehabt?«

»Doch, schon, aber nur kurz. Die übrige Krankheit war auf die Tore zurückzuführen. Ich bin jetzt stets erschöpft. Ich bin nicht stark genug.«

»Wozu?«

»Jedes Mal, wenn ich an das denke, was mir bevorsteht, gerate ich in Panik. Wie soll ich die Düsternis zerbrechen und das Gleichgewicht zwischen den Welten wiederherstellen, ohne alles zu zerstören? Ich habe keine Ahnung, und es gibt niemanden, den ich fragen könnte.«

Wenige Tage später kam Llian in den Speisesaal gerannt. »Rasch!«, rief er Karan und Maigraith zu. »Da tut sich etwas unten am Backhaus.« Er lief wieder hinaus.

»Was?«, rief Maigraith und trabte hinter ihm her.

»Ich weiß es nicht. Ich hörte, wie Yggur seine Truppen im Schnellschritt dorthinab beorderte, dann sind er und Mendark ihnen gefolgt.«

Als sie das Backhaus erreichten, schwirrten überall Wachen umher. Mendark stand auf der obersten Stufe, Yggur neben ihm. Mendark klopfte mit dem Griff seines Messers gegen die Tür. Karan, Maigraith und Llian drängten sich in die vorderste Reihe der Menge.

»Aufmachen, Tensor! Das Gebäude ist umstellt!«

Kurz drauf öffneten sich die Türen, und ihnen wurde der Zutritt gestattet. »Dein Verrat ist entdeckt, Tensor!«, brüllte Mendark. »Wo ist die Flöte?«

Tensor stand am anderen Ende des Gebäudes, die Aachim in Reih und Glied hinter ihm, dahinter die erschrockenen Goldschmiede und Holzschnitzer. Alle waren hohlwangig, so hart hatte Tensor sie arbeiten lassen.

Tensor trat vor, fast ohne ein Anzeichen der Rückenverletzung, die ihn zuvor geplagt hatte. Er war wütend. »Ich weiß nicht, wovon du redest!«, sagte er. »Wir haben unseren Teil der Abmachung eingehalten!« Er hob einen Kasten aus Elfenbein und Messing von der Werkbank, streifte sich Seidenhandschuhe über, öffnete die Verschlüsse und zog sie aus einer Tasche aus schwarzem Samt hervor – die wieder hergestellte goldene Flöte. Im hellen Lampenschein glänzte sie wie flüssiges Metall.

»Sie ist wunderschön«, sagte Karan und streckte die Hand aus, um das herrliche Ding zu berühren.

»Nicht anrühren!«, fauchte Tensor und schob sie zurück. »Du wirst ihre Vollendung beflecken!«

Karan schoss Maigraith einen Blick zu, in deren Augen es feucht vor Verlangen glänzte. Mendark starrte die Flöte mit dem gleichen verzweifelten Verlangen an. »Sie ist gewiss deine schönste Arbeit«, bemerkte Maigraith.

Tensor nickte steif. »Sie klingt ...«

Maigraith verspürte einen Stich des Neids und der Wut. »Was? Du hast mein Erbe gespielt! *Wie konntest du es wagen!*«

Er sah sie funkelnd an. »Wir haben sie nicht benutzt. Wir wollten nicht …«

»Ich bezweifle, dass außer der Musik etwas geschehen würde, wenn der Spieler nicht etwas anderes will«, warf Mendark trocken dazwischen. »Das ist die eigentliche Basis der Geheimen Kunst. Die Macht mag dem Instrument innewohnen, aber es erfordert Willen und Talent, sie hervorzulocken, ansonsten könnte jeder Dummkopf die Flöte aufnehmen und die Welt ins Chaos stürzen.«

»Woher willst du wissen, dass sie richtig klingen wird, wenn du sie nie gespielt hast?«, fragte Llian.

Tensor sah ihn eisig an. »In Aachan haben wir seit zehntausend Jahren Flöten geschaffen. Unsere Mathematiker haben das Instrument perfekt beschrieben, bevor es hergestellt wurde. Wenn sie gespielt wird, ist jeder Ton vollkommen.«

Maigraith streckte die Hand danach aus. »Vielen Dank. Ich werde mein Erbe jetzt an mich nehmen.«

»Zurück!«, sagte Tensor hart, und die Aachim legten die Hände an die Waffen.

»Aber sie gehört mir! Mein Gold, meine Flöte!«

Die Soldaten der Aachim stellten sich neben Tensor, fünf an jeder Seite. Karan konnte ihnen ihr Verlangen ebenfalls vom Gesicht ablesen. Sie glaubten, die Flöte könne sie heim nach Aachan bringen, und sämtliche ihrer Eide bedeuteten nichts vor diesem verzweifelten Verlangen. Selbst Malien neben ihr bebte vor Gefühl.

Wir werden Rulke mit jeder Waffe bekämpfen, die uns in die Hand gerät, hatte Malien gesagt. Also hatte sie dies gemeint.

»Nicht du auch noch!«, flüsterte Karan. »Malien, ich kann's nicht glauben, dass du uns für die Flöte verraten würdest.«

Malien fuhr sich mit den Fingern durch das dicke rote Haar. Sie schaute sich wild um, erkannte Karan kaum.

»Malien!«, rief Karan.

Malien schüttelte sich. »Du kannst unmöglich verstehen, was Aachan uns bedeutet«, erwiderte sie leise.

Karan nahm ihre Hand und drückte sie verzweifelt. »Bedeutet es mehr als Freundschaft, als die Bande der Verwandtschaft, ganz zu schweigen von dem, was wir gemeinsam erlitten haben?«

Malien schüttelte ihre Hand ab. »Aachan, Aachan!«, flüsterte sie.

»Ich werde sie dir nicht überlassen!«, schrie Tensor Maigraith an.

Karan wandte sich wieder dem eigentlichen Streit zu.

»Aber das war Teil des Abkommens!« Maigraith war verwirrt, verständnislos. Tränen rannen ihr das Gesicht herab. Sie sah sich hilfeheischend unter der Gemeinschaft um, aber alle schienen von der Flöte in Bann geschlagen zu sein.

»Mag es mich auch entehren, es zu brechen, aber ich habe dich beobachtet, *Charon!*« Er spuckte das Wort förmlich aus. »Jeden Tag bist du mehr wie sie geworden. Eines Tages wirst du uns an Rulke verraten. Ich bereue es, dir diesen kleinen goldenen Ring überlassen zu haben, aber ich würde die Flöte eher *zerstören*, bevor ich zulasse, dass du mit ihr Yalkara zurück nach Santhenar holst.«

Das war also das, was hinter dem Verrat lag! »Was ist mit deinem Versprechen mir gegenüber?«, fragte Karan wild.

»Nicht einmal dir gegenüber halte ich es!«, erwiderte Tensor.

Maigraith fuhr herum und rannte zur Tür. Shand rief ihren Namen, aber sie hörte es anscheinend nicht.

Mendark beobachtete Tensor mit zusammengekniffenen Augen. »Du hast das die ganze Zeit über so geplant«, sagte er. »Wenn mir meine Spione nichts von deinem Verrat berichtet hätten, wärst du inzwischen mit ihr auf und davon.«

»Meine Art steht an erster Stelle«, erwiderte Tensor. »Das begreifst du doch bestimmt, Mendark. Ich werde sie nicht aufgeben.«

»Ihr wenigen könnt nichts gegen meine Armee ausrichten«, sagte Yggur.

»Solltet ihr angreifen, lautet mein Befehl, die Flöte so zu zerstören, wie Shuthdar es tat. In diesem Fall werden Thurkad und alle, die darin wohnen, aufhören zu existieren«, sagte Tensor.

»Er würde es tun«, murmelte Mendark Yggur ins Ohr.

»Dann bleibt sie hier!«, rief Yggur. »Meine Wachen werden dafür sorgen.«

Sie gingen hinaus. Draußen vor der Tür schaute sich Karan nach Maigraith um, aber die war verschwunden.

Malien packte Karan beim Arm und führte sie zur Seite des Gebäudes hinab. »Jetzt ist es Zeit, dass du dich entscheidest, Karan. Bist du für uns? Wenn nicht, bist du gegen uns. Einen Mittelweg gibt es hier nicht!«

»Ich bin für diejenigen, die ihre Versprechen halten!«

»Wie ich auch. Du hast vielleicht daran gedacht, als du den Spiegel vor uns verborgen gehalten hast.«

»Und sieh nur, was Tensor damit getan hat! Ich habe das Richtige getan, und du weißt es.«

»Nicht, als du mit Rulke zusammengearbeitet und ihm den Weg zurück zu unserer Welt gezeigt hast, damit er Aachan in Sklaverei halten und dasselbe mit Santhenar tun konnte!«

»Du irrst dich in ihm!«, erwiderte Karan schwach.

»Viertausend Jahre unserer Geschichte sind kein Irrtum! Karan, wir sind verzweifelt! Du wirst uns helfen müssen!«

»Ich war davon ausgegangen, dass die Aachim große Pläne hegten, wie sie mit Rulke verfahren würden.«

»Das stimmt auch. Gerade im Augenblick formt sich eine Armee, aber sie wird nicht rechtzeitig in Shazmak eintreffen. Die Flöte ist unsere *einzige Chance!*«

Auch sie wirkte verzweifelt. Karan dachte an all das Gute an den Aachim und all die Freundlichkeit, die Malien ihr erwiesen hatte.

»Was kann ich tun?«

»Maigraith ist der Schlüssel. Sie kann uns erschaffen oder zerstören. Behalte sie im Auge! Wohin sie auch geht, folge ihr und statte mir dann Bericht ab!«

Wild debattierend zog sich die Gemeinschaft zur Zitadelle zurück.

»Wir müssen sie zurückbekommen«, sagte Mendark. »Tensor blufft.«

»Das glaube ich nicht«, meinte Yggur.

»Wer kann sie denn überhaupt benutzen, wenn es Maigraith verboten ist?«, fragte Llian. »Und falls niemand, welchen Nutzen hat sie dann?«

»Eine Frage, die man besser vor ihrem Bau gestellt hätte!«, erwiderte Yggur.

»Ich ... ich kann es vielleicht«, erklärte Mendark. »Ich war einst ein vollendeter Flötenspieler, wie ihr wisst, und ich bin auch empfindsam. Ich werde ...«

»Ha!«, sagte Yggur, sogleich voller Argwohn. »Du hast uns sehr schlau manipuliert, Mendark. Die ganze Zeit über hast du das gewollt, während du falsche Hindernisse in den Weg gelegt hast, damit wir nicht sahen, worauf du hinauswolltest!«

»Das war schon immer ein Vorschlag Shands gewesen, seit dem Meer der Trockenheit!«, fauchte Mendark. »Die Entscheidung, wer sie gebrauchen sollte, war stets unser größtes Problem gewesen. Seitdem habe ich die Künste und Wissenschaften der Flöte studiert. Du nicht?«

»Meine Herren!«, sagte Shand. »Angenommen, Mendark kann sie benutzen – dann arbeiten wir doch einen Plan aus! Einen besseren als das Fiasko von Elludore. Die Flöte kann den Weg zwischen den Welten öffnen und uns zu jedem Ziel bringen, das wir uns vorstellen können. Vielleicht kann sie sogar die Düsternis auflösen, *aber sie ist keine Waffe!* Selbst wenn wir mir ihr ins Herz von Shazmak vordringen, müssen wir uns immer noch mit anderen Mitteln verteidigen. Wohingegen Rulkes Konstrukt ein Apparat ist, der Tore öffnet, dazu eine Waffe und ein Schild.«

»Ich schlage vor, wir ergreifen unsere Waffen, schnappen uns die Flöte und greifen Shazmak an, bevor es zu spät ist«, schlug Mendark vor.

»Wie?«, fragte Shand.

»Ich arbeite an einem Plan«, erwiderte er.

»Es wird eine größere Katastrophe werden als die letzte«, sagte Yggur, »und wo werden wir dann sein?«

»Wir werden nicht hilflos jammernd hier herumstehen«, fauchte Mendark, »während Rulke und Faelamor unsere Welt unter sich aufteilen.«

Maigraith kehrte zu der kleinen Hütte am Wasser zurück und saß ganz für sich allein dort. Warum habe ich mein Erbe aufgegeben?, warf sie sich immer und immer wieder vor. Warum, *warum?* Alle wollen etwas von mir, aber niemand hilft mir in meiner Not.

Der Gedanke, dass Tensor ihre Flöte gegen Rulke verwendete, war eine Übelkeit erregende Vorstellung. Sie spürte, wie sich die Wut in ihr aufbaute und ihre Selbstbeherrschung überwand, wie so oft. Sie stellte sich vor, dass Tensor hier wäre, sie rannte im Raum umher und überließ sich gewalttätigen Ausbrüchen, sodass die Küche hinterher ein einziges Trümmerfeld war. Sogleich schämte sie sich darüber. Sie war so gerne mit Shand hier gewesen! Sie kehrte das zerbrochene Geschirr und die Splitter zusammen, stellte das Mobiliar wieder an seinen Platz, setzte sich draußen auf die Veranda und starrte hinaus aufs schieferfarbene Meer.

Jetzt überfiel sie eine tiefe Melancholie, ein weiteres Gefühl, für das sie anfällig war. Der Wind drehte sich, strich über den Hafen und schleuderte ihr die Gischt ins Gesicht. Maigraith saß den ganzen Tag lang dort, verlassen und allein. Das Licht schwand. Sie ließ zu, dass sich Dunkelheit und Feuchtigkeit um sie legten und ihr jegliche Wärme und menschliches Mitgefühl entzogen. Sie fiel zurück in jenen Zustand von Traurigkeit, in dem sie den größten Teil ihres Lebens verbracht hatte, in dem nichts wirklich zählte, weil ihr jegliche Identität, jegliches Selbst fehlte. Sie war bloß ein Werkzeug in den Händen anderer.

Um Mitternacht weckte etwas sie auf. Sie zitterte heftig, nass bis auf die Haut. Was würde Shand sagen, wenn er sie jetzt sehen könnte? Beim Gedanken an die freundliche Ermahnung ihres Großvaters spielte ein bitteres Lächeln um ihre Lippen, aber das Gefühl der Heiterkeit schwand rasch. Sie hatte Shand im Stich gelassen. Sie würde ihn und Yalkara jetzt nie mehr vereinen.

Die Flöte ist mein, ob ich mich getraue, sie zu benutzen, oder nicht! Ob ich es will oder nicht! Wie kann Tensor es wagen, sie mir zu verweigern? Nachdem sie ein Leben lang

Faelamor gehorcht hatte, wird mir *niemand* mehr mein kostbares Erbe verweigern!

Maigraith zog sich die nassen Kleider aus, trocknete sich ab und zündete ein Feuer an. Dann, als sie sich wieder ankleidete, begriff sie, dass Tensor ihr am Ende sogar einen Gefallen erwiesen haben mochte. Dadurch, dass er sie beständig wegen ihres Charon-Erbes beleidigt hatte, musste sie an ihre Herkunft denken. Alles, was Faellem war, wies sie zurück, und einer der Altmenschen war alles, was sie das ganze Leben lang gewesen war. Das kannte sie bereits. Es war sogar noch schlimmer, da diese mit den Aachim verbündet waren, die sie gerade verraten hatten.

Maigraith streckte die Hand nach jenem unerfüllten Charon-Teil ihrer selbst aus, den Havissard erweckt und Yalkaras Botschaft gestärkt hatte. Wenn Tensor ihr Feind war, und auch Faelamor, dann bedeutete Charon vielleicht Freund! Vielleicht war es ihre Bestimmung, Rulke zu suchen. Sie arbeitete einen Plan aus, ihre Flöte wieder an sich zu nehmen und nach Shazmak zu gehen.

6

Der fünfte Weg

Es war vier Uhr morgens, und Maigraith war erschöpft. Sie hatte gemerkt, dass Karan ihr nachspionierte, und sich ihr zu entziehen, hatte Maigraiths Kräfte stark beansprucht. Drei Nächte lang hatte sie jetzt die Werkstatt beobachtet, und nicht ein Mal waren Yggurs Wächter in ihrer Wache nachlässig geworden. Sie schritten auf und ab, wechselten, schritten wieder hin und her, und das alles in einer komplizierten Routine. Es gab auch Wächter der Aachim, drinnen wie auch draußen, und sie waren gleichermaßen wachsam.

Sie hatte bereits versucht, mit einem Tor hineinzukommen, aber dieser Versuch war fehlgeschlagen. Die Aachim besaßen Verteidigungsmöglichkeiten gegen Tore. Da ihr die Macht fehlte, die Türen einzuschlagen – nicht dass sie dies gewollt hätte –, blieb ihr nur ein Weg. Die Wache der Aachim wechselte grob geschätzt etwa alle zwei Stunden. Das war die einzige Zeit, zu der die Tür unversperrt war.

Maigraith versetzte ihr Bewusstsein in die Stimmung, die es ihr gestatten würde, ihre Macht zu lenken. Sie müsste sich sehr genau konzentrieren, um sämtliche Wächter auf einmal außer Gefecht zu setzen. Dann, gerade bevor die Tür sich öffnete, fiel ihr Blick zufällig auf ein kleines Gebäude auf der anderen Hofseite und auf ein blasses weißes Geflacker. Das war seltsam! Sie erinnerte sich, es zuvor schon gesehen zu haben, und hatte es für eine zufällige Spiegelung gehalten.

Jetzt begriff sie jedoch, dass es ein Signal war. Sie beobachtete die Tür und fing ein Antwortsignal auf. Ein weiterer Aachim beobachtete den Wachwechsel. Wenn das Signal nicht käme, würde Alarm geschlagen.

Sich um diesen Wächter zu kümmern, war leichter, als sie erwartet hatte; die Frau war sehr unerfahren. Maigraith lähmte sie und schnappte sich die Signalkugel, aber die Wache hatte unterdessen gewechselt, und die Tür war wieder verschlossen. Sie trat näher, wobei sie den größten Teil der Kugel bedeckt hielt, sodass das Licht weiter entfernt erscheinen würde, und wartete den nächsten Wachwechsel ab.

Die Wache dauerte länger als üblich, und Maigraith hatte Sorge, dass es vorher dämmern würde. Schließlich sah sie einen winzigen Lichtschein. Sie hatte das Gefühl, dass sie etwas zu langsam Antwort gab, aber das Signal kam schließlich. Die Tür öffnete sich. Die Wachen von drinnen erschienen. Maigraith wägte ab, wie viel Macht sie gegen sie einsetzen sollte. Sie wollte niemanden töten. Sie verringerte die Stärke ihres Spruchs ein wenig.

Ihre geflüsterte Beschwörung glitt durch den Abend. Alle Wächter fielen zu Boden. Sie jagte über die Pflastersteine, sprang durch die Tür, verriegelte sie, rannte zum anderen Ende der Werkstatt und riss die Laschen des Ebenholzkästchens auf. Die Flöte war in ein schier endloses Tuch aus schwarzem Samt eingeschlagen, das so weich wie die Haut eines Babys war. Sie zog sie heraus. Was für ein wunderschönes Ding! Sie schien bei der Berührung fast lebendig zu sein. Die Handwerkskunst war auserlesen.

Etwas schlug gegen die Tür und rutschte daran herab. Hatte einer der Wächter sich bereits erholt? Maigraith geriet fast in Panik – sie musste nicht genügend Kraft eingesetzt haben. Sie konnte unmöglich ungesehen hinausgelangen, wenn sie die Wächter nicht tötete, für sie allerdings undenkbar. Es sei denn, sie setzte die Flöte ein!

Keine Zeit, das Instrument zu bewundern. Könnte sie es zum Klingen bringen? Sie setzte es an die Lippen, suchte in Gedanken nach dem einen Ort, den sie kannte und wo sich ein Tor öffnen würde – das Dach, von dem aus sie nach Saludith gegangen waren. Sie spielte einen Ton, und noch einen. Nichts geschah.

Sie versuchte es erneut. Immer noch nichts! Aber Maigraith verspürte ein leichtes Gefühl des Unbehagens, als wäre die Welt ein wenig verzerrt. Sie hielt inne, unangenehm gestört. Die Unwirklichkeit kam und ging in einer Reihe auf- und niedersteigender Echos. Es war die Verzerrung, die auftrat, wenn zwei Kräfte einander kreuzten und verformten. Jemand anders benutzte eine ähnliche Macht, und sie wusste genau, wer es war. Sie hatte eine alarmierende, kribbelnde Aura. Faelamor!

An der Tür krachte es, dann ertönten Rufe von draußen sowie weiteres Klopfen – Axthiebe. Die Tür bebte unter dem Angriff. Sie versuchte es erneut, spielte die erste Hälfte einer Tonleiter. Die Echos kehrten zurück, stärker als zuvor. Wiederum streckte Maigraith die Hand aus und setzte sämtliche Macht ein, um den Nebel zu durchschneiden, der ihr Ziel einhüllte.

Es war, als hätte ihr jemand mit einem steinernen Knüppel einen Hieb in den Magen versetzt. Der Schlag warf sie mit solcher Gewalt gegen einen Brennofen, dass sie eine Rippe brechen spürte. Eine volle Minute lang konnte Maigraith sich nicht mehr erheben. Tu das nicht noch einmal! Du hast es mit Gewalt versucht. Du musst dich entspannen, es spüren, *mit ihm in Einklang vorgehen!* Versuche es erneut. Aber sie tat es nicht. Die Flöte in ihren Händen verströmte eine solche Macht, aber

Maigraith erkannte, dass sie außerstande war, sie anzuzapfen. Vielleicht war das Gold selbst über die Zeit hinweg verdorben. Vielleicht hatte Tensor etwas getan, das sie daran hinderte, sie zu benutzen. Was der Grund auch sein mochte, er war jetzt tödlich. Das ganze Gebäude hatte eine seltsame, verzerrte Aura angenommen.

Maigraith legte ihr Erbe auf den Boden, richtete sich auf und beobachtete, wie die Tür unter dem Angriff erzitterte. Die Schneide einer Axt erschien im Holz, und die Latten ächzten, als sie wieder herausgezogen wurde. Der andere Widerhall wurde stärker. Worauf wollte Faelamor hinaus? Faelamor, die Ellami ausgeschickt hatte, sie zu töten, ein derart schockierender Verrat, dass Maigraith ihn immer noch nicht recht fassen konnte. Sie musste es herausfinden, bevor es zu spät wäre. Ihr blieb keine andere Wahl, als nach Elludore zu gehen.

Draußen gab es einen Tumult, und ein gewaltiger Aufprall erschütterte die Tür. Der Angriff hörte auf und wurde mit größerer Gewalt wieder aufgenommen. Die Bretter bogen sich nach innen. Der nächste Hieb würde sie aufbrechen. Maigraith ergriff einen Schmiedehammer, kletterte mühsam auf den Brennofen und bearbeitete die Decke. Schwarzer Staub und Putz regneten auf sie herab. Sie kletterte in das Loch und hieb mit dem Hammer auf das Dach ein. Schiefer flog in alle Richtungen davon. Es wurde bereits hell.

Die Tür brach auf. Die Belagerer stürmten herein. Maigraith zog sich aufs Dach und rannte leichtfüßig den First hinab, entdeckte jedoch, dass die ganze Werkstatt umzingelt war. »Da oben!«, rief jemand.

Würde ein Tor hier funktionieren? Maigraith spürte, dass sie dafür weit genug von der Flöte entfernt wäre. Sie konzentrierte sich im Geiste auf ihr allererstes Tor, das immer noch das stärkste war, die Eisensteine in Elludore. Als sie die Erinnerung heraufbeschwor, schwebte ihr das Bild jenes Ortes in die Gedanken, klar und scharf. Sie griff danach, silberne Strahlung umfloss sie, und sie taumelte wild durch den Raum. Ich benutzte diese Kunst zu häufig, dachte sie. Der Gebrauch veränderte die Geheimen Künste manchmal auf unvorhersagbare Weise. Für meine Verschwendung werde ich zahlen müssen. Nicht dieses Mal, betete sie. *Funktioniere richtig!*

Einen Augenblick lang brach das Tor in sich zusammen, dann zerrte Maigraith es wieder zu sich heran und materialisierte es mit einem Krach, der ihr in den Ohren schmerzte. Hier war es kurz vor der Dämmerung, fünfzig Meilen westlich von Thurkad, aber dort gab es ausreichend Licht, dass sie etwas erkennen konnte. Sie stand zwischen den Eisensteinsäulen am Fluss in Elludore.

Maigraith war in körperlich schlechter Verfassung – die Rechnung würde nicht lange auf sich warten lassen. Ihre Nerven waren zum Zerreißen gespannt. Von hier war es ein ziemliches Stück bis zu den Höhlen. Sie kroch stromaufwärts. Die Haupthöhle war erleuchtet, eine breite, flache Öffnung, wie das Maul eines Wals. Jemand erschien im Eingang und schaute hinaus in die Dunkelheit, dann verschwand er wieder.

Maigraith kroch auf dem Bauch den Hang hinauf. Es hatte Frost geherrscht, und der niedergetretene Boden war zu harten Furchen gefroren. Sie kam nahe genug heran, um Stimmen sprechen zu hören, konnte jedoch die Worte nicht verstehen. Höher kroch sie, wand sich wie eine Schlange über den Pfad, den Kopf vorgereckt, die Luft prüfend. Sie verstand ein Wort – *Shazmak!* Dann sagte jemand laut: *»Nein!«* Sie kroch näher.

Offensichtlich war die Debatte an einem toten Punkt angelangt. Erneut hörte sie *Shazmak*, und dann ertönte Faelamors Stimme: »Die Entscheidung liegt bei mir, oder nicht? Habt ihr nicht geschworen, mir zu folgen? Habe ich nicht alles getan, was ihr von mir verlangt habt?«

»Wir haben Angst. Das widerspricht allem, wofür wir stehen.«

»Wozu sind wir nach Santhenar gekommen, vor all diesen Jahren? Doch nur, um die Bedrohung durch die Charon zu beseitigen!«

»Aber sich mit dem Großen Betrüger selbst zu verbünden ...«

»Wer hat denn von Bündnis gesprochen? Ich habe gesagt, ihm ein Bündnis *anbieten.* Die ganze Woche über haben wir versucht, unser Instrument zum Funktionieren zu bringen, und es funktioniert wunderbar. Ich weiß, dass es uns heimbringen kann, aber es kann die Düsternis nicht durchbrechen. Wir wissen, dass Rulke den Weg öffnen kann, denn er hat es am Mittwintertag getan. Er hat, was uns fehlt, und ich kann, was er verlangt. Wenn der kritische Augenblick eintritt, erhalten auch wir unsere Chance.«

»Er wird Verrat erwarten. Es ist ein Risiko ohne Hoffnung auf Gewinn. Er ist so viel stärker als wir.«

»Ja, aber er weiß nichts von unserem goldenen Nanollet. Er könnte sich nie vorstellen, dass wir so einen Apparat erschaffen könnten! Und wenn wir wirklich nichts gewinnen«, fuhr Faelamor fort, *»dann soll es so sein!* Sobald er mit seinem Konstrukt zwischen den Drei Welten ist, haben wir alles verloren. Tallallame kann gegen diese Macht nicht standhalten. Dafür sind wir hergekommen. *Wir müssen es versuchen!* Und falls wir gegen alle Wahrscheinlichkeit Erfolg haben, werden wir im Triumph heimkehren und den Weg auf immer hinter uns versiegeln!«

Goldenes Nanollet? Also *hatten* sie das Gold benutzt. Ich muss herausfinden, woher es stammt. Maigraith fiel das Gespräch über gestohlene Zeichnungen aus Llians Kollegium wieder ein, die Faelamor den Hinweis geliefert hatten, sie solle in Havissard nachschauen. Ich habe sie gesehen, erkannte Maigraith. Sie waren in Faelamors Gepäck, als wir zum ersten Mal hierherkamen. Wohin habe ich sie gelegt?

Maigraith schlüpfte durch die Bäume zu einer der anderen Höhlen hinauf, einem Vorratslager, wo Faelamor ihre Ausrüstung aufbewahrte. Sie leerte die Kisten und Taschen, durchwühlte Faelamors kärgliche Habseligkeiten. Unten auf dem Boden einer Tasche fand sie eine zusammengedrückte Papierrolle.

Sie trug sie nach draußen, wo es immer heller wurde, entrollte die Zeichnungen hinter einem Baum, und da sträubten sich ihr die Haare. Maigraith starrte ins Dunkel. Kein Wunder, dass Faelamors Werke ein dermaßen wahnsinniges, gefährliches Gefühl hinterließen. Das Gold, und daher auch das daraus gefertigte Nanollet, war verdorben. Die Faellem mit ihren geringen Fähigkeiten, Apparate zu beherrschen, hatten den gefährlichsten aller Apparate erschaffen. Als Einziges bliebe, sich das Nanollet selbst zu greifen. Aber wie? Sie quälte sich allzu lang in der zunehmenden Helligkeit, und plötzlich ertönte über ihr das Geräusch von Schritten. Maigraith kauerte sich nieder, da sie wusste, wie exponiert sie war. Wenn jemand herabschaute, würde er sie sehen.

Faelamor tauchte auf. Sie eilte hinüber zur Vorratshöhle. Eis knackte unter Maigraiths Fuß. Faelamor fuhr herum und rief: »Wer ist da?«

Maigraith schoss los und rutschte den steilen Pfad hinab.

Faelamors Aufschrei hatte die Faellem herausgelockt. Sie dürfen mich nicht erkennen, betete Maigraith. Dann vernahm sie Faelamors Wutschrei: *»Maigraith!«*

Ein Heer von Faellem schwärmte hinter ihr aus. Sie spürte bereits, wie ihre Kräfte erlahmten, spürte, wie ihre Konzentration abnahm. Ihr Tor befand sich eine halbe Stunde weit flussabwärts, und sie würde es nie bis dahin schaffen. Maigraith versuchte, ein neues Tor zu erschaffen, und weinte vor Anstrengung, aber irgendetwas schlug sie hart auf die Schulter, ein entsetzlicher Schmerz. *»Shand, hilf mir!«*, schrie sie. Sie griff hinaus, öffnete ein Tor und fiel, noch immer rennend, hinein.

Maigraith wurde umhergestoßen, wütend loderten Flammen rings um sie, und sie wurde ins Nirgendwo gezerrt. Ihr Bewusstsein flammte auf und erlosch wieder, dann krachte sie durch eine verputzte Decke und landete irgendwo auf dem Boden. Yggurs Werkstatt. Schwach sah sie zu ihm auf und sank dann in die Bewusstlosigkeit. Blut rann ihr aus der Schulter. Ein langer Pfeil stach daraus hervor.

Als sie wieder zu sich kam, kümmerte sich Yggur gerade um sie, zusammen mit einem Whelm, dessen Namen Maigraith nicht kannte. Sie trugen sie zu einem Sessel. Eine volle Minute lang sah Yggur sie funkelnd an und sagte schließlich kalt: »Das ist ein Pfeil der Faellem.«

Ihr klapperten die Zähne. Unter den Nachwirkungen brach sie zusammen. Die Pfeilspitze kratzte über ihr Schulterblatt, genau dort, wo Thyllans Messer sie letzten Sommer getroffen hatte.

Sie klammerte sich an Yggurs Hand, während der Whelm daran arbeitete, ihr den Pfeil herauszuziehen. »Es gibt Dinge, die du mir niemals sagen kannst! Ich habe auch meine Geheimnisse, Yggur.«

»Selbst wenn wir beiseitelassen, was in der Werkstatt geschehen ist, missbrauchst du die Kunst. Die Aachim sind in Aufruhr.«

»Ich bin froh darum. Tensor ist mein Feind! Ich habe nichts mehr zu sagen.«

»Sehr gut«, sagte Yggur, »aber ich darf dich doch an die Folgen erinnern, ja? Jedes Tor, das du erschaffst, muss so vorbereitet werden, als ob es dein erstes wäre. Du darfst niemals innerhalb eines Tages zurückkehren, und *niemals*, ohne zwischendurch auszuruhen. Wenn du diese Regeln nicht befolgst, wirst du dich früher oder später verlieren und nie mehr zurückkehren können. Oder du kehrst zurück, aber dein Verstand nicht mehr.«

»Ich kenne die Gefahren«, brummelte sie. Von ihm eine Lektion zu erhalten, war schier unerträglich. »Ich war verzweifelt.«

»Das Verlangen ist immer ein verzweifeltes. Wenn dich nichts zum Wanken bringt, außer deiner Pflicht, dann denke daran, auf wie viele Weisen du in der Zukunft gebraucht wirst. Ich fürchte um dich.«

Das war kein Trost. Sie schwieg, während der Whelm die Wunde versorgte und verband. Maigraith legte den Kopf zurück und schlief ein.

Yggur traf Shand beim Frühstück an. »War es Maigraith, die in die Werkstatt eingebrochen ist?«

»Ja«, erwiderte Shand. »Ich bin zufällig vor der Dämmerung dort entlanggegangen, als die Wache sich gerade wieder erholt hatte.«

»Was hat sie vor?«

»Ich weiß es nicht.«

»Wir treffen uns besser heute; heute Morgen. Die Zeit ist fast gekommen.«

»Ich spüre es gleichfalls. Ich habe Angst.«

»Sag mir, Shand, bist du zufällig da vorbeigekommen?«

»Natürlich nicht. Ich habe die Gewohnheit alter Männer angenommen, früh aufzustehen und spazieren zu gehen, und ich gehe oft dort entlang. Aber gleich nach dem Erwachen habe ich seltsame Kräfte verspürt – Dinge, die ich nie zuvor verspürt habe. Ich bin den ganzen Weg bis zur Werkstatt gerannt, aber sie war bereits weg.«

»Ich hab's auch gespürt.«

»Weißt du, warum Maigraith einverstanden war, das Gold aufzugeben?«

»Nein«, erwiderte Yggur, »obwohl ich mich das oft gefragt habe.«

»Mir zuliebe! Sie wollte die Flöte erschaffen, damit sie Yalkara und mich wieder zusammenbringen könnte.«

Yggur fiel fast vom Stuhl. »Das wäre ... widersprüchlich.«

Shand lachte. »Mendark würde sich in die Hose machen! Und Tensor ...« Er hielt jäh inne. »Tensor muss es herausgefunden haben.«

»Allerdings! Er wird die Flöte jetzt nie mehr weggeben. Und was ist mit dir, alter Freund?«

»Ich wünsche es mir so sehr.« Shand zitterte vor Leidenschaft. »Wie sehr ich es mir wünsche! Aber ich darf nicht zu hoffen wagen. Ich werde Yalkara nie wiedersehen.« Er wechselte das Thema. »Was werden wir wegen Faelamor unternehmen?«

»Wir sind so unvorbereitet! Ich rufe alle zusammen. Ich fürchte um Maigraith, Shand!«

»Wie ich auch. Ich schicke Karan los, sie soll auf sie Acht geben. Und ich werde selbst mit ihr sprechen, wenn sie aufwacht. Was machen deine Pläne für den Krieg?«

»Eine Katastrophe! Letzte Woche hat die Dritte Armee gemeutert. Ich habe die Meuterei brutal niedergeschlagen, aber das hat die Moral nur noch weiter nach unten gezogen. Du weißt, wie sich Gerüchte ausbreiten.« Yggur wirkte verärgert, und seine alten Probleme waren zurückgekehrt: die stockende Sprechweise, das Erstarren der Muskeln auf der einen

Gesichtsseite. »Nicht einmal meine Gegen-Gerüchte von unserer wunderbaren Flöte haben etwas bewirkt.«

»Es heißt, dass sie nicht funktionieren würde; dass sie uns mehr Schaden zufügen würde als ihm. Vielleicht stimmt das. Wir wissen nicht, was wir tun, oder?«

Darauf gab Yggur keine Antwort. »Rulke ist ebenso gut in der Verbreitung von Gerüchten wie ich. Eintausend Erzähler haben die Geschichte seines magischen Konstrukts erzählt und wie es durch die Luft geflogen ist und uns geschlagen hat. Der Krieg ist verloren, und die Schlacht hat noch nicht einmal angefangen.«

»Wir haben einen Verräter in unseren Reihen«, sagte Mendark an jenem Nachmittag. Er hatte die Nachricht vom Diebstahlsversuch schlecht aufgenommen, obwohl der Ärger auf seinem glatten Gesicht völlig Fehl am Platz wirkte.

»Woher wissen wir, dass nicht du es bist?«, fragte Yggur.

»Du beschuldigst *mich!*«, tobte Mendark.

Er krallte sich in Yggurs Umhang. Yggur hob die Faust. Einen Augenblick lang schien es so, als würden sie gewalttätig werden, dann öffnete sich knallend die Tür, und Maigraith kam taumelnd herein. Sie sah aus, als wäre ihr alles Blut aus den Adern gesaugt worden. In der jähen Stille ließ sie ihre Bombe platzen.

»Ich bin durch ein Tor nach Elludore gegangen«, sagte sie. »Faelamor ist auf dem Weg nach Shazmak, um sich mit Rulke zu verbünden. Sie hat ihren eigenen Apparat hergestellt, *aus dem Gold der goldenen Flöte.*« Das Schweigen wirkte ohrenbetäubend.

Noch immer ergriff niemand das Wort, obwohl ihnen allen das gleiche Entsetzen ins Gesicht geschrieben stand.

Dann brüllte Mendark: »Woher weißt du das?«

Maigraith zog die Zeichnungen aus der Tasche und warf sie auf den Tisch.

Llian untersuchte sie sorgfältig. »Das sind diejenigen, die aus der Bibliothek des Kollegiums gestohlen wurden. Seht mal! Diese hier zeigt, wie Yalkara in den brennenden Turm geht, nachdem die goldene Flöte vernichtet wurde. Ohne ihren Goldschmuck.«

Die zweite Zeichnung zeigte Yalkara, wie sie aus Hulings Turm wieder heraustrat, eine kleine Gestalt auf einem großen Blatt. Rauch hing über dem Turm wie eine gehobene Faust. Ihre Kleidung rauchte, ihre Hände waren blutverschmiert, und sie trug wieder die goldene Kette um den Hals, den Stirnreif über der Braue und den Armreif ums Handgelenk.

Llian wirkte, als hätte sich gerade eine göttliche Wahrheit enthüllt. »Yalkara muss irgendeine Magie benutzt haben, um das geschmolzene Gold in eine perfekte Kopie des Schmucks zu formen, den sie stets trug, und sie hat es unter dem Blick sämtlicher Beobachter aus den Ruinen herausgebracht. Wie kühn von ihr!«

»Sie wollte nie sagen, weshalb ihre Hände so schlimm vernarbt waren«, sagte Shand. »Es muss in ihrer Eile, das Gold zu formen, geschehen sein.«

»Ich habe es gespürt!«, sagte Maigraith. »Als Shand und ich zu Hulings Turm gereist sind. Es war entsetzlich!«

»Einer von ihnen wird den anderen verraten und stärker denn je daraus hervorgehen«, sagte Yggur geschlagen.

»Noch sind wir nicht am Ende«, ertönte Mendarks Stimme. »Zeiten der Verzweiflung rufen nach verzweifelten Gegenmitteln: die Düsternis, das Unbeherrschbare! Sollen diejenigen unter uns, die solche Geheimnisse kennen, sich insgeheim treffen, um einen Plan auszuarbeiten.«

Maigraith sagte niemandem, was sie durchmachte. Sie hatte ihren Entschluss gefasst, und niemand würde ihr die Sache ausreden. Sie fühlte sich von der Gemeinschaft, von ihren Freunden, sogar von Shand ausgeschlossen.

Ihre Verletzung war sehr schmerzhaft, und sie fühlte sich immer schlechter, je weiter der Tag voranschritt. Nach der Versammlung ging sie wieder zu Bett, fiel jedoch in einen seltsamen, unruhigen Schlummer, der nicht von Träumen durchsetzt war, sondern von einem Wachzustand, der eher einer Trance glich und in dem sie aufstand, sobald Karan hinausgegangen war, und alles zusammenpackte, was sie für eine lange Reise benötigen würde. Im Wissen, dass Karan sie im Auge behielt, plante sie gleichfalls, die erstbeste Gelegenheit zu nutzen, um davonzuschlüpfen. Maigraith versteckte ihr Gepäck, ging wieder zu Bett und schlief tief und fest.

Nach Mitternacht erwachte sie, und die Nachwirkung war verschwunden. Karan hatte sich im Sessel beim Feuer zusammengerollt und döste, erwachte jedoch, als Maigraith sich rührte. »Wie geht's dir?«, fragte Karan.

»Viel besser, obwohl meine Schulter immer noch schmerzt.«

Karan sah sich die Verletzung an, die sich entzündet hatte, wechselte den Verband und bereitete Tee. Sie tranken ihn schweigend.

»Ich habe Angst, Karan.«

»Wie ich.«

»Nein, ich habe *wirklich* Angst. Die ganze Welt kehrt sich um. Den ganzen Tag über habe ich Stimmen gehört, Menschen, die etwas flüsterten, aber sie schienen sich auf einer anderen Ebene aufzuhalten. Ich verstehe nicht, wovon sie sprechen, nur dass sie unsere Welt haben wollen. Ich spüre, wie sie etwas aushecken – Blut und Gewalt.«

»Manchmal höre ich Stimmen«, gab Karan murrend zu.

»Aber du bist eine Empfindsame!«, jammerte Maigraith und richtete sich jäh auf. »Ich habe das Gefühl, in eine andere Dimension zu schauen. Und jetzt umgibt dich eine Aura – grün, schwarz und rot und sich stets verändernd.«

Sie sprach wild von unmöglichen Dingen, als unterschiede sich ihre Welt völlig von Karans Welt; als hätte sich die Wirklichkeit für sie verschoben.

»Es ist das Fieber«, sagte Karan. Sie befühlte Maigraiths Stirn, die kühl war, und es durchzuckte sie ein Schrecken. »Ich hole dir etwas zu trinken.«

»Das Fieber ist weg«, sagte Maigraith. Als Karan mit einem Krug Wasser zurückkehrte, war Maigraith eingeschlafen.

Kurz darauf erwachte sie wieder und sprach wehmütig von Dingen, die sie in der Vergangenheit gemeinsam getan hatten. »Erinnerst du dich, wie wir zusammen nach Fiz Gorgo gegangen sind?«, fragte sie. »Das war ein Abenteuer! Erinnere dich, wie wir in die Zisterne hinabsteigen und durch diesen schleimigen Tunnel schwimmen mussten! Und erinnere dich ...« Sie lachte schrill, gefangen in ihrer anderen Welt.

Sie ist wahnsinnig geworden!, dachte Karan in jähem Entsetzen. Sie spricht wie ein Kind über Dinge, die sie in den Ferien getan hat. »Es war kein Abenteuer, es war ein entsetzlicher Albtraum für uns beide«, sagte sie, und ihre Worte waren wie eine Ohrfeige.

Maigraith erschauerte, und ihr Blick konzentrierte sich sichtlich. Sie wandte sich Karan zu, als sähe sie sie zum ersten Mal. »Was rede ich da! Tut mir leid, dich in diese Sache mit hineingezogen zu haben, Karan.«

»Mir auch. Ich möchte nach Hause gehen, solange ich noch eines habe.«

Später sprachen sie über nach Shazmak, zu der Reise dorthin und wie es im Innern war. Erst nachdem Maigraith erneut eingeschlafen war, begriff Karan, wie subtil sie das Gespräch gelenkt hatte, damit sie so viel wie möglich über die Stadt der Aachim erfahren konnte.

Karan erschrak, denn unter Maigraiths beiläufigen Fragen lag eine wehmütige Nostalgie um das, was vielleicht gewesen, und ein Fatalismus, dass alles vorbei war. Und bevor Karan einschlief warf Maigraith die Arme um sie und küsste sie, was sie nie zuvor getan hatte.

»Pass auf dich auf!«, flüsterte sie. »Und kümmere dich um Shand. Tu's für mich!«

Im Augenblick schlief Maigraith tief und fest. In wenigen Stunden würde die Morgendämmerung anbrechen. Karan lief die Halle hinab, um Malien die wichtige Neuigkeit zu berichten. Malien war wütend auf sie gewesen, weil sie nicht gewusst hatte, dass Maigraith in die Werkstatt einbrechen wollte. Karan fühlte sich auch schuldig wegen der Flöte, da sie sich sicher war, dass Tensors Rebellion etwas mit dem zu tun hatte, was sie Malien weitergesagt hatte. Zugleich war die Pflicht gegenüber Malien ebenfalls sehr real. Beide Verpflichtungen liefen auf dasselbe hinaus: Wenn Maigraith nach Shazmak ginge, müsste sie ihr folgen.

Malien war nicht auf ihrem Zimmer. Karan wanderte hinaus zum Backhaus und sah Tensor auf den Stufen stehen, der mit einem seiner Wächter sprach. Sie wusste nicht, was sie tun sollte. War er jetzt Feind oder Verbündeter? Sie verspürte Loyalität beiden Seiten gegenüber. Aber nur Tensor könnte ihr sagen, was sie unbedingt wissen musste. Sie nahm ihn beiseite und teilte ihm mit, was auf der Versammlung geschehen war.

»Nun ja«, meinte er, »wie ich sehe, habe ich die Dummheit nicht gepachtet. Was sind deine Freunde doch für eine Bande!« Vermutlich meinte er damit Mendark und Yggur.

»Sie haben sich ein Dutzend Mal in diesem Winter getroffen, aber was ist dabei herausgekommen?«

»Faelamor geht nach Shazmak«, erinnerte sie ihn.

»Shazmak«, sagte er versonnen. »Es ist, als wäre ein Teil von mir amputiert worden. Wenn ich es bloß wiedersehen könnte!«

»Meinst du, dass sie sich mit Rulke verbünden wird?«

»Ha! Wer wird den anderen denn zuerst verraten?«

»Aber wenn sie ihre Differenzen beiseiteschieben, und sei es auch nur für einen Tag – was könnten sie uns da antun!«

»Niemand kann sie aufhalten«, sagte Tensor düster. »Man kann nichts tun.«

»Maigraith schon.«

»Erwähne ihren Namen nicht mir gegenüber!«

»Du bist ein dummer, bigotter alter Narr!«, kreischte Karan, packte ihn beim Hemd und schüttelte ihn. »Du hast ein Versprechen abgegeben, und du hast es zurückgezogen.«

»Was?«

»Du hast Maigraith ihre Flöte verweigert. Kann sonst jemand Rulke und Faelamor aufhalten?«

Er schwieg. »Kann es jemand?«, schrie sie ihm ins Gesicht.

»Nein!«

»Dann hilf mir, ihr zu helfen!«

»Ich kann nichts tun.«

»Maigraith geht nach Shazmak, und ich gehe mit ihr.«

»Sie wird dich verraten und allein zurückkehren!«, fauchte er.

»Ich arbeite im Auftrag Maliens!«, sagte Karan aufgebracht. »Und kann Maigraith denn wirklich alles noch schlimmer machen, als es sowieso schon ist?«

»Vermutlich nicht«, gab er missmutig zu.

»Dann halte dein Versprechen!«

»Na gut«, sagte Tensor. »Ich habe dir oder ihr gegenüber unehrenhaft gehandelt, und das macht mir zu schaffen. Was willst du von mir?«

»Besteht eine Möglichkeit, heimlich nach Shazmak zu gelangen?«

»Es gibt einen *fünften* Weg!«, erwiderte Tensor, und seine Stimme war kaum ein Flüstern. »Nur mir bekannt. Er ist seit zweitausend Jahren nicht mehr benutzt worden. Zweitausend Jahre – damals waren wir in der Blüte unserer Jugend. Nichts schien für uns zu weit entfernt zu liegen.«

Er schwafelte weiter, sprach über Ereignisse, die sie genau kannte, als hätten sie in der fernen Vergangenheit stattgefunden. »Dann sind *sie* schließlich in Verkleidung gekommen, und wir haben sie erst erkannt, als wir sie vor uns gesehen haben, denn sie heißen jetzt anders. Sie nennen sich die *Whelm!*«

»Tensor!«, rief Karan und riss ihn wieder in die Gegenwart zurück. »Es ist dringend! Sag mir den Weg!«

»Der fünfte Weg! Vielleicht ist er zerfallen. Es ist fünfzig Jahre her, seitdem ich ihn zum letzten Mal überprüft habe. Wir haben nie daran gedacht, auf diesem Wege *einzudringen.* Auf der Strecke gibt es Fallen, die du überwinden musst. Ich kann mich jetzt kaum noch daran erinnern. Du kannst den fünften Weg nicht allein gehen.« Er brach ab und starrte blicklos zur Decke.

»Sag es mir, rasch!«

»Hör gut zu!«, sagte er und beschrieb ihr den Weg, wobei er sämtliche Fallen und Fallgruben unterwegs erläuterte. Er löste einen langen, komplizierten Schlüssel von einer Kette um seinen Hals. »Ich weiß nicht, warum ich ihn immer noch habe. Ich zeichne dir auch eine Karte.« Er schrieb einige kryptische Kritzeleien auf ein festes Stück Papier. »Studiere sie gut und vernichte sie anschließend! Nein, was sage ich denn da? Shazmak ist auf immer verloren. Wenn du diesen Weg gehst, nimm jemanden mit, dem du vertraust. Jemand, der groß ist!«

Karan eilte in ihre eigenen Räumlichkeiten zurück, wo Llian ruhig schlief. Oh, Llian!, dachte sie, wie sehr wünschte ich mir, dass wir ein letztes Mal zusammen gehen könnten. Aber dies ist keine Reise für dich. Ich würde dich bloß in den Tod führen. Sie beugte sich über ihn und küsste ihn auf den Mund. Er lächelte und streckte mit geschlossenen Augen die Hand nach ihr aus.

Da hätte sie sich fast zurückgezogen, aber das Verlangen war allzu stark. Sie stellte die Tasche auf den Boden und schlüpfte in seine Arme. Dort war es so warm; so geschützt; so schön. Sie wollte eigentlich bleiben, aber wenn sie jetzt nicht aufstand, wäre sie nie mehr dazu imstande. Karan küsste ihn erneut, auf die Nasenspitze, und glitt aus dem Bett. »Auf Wiedersehen, Llian!«, flüsterte sie.

Karan eilte zu Maigraiths Zimmer zurück. Sie war länger fort gewesen, als sie geplant hatte. Leise stieß sie die Tür auf. Maigraiths Bett war leer, und ihre Kleider waren weg.

Voller Panik lief Karan umher und verfluchte sich selbst, weil sie Maigraith allein gelassen hatte. Sie zwang sich gewaltsam dazu, ruhig zu überlegen. In ihrem eigenen Gepäck befand sich nach wie vor noch von dem Ausflug nach Saludith die Ausrüstung für die Reise und den Winter. Es wäre auch fürs Gebirge ausreichend. Sie rannte in ihr Zimmer, um es zu holen, und begriff währenddessen, dass sie nichts zu essen dabeihatte. Zu schlimm; sie konnte keine Sekunde erübrigen. Wie lange war Maigraith schon weg? Es konnte gut und gern eine Stunde sein. In ihrem geschwächten Zustand mochte sie vielleicht einige Zeit brauchen, bis sie das Dach erreicht hatte, ihrem bevorzugten Ort zum Erschaffen von Toren.

Karans Schritte hallten den Flur hinab. Sie bog um eine Ecke und rannte in Shand hinein, der ein Blatt Papier in der Hand hielt.

»Maigraith ist weg!«, keuchte sie. »Zum Dach, würde ich sagen. Sie geht nach Shazmak!« Sie nahm die drei Stufen auf einen Satz.

Maigraith war von einem Netzwerk aus Licht umgeben, aber es war nicht das gleichmäßige, ruhige, blassblaue Licht, das sie nach Saludith geschickt hatte. Dies hier war eine flackernde, rötlich orangefarbene Korona, strahlend hell und begleitet von einem Zischen. Karan zögerte keinen Augenblick lang. Sie jagte über das Dach und rief: »Halt!« Das helle Licht flammte auf, erlosch, und Maigraith verblasste.

Shand schrie vom oberen Treppenabsatz: »Maigraith, warte! Das musst du dir ansehen ...« Karan vollführte einen Satz in das Licht hinein. Es folgte ein entsetzliches Knistern, sie wurde hoch in die Luft geschleudert, und dann verschwand das Licht, und Karan war ebenfalls fort.

Shand lief zu der Stelle hinüber. Nichts war geblieben außer einem beißenden Geruch, der sich schnell in der Brise verflüchtigte. Er sah auf das Papier hinab und fluchte lange und heftig.

7

Carcharon

Maigraith war kurz nachdem Karan hinausgegangen war aufgewacht. Ihr ging es viel besser als zuvor, obwohl es in ihrer Schulter pochte. Sie hatte überlegt, wie sie von hier wegkäme, und jetzt, da sich ihr die Gelegenheit dazu bot, ergriff sie sie auf der Stelle. Sie zog sich an und rannte zur Speisekammer. Mit Hilfe von ein wenig Macht brach sie das Schloss auf, stopfte sich ihr Bündel mit Essen voll und lief zum Dach hinauf.

Während ihrer Flucht zur Treppe traf sie auf niemanden, was nur gut war, denn sie war entschlossen, sich von niemandem, mochte es Freund oder Feind sein, aufhalten zu lassen. Einmal auf dem Dach angelangt, bereitete Maigraith sich sorgfältig vor. Yggurs Warnung durfte sie nicht außer Acht lassen. Dies wäre das dritte Tor innerhalb von anderthalb Tagen, ganz zu schweigen von ihrem katastrophalen Erlebnis mit der Flöte. Sie nahm ein großes Risiko auf sich, aber sie musste nach Shazmak, bevor Faelamor dort eintraf.

Oben auf dem Dach ging Maigraith die Prozedur zum Erschaffen eines Tores methodisch durch. Es gab keine Möglichkeit, direkt nach Shazmak zu gelangen, weil sie niemals dort gewesen war. Aber sie kannte Carcharon. Sie würde ein Tor dorthin herstellen und den Rest des Wegs zu Fuß gehen.

Sie beschwor Erinnerungen an Carcharon herauf. Klar wie ein Bild stand es ihr im Kopf. Das war eine Erleichterung. Es wäre ein leichter Sprung.

Erneut ging Maigraith ihre Vorbereitungen durch, sah das Ziel vor sich und überprüfte es darauf, ob das Konstrukt den Ort verzerrt hatte. Sie spürte nichts, aber gefährliche Orte konnte man oft nicht fühlen, bevor man dort eingetroffen war. Nun, sie hatte alles getan, was sie konnte. Zeit zu gehen.

Sobald sie das Tor aufbaute, bemerkte Maigraith, wie schwach sie war. Es war ein unbeholfenes, mangelhaftes Portal, umgeben von einem unheilvollen Käfig aus Licht. Sie merkte, wie unstet es war, wie schlecht abgestimmt. Dennoch war die Herstellung des Tors nicht der zermürbende Teil, auch nicht das Erkennen des Ziels. Der zermürbende Teil bestand darin, alles zusammenzuhalten und gleichzeitig zu springen. Sie setzte zu einem neuen Versuch an, aber das zweite Tor war noch schlechter. Sie war schwächer und hatte noch weniger Kontrolle darüber als zuvor.

Maigraith setzte sich hin und brachte ihren mentalen Zustand wieder in Ordnung. »Ich *werde* es tun«, redete sie sich ein und arbeitete, bis ihr Kopf pochte. Sie setzte erneut an. Diesmal war das Tor ein wenig besser. Durfte sie es riskieren? Sie musste es.

Maigraith vernahm einen Schrei vom oberen Treppenabsatz und wusste, dass es Karan war. Sie verfiel in Panik. Sie musste los. *Jetzt!*

Es war ein schlechter Sprung; trotz der Zeit, die sie sich für die Vorbereitung genommen hatte, geriet sie aus dem Gleichgewicht. Dann kam ihr die schreckliche Erkenntnis, dass Karan irgendwie mit ins Tor geraten war. Maigraith sah, wie sie hoch in die Luft geschleudert und herumgewirbelt wurde. Sie konnten unmöglich beide hindurchgelangen; Karan mochte sich irgendwo anders materialisieren! Sie war bereits dabei zu verschwinden, davonzutreiben, und daran ließ sich nichts ändern.

Maigraith streckte die Hand aus, aber sie war blind. Sämtliches Wissen um ihr Ziel war verloren. Sie kannte den Namen, aber Carcharon als Ort war bloß noch eine ferne Erinnerung.

Karan!, schrie sie durch den Äther. *Ich bin verloren, ich bin verloren!* Sie sah hinab auf die brodelnden Wolken des Nichts. Sie hatte die Kontrolle über das Tor verloren. Maigraith gelang es nicht, ihre Panik genügend zu überwinden, um es erneut zu finden.

Plötzlich spürte sie etwas – jemand suchte nach ihr. Maigraith packte die Verbindung. *Wo bist du?*, rief sie hinüber.

Ich weiß es nicht, sendete Karan zurück. Ihre Stimme war ruhig.

Ich bin verloren!, weinte Maigraith. *Ich habe uns beide verloren.*

Karan ließ Ermutigung über die Verbindung fließen. Ihre Triunensinne gestatteten ihr, das zu wiederholen, was Rulke für sie auf dem Weg nach Aachan getan hatte. Sie war so stark, so beruhigend, dass Maigraiths Panik ein wenig abebbte.

Hol mich zu dir!, rief Karan. *Du kannst es!*

Maigraith packte das Abbild und versuchte, es zu sich zu ziehen. Bald erkannte sie Karans Umriss durch den Nebel. Karan trieb langsam zu ihr hin, und sie klammerten sich aneinander, wirbelten hinab und immer weiter hinab.

Behalte die Verbindung bei. Nicht loslassen!

Ich werde nicht loslassen, flüsterte Karan ihr in Gedanken zu. *Welches Ziel haben wir?*

Carcharon natürlich, flüsterte sie zurück. *Aber ich sehe es nicht mehr.*

Hier ist es, rief Karan über die Verbindung hinweg, und der Weg dorthin war wie eine breite Straße, deutlicher als sämtliche Wege, die Maigraith jemals bereist hatte. Carcharon ragte vor ihr auf, nicht als Abbild in ihren Gedanken, sondern der richtige Ort. Sie griff danach, und jäh wurden sie aus dem brodelnden Kessel in das zerstörte obere Gemach des Turms gerissen, hinein in die Dunkelheit.

Eine kurze Zeit lang klammerten sie sich weiter aneinander und schrien vor Erleichterung auf. Maigraith lag auf dem Boden, und ihre Brust hob und senkte sich schwer. »Ich bin völlig am Ende«, sagte sie. »Ich habe mich niemals schlimmer gefühlt.« Sie übergab sich über den Rand der vom Konstrukt geschaffenen Mulde im Steinboden und warf sich dann wieder auf den Rücken.

»Dann hör sofort auf! Du bringst dich noch um!«

»Ich sehe nicht so recht, weswegen wir uns beglückwünschen sollten«, sagte Karan knapp, während sie zwischen den Ruinen ihr Frühstück zu sich nahmen. Die Sonne ging auf, und sie waren froh darum, sie zu sehen, denn Carcharon war jetzt unheimlicher denn je. Die Mauern standen in einem merkwürdigen Winkel zueinander, der Stein war so weich wie Käse, das Licht zitterte sichtlich. Selbst die Luft hatte einen schwachen, stechenden, krankhaft süßlichen Geruch an sich. »Das Tor war nichts, verglichen mit dem, was uns noch bevorsteht.«

»Darüber mache ich mir Sorgen, wenn es so weit kommt.«

»Du hast dich seit Fiz Gorgo gewiss verändert«, bemerkte Karan.

»Haben wir beide.«

»Ich muss unbedingt etwas schlafen«, sagte Karan. »Nur ein paar Stunden. Kann ich dir vertrauen, dass du mich nicht im Stich lässt?«

»Kannst du«, erwiderte Maigraith. »Um dir die Wahrheit zu sagen – ich bin so erschöpft, dass ich nicht mal die Stufen runtergehen könnte.«

»Na ja, ich misstraue dir. Mehr noch, ich glaube nicht, dass du die Wahrheit sagst. Setz dich hier hin, und ich lege meinen Kopf in deinen Schoß, und wenn du dich rührst, werde ich sofort erwachen.«

Maigraith tat, wie ihr geheißen, lächelte jedoch heimlich dabei. Karan legte sich hin und schlief fast auf der Stelle ein. Maigraith legte den Arm um sie, schlief jedoch selbst nicht.

Sie kennt mich allzu gut, dachte Maigraith. Ich *werde* auf und davon sein, wenn sich mir die Gelegenheit dazu bietet. So saß sie fast zwei Stunden da, war jedoch am Ende so verkrampft und unterkühlt, dass sie die Beine strecken musste. Sofort öffnete Karan die Augen. Sie sah Maigraith funkelnd an, lächelte dann, tätschelte ihr die Hand und schlief wieder ein.

Sie teilten ein karges Mittagessen und machten sich zum Grat und zum Pfad nach Shazmak auf. Nach den aufregenden letzten Tagen fühlte Maigraith sich entspannt, beruhigt.

»Na, jetzt sind wir also wieder unterwegs, nur wir beide. Irgendwie passend, dass wir am Ende zusammen sind, wie wir es zu Beginn waren.«

Sie dachte an ihre Reise nach Fiz Gorgo zurück, mit der alles angefangen hatte. Wie angespannt war sie da gewesen, wie erbärmlich hatte sie sich gefühlt. Aber das war jetzt alles vorüber. Sie war eine andere Person, und auch wenn sie nie zurückkehren würde, so ging sie zumindest zielstrebig und im Wissen ihres Wertes. Und dennoch, wie traurig war es, Shand zurückzulassen! Sie hatte ihn seit Saludith von sich ferngehalten. Hatte es tun müssen.

Und wie verändert bist *du*, dachte Maigraith. Ich erinnere mich noch, wie du in jener Nacht ausgesehen hattest, als wir uns nach Fiz Gorgo hineingeschlichen hatten: dein Gesicht so bleich, und deine Augen groß vor Furcht. Aber sobald du einverstanden gewesen warst, hast du nicht davor zurückgeschreckt. Niemals habe ich das bei dir erlebt. Das letzte Jahr hat das lachende Kind aus dir gebrannt. Karans Gesicht war jetzt schmaler und härter, weiser und trauriger.

Maigraith dachte auch an Yggur. Sie schuldete ihm viel, dennoch war er Teil ihrer Vergangenheit. Ein notwendiger Teil und in mancherlei Hinsicht ein guter, aber eine Lebensspanne entfernt und jetzt abgeschlossen.

Als sie den steilen Grat hinaufgingen, musterte Karan wiederholt ihre Freundin. Sie *waren* jetzt Freundinnen, trotz der Art und Weise, wie ihre Freundschaft begonnen hatte. Maigraith hatte nicht mehr diesen verlorenen, ungewollten Ausdruck an sich. Während des vergangenen Jahres hatte sie sich gefunden. Aber sie hatte auch diese große Last gefunden und sie klaglos auf sich genommen. Sie wusste, wer sie war und wo ihr Platz in der Welt war. Aber sie wusste auch, welche Konsequenzen sich wahrscheinlich daraus ergäben, und daher hatte sie die Welt von sich geschoben.

Während sie weitergingen, fielen Karan Rulkes Worte ein: *Du wirst aus eigenen Stücken kommen, wenn die rechte Zeit ist.* Wie Recht er gehabt hatte!

Karan dachte ebenfalls an Fiz Gorgo. Sie hatte fast dasselbe Gefühl wie damals, dass sie nämlich sehenden Auges in etwas hineinging, das ihre Kräfte überstieg. Sie spürte die Anspannung, die sich in ihr aufbaute, das Gefühl, dass etwas Schreckliches geschähe, etwas Unwiderrufliches. Gegen ihren Willen strahlte sie Wellen der Furcht aus, wie sie es damals auch getan hatte.

Maigraith spürte es ebenfalls. Arme Karan, dass sie eine Empfindsame war, eine Gefangene ihrer erhöhten Sensibilität! Aber Maigraith verstand es jetzt besser, damit umzugehen.

»Als Kind habe ich im weiten Land Mirrilladell gelebt«, sagte sie, »und dort gab es zwei Dinge (abgesehen von einer Mutter und einem Vater), nach denen es mich verlangte.«

Karan schaute auf, so unerwartet kam diese Bemerkung.

»Das Meer und die Berge«, fuhr Maigraith fort. »Dank meiner Muschel, die mir ins Ohr sang, hatte ich eine Ahnung vom Meer erhalten, aber ich hatte nie die Berge gesehen. Du hast Mirrilladell noch nie besucht, oder?«

»Niemals«, erwiderte Karan leise.

»Es würde dir nicht sehr gefallen. Es ist ein monotones Land – zumindest dachte das Kind in mir so, obwohl eine spätere Rückkehr dorthin in mir meine Erinnerungen aufrührte. Es ist bitterkalt im Winter, denn die Winde, ob sie nun vom äußersten Pol im Süden heranwehen oder von der großen Gebirgsbarriere, die das Land im Norden umschließt und sämtlichen Handel verhindert, sie sind immer eisig kalt.

Im Sommer ist Mirrilladell dunstig und von Mücken verseucht, und ich schwöre, dass es dort Insekten gibt, die Leder durchbeißen können. Es gibt dort Millionen von Seen und ebenso viele Sümpfe, Hügel wie schäbige Schafe und Bäume, die überall gleich sind, wohin man auch geht, ganz anders als deine wunderschönen Wälder in Meldorin.

Aber von dem höchsten dieser Hügel konnte ich die Vorgebirge der Berge erkennen, nach denen ich so Sehnsucht hatte. Die höchsten Berge aller Drei Welten, hatte mir Faelamor einmal gesagt, bis zu sechs-, siebentausend Spannen, und der steile Tirthrax mindestens noch tausend mehr. Er reicht sogar bis in die oberen Luftschichten, wie es heißt. Stell dir das mal vor! Du kannst den Tirthrax bei klarem Wetter von jedem Hügel in Mirrilladell sehen, und er sieht niemals gleich aus.«

Karan hatte nachgerechnet. »Viermal so hoch wie Shazmak? Nichts kann so hoch sein.«

»Tirthrax ist ein Ding, über das man sich wundert, aber zunächst musst du ihn einmal sehen. Vorstellen kann man ihn sich unmöglich.«

Sie suchten sich inzwischen ihren Weg zwischen den Graten hindurch, wo Karan am Tag nach dem Hythe ihre Schneehöhle gebaut hatte. Jetzt lag kaum genügend Schnee für eine Höhle. Die Sonne schien ihnen auf den Rücken, und wenigstens war es windstill. Wie sie da zwischen knorrigen grauen Felsbrocken aufstiegen, gerieten sie bald ins Schwitzen.

»Für die Einheimischen von Mirrilladell verkörpert der Tirthrax alles Grausame, Unbezähmbare und Launenhafte. Sie hassen diesen Berg, der drohend ihr Land überragt und alles überschattet, was sie tun. Und das ist eines der wenigen Dinge, welche die Faellem von jenem Volk übernommen haben, denn sie hassen ihn ebenfalls.«

»Wie kann man einen Berg hassen?«

»Wenn man seine Berge lieben kann, wie du und auch die Aachim«, erwiderte Maigraith gleichmütig, »kann man sie vermutlich auch hassen. Aber ich war davon gefangen. Und das umso mehr, als ich begriff, wie sehr *sie* ihn hassten. In meiner Jugend habe ich Geschichten über ihn gesponnen.«

Der Hang wurde steiler, als sie neben dem Spalt weitergingen, und schwarze Erdwälle querten ihn. Hier und dort war eine schmale Brücke aus fast durchscheinendem Eis verblieben. Karan erzählte von ihrer waghalsigen Flucht über die Eisbrücke.

»Und du sagst *mir*, ich solle Acht geben!«, sagte Maigraith leise, während sie auf die zersplitterten Felsen auf dem Grund der Schlucht hinabschaute. Es dauerte einige Zeit, bis sie weitersprach.

»Später, als meine Erziehung vorangeschritten war, verlor ich diese Vorstellungskraft. Alles wurde durch das harte Regiment abgestreift, das meine Ausbildung und mein Leben mir auferlegte. Es war eines der Dinge, die es so erschwerten, alles zu ertragen – nirgendwo konnte ich mich mehr verstecken. Später errichtete ich mir einen anderen Ort, aber es war ein intellektueller Rückzugsort und nicht annähernd so tröstlich.«

»Ich würde gern einige von deinen Kindheitsfantasien hören«, sagte Karan. Sie identifizierte sich sofort mit den Kümmernissen von Kindern, da ihre eigene spätere Kindheit so unglücklich gewesen war. Erneut trafen sie die Parallelen zwischen ihrem Leben und dem Maigraiths.

»Die meisten sind dahin, obwohl der Tirthrax geblieben ist. Vermutlich war das Verlangen zu stark, um völlig verloren zu gehen.«

Jetzt hatten sie den Hauptweg nach Shazmak erreicht, ein steiler Pfad, der sich immer weiter aufwärts wand. Hier hörte der Wind nie auf zu wehen.

»Ich weiß nicht, ob Menschen in den Großen Bergen leben. Wahrscheinlich sind sie so hoch, dass nichts dort wachsen könnte, obwohl ich damals anderer Ansicht war. Ich stellte mir vor, dass ich im warmen Herz der Berge wohnen würde. Im Tirthrax gab es andere Menschen, wie mich. Freundliche Menschen, die mich haben wollten und für mich sorgten. Das waren meine Träume. Du kannst dir vorstellen, wie viel die Berge mir bedeuteten, insbesondere nach dem Verlust des Meeres. Sie waren das Einzige, das mir nie genommen werden konnte, denn wenn ich einen Hügel in Mirrilladell erstieg, konnte ich sie wieder sehen.«

»Die Hauptstadt der Aachim liegt am Tirthrax«, sagte Karan. »Tief im Herzen des Gebirges.«

»Es muss ein wunderbarer Ort sein.«

»Habe ich auch gehört. Ich bin nie dort gewesen.«

»Dass du mitgekommen bist, ist ziemlich lästig«, bemerkte Maigraith an diesem Abend, als sie ein frugales Mahl zu sich nahmen. »Ich habe nur genügend Vorräte für mich allein mitgebracht. Was bist du für eine Plage!« Aber sie lächelte bei diesen Worten und reichte Karan eine weitere winzige Portion.

Karan stopfte sich das Bröckchen in den Mund, als hätte sie Angst, Maigraith würde es ihr wieder entreißen. »Es sind nur vier oder fünf Tage. Selbst wenn uns für die letzten beiden Tage nichts mehr bleibt, werden wir davon nicht sterben.«

»Es würde nichts einbringen, dort halb verhungert einzutreffen.«

Karan sah nach der Wunde. Im Feuerschein musste sie die Augen zusammenkneifen. »Versuch es mal mit dieser Lichtkugel!«, sagte Maigraith und reichte ihr eine. »Du kannst sie behalten.«

Die Verletzung sah nicht schlimmer aus als zuvor, aber auch nicht besser. Erneut verband Karan Maigraiths Schulter. »Du hättest Probleme, das selbst zu erledigen«, sagte sie. »Und es hätte dich schlimmer behindert als der Hunger.«

Sie gingen weiter bis tief in die Nacht hinein, schliefen nur kurz, waren jedoch stets zur Morgendämmerung wieder unterwegs. Auf diese Weise erreichten sie den Gipfel des östlichen Passes nach Chollaz schon am dritten Nachmittag, nachdem sie Carcharon verlassen hatten. Sie waren gut vorangekommen, aber die Reisebedingungen waren auch gut gewesen – schönes Wetter und der Schnee verharscht, sogar in den höchsten Höhen.

Seit Carcharon hatte Karan ihre Ängste beiseitegeschoben und so getan, als befänden sie sich auf einem Spaziergang übers Land. Sie schauten auf Shazmak hinab, obwohl Karan bloß eine Wildnis aus felsigen Gipfeln und steil abfallenden Cañons sah. Sie erinnerte sich an das erste Mal, als sie hier gestanden hatte, ein Mädchen von zwölf Jahren, das entsetzt in die Öde hinabgestarrt hatte. Weiter vorn hatte es nur Felsbrocken und Schnee gegeben und die Aussicht zu verhungern.

Karan erinnerte sich auch an andere Zeiten – zumeist glückliche, als sie mit Rael oder ihren anderen Aachim-Freunden Shazmak verlassen und wieder betreten hatte. Ob sie gegangen oder gekommen war – an diesem Punkt hatte sie stets eine ungeheure Aufregung verspürt.

Alles vorbei. Rael war im Garr ertrunken, und selbst diese Tragödie lag schon mehr als ein Jahr zurück. Das Shazmak, das sie gekannt hatte, war auf immer dahin. Ihre uralten Feinde hatten es sich zu eigen gemacht. Das hatte sie auch bewirkt.

Maigraith musste Karans Stimmung gespürt haben, denn sie ließ sie in Ruhe. Bei Einbruch der Dunkelheit legte sie Karan den gesunden Arm um die Schulter.

»Zeit für ein Lager. Du hast gesagt, hier gäbe es einen Rastplatz?«

Karan riss sich zusammen und führte sie einen kaum erkennbaren Pfad hinab zu einem geschützten Ort unter einem überhängenden Felsen. Dort entdeckten sie eine kleine, runde, in den Fels geschnittene Kammer mit einer Steinplatte, die man zum Schutz vor dem Wetter vor die Öffnung schieben konnte.

»Das ist kein Werk der Aachim«, sagte Maigraith.

»Nein, dafür ist es viel zu grob. Es ist weit vor ihrer Ankunft hier entstanden. Ich weiß nicht, wie alt es ist.«

»Und gab es nicht auch Wächter?«

»Ja, und viel Verwirrung, sodass ungewollte Besucher nie den Weg hinein fanden. Vielleicht sind sie beim Fall Shazmaks kaputtgegangen.«

Sie nahmen eine weitere karge Mahlzeit zu sich, rollten sich in ihren Schlafsäcken ein und schliefen. Zumindest Karan schlief. Erneut spürte Maigraith keinerlei Schlafbedürfnis. Ihre Schulter schmerzte, aber sie schob den Schmerz aus ihren Gedanken. Ein paar Sterne waren über den Bergen zu erkennen, obwohl sie bis Mitternacht von einem Dunst verschleiert waren. Überlegend lag sie im Dunkeln da; beobachtend.

In der dunkelsten Stunde der Nacht erhob sie sich, holte die restlichen Essensvorräte aus ihrem Bündel und legte sie auf den Boden neben Karan. Dann beugte sie sich herab, berührte Karan mit den Fingerspitzen an den Schläfen und sagte leise: »Schlafe!«

Karan seufzte, schob sich unter den Decken hervor und fiel in einen noch tieferen Schlaf. Maigraith warf sich ihr Bündel, das jetzt beträchtlich leichter war, über eine Schulter, zog sich die Stiefel an und ging nach draußen. Ein Dreiviertelmond schien durch den dichten Dunst herab. Sie schob die steinerne Tür vor, wobei ihre Finger einen Augenblick lang darüber strichen. Dann wandte sie sich um und machte sich ganz allein auf den Weg nach Shazmak.

8

Mein Feind, mein Freund

Maigraith überkam eine angespannte Erwartung. Endlich hatte sie die Fesseln ihres alten Lebens abgestreift – des Lebens, das Faelamor für sie geformt hatte. Die Zukunft war unbekannt, aber was sie auch in Shazmak erwartete, sie hatte es selbst gewählt.

Und was sie dort wohl erwartete, überlegte sie, als sie sich den Weg hinab durch die Dunkelheit suchte. Etwas verirrtes Mondlicht erhellte hier und da den Pfad, aber im Dunst sah alles völlig unwirklich aus. Die Felswand zur Rechten und der Abgrund zur Linken gingen fast nahtlos ineinander über, und sie konnte auch kaum zwischen dem Schnee und dem eisüberzogenen Stein unter den Füßen unterscheiden.

Maigraith eilte zu schnell voran und überlegte währenddessen, was wohl vor ihr lag. Sie trat auf eine matschige Stelle, und ihr Stiefel rutschte unter ihr weg, sodass sie gegen die Felswand fiel und sich die verwundete Schulter anschlug. Als sie sich wieder aufrichtete, pochte ihr Herz wie ein Schmiedehammer. Die Gefahr hier war wirklicher und unmittelbarer als Shazmak. Sie hätte ebenso gut abstürzen können.

Sie setzte sich auf ihren Umhang, den Rücken an die Felswand gelehnt. In ihrer Schulter klopfte es. Weit unten rauschte der Fluss, ein Seitenarm des Garr, in seinem Bett. Über ihr fuhr der Wind seufzend durch die vom Eis geformten Säulen aus Stein. Ihre Gedanken kehrten immer wieder zu Rulke zurück, zu der Erinnerung an ihn in jener heißen Nacht in Thurkad, als seine halb-körperliche Sendung im Sturm erschienen war. Er war prachtvoll und Furcht erregend gewesen, und als er sie hochgehoben hatte, hatten seine Finger heiß gebrannt. Und dennoch war er ebenfalls verletzlich erschienen.

Zuerst Yggur und jetzt Rulke, grübelte sie. Warum werde ich von mächtigen, gnadenlosen Männern mit einer verletzlichen Seite angezogen? Yggur habe ich etwas bedeutet, und ich bedeute ihm nach wie vor etwas, aber sonst interessiert ihn niemand. Er ist voller Ärger und Furcht, und er täte alles, das zu bekommen, was er haben will. Sieh nur, was er Meldorin mit seinem Krieg angetan hat, und der Zweiten Armee! Und, überlegte sie, er hat das Geheimnis meiner wahren Herkunft vor mir verborgen gehalten. Er hatte es die ganze Zeit über gewusst, oder zumindest vermutet, sogar damals schon in Fiz Gorgo. Ich erinnere mich seiner Worte klar und deutlich: *Sage mir, wo ich Faelamor finden kann und warum sie den Spiegel haben möchte, und ich werde dir sagen, wer deine Eltern waren, was ihnen zugestoßen ist und warum das so viel Schande über die Faellem gebracht hat!*

Aber er hatte es nie getan, und später, als ich ihn danach gefragt habe, hat er behauptet, er habe sich die ganze Zeit über geirrt. Warum hatte er gelogen? Hatte er Angst vor dem gehabt, was ich täte, falls ich wüsste, dass ich das Blut der Charon in mir habe?

Sie holte den Spiegel hervor und starrte das silbrige Metall in dem fadenscheinigen Mondlicht an. Geisterhafte Bilder huschten dicht unter der Oberfläche vorüber, auch ihre Vergangenheit und vielleicht sogar ihre Zukunft, aber sie rührte keinen Finger, um sie hervorzuholen. Nicht jetzt. Nicht hier!

Maigraith ging weiter. Es war ein langer Weg von der Raststation nach Shazmak, aber sie wagte nicht, sich auszuruhen, falls Karan sich rascher befreite als erwartet. Am Nachmittag erreichte sie die schmale Brücke, neben der Karan und Llian auf ihrer Reise von Tullin nach Shazmak ihr Lager aufgeschlagen hatten. Sie überquerte sie. Mehrmals spürte sie die eisernen Wächter, die den Pfad bewachten, aber sie schlüpfte jedes Mal vorüber, ohne Alarm auszulösen. Es war etwas, das sie instinktiv zu tun verstand. Die Nacht war kalt und klar, nicht das, was sie sich ausgesucht hätte. Wie sollte sie hineinkommen? Was würde sie dort finden? Was täte sie dann? Sie hatte keine Antworten auf diese Fragen.

Etwa um Mitternacht überquerte sie die letzte Brücke. Dass diese leicht unter ihr schaukelte, verursachte ihr Übelkeit. Sie war fast krank vor Erschöpfung und Hunger. Draußen, mitten über dem Garr, toste der wilde, wirbelnde Fluss derart laut die Schlucht hinab, dass es sogar so hoch droben ohrenbetäubend war. Der Wind hob und senkte unermüdlich die Brücke, sodass Wellen darüber hinwegzulaufen schienen. Zugleich schwankte sie von einer Seite zur anderen wie eine Schlange, die über den Sand kroch. Als Maigraith die andere Seite erreichte, war ihr wirklich und wahrhaftig hundeelend zu Mute.

Vor ihr befanden sich große, schmiedeeiserne Tore mit hohen Pfosten, die jedoch geschlossen waren. Sie untersuchte sie in einem schwachen Strahl aus ihrer Lichtkugel. Dabei bemerkte sie die Gestalten hinter den Toren: zwei der hoch gewachsenen Whelm. Nein, die hier nannten sich Ghâshâd. Sie drückte die Lichtkugel, und die Strahlen strömten zwischen ihren Fingern hervor und erleuchteten sie. Sie wusste, dass sie sehr stark, abweisend und unberechenbar wirkte, und rappelte am Tor.

»Mein Name ist Maigraith«, sagte sie zum ersten Wächter. Sein Gesicht war vernarbt, als wäre es mit Schmirgelpapier abgerieben worden. Der zweite war eine Frau, fast ebenso groß, mit langem, rabenschwarzem Haar und schwarzen Augen, auf eine ausgemergelte Weise hübsch. Es waren Idlis und Yetchah, als Wächter ans Tor verbannt, seitdem sie beim großen Erzählen in Carcharon gegen Rulkes Geschichte gestimmt hatten. »Bringt mich zu Rulke!« Beim Nennen seines Namens durchlief sie ein Schauer.

Yetchah, die sie erkannte, stieß einen jammernden Schrei aus. Zitternd vor Feindseligkeit, wollte sie Maigraith anspringen. Idlis hielt sie zurück. Sie fassten jeder einen Arm. Maigraith wollte sich jedoch nicht wie eine Gefangene abführen lassen, insbesondere nicht zu *ihm*.

»Lasst meine Arme los!«, sagte sie kalt, und sie gehorchten. Sie führten sie durch einen überdachten Gang und über den Innenhof mit den ockerfarbenen und schwarzen Pflastersteinen, den kleinen gewundenen Türmchen und den Kuppeln aus geschnitzter Jade. Das silbrige Gespinst auf den Türmchen bildete glänzende Linien im Mondschein, aber der schwarze Springbrunnen war auf einer Seite völlig mit Eis überkrustet, wie mit Kerzenwachs, was irgendwie die Pracht Shazmaks zu schmälern schien.

»Geht vor!«, sagte sie. »Kündigt mich an!«

Vielleicht wussten diese Ghâshâd, was sie ihren Genossen in Fiz Gorgo und Bannador angetan hatte. Oder sie hatten vielleicht Befehle im Hinblick auf sie, denn sie unternahmen keinen weiteren Versuch, sie in Gewahrsam zu nehmen. Yetchah klopfte in einem bestimmten Rhythmus an ein Paar Flügeltüren, die dreimal so hoch waren wie sie. Die Türen öffneten sich, und sie wechselte mit den Wächtern im Innern ein paar Worte. Zwei gingen hinaus, um die Tore zu bewachen.

Maigraith trat ein; die Türen schlugen hinter ihr zu. Sie war hineingelangt, aber käme sie auch je wieder hinaus?

»Komm!«, sagte Idlis mit seiner klebrigen Stimme.

Sie folgte ihm lange Korridore hinab und seltsam verdrehte Treppen hinauf. Yetchah stapfte direkt hinter ihr, was Maigraith so nervös machte, dass sie ihre Umgebung kaum wahrnahm. Sie hätte nicht sagen können, woraus die Fußböden bestanden oder die Wände. Sie erübrigte den Schnitzereien und Wandgemälden, die jede Oberfläche bedeckten, keinen Blick, auch nicht den Drahtskulpturen, die von den Decken herabhingen. Sie hätte den Weg wieder hinausgefunden, aber das war auch alles.

Ihr Herz begann heftig zu pochen. Sie versuchte, es mit purer Willenskraft zu beruhigen. Ihr Mund war staubtrocken. Was, wenn sie ihn zum Sprechen öffnete und nur ein Krächzen herauskäme? Alle möglichen Ängste, zumeist eingebildete, setzten ihr zu. Sie schob sie gewaltsam beiseite; was eine große Anstrengung erforderte. Maigraith fiel auf, dass die Selbstbeherrschung sie im Stich ließ, wie es so oft in der Vergangenheit gewesen war. Sie besaß sie im Übermaß, bis sie sie wirklich brauchte.

Sie betraten eine Versammlungshalle, ein weiter Raum mit hoher Decke, die aus den Mauern herauswuchs wie die Wölbung einer Muschel. Es war ein überwältigendes architektonisches Schauspiel, eine Demonstration der Meisterschaft in der Beherrschung von Raum und Material durch die Aachim. Die Halle musste zweihundert Schritt lang sein und fast ebenso breit und hoch. Von den Seiten führen kleinere Säle mit demselben muschelgleichen Übergang von Seitenmauer und Decke weg. Schlanke Treppenhäuser wanden sich über die Mauern zu einer Reihe von Balkonen, Plattformen, Rängen und Nebenräumen, während höhere Treppen zu einer gewölbten Decke führten, die völlig durchsichtig war und die Sterne zeigte.

Genau in der Mitte des Raums lagen zwei Treppen, die aus Glas und Spinnweben zu bestehen schienen. Sie wanden sich spiralförmig in die Höhe, wobei sie immer breiter wurden. Zunächst umschlangen sie einander wie eine Helix und sprangen dann knapp unter der Decke in entgegengesetzte Richtungen auseinander.

Und dort stand Rulke, auf halbem Weg zwischen den mittleren Treppen und der Mauer. Er arbeitete an einem zehn Spannen langen Tisch. Das schwarze, gewaltige Konstrukt ragte hinter ihm in die Höhe. Er wandte sich zu ihm hin.

»Herr«, sagte Idlis nervös. »Diese Frau hat das vordere Tor unentdeckt erreicht. Sie ist diejenige, die Ihr letzten Sommer gezeichnet habt – Maigraith!«

Maigraith schob ihre Kapuze zurück und trat ins Licht.

»Du!«, rief Rulke aus und legte einen mechanischen Apparat hin, an dem er gerade gearbeitet hatte. »Als vom Eindringling berichtet wurde, glaubte ich an Karan. Aber *du* – du bist noch viel interessanter! Es ist, als wäre *sie* zurückgekehrt. Tritt vor, Maigraith!«

Wen meinte er? Yalkara? Maigraith schritt langsam zu ihm hinüber, und sein eindringlicher Blick brachte sie in größte Verlegenheit. Rulke war ein sehr großer Mann, größer noch als Yggur, und kräftig gebaut. Sein dichtes Haar war glänzend Schwarz, ebenso sein Bart.

Sie ging direkt auf ihn zu. Ihre Blicke trafen sich. Maßen einander. Schließlich streckte Rulke die Hand aus. Überrascht nahm sie sie. Seine Hand umschloss völlig die ihre, als würde er sie in sich selbst aufnehmen, und seine Haut war heiß.

Maigraith verspürte ein Kitzeln, das ihr das Rückgrat entlanglief, als bliese ihr jemand sanft in den Nacken. Sie verlor Zeit und sich selbst aus dem Blick. Das Gefühl lief auf und nieder, ein köstlicher kitzelnder Schauder wie ein Strom, der aus seiner Hand in die ihre hinüberfloss und sämtliche Nervenenden zum Glühen brachte, bis ihr ganzer Leib in Flammen stand. Sie drückte die Oberschenkel zusammen, bis ihr die Knie schmerzten. Ihre Nervenenden pochten, sie war angespannt vom Kopf bis zu den Zehen, und es juckte sie wie kurz vor einem Niesen, dann verspürte sie jäh ein Zucken, unter dem sie vornüberfiel, während der Strom sich durch ihre Hand zurück in Rulke entlud.

»Aaaah!«, rief er und schüttelte den Unterarm aus, die Finger waren gespreizt. Er bekam eine Gänsehaut, die Augen gingen hin und her, und er quetschte ihr die Hand, bis ihre Fingerspitzen purpurrot wurden. Sie versuchte nicht, sich ihm zu entziehen – zum ersten Mal in ihrem Leben verspürte Maigraith reine Ekstase.

Schließlich öffnete Rulke die Augen, sah ihr tief in die ihren und ließ ihre brennende Hand los. Ihre schlanken Finger, blutlos und bleich, lagen auf seiner dunklen Handfläche und verweilten dort. Er hob ihre Finger an die Lippen, berührte sie kurz und zog dann den Arm zurück.

Maigraiths Hand fiel an ihrer Seite herab. Sie starrte auf, ihm in die Augen, sie gierte nach ihm und wusste genau, dass er es wusste. Sie nahmen die Ghâshâd überhaupt nicht mehr wahr, die sie in einem Kreis umstanden und sie fassungslos ansahen. Dann brüllten die einhundert Ghâshâd plötzlich wie einer begeistert auf, fuhren auf dem Absatz herum und ließen sie allein inmitten des weiten Saals zurück. Selbst Yetchah war verschwunden, die keinerlei Eifersucht mehr verspürte, sondern das Gefühl hatte, eine Offenbarung erlebt zu haben.

Maigraith wurden die Knie schwach. Kopfschüttelnd schaute sie zu Boden, ganz rot im Gesicht ob ihrer Verlegenheit. Die Ghâshâd hatten sie einmal gehasst und gefürchtet, als sie noch Whelm gewesen waren. Aber das war, bevor Rulke ihr sein Siegel der Wertschätzung aufgedrückt hatte.

»Was ist los mit mir?«, murmelte Rulke. »So habe ich noch nie zuvor die Beherrschung verloren. Komm zum Feuer! Nimm deinen Umhang und deinen Mantel ab.«

»Ich fühle mich wohl so«, erwiderte sie, zog sich die Kleidungsstücke trotzdem aus und legte sie sich über den Arm, wobei sie die Last seines Blicks spürte. Sie wurde an die Nacht ihrer ersten Begegnung erinnert. Wie heftig hatte der Sturm gegen die Kuppel der Zitadelle geschlagen, wie etwas Lebendiges, das alles in Stücke zerreißen musste. Sie erinnerte sich ebenfalls, dass sie in jener Nacht nichts außer ihrem nassen Nachthemd getragen hatte.

»Sieh mich nicht so an!«, sagte sie im Gefühl, dass er mit dem Blick ihre Kleider durchdringen konnte. »Das beunruhigt mich.«

»Ich will dich in keinster Weise beunruhigen, aber ich kann meinen Blick nicht von dir lassen.«

Dennoch wandte sich Rulke ab. Er klatschte in die Hände, und ein Diener erschien, kein Ghâshâd, sondern ein junger Mann, der so dünn war, dass er regelrecht ausgezehrt wirkte. Er humpelte durch den Raum und verneigte sich tief. Dicke braune Locken kräuselten sich über seinen hageren Wangen, dann stand er aufrecht vor ihnen und wartete schweigend. Am Kinn hatte er ein Grübchen.

»Bring Fleisch und Getränke, Jance!«, befahl Rulke, und Jance eilte davon.

Maigraith wartete geduldig, den Kopf zur Seite geneigt. Sie wirkte recht ruhig, ziemlich königlich, aber im Innern brodelte es. Er winkte sie zu einem Sessel, wartete, bis sie sich gesetzt hatte, und zog einen weiteren vor sie.

»Warum bist du hergekommen?«

Warum? Rulkes Stärke umgab sie – in der Zahl der Ghâshâd; in dem Konstrukt, das mitten im Raum stand, ein schwarzes, monströses Ding, das glänzte, als wäre es mit Öl poliert worden; noch mehr in Rulke selbst. Also waren die Charon so gewesen. Erneut fühlte sie sich zu ihm hingezogen und zu dieser Art, von der es nur so wenige gab und die dennoch so viel getan hatten.

Das liegt vermutlich daran, dass ich eine Triune bin, dachte sie. Obwohl eine halbe Faellem, konnte ich mich wegen Faelamor nicht mit ihnen identifizieren. Und Santhenar umgibt mich völlig, ist Teil von mir und trotzdem weniger als ich. Aber wie sehr verlangt es mich nach meinem Charon-Erbe. Kann er mir das schenken?

»Ich bin hergekommen, um dich davon abzuhalten, ein Bündnis mit Faelamor einzugehen«, sagte sie. »Ich weiß, was du vorhast.« Dabei deutete sie mit einer fast unmerklichen Bewegung der Augen auf das Konstrukt. »Und was dir fehlt. Verbünde dich nicht mit ihr! Darum bitte ich dich.«

»Faelamor?« Er hob fragend eine Braue. »Absurde Vorstellung!«

»Bitte, tu's nicht!«

Jance kehrte zurück. Ziemlich ungeschickt trug er ein niedriges Tischchen. Er stellte es hin und kam mit Besteck, Tellern voller Essen und einem Krug wieder. Sie erkannte den Grund für seine Ungeschicklichkeit – eine Hand war am Handgelenk abgetrennt. Rulke schenkte gelbe Flüssigkeit in einen Trinkbecher und reichte ihn ihr. Das Getränk war scharf gewürzt und schmeckte nach Pfeffer. Es ging ihr durch bis in die Magengrube und brodelte dort.

»Warum nicht?«, fragte er zurück.

»Die Düsternis verdirbt und verfällt. Wenn du sie durchbrichst, ist Santhenar dem Untergang geweiht.«

»Wie du meinst«, sagte er. »Ich bin mir des Risikos bewusst, aber ich habe die Düsternis studiert. Ich kann sie handhaben.«

»In ihr gibt es ein Ungleichgewicht«, meinte sie. »Hast du es nicht gespürt, als du das Konstrukt benutzt hast? Ich schon, und zwar jedes Mal, wenn ich ein Tor geschaffen habe.«

»Du hast ein Tor geschaffen?«, fragte er ziemlich verblüfft. Er schritt zu der Zwillingstreppe hinüber und wieder zurück. »Wie? Welchen Apparat hast *du* benutzt?«

»Ich hab's von Faelamor gelernt.« Sie beschrieb Faelamors unbeholfenes Tor. »Ihr mangelt es an Zuversicht und auch an Können, aber sobald sie es mich einmal gelehrt hatte, entdeckte ich, dass ich es instinktiv konnte. Ich benötige jetzt keinen Apparat mehr. Solange ich das Ziel richtig erkennen kann, ist alles, was ich brauche, hier drin.« Sie tippte sich gegen die Stirn.

»Was ist bloß an dir?«, seufzte er. »So jemand wie du ist mir noch nie begegnet.«

Sie sah keinen Grund, es ihm nicht zu sagen. »Mein Vater war ein Faellem. Meine anderen Großeltern sind Shand, den du vielleicht als Gyllias kennst, und Yalkara. Ich bin eine Triune.«

Er sprang auf. »Jetzt verstehe ich's endlich!«

»Was?«, fragte sie ängstlich.

»Karan hat sich mit dir in Narne verbunden, und ich habe es gespürt und die Verbindung dazu genutzt, meine Ghâshâd zu erwecken. Ich habe nie verstanden, wie ich eine Verbindung aus dem Nachtland habe spüren können.«

»Und wie?«

»Es war eine Verbindung von Triune zu Triune, die seltenste und mächtigste aller Verbindungen.«

»Wir haben schon einmal zuvor eine Verbindung versucht. In Fiz Gorgo, aber sie ist fehlgeschlagen.«

»Yggurs Schutz wäre auch zu stark gewesen. Nun denn!« Er stieß heftig zischend den Atem aus. »Du erschaffst Tore völlig ohne Hilfsmittel! Wenn du nur *dieses* Talent an die nächsten Generationen weiterreichen könntest!«

»Unwahrscheinlich«, sagte Maigraith mit einem eisigen Lachen und spürte, wie sich ihr Körper bei diesem Gedanken verkrampfte. »Triunen sind unfruchtbar.« Von Kindern konnte sie nicht einmal träumen.

»Die meisten, jedoch *nicht alle*. Und selbst so bestehen Möglichkeiten, deine Chancen zu erhöhen. Wir Charon wissen *alles*, was über Empfängnis bekannt ist.«

»Das ist lächerlich!«, rief sie und verspürte äußerstes Unbehagen. Faelamor war prüde und hatte niemals über derlei Dinge gesprochen. »Irrelevant! Du musst zuhören. Die Düsternis fällt zusammen, und dein Konstrukt kann diesen Verfall nur noch beschleunigen. Niemand versteht, womit er es zu tun hat. Du gehst das Risiko ein, Santhenar für die Düsternis zu öffnen.«

Rulke vollführte eine wegwerfende Geste mit der Hand. »Sagst du. Berichte mir von dieser neuen Flöte! Woher stammt sie?«

Warum sollte sie es ihm nicht sagen? »Tensor hat sie aus meinem Erbe angefertigt – Yalkaras Gold.«

»Aaaaha! Also *hat* sie es gefunden.«

»Nein!«, widersprach sie, ohne zu überlegen. »Faelamor hat *dieses* Gold aus Havissard gestohlen, und jetzt weiß ich, dass es die Überreste der goldenen Flöte sind. Mein Erbe war Yalkaras eigener Schmuck, den sie aus Aachan mitgeführt hatte.«

»Woher kannst du genau wissen, welcher welcher ist?«

Maigraith wurde still. Die Frage war aufgekommen und wollte sich nicht mehr verdrängen lassen. Woher konnte es jemand wissen? »Ich spüre es. Yalkaras Gold hat etwas Schönes, Altes an sich, wie andere ihrer Besitztümer, die ich habe. Das Gold, das Faelamor stahl, fühlt sich entsetzlich an, verdorben.«

»Und so ist es auch«, sagte Rulke. »Wo ist deine Flöte?«

»Ich habe versucht, sie zu benutzen, aber sie war ein wildes, gefährliches Etwas. Ich habe sie zurückgelassen. Wenn du dein Konstrukt das nächste Mal benutzt ...«

»Erteile *mir* keine Lektionen, Maigraith!«, sagte er hitzig. »Meinst du etwa, ich verstehe es nicht? Habe ich nicht den Weg aus der Düsternis hinaus nach Aachan gefunden? Habe ich in den alten Zeiten nicht über die Düsternis hinausgegriffen, über das gefährliche Werk einer *Anrufung*, und den verfluchten Shuthdar aus dieser Welt herausgeholt, damit er für mich die Flöte anfertigte? Das war meine Dummheit, die Wahl dieses verdorbenen Wahnsinnigen. Viel besser wäre es gewesen, ich hätte mir zehnmal so viel Zeit genommen und die Flöte selbst angefertigt. Habe ich nicht letzten Hythe das Konstrukt dazu benutzt, über die Düsternis hinauszugreifen?«

»Und es war ein Fehlschlag, wie Karan mir sagte.«

»Ich war unvorsichtig. Ich habe sie nicht so beschützt, wie ich es hätte tun sollen. Beim nächsten Mal wird es anders sein!«

Er zog die dunklen Brauen zusammen. Während er sprach, sah sie das flüchtige Bild von jemandem vor sich, der eine endlose Treppe aus Metall und Stein hinaufstolperte. Die gepeinigte Gestalt kam vorüber, und sie erkannte am roten Haar und dem blassen Gesicht, dass es sich um Karan handelte. Dann war es wieder verschwunden.

Er nahm sie bei der Hand. »Maigraith, höre zu! Ich habe viel mit der Düsternis gearbeitet. Daraus bestand das Nachtland. Ich werde vorsichtig sein.«

»Du kannst zu einer anderen Welt zurückkehren. Warum sollte dir Santhenar etwas bedeuten?«

»Ah, ja, aber dies ist eine bessere Welt. Aachan ist für uns tödlich. Mir *bedeutet* es etwas, mehr, als du je verstehen wirst! Mehr, als irgendwer verstehen wird, der nicht ausgestoßen und in die Düsternis geworfen wurde, um dort zu vergehen. Mir bedeuten alle Welten etwas!« Er sprach mit solchem Nachdruck, dass Maigraith nicht wusste, was sie darauf erwidern sollte.

»Einstmals, Maigraith, als wir eine Welt hatten, waren wir viele. Aber wir wurden in die Leere geworfen, jeder einzelne von uns, um dort *zu sterben!* Unsere Art sollte völlig verschwinden!«

Er hielt nach wie vor ihre Hand gepackt und sprach mit solcher Leidenschaft, dass Maigraith völlig davon gefangen wurde.

»Kannst du dir vorstellen, wie es in der Leere ist? Es ist das gewalttätigste, barbarischste, ödeste und verzweifeltste aller Universen. Es verändert sich unentwegt, und die Dinge, die es bewohnen, mutieren ebenso rasch, denn das ist ihre einzige Chance zu überleben. Dort gibt es keine Gnade; kein Erbarmen; kein Vergeben. Nichts außer dem Überleben zählt! Wie sie sich an unseren Kindern gemästet haben, an unseren Schwachen und Alten!«

Sie war erstaunt, Tränen in seinen Augen zu sehen. Noch erstaunlicher war, sie in den eigenen Augen zu spüren.

»Innerhalb eines Monats waren von unseren Millionen bloß noch wenige tausend verblieben. In jenem Monat haben wir viel über das Überleben gelernt. Wir haben gelernt, unsere Schutzhütten in den öden, brodelnden Felsen zu verteidigen, die alles sind, was in der Leere eine Welt darstellt. Wir lernten, uns jede Kreatur zum Opfer zu machen, die schwächer als wir war, und uns vor jenen zu verbergen, die stärker oder gewitzter oder intelligenter waren.«

Seine indigofarbenen Augen waren entflammt. Er drückte ihr schmerzhaft die Hand, aber sie wollte nicht, dass er aufhörte.

»Wir konnten nie mehr wachsen, obwohl wir die Lektionen der Leere lernten und ebenso brutal wie alle anderen wurden. Alles dort wollte verzweifelt entkommen, aber wir waren noch verzweifelter, denn wir wussten, wie das Universum draußen war. *Wir hatten einstmals eine Welt gehabt, und wir haben sie verloren!* Ich liebe Santhenar, Maigraith, aber unser Überleben ist mir wichtiger als alles andere.«

Er ließ ihre Hand los. Maigraith ließ sie dort, wo sie war. Rulke hatte sie entwaffnet, und sie wusste nicht, wie sie mit der Situation umgehen sollte. Sie stellte sich allmählich die Frage, warum sie überhaupt hier war. Dennoch vergaß sie seinen Ruf als Verräter nicht.

»Warum bist du nach Shazmak gekommen?«, fragte er.

»Ich hab's dir bereits gesagt. Um Faelamor daran zu hindern, ein Bündnis mit dir zu schließen.«

»Lächerlich! Dennoch werde ich tun, was getan werden muss, um unser Überleben zu sichern«, erwiderte er nachdenklich. »Bist du eine Empfindsame, wie Karan? Kannst *du* den Weg zwischen den Welten für mich suchen?«

»Bin ich nicht, und ich kann's nicht«, entgegnete sie.

»Kannst du Karan herbringen?«, fragte er weiter.

Maigraith überlegte, was Karan jetzt gerade tat. »Möglich, wenn ich es für das Richtige halte! Obwohl Karan ihren eigenen Kopf hat. Wozu willst du sie haben?«

»Ich werde meine Pläne nicht mit dir diskutieren, es sei denn …« Er beugte sich vor und hätte erneut ihre Hand ergriffen, aber sie zog sie zurück. Seine Stimme erregte ihr tiefstes Verlangen. »Komm, bleib bei mir! Wir wären perfekte Partner. Deine Seele gehört den Charon, Maigraith. Ich weiß es!«

Maigraith wusste es ebenfalls. Seine Worte hatten sie bis ins Mark erschüttert. Aber ihre Vernunft konnte nicht zulassen, dass ihre Gefühle von nun an auf diese Weise ihr Leben bestimmten.

»Du weißt, dass ich noch eine Pflicht habe«, sagte sie tonlos. »Sie steht im Konflikt mit deinen Plänen. Und mehr noch, ich weiß sehr wohl, dass du Yggurs Feind bist und ihn grausam behandelt hast. Er trägt die Narben davon immer noch.«

Rulke kniff die Augen zusammen. »Ich habe nicht damit angefangen«, sagte er. »Über mich ist eine große Lüge erzählt worden. Ich wurde verraten. Yggur hat mich angegriffen, er und Mendark, der hinterlistigste, verräterischste Mann, der je in Santhenar geboren wurde. Ich habe mich verteidigt. Also bittest du jetzt für Yggur! Ist er immer noch dein Geliebter?«

»Nein!«, flüsterte sie. »Nicht, seitdem er nach Katazza ging.« Sie wollte sagen: *Nicht, seitdem mein Blick auf dich gefallen war,* aber sie wagte es nicht.

Es folgte ein langes Schweigen, das Maigraith schließlich brach. »Du weißt, wie sie dich nennen?«

»Großer Betrüger! Ich kann nichts dagegen tun. Ich weiß, was ich bin – ich mache mir über mich nichts vor. *Ich* scharwenzele nicht um die Nachwelt herum.«

Sie setzte ihm weiter zu, da sie das Verlangen verspürte, seine Erklärung für alles Böse zu hören, das man ihm zuschrieb.

»Was ist mit den Aachim? Du hast ihre Welt genommen, Sklaven aus ihnen gemacht und sie gnadenlos verfolgt.«

»Lässt die Löwin ihr Junges verhungern, weil sie Mitleid mit dem Lamm hat? Wären wir nicht nach Aachan gegangen, so wären wir ausgestorben und unsere großartige Art wäre auf immer dahin gewesen. Also haben wir Aachan genommen. Einhundert von uns haben eine ganze Welt bezwungen. Hätten sie sich um ihre Welt so gesorgt wie wir um unsere, hätte nicht einmal eine Million von uns sie nehmen können. Und haben wir Aachan in irgendeiner Hinsicht Schaden zugefügt? Nein. Wir haben die uralte und edle Kultur der Aachim bewahrt und beschützt. Wir haben sie auch nicht versklavt – das ist eine Ausrede, um einen Fehlschlag zu decken, den sie vor sich selbst nicht zugeben können: Ihnen mangelte es an Mut! Sie waren frei genug.

Selbst hier auf Santh haben wir die Kriege des Kataklysmus nicht angefangen. Vieles, was groß und schön war, ist im Krieg untergegangen. Das bedauere ich.«

»Du stellst es so dar, als wären alle Geschichten über dich Lügen. Das kann ich nicht glauben.«

»Natürlich sind sie es nicht! Die meisten *sind* wahr. Ich war grausam und gnadenlos gewesen und habe meinen Feinden gegenüber jede mögliche Waffe eingesetzt. Ich werde tun, was nötig zum Überleben ist. Jeder, der seine eigene Art wertschätzt, würde dasselbe tun.«

»Du hast dich geweigert, das Abkommen einzuhalten, als Llian dich beim Geschichtenerzählen besiegt hat.«

»Er hat gelogen und betrogen, aber das würde ich von einem Feind auch erwarten. Wütend war ich darüber, dass ich zuließ, vor meinen Dienern ausgetrickst zu werden. Ich machte mich zum Gespött, und das unterminierte meine Autorität bei den Ghâshâd. Die Zeit wird kommen, wenn ich dafür zu leiden habe.«

Jetzt wollte sie alles wissen und brachte sämtliche ihr bekannten Untaten vor. »Aber deine Erzählung der Eroberung Aachans hat gezeigt, dass du ...«

»In Aachan habe ich mich törischt verhalten, wie diese Geschichte sagte. Aber das war vor tausenden von Jahren, als ich jung und heißblütig war. Wer ist das nicht? Hast *du* keine Fehler begangen, für die du dich schämst? Ich habe nicht versucht, das zu verbergen. Ich bin *nicht* ehrlos!«

Diese Worte waren eine schlichte Feststellung. Dann schritt Rulke zum Konstrukt hinüber und schaute leicht schwankend zu ihm auf. Er legte die Hand auf die harte Flanke der Maschine, was ihn anscheinend jedoch nicht tröstete. Yetchah erschien, aber er winkte sie hinaus. Maigraith beobachtete ihn und überlegte, wie viel dessen, was er ihr erzählt hatte, der Wahrheit entsprach, wenn überhaupt etwas. Sie konnte einfach nicht vergessen, was man ihm nachsagte, aber es widersprach völlig dem, was sie sah und fühlte.

Er fuhr herum und schritt zu ihr zurück. »Wie lautet deine Entscheidung?«

»Ich kann keine treffen. Ich bin völlig durcheinander.« Und das entsprach genau der Wahrheit. »Ich muss nachdenken.«

»Dann wirst du erkennen, warum ich das tun muss«, sagte er und bewegte die Hände in der Luft. Plötzlich konnte sie sich nicht mehr rühren. »Wenn du zum Entschluss kommst, dich mit mir zusammenzutun, benötige ich nur dein Wort.«

Sie kämpfte nicht gegen ihn an, und das schien ihn zu überraschen. Sie schaute ihn einfach nur an und schätzte ihn mit ihren bemerkenswerten traurigen Augen ab.

Er klatschte in die Hände, was wie ein Donner dröhnte. Yetchah und Idlis erschienen im Eingang, und Rulke befahl: »Bringt sie in ihr Gemach!« Und an Maigraith gewandt, sagte er: »Wirst du in Frieden mitgehen, Maigraith, oder muss ich dir Fesseln anlegen? Sei gewarnt – die Zahl meiner Ghâshâd geht in die Hunderte!«

»Ich – ich gebe dir mein Wort«, erwiderte sie.

Seine Erleichterung war offensichtlich. »In diesem Fall werde ich dich persönlich hinbringen. Komm mit!« Er entließ die Ghâshâd und hob ihren Mantel und Umhang auf. »Hier entlang.«

Maigraith ging schweigend neben ihm. Sie hatte genügend Selbstvertrauen zurückgewonnen, dass sie etwas von der Seltsamkeit und Pracht Shazmaks in sich aufnahm. Rulke führte sie labyrinthartige Gänge entlang, ätherische silberne Stufen hinauf und über eine spinnwebhafte Brücke hinweg, die zwei Türmchen miteinander verband. Unterwegs erkannte sie, dass die fremdartigen Gemälde Aachan abbildeten, die Welt, aus der ihre Charon-Vorfahren gekommen waren. Daraufhin konnte sie nicht genug von den düsteren Landschaften bekommen, den hoch aufragenden Bergen, den Lavafontänen und dem schwefelüberkrusteten Schnee.

In einem etwas entfernt gelegenen Turm, den sie durch einen Korridor mit vielen Türen erreichten, blieb Rulke vor einer Tür stehen, öffnete sie und wartete darauf, dass sie eintrat.

»Keine Zelle?«

»Diese Räumlichkeiten gehörten wohl Karan, als sie hier lebte. Ich habe geglaubt, du würdest sie etwas gemütlicher finden.«

Maigraith war gerührt. »Vielen Dank.«

Sie trat ein, und er folgte ihr. Hier drin konnte man den Wind hören, ein fernes Heulen. Sie berührte die Lichtkugeln, untersuchte das Mobiliar und die Küche und überlegte, wie Karan hier wohl gelebt hatte. In dem Zimmer, das Karans Schlafgemach gewesen sein musste, war ein Kristallfenster in die dicke Mauer eingelassen worden, das einzige Fenster, das sie in Shazmak zu sehen bekommen sollte. Draußen wurde es gerade hell. Sie blickte hinaus zu den Türmen, Türmchen und geschwungenen luftigen Gängen von Shazmak. Sämtliche zerklüfteten Bergspitzen, die sich dahinter zeigten, waren mit Schnee bedeckt.

»Du wirst baden, essen und schlafen wollen«, sagte er. »Ich lasse dir eine Mahlzeit schicken. Ansonsten findest du hier alles, was du brauchst. Bis morgen!« Er verneigte sich und ging.

Maigraith überprüfte die Tür, da sie erwartete, eingeschlossen zu sein, aber sie öffnete sich lautlos. Sie wartete, bis eine fast katzbuckelnde Yetchah mit der versprochenen Mahlzeit erschien, und schloss dann die Tür, badete und ging zu Bett. Sie musste über vieles nachdenken und spürte, wie der Charon-Teil in ihr die Hand nach der Wahrheit in den Worten Rulkes ausstreckte, und sie spürte den Verlust ihrer Welt und das Entsetzen, zum Aussterben verurteilt zu sein. *Das* hatte Yalkara nicht erwähnt in der Botschaft für Aelior. Wie sehr wünschte sie sich, in den Spiegel zu schauen und Yalkara zu sehen, wie sie jetzt war.

Sie konnte nicht schlafen. Maigraith wanderte umher und entdeckte, dass ihre Wohnung groß und gemütlich war. Sie ließ sich auf etwas nieder, das sie für einen Sessel hielt, obwohl es sehr merkwürdig geformt war. Draußen vor dem Fenster kreischte der Wind.

Sie zog eine Decke vom Bett, hüllte sich darin wie in einen Kokon ein und kauerte sich in den Sessel. Einige Zeit später erwachte Maigraith in einem so starken Anfall von Verlangen, dass sie fast in Tränen ausbrach. Verzweifelt verlangte es sie nach Rulke – sie wollte ihn gleich und jetzt in ihrem Bett haben. Was sie für Yggur gefühlt hatte, war daneben nur ein blasser Abklatsch. Sie ging zum Fenster und drückte die entzündete Schulter und die rosige Wange gegen die Scheibe. Die Kühle half bei beidem, aber nicht gegen das leidenschaftliche Verlangen. Und obwohl sie kurz darauf zu ihrem Sofa zurückkehrte, konnte sie nicht schlafen. Zu sehr jagten wilde Gedanken durch ihren Kopf. Und ganz im Hintergrund von allem stand – Rulke!

9

In den Minen von Shazmak

Als Maigraith sich davonschlich, erwachte Karan nicht, obwohl sie normalerweise einen leichten Schlaf hatte. Später in der Nacht wurde ihr jedoch kalt, und sie verspürte Angst. Sie träumte, dass sie zu erwachen versuchte, es jedoch nicht konnte. Die Augen wurden ihr von einem unsichtbaren Netz zugehalten.

Am Morgen schien Sonnenlicht durch die Ritzen der Felstür. Karan schlief weiter, und jetzt hatte die Unmöglichkeit zu erwachen etwas Erstickendes an sich, bedeutete ein Eingeständnis, dass sie zu schwach und unbedeutend war, um irgendwie eine Hilfe sein zu können. Das schmerzte.

Die Sonne stieg höher. Die Strahlen flohen über den Boden und verschwanden. Ein diffuses Licht durchdrang die Düsternis. Die Sonne erreichte ihren tiefen Zenith und fiel rasch nach Norden und Westen hinab. Als sie schließlich hinter die Berge geglitten war und das letzte Licht dem Raum entfloh, entwand Karan sich dem Spinnennetz um ihr Gehirn und erwachte.

Sie war müde und gereizt; sie verspürte diese Benommenheit, die ihre Ursache darin hatte, zu lange geschlafen zu haben. Zunächst glaubte sie, es sei früher Morgen, obwohl es sich nicht wie am Morgen anfühlte, und dass Maigraith auf einen Spaziergang hinausgegangen sei. Aber Maigraiths Bündel war verschwunden, und der kleine Stapel Essbares neben ihrem eigenen sagte Karan alles, was sie wissen musste. Es überraschte sie nicht – so etwas würde Maigraith tun. Karan hatte es halb erwartet. Deswegen hatte sie Maigraith nichts von dem geheimen Weg nach Shazmak erzählt.

Sie musste jetzt fast einen ganzen Tag Vorsprung haben. Es bestand keine Hoffnung, sie einzuholen. Karan drückte gegen die Tür, um das letzte Licht zu sehen und die frische Luft einzuatmen. Erneut drückte sie. Der Fels rührte sich nicht. Irgendwie war er verklemmt. Sie fühlte sich gedemütigt. Nicht nur, dass man sie verlassen hatte, man hatte sie auch noch eingeschlossen.

Sie untersuchte die Tür. Sie bestand aus einer einzigen dicken Platte aus dem hiesigen Gestein, Schiefer. Im Schein ihrer Lichtkugel erkannte sie, dass die Platte sich in einer Schiene bewegte, die in den Stein des Bodens eingeschnitten war, und die Oberkante wurde durch eine Metallstange in der Decke am Herausfallen gehindert. Alles wirkte ziemlich grob, aber auch ziemlich solide. Sie sah nichts, das die Tür festhielt, dennoch wollte sie sich in keiner Richtung verschieben lassen.

Welche Art der Magie Maigraith auch benutzt hatte, sie lag jenseits von Karans Verständnis oder Möglichkeit, sie zu überwinden. Kurz verfiel sie in Panik – was wäre, wenn sie eingeschlossen bliebe? Sie würde innerhalb weniger Tage sterben, denn sie hatte nur wenig Wasser in ihrer Flasche. Maigraith hätte gewiss für einen Weg hinaus gesorgt, oder die Sperre würde sich spätestens in einem Tag von selbst lösen.

Erneut untersuchte sie die Tür, wobei sie sich ins Gedächtnis zurückrief, wie sie ein ähnliches Problem in den Kloaken von Fiz Gorgo gelöst hatte. Hier gab es keinen zerbröckelnden Stein; das ganze Ding war so fest wie am Tag seiner Herstellung. Dennoch fiel ihr auf, dass über die Äonen hinweg sich die Tür tiefer in den Stein eingeschnitten hatte. Was einstmals ein Kanal mit geraden Kanten gewesen war, erwies sich nun als Graben mit angeschrägten Seiten. Am oberen Ende war genügend Raum, dass sie die Hand hineinstecken konnte.

Zwei Vorgehensweisen drängten sich geradezu auf – die Tür von unten aus der Schiene zu hebeln oder den Stein an der Oberkante herauszumeißeln, sodass die Tür nach außen fiele. Die erste Möglichkeit erschien etwas einfacher, aber Karan hatte nichts, das sie als Hebel hätte benutzen können. Sie zog das Messer.

Selbst, wenn sie sich auf ihr Bündel stellte, hatte Karan alle Mühe, die Oberkante der Tür zu erreichen. Die Platte war weich, aber es würde Stunden, wenn nicht gar Tage erfordern, genügend wegzukratzen, dass sie herausfiele. Und die ganze Zeit über fiel ihr der Staub in die Augen. Als sie dann einmal zu heftig kratzte, brach die Messerklinge mitten entzwei. Sie musste beschädigt gewesen sein.

Sie warf die Stücke auf den Boden und legte die Stirn gegen den kalten Stein. Er rührte sich ein wenig. Karan setzte die Füße gegen die Mauer, packte die Kanten der Tür mit beiden Händen so fest, wie der begrenzte Raum es gestattete, und streckte langsam die Beine. Der untere Teil der Tür bewegte sich ein wenig an der Seite des Kanals hinauf und rutschte dann wieder herab. Drei Mal versuchte sie es, stets mit demselben Ergebnis. Schließlich nahm sie einen Steinsplitter als Hebel. Die Tür glitt zurück und zerdrückte den Splitter. Karan legte sich auf ihren Schlafsack und starrte zur Decke auf.

Was tat Maigraith in diesem Augenblick? Inzwischen hätte sie Shazmak fast erreicht. Sie hatte Karan nichts von ihren Plänen anvertraut. Wahrscheinlich hatte sie keine, könnte nicht einmal welche schmieden. Abgesehen davon glaubte Karan nicht, dass Maigraith, trotz ihrer Fähigkeiten, das Problem lösen könnte. Sie besaß Stärke, jedoch keine Raffinesse. Ihr mangelte es an Vorstellungskraft.

Sie braucht mich, dachte Karan. Sie würde bald fürchterlich in Schwierigkeiten stecken, und kein anderer außer mir könnte ihr da helfen. Und wenn ich nicht bald hier herauskomme, werde ich zu spät kommen. Karan wusste, dass sie sich wie eine Närrin benahm. Was konnte sie schon großartig gegen jemanden wie Rulke oder Faelamor unternehmen? Aber sie musste ihrer Freundin beistehen. Und ihre eigenen Untaten wiedergutmachen – dass sie Rulke geholfen und den Thranx nach Santhenar hereingelassen hatte.

Karan hob den abgebrochenen Griff ihres Messers auf und bemerkte, dass er mit der Stummelklinge in gewisser Hinsicht einen guten Hebel abgeben würde. Sie zerrte an der Tür, rammte den Griff hinein und schob erneut, wiederholte dies mehrere Male. Die Steintür glitt zur Oberkante der Furche und verharrte dort. Es war genügend Platz, um den Kopf hineinzustecken. Sie schob ihn vorsichtig durch, berührte dabei mit der Schulter die Platte, und da glitt diese zurück. Karan zerrte den Kopf heraus, wobei sie sich schmerzhaft das Ohr aufrieb, bevor der Stein wieder gegen die Wand prallte. Ihr Herz schlug so heftig, dass es wehtat.

Vor lauter Zittern konnte Karan sich nicht erheben. Sie saß da, hielt den Kopf in Händen und stellte sich vor, wie es wäre, hier zu liegen, eingeklemmt mit ihrem zerquetschten Schädel, und langsam zu sterben. Das dürfte wohl das Dümmste sein, was du jemals getan hättest, sagte sie sich. Geh nicht so hastig vor!

Aber die Sache war nach wie vor dringend. Sie versetzte der Tür einen wahrlich mächtigen Stoß, und das Unterteil glitt über die Kante. Sie sprang beiseite, als die Platte zu Boden fiel und in Stücke zersprang. Kalte Luft strömte herein. Dem Stand der Sterne nach zu schließen, war es fast Mitternacht. Karan hob ihr Bündel auf und machte sich auf den Weg.

An einer oder zwei Stellen führten kleinere, gewundene Pfade hinab zum Garr. Der Weg, den Tensor ihr beschrieben hatte, der geheime fünfte Weg aus Shazmak hinaus, begann nahe am Grund der Schlucht und führte einen dieser Pfade hinab. Sie musste vor Anbruch der Dämmerung dort sein, ansonsten könnte sie nicht weiter, weil die Gefahr einer Entdeckung bestünde.

Die Nacht war dunkel, der Mond noch nicht aufgegangen, aber zumindest war der Weg in gutem Zustand. Sie kam relativ rasch voran. Trotzdem war es gefährlich. Ein unvorsichtiger Tritt auf eine vereiste Stelle, und sie rutschte in den Abgrund.

Karan befand sich eine knappe Stunde vom Pfad zum Fluss entfernt, als der Morgen anbrach. Der Dunst wurde mit zunehmender Helligkeit dichter, und bald konnte sie über ihre früheren Befürchtungen lachen, denn der Nebel stieg so dicht aus dem Fluss herauf, dass sie kaum die eigenen Füße erkennen konnte, und sie musste sich den Weg mit den Fingerspitzen an der Felswand entlang ertasten.

Jetzt wurde die Route extrem gefährlich, denn dieser Pfad war schmal, steil und hätte dringend instand gesetzt werden müssen. Sie eilte weiter, immer in der Angst, zu spät zu kommen, und nahm dabei einige Risiken in Kauf. An einer Stelle, die zu gefährlich war, sie im Nebel zu passieren, da der ganze Pfad in den Fluss hinabgerutscht war, verweilte sie für ein Frühstück.

Sobald die Sonne am Himmel stand, verflüchtigte sich der Dunst rapide, dennoch war es immer noch ein weiter Weg, für den sie bis weit über den Mittag hinaus benötigte. Der Garr schwoll zu einem breiten, weißen, reißenden Fluss an, der über endlose Stromschnellen und riesige Felsbrocken hinwegströmte und die Luft mit Gischt erfüllte, die Perlen in ihrem Haar hinterließ. Das Donnern des Wassers übertönte sogar ihre Gedanken.

Unten am Grund war ein wenig über dem Wasser eine Plattform in die Felswand eingeschnitten worden. Als Karan sie erreichte, sah sie einen Schacht, der in die Seite des Berges hineinlief, und dachte zunächst, dieser Teil der Wand sei herabgefallen und zeigte den Eingang zu dem geheimen Weg. Kurz darauf erkannte sie, dass dieser Schacht der Eingang zu einer Mine war, denn im Innern sah sie Erzklumpen und eine zerbrochene Schubkarre. Das ganze Gebiet war ein einziges Netzwerk aus Tunneln. Hier hatten die Aachim das Erz gefördert, aus dem sie Shazmak errichtet hatten. Der geheime Weg musste weiter stromaufwärts liegen, was eine Kletterei mehrere hundert Schritt über das Ende der Plattform hinaus bedeutete, über riesige, nasse Felsbrocken hinweg.

Sie machte sich in diese Richtung auf, wobei sie sich Tensors Anweisungen ins Gedächtnis zurückrief und sie mit ihrer Umgebung verglich. *Geh stromaufwärts ... zweihundertachtzig Schritte vom Ende der Plattform aus.* Aber meinte er seine oder ihre Schritte? Abgesehen davon war es unmöglich, die Entfernung über dieses Felsgewirr hinweg abzuschreiten. Sie erinnerte sich ebenfalls an Tensors Worte, dass der Geheimgang nicht allein bewältigt werden konnte. *Nimm jemand mit, der groß ist,* hatte er gesagt. Zu spät!

Sieh die Felswand hinauf! Du wirst erkennen, dass ein Teil davon, in doppelter Kopfhöhe, ziemlich glatt ist, abgesehen von zwei kleinen ovalen Steinauswüchsen.

Über ihr war nichts dergleichen, aber weiter vorn war der

graue Fels ganz glatt. Dort sah sie nach oben. Immer noch nichts, das wie ein Auswuchs ausgesehen hätte, wie ein runder Stein, ganz zu schweigen von zweien. Noch weiter oben entdeckte sie auch nichts. Sie setzte sich auf einen Stein und starrte die Felswand an. Eiskalt war es hier. Die Felsen waren mit Schichten aus gefrorener Gischt überzogen, die erst im späten Frühjahr schmelzen würden.

Dies musste die Stelle sein. Karan schaute hinab und sah einen glatten runden Stein unter dem Stiefel und einen weiteren nicht weit entfernt. Die Brocken mussten in der Zwischenzeit herabgestürzt sein, seit Tensor zum letzten Mal hiergewesen war.

Nimm den Schlüssel, halte ihn mit dem Bart nach oben und rechts und berühre mit dem flachen Teil die Spitze des linken Felsbrockens, dann den rechten, dann wieder den linken. Tu es rasch, warte dann ab, während du bis zehn zählst, und wiederhole das Ganze, fange jedoch diesmal mit dem rechten Brocken an, außerdem muss der Bart nach links zeigen. Dann weiche ein gutes Stück zurück.

Sie tat genau, wie ihr geheißen, und wartete ab. Eine Minute lang geschah gar nichts, aber bald tauchte ein viereckiger Umriss in der glatten Felswand auf, und eine Tür fiel nach außen herab auf sie zu. Mit einem unwillkürlichen Aufschrei sprang sie beiseite, rutschte auf dem Eis aus und schrammte sich das Knie auf. Knirschend fiel die Tür auf den Felsen, auf dem sie gesessen hatte. Instinktiv sah sie sich um, ob jemand zuschaute, und betrat dann die Rampe.

Innendrin berührte sie mit dem Schlüssel einen weiteren kleineren Auswuchs. Die Tür hob sich und schloss sich wieder. Es wurde völlig dunkel. Dennoch war es warm – viel wärmer als draußen. Karan entzündete ihre Lichtkugel und eilte den Tunnel hinab, wobei sie in Gedanken die verschiedenen Anweisungen durchging, die sie heimlich und sicher nach

Shazmak hineinbringen würden. Dieser Weg war als Fluchtweg gedacht gewesen, nicht zum Eindringen, und es musste eine Anzahl von Fallen entschärft werden.

Die erste davon war eine simple Wulst im Fels, die als Wächter diente. Wenn sie ihn nicht abschaltete, würde ein Alarmsignal an die Wächter in Shazmak weitergeschickt werden, und ein Steinblock würde herabfallen und den Gang versiegeln. Die Wulst befand sich zwanzig Schritte von der Tür entfernt. Zwanzig von Tensors Schritten; fünfundzwanzig oder mehr ihrer Schritte. Er konnte mit einer Anzahl kleiner Zapfen in einer schüsselförmigen Vertiefung im nackten Stein abgeschaltet werden. Sie benötigte eine Weile, bis sie diese entdeckt hatte, denn die Vertiefung war klein und hoch oben, sehr unauffällig. Sie ging vorsichtig weiter, aber nichts geschah. Karan nahm an, dass die Wächter nicht alarmiert worden waren.

Eine Weile lang ging es so weiter. Dann nahm Karan eine Mahlzeit ein. Sie vermutete, dass es draußen mittlerweile dunkel sein musste. Plötzlich wurde sie schläfrig, und sie legte sich in ihren Schlafsack und schlief ein.

Der Tunnel verlief manchmal aufwärts, zumeist jedoch ging es nach unten, in einer Reihe von geschwungenen Kurven, die ohne weitere Unterbrechung direkt auf Shazmak zuführten. Solange sie sich auf Tensors Weg hielt, war sie in Sicherheit, bis sie die Fundamente Shazmaks erreichte. Er unterschied sich sehr von jenem anderen Weg unter der Erde, den Höhlen von Bannador. Hier war es ziemlich trocken. Nur ein- oder zweimal traf sie auf Wasser, lediglich ein Rinnsal an der Tunnelwand entlang.

Nach ein paar Stunden fiel der Tunnel steil nach unten ab. Hier waren die Wände feucht, und der Boden war rutschig. Shazmak war auf einer Felsnadel erbaut, die sich mitten aus dem Garr erhob, und deswegen musste der Weg an irgendeiner Stelle unterhalb des Flusses verlaufen. Am tieferen Ende des Gefälles zeigte ihr die Lichtkugel eine lange Wasserstrecke. Ein hineingeworfenes Steinchen wies darauf hin, dass das Wasser ziemlich tief war. Sie würde hindurchschwimmen und darauf hoffen müssen, dass der Tunnel weiter vorn nicht völlig unter Wasser stünde. So weit reichte ihr Licht nicht.

Da sie keine Kleidung zum Wechseln dabeihatte, entkleidete Karan sich, stopfte alles in ihr Bündel und zog den Riemen ganz fest zu. Wenn sie aufpasste, würden die Sachen trocken bleiben. Sie trat in das kalte Wasser. Nach ein paar Schritten war es tiefer, als sie mit den Zehen tasten konnte. Sie drehte sich auf den Rücken, hielt sich das Bündel mit einem Arm vor die Brust, während sie mit der anderen Hand das Lichtglas hochhielt, und schwamm weiter.

Fast sogleich verspürte sie Unbehagen, und je weiter sie vorankam, desto mehr wuchs ihre Unruhe. Irrationale Ängste von schleimigen Dingen plagten sie, die in den Tiefen unter ihr hausten. Unsinn! Das liegt nur daran, dass ich nicht weiß, wie tief es ist, redete sie sich ein. Es ist das Dunkle und Unbekannte. Nichts könnte hier drin leben – es gibt nichts zu essen. Es ist bloß lebloses Wasser.

Lebloses Wasser! Der Gedanke war nicht tröstlicher, und jetzt beschlich sie die Überlegung, dass etwas auf der anderen Seite auf sie wartete und sie beobachtete, während sie blind darauf zuschwamm. Das ist, weil ich nackt bin – deshalb fühle ich mich so verletzlich. Ich muss mir keinerlei Sorgen machen. Dieser Ort war jahrhundertelang versiegelt gewesen.

Sie schwamm weiter, konnte jedoch nicht dem Drang widerstehen, über die Schulter zu schauen, wobei sie erwartete, dass Augen wie Lampen aus der Dunkelheit hervorwüchsen, während sie näher kam. Mit dem Fuß trat sie gegen eine glitschige, unangenehme Oberfläche. Sie schlug wild um sich und brachte in ihrer Verzweiflung, die andere Seite zu erreichen, das Wasser zum Schäumen. Völlig unbehelligt traf sie schließlich dort ein und entdeckte einen weiteren leeren Tunnel. Sie setzte sich auf den Kies und kleidete sich wieder an. Gleich darauf war ihr besser, obwohl sie fror. Sie war froh um die trockene Kleidung. Aber sie wurde das Gefühl nicht los, dass sich etwas mit ihr zusammen in der Mine aufhielt.

Karan untersuchte den Fels, der hier gelb war und Adern, Schichten und rote, braune und sogar schwarze Knoten aufwies. Sie verstand nichts vom Bergbau, nur dass das dunkelrote Erz irgendwie reich aussah. Sie hob ein Stück vom Boden auf und wog es in der Hand. Es war sehr schwer. Im Weitergehen warf sie es in die Luft und fing es wieder auf. Das Licht funkelte auf den Kristallen, die ebenso schön wie Rubine waren.

Sie knackte einige Nüsse und aß sie eine nach der anderen, knabberte zunächst die dreieckigen Seiten ab und zerdrückte sie dann. Das Innere war süß. Sie waren also nicht verdorben. Karan ließ sich nieder und verzehrte alle.

Zeit zum Aufbruch! Als sie die Lichtkugel aufhob, glitt der Schein über den Boden und erleuchtete eine merkwürdige und enervierend vertraute Spur. Die Härchen in ihrem Nacken richteten sich auf.

Sie hielt die Kugel höher und entdeckte einen dunklen Fleck auf dem gelben Stein – den Umriss einer Ferse. Die Form war viel sagend. Sie ließ sich auf Hände und Knie nieder und suchte im Schein der Kugel nach weiteren Spuren. Bald fand sie eine.

Es war der Abdruck eines quadratischen Fußes, wie eine riesige Handfläche, mit nur einer Andeutung von langen gespreizten Zehen wie Finger. Sie wusste sofort, was diese Spur hinterlassen hatte. Es war derselbe Abdruck, wahrscheinlich sogar dieselbe Kreatur, die sie nach ihrer Flucht von Rulke in Carcharon den Berg hinauf gesehen hatte. Es war die massige, haarige, zwergenhafte Kreatur, die aus der Düsternis gekommen war und die Hebel des Konstrukts so kenntnisreich betätigt hatte. Sie hatte damals die ganze Nacht voller Entsetzen verbracht. Hierhin hatte sich die Kreatur also geflüchtet. Sie musste den Ghâshâd zurück nach Shazmak gefolgt sein.

Karan neigte den Kopf hin und her. Auf einer Seite konnte sie nur schlecht hören – auf dem Ohr, das der Egel aus der Düsternis durchbohrt hatte.

Lorrsk, so hatte Rulke es genannt. Sie roch an dem Abdruck. Er roch schwach nach altem Blut. Es hatte große Schmerzen, war vermutlich am Verhungern, *und es war hier irgendwo drin!* Es würde eine Mahlzeit aus ihr machen, und sie hatte keinerlei Waffe! Vielleicht hatte es sie schon gerochen.

Unsinn, sagte sie sich. Meine Abenteuer in Carcharon sind Äonen her. Es muss längst verschwunden oder erlegt oder verhungert oder an seinen Verwundungen gestorben sein. Ich hätte es gespürt, wäre es in der Nähe.

Aber das Lorrsk war nicht verschwunden. Es war den Ghâshâd den ganzen Weg bis zurück nach Shazmak gefolgt, hatte sich einen von ihnen unterwegs gegriffen und später einen zweiten, hatte den Mann mit einem einzigen Streich seiner Klauenhand aufgeschlitzt. Das Fleisch war sehnig und widerlich gewesen, obwohl die Düsternis das Lorrsk gelehrt hatte, dass jede nicht wirklich giftige Nahrung ein kostbares Geschenk war.

Aber es konnte nicht nach Shazmak hineingelangen, das so verführerisch mit lebendigem Fleisch gefüllt war. Wächter schlugen Alarm, bevor es auch nur in die Nähe kam, und verschlossen ihm jeden Weg. Und jede Bewegung ließ die grässliche Wunde auf seiner Hinterseite wieder aufplatzen. Es war in Carcharon in eine Lache geschmolzenen Metalls gefallen, und eine Hinterbacke war völlig weggebrannt, und nach all dieser Zeit war die Wunde immer noch nicht geheilt. Sie war mittlerweile entsetzlich entzündet. Der Schmerz war sogar für eine Kreatur wie das Lorrsk, das völlig abgehärtet war, kaum zu ertragen.

Dann, eines Tages, als sein Hunger verzweifelter und der Schmerz immer weniger erträglich geworden war, war das Lorrsk zufällig auf den alten Minenzugang gestoßen, den Karan gesehen hatte. Es war hineingekrochen, dankbar um den Schutz vor der winterlichen Kälte, und hatte sich eine Weile lang von Ratten, Fledermäusen und anderen kleinen Kreaturen ernährt. Es hatte sämtliche Tunnel erforscht und war dabei auf einen frischen Felssturz gestoßen, der einen anderen Geruch an sich gehabt hatte. Das Lorrsk war in den Geheimgang durchgebrochen. Aber es spürte, dass dies ein gefährlicher Ort war, voller Fallen, also kehrte es zur Mine zurück. Nachdem es jede Kreatur dort gefressen hatte, hatte es immer noch keinen Weg in die Speisekammer von Shazmak gefunden, daher hatte sich das Lorrsk so gemütlich eingerichtet, wie es die Verletzung erlauben wollte, und war in eine Art Winterschlaf gefallen, in dem es den Frühling oder eine andere Gelegenheit erwartete.

Während der Abenteuer der letzten anderthalb Jahre hatte Karan oft Angst verspürt. Das Entsetzen war einen Großteil dieser Zeit ihr beständiger Begleiter gewesen. Aber sie hatte nie zuvor eine so betäubende Furcht verspürt, ein solches absolutes Entsetzen angesichts des Wissens, dass irgendwo in der Dunkelheit eine verzweifelte, verhungernde Kreatur hauste, die mindestens ebenso schlau war wie sie und deren erstes Ziel darin bestünde, ihr die Gliedmaßen einzeln auszureißen, ihr den Kopf abzubeißen und die Knochen zu Staub zu zermahlen. Dank ihrer empfindsamen Natur konnte sie sich das nur allzu gut vorstellen.

Sie steckte die Kugel weg und ertastete sich eine Weile lang den Weg durch das Dunkel, da sie befürchtete, dass das Licht die Aufmerksamkeit auf sie lenken würde. Aber sie erkannte, wie irrational diese Überlegung war – das Lorrsk konnte sie wahrscheinlich wie ein Hund riechen, und ob mit oder ohne Licht – es bedeutete keinerlei Unterschied. Sie fischte die Kugel wieder hervor.

Im Weitergehen stellte sie sich vor, dass es ihr folgte, sie beschliche, mit ihr spielte. Sie stand reglos da und wusste, dass es lautlos auf sie wartete. Jedes Knirschen und Knistern des Steins, jedes Wassertröpfeln von der Decke der Höhle wurde zum Anzeichen für das Herannahmen des Lorrsk.

Sie wollte schreien und in die Dunkelheit davonlaufen, konnte es jedoch nicht. Vor ihr gab es Fallen, die sie noch nicht überwunden hatte, und jede würde Geduld und Geschicklichkeit zur Entschärfung erfordern sowie auch eine gesunde Portion Glück, da sie keinen Helfer hatte. Wenn etwas schlimmer sein konnte, als vom Lorrsk gejagt zu werden, dann hilflos in einer Falle der Aachim zu hängen und auf sein Erscheinen zu warten.

Also trottete sie Stunde um Stunde weiter. Gewiss hätte sie

nicht mehr allzu weit zu laufen. Es war eine Ewigkeit her, seitdem sie unter dem Fluss hergeschwommen war. Nur zwei Fallen waren noch zu überwinden, bevor sie auf die unteren Ebenen von Shazmak träfe. Wenn sie einfach nur wie eine kleine Maus weiterkriechen würde, könnte sie ihr Ziel bestimmt erreichen. Karan kam an einer Vielzahl roter Adern vorüber, die sich über den gelben Fels des Tunnels zogen. Sie zählte sie – elf. Die nächste Falle lag, wie Tensor ihr gesagt hatte, gleich hinter diesem Punkt. Sobald sie einmal Shazmak erreicht hätte, würden ihre Probleme erneut beginnen, aber daran wollte sie erst denken, wenn es sein musste. Sie war todmüde, wagte jedoch nicht zu schlafen.

Das Lorrsk knurrte und wälzte sich im Schlaf herum. Etwas hatte seinen tiefen Winterschlaf gestört. Sein heftig entzündetes, eiterndes Hinterteil kratzte über den Stein und sandte ihm einen Schauer der Qual durch den Körper.

Das Lorrsk wälzte sich auf den Bauch, außerstande, einen Schmerzensschrei völlig zu unterdrücken, obwohl es ihn sofort verschluckte. In der Düsternis bedeutete Schmerz Schwäche, und deswegen zu heulen, war im Allgemeinen tödlich. Sein flaues Gefühl im Magen erinnerte es an sein notwendigstes Bedürfnis, aber es war zu vielen Gelegenheiten hungriger als gegenwärtig gewesen. Der Hunger hatte es nicht geschwächt – im Gegenteil! Es schloss die Augen und schlummerte wieder ein, dann wurde es durch etwas heftig aus dem Schlaf gerissen, und es kam schnüffelnd auf die Beine.

Da war es, der Duft nach lebendigem Fleisch! Das Lorrsk erkannte ihn wieder. Es war menschlich, weiblich – die junge Frau, die es in Carcharon gesehen und daraufhin bis in die Berge hinauf verfolgt hatte. Verglichen mit dem sehnigen

Zeug, das es zuletzt gegessen hatte, war dies wie ein zartes Filet. Speichel tropfte ihm aus dem Mund.

Karan tastete gerade mit den Fingern in einer Höhlung der Felswand umher und suchte ein Kissen, das die Falle entschärfte, da hörte sie dieses rasch unterdrückte Geheul. Es hatte sie gefunden! Sie fuhr ruckartig hoch und schlug sich das Kinn an dem rauen Stein auf.

Aber wo war es? Sie könnte vielleicht diese Falle benutzen, falls das Lorrsk auf der anderen Seite war, aber das würde Nerven aus Stahl erfordern, denn sie müsste mit eingeschaltetem Licht warten, woher es käme. Wenn es vor ihr war, nun gut. Die Falle läge zwischen ihm und ihr, und sie müsste darauf hoffen, dass sie auch funktionierte! Wenn das Untier hinter ihr war, hatte sie praktisch keine Chance. Sie könnte lediglich versuchen, seinem Angriff auszuweichen und darauf zu hoffen, dass es die Falle auslöste, bevor es sie erwischte.

Karan ließ die Lichtkugel heller leuchten und wischte mit ihrem Umhang den Boden in der Hoffnung ab, dass sich dadurch die Ausmaße der Falle zeigten. Tensor hatte ihr gesagt, dass es eine große Fallgrube sei, deren Tür in zwei Flügel geteilt wäre, die sich nach unten öffneten, sodass man nach einem langen Sturz in etliche Spieße hineinfiele. Die Falltüren sollten gleich darauf zurückspringen und sich wieder schließen, falls eine zweite Schar Eindringlinge folgte. Aber erstreckte sich die Grube über den ganzen Tunnel, oder gab es etwas Platz, sich an der Felswand daran vorbeizuquetschen? Solche Einzelheiten hatte er ihr nicht preisgegeben.

Ihre Tätigkeit blieb fruchtlos – der Staub lag zu dick, und die Falltür war so geschickt eingebaut, dass sie keine Spur davon entdecken konnte. Was könnte sie sonst tun? Sie hatte ein kurzes Stück Seil in ihrem Bündel. Wenn sie es sich um den Körper band und das andere Ende irgendwo hier befestigte und vorsichtig weiterginge, könnte sie, sobald die Falle sich öffnete, wieder zurück. Hoffentlich! Was jedoch, wenn das Untier aus der anderen Richtung käme und sie gerade festgebunden wäre?

Plötzlich *spürte* sie das Lorrsk. Karan hielt die Kugel hoch und suchte den Gang ab. Da war es, vor ihr: zwei Reflektionen, die rasch bedeckt wurden. Die erste Hürde war überwunden. Sie beobachtete seine Annäherung.

Jetzt sah sie es, einen zottigen Umriss, eine menschenähnliche Kreatur, jedoch viel größer als sie. Es hatte eine zwergenhafte Gestalt mit Beinen vom Durchmesser ihrer Taille, aber nicht länger als die eigenen, sowie einen langen, fassähnlichen Körper. Die Arme hingen fast bis zum Boden herab, und die Finger wiesen zurückziehbare Klauen von der Länge ihrer eigenen Finger auf. Der Kopf war breit mit einer wulstigen Stirn, tief liegenden Augen sowie einem Kiefer, mit dem es ihren Oberschenkel glatt durchbeißen konnte.

Das Lorrsk näherte sich langsam dem wabernden Licht. Es bleckte die Zähne, blieb dann stehen und schnüffelte in der Luft, als wäre etwas nicht ganz richtig.

Karan war entsetzt. Es argwöhnte die Falle! Ein schlauer Gegner!

Das Lorrsk blieb reglos stehen, und das Haar auf seinem Körper richtete sich kerzengerade auf. Vielleicht war es ebenfalls empfindsam. Das wäre eine Hilfe beim Überleben in der Düsternis. Für diesen Fall hatte sie eine Idee, die vielleicht funktionieren könnte.

Karan nutzte ihre Angst aus, um sich selbst in einen Zustand des absoluten Entsetzens hineinzudenken, einen Zustand, in dem sie das Entsetzen jedem lebenden Wesen in der

Nähe senden würde. Wenn sie es stark, wild und verzweifelt genug anstellte, würde es vielleicht die Empfindungen des Lorrsk überwältigen. Na ja, dachte sie sarkastisch, mich in einen solchen Zustand hineinzudenken, wäre keine schwere Aufgabe, denn ich bin bereits fast dort angekommen. Und je länger es sie anstarrte, als wäre es dabei zu überlegen, wie es sie am besten aufschneiden könnte, desto mehr Entsetzen spürte sie.

Es wird mich fressen! Das war unglaublich und schrecklich. Binnen kurzem wird es mir den Kopf abbeißen und die Arme herausreißen. Oder es wird mir vielleicht den Bauch aufschlitzen und meine Leber fressen, während ich noch lebendig bin. Die Bilder waren so erschreckend, dass sie aufschrie und die Hände über die Ohren schlagen musste, damit es nicht so laut tönte.

Sie schrie und schrie, und das Gekreisch pulste wie ein heftig schlagendes Herz. Die Knie gaben unter ihr nach. Sie wollte sich auf dem Boden zusammenrollen. Während anderer Krisen hatte es sie zu gewalttätigen Handlungen getrieben, aber jetzt war sie wie erstarrt vor Entsetzen.

Karan bemerkte auf, dass sie mit dem Gesicht auf dem Boden lag und darauf wartete, zum Opfer zu werden. Ihr Entsetzen nährte sich selbst, wurde immer stärker, bis es sie völlig ergriff. Oder es wurde vielleicht, ging ihr wie ein mächtiger Schlag auf, *zu ihr zurückgeschickt!*

Hör auf! *Hör auf damit, oder du wirst wirklich gefressen!*

Sie schlug den Kopf so heftig auf den rauen Boden, dass sie fast das Bewusstsein verloren hätte, und das vertrieb das Gefühl des Entsetzens. Kalter Schweiß rann ihr am ganzen Körper herab, und Staub bedeckte sie wie Mehl. Karan wälzte sich herum, erhob sich auf die Knie und hielt die Kugel mit einer Hand hoch.

Das Lorrsk beobachtete sie, aber es schob sich jetzt langsam vor, prüfte dabei den Boden unter sich mit dem Fuß. Es war so groß! Es stieß einen Laut wie ein schnurrendes Kätzchen aus, und sein großes Maul öffnete sich zu einem Grinsen.

10

Der Schlüssel

Kurz nachdem Karan ihr Bett verlassen hatte, erwachte Llian. Er war nicht überrascht, dass sie verschwunden war – sie stand zurzeit häufig vor der Morgendämmerung auf. Aber ihr flüchtiges Auftauchen hatte seinen Schlaf gestört, und er fand ihn auch nicht mehr, weil er sich um eine erschreckende Möglichkeit sorgte: dass er bei seiner Übersetzung der *Geschichte der Aachim* einen Fehler begangen hatte. Damals hatte Llian seine Übersetzung von Tensor überprüfen lassen wollen, aber der Aachim war übers Meer davongefahren, und Mendark hatte von ihm verlangt, er solle sie sofort beenden. Bei Tensors Rückkehr war Llian zu sehr mit anderen Dingen beschäftigt gewesen und hatte die Angelegenheit verdrängt. Jetzt verfluchte er sich für diese Unachtsamkeit.

Er kleidete sich hastig an, wobei ihm auffiel, dass seine Hose am Knie durchgescheuert war. Seine Stiefel hatten auch Löcher. Er wirkte noch schäbiger als in seinen Studententagen, als ihm sein großartiges Stipendium zur Verfügung gestanden hatte. Llian schaute jetzt mit beträchtlicher Wehmut auf diese Zeit zurück. Er hatte hart gearbeitet und auch häufig gespielt, aber er hatte stets ein paar Münzen in der Tasche gehabt. Seit seiner Rückkehr nach Thurkad zu Beginn dieses Winters, der anscheinend ewig währen wollte, hatte er von Mendark für seine Dienste nicht einen einzigen Grint bekommen. Selbst das Dach über seinem Kopf stellte ihm Yggur zur Verfügung. Monatelang hatte er von Überresten aus der Küche und der Güte seiner seit langem geduldigen Freunde gelebt. Seine Rippen ließen sich einzeln abzählen.

Im Dunkeln schlich er den Korridor entlang und rüttelte vorsichtig an den Türen der Speisekammern. Ein kleines Wunder – das Schloss an einer Tür war kaputt. Er schlüpfte hinein wie der geborene Dieb und stopfte sich sein Bündel voll: einen mit Körnern bestreuten Käse, einen runden Laib Brot, eine Hand voll eingelegter Zwiebeln sowie einen Krug Wein, mit Wachs versiegelt. Einfache Dinge, aber Llian kam sich vor, als hätte er gerade das Grabmal einer Königin aus alten Tagen beraubt.

Er ging zur Zitadelle hinab. Es war immer noch dunkel, aber die Wächter waren daran gewöhnt, dass er jederzeit hier auftauchte, und ließen ihn ein, geleiteten ihn zur Bibliothek hinauf und holten einen Archivar aus dem Bett, der sich vergewissern sollte, dass nichts herumlag, in das er keinen Einblick nehmen durfte. Seine Notizen waren immer noch wild auf dem Tisch verstreut, genau so, wie er sie am vorhergehenden Abend zurückgelassen hatte.

In der Bibliothek des Magisters zu essen, war ein Schwerverbrechen, aber eines, das Llian inzwischen ohne mit der Wimper zu zucken beging. So auch jetzt. Sobald der Archivar verschwunden war, ließ er sich an seinem Tisch nieder, schnitt ein Stück Käse ab, legte es zusammen mit einer eingelegten Zwiebel zwischen zwei mächtige Brotscheiben und öffnete sein Tagebuch. Aber er konnte sich nicht konzentrieren. Er sah sich in dem prächtigen Raum um. Die Bibliothek war wie ein Stummelkreuz geformt, dessen vier Zweige mit äußerst elegant geformten Regalen aus Zedern- und Rosenholz vollstanden, die sich halb bis zu der hohen Decke hinauf erstreckten. Die Wände wiesen Paneele aus kostbaren Hölzern auf, und die Decke, ein zwölfeckiger Spitzturm, war mit gleichermaßen kostbarem, jedoch hellerem Holz verkleidet.

Hier gab es alles, was sich Llian von einer Bibliothek nur wünschen konnte. An den Wänden hingen alte Gemälde und Stiche, die Künstler und Schriftsteller bei der Arbeit zeigten. Den Fußboden bedeckte ein kostbarer Teppich aus Seide. Den Raum erfüllte der Geruch von Büchern und Holz, und er war bis oben hin vollgestopft mit Bänden, für die er den rechten Arm hingegeben hätte. Ein guter Ausgleich für seine Mühen. Er wünschte sich, auf ewig hier arbeiten zu können.

Llian schlug die Seiten seines Tagebuchs um, fand die Übersetzung, nahm einen Schluck Wein aus seiner Flasche und beschwor dann die entsprechende Seite der *Erzählung der Aachim* im Gedächtnis herauf. Er verglich sie miteinander. Sie entsprachen sich, nur ein Satz machte ihm nach wie vor zu schaffen.

Es wird ein Instrument auftauchen (khash-zik-makattzah), *und wenn eine Möglichkeit entdeckt wird, es zu benutzen, kann Santhenar . . . errettet werden. Aber am Ende wird das Instrument verloren gehen.* Zuvor hatte er *khash-zik-mkattzah* als *Drei-und-Eine* übersetzt – die Flöte! Aber es hätte auch *Drei plus Eine* bedeuten können, was für ihn keinen Sinn ergab, oder *Einunddreißig*, oder, mit ein wenig Vorstellungskraft, *Eine in Drei, ein Drittel* – was keinerlei Sinn ergäbe, den er ergründen könnte. Mendark hatte diese Möglichkeiten verworfen. Llian rief sich das damalige Gespräch ins Gedächtnis zurück.

»Die Drei *bedeutet die Flöte«*, hatte Medark gesagt, *»denn sie war das Erzeugnis dreier Welten: Gold aus Aachan für den Korpus der Flöte; kostbares Elfenbein aus Tallallame für die anderen Teile; und den Genius von Shuthdar, der sie entworfen und gebaut hat.*

Und die Eine ist die Empfindsame, die sie benutzen wird, um die Düsternis zu zerbrechen und das Gleichgewicht zwischen den Drei Welten wiederherzustellen. Am Ende jedoch wird das Instrument verloren gehen. Bedeutet dies verloren *oder* vernichtet?«

Vielleicht war das von Mendarks Seite her Wunschdenken gewesen. Bedeutete es *Drei in Eine* oder *Drei in Eine hinein* oder *gemacht aus Drei?* Unmöglich zu sagen. Es muss für die Leute, die es geschrieben hatten, sinnvoll gewesen sein, aber Llian verstand die Sprache nicht ausreichend gut, um sich seiner Übersetzung sicher zu sein. Er machte sich auf die Suche nach Tensor, fand ihn jedoch nirgendwo. Bei der Rückkehr in die Bibliothek kam er an Mendarks Wohnung vorüber. Llian vernahm Flötenspiel, dieselben Töne immer und immer wieder, als mühte Mendark sich ab, eine komplizierte Melodie zu bewältigen. Gegenwärtig spielte er stets Flöte.

Llian legte das Tagebuch beiseite und kehrte zu seinem anderen Rätsel zurück – was wirklich geschehen war, als Rulke im Nachtland eingekerkert worden war. Nun, diese Geschichte ergab für ihn ebenfalls keinen Sinn. Angewidert von seiner Dummheit trank er den restlichen Wein, legte den Kopf auf die Arme und schlief ein.

Fast sogleich gab es draußen einen mächtigen Aufruhr. Llian steckte den Kopf zur Tür hinaus und sah Shand, Yggur und Tallia in heller Aufregung den Korridor heraufrennen.

»Was ist los?«, rief Llian.

Mendark kam aus der anderen Richtung herbeigelaufen. Er trug ein Nachtgewand aus blauem Satin. »Was geht hier vor?«, wollte er wissen. Er wirkte jünger, als Llian sich vorkam.

»Maigraith ist wieder verschwunden!«, rief Shand. Er war sehr bestürzt.

»Weiter!«, sagte Mendark düster.

»Ich ließ sie von Karan überwachen, denn Maigraith hatte ihre Fähigkeiten missbraucht. Unglücklicherweise ist sie in der Nacht entwischt und hat ein Tor oben auf dem Dach hergestellt. Karan ist hinter ihr her.« Er warf Llian einen unglücklichen Blick zu. »Tut mir leid, Llian. Es war ein seltsames Tor – es sah nicht richtig aus. Karan ist in letzter Minute hineingesprungen, und sie sind beide verschwunden. Ich bin furchtbar besorgt.«

Llian hielt sich an der Türklinke fest und starrte ins Nichts. Alles fing wieder von vorn an.

»Hast du eine Vorstellung, wohin sie sind?«, fragte Mendark, und als Shand nicht sogleich Antwort gab, rüttelte er ihn an der Schulter. »Und?«

Shand schob Mendarks Hand weg, jedoch ohne Groll. »Ich glaube, das Tor war auf Carcharon gerichtet, obwohl ihr wahres Ziel gewiss ...«

»Was?«, rief Mendark, und plötzlich wirkte er, als wäre ihm unbehaglich zu Mute. »Wohin?«

»Shazmak!«, brach es aus Yggur heraus. »Maigraiths Ziel ist Shazmak. Sie geht zu Rulke.«

Sie starrten einander an, dann fuhr Mendark herum und lief zur Treppe. »Sie hat die Flöte mitgenommen!«

»Warte!«, schrie Yggur hinter ihm her. »Wie konnte sie all diese Wächter täuschen? Wie dem auch sei, Tallia ist hinunter, nachsehen.«

Mendark kehrte zurück. »Ich brauche mehr Zeit!« Er schritt im Korridor auf und ab. Kurz darauf kam Tallia zurückgelaufen.

»Die Flöte liegt im Backhaus. Ich habe sie gesehen! Weder die Wächter noch die Aachim haben Maigraith gesehen.«

»Aha«, sagte Mendark düster. »Die ganze Zeit über habe

ich in Bezug auf Karan Recht gehabt. Sie ist auch zu Rulke übergelaufen.«

»Du bist von allen guten Geistern verlassen«, sagte Yggur.

»Trotzdem, das spielt keine Rolle. Was jetzt noch zählt, ist die Flöte.«

»Hm«, machte Yggur. »Ich bezweifle, dass wir mit dieser Flöte je auf dem richtigen Weg waren. Ich hätte meinen Instinkten trauen sollen, statt dir zu erlauben, mich zu manipulieren. Wir setzen unser Vertrauen besser in Waffen und belagern Shazmak, bevor er seine Kräfte wieder aufbauen kann.«

»Du redest immer nur großspurig, tust jedoch nie etwas«, meinte Mendark. »Wir müssen die Flöte benutzen und uns sein Konstrukt schnappen. Shazmak kann nie durch Gewalt eingenommen werden.«

»Nur durch Verrat«, erinnerte sich Llian.

»Nun, du gehst so vor, wie du willst, und ich anders!«, rief Mendark. »Aber ich bin noch nicht bereit.« Er schüttelte erregt den Kopf. »Ich stürze an der letzten Hürde.«

Sie trennten sich, und jeder ging seinen eigenen Geschäften nach. Llian kehrte an seine Arbeit zurück, war jedoch zu besorgt, um richtig denken zu können. Er brauchte dringend jemand zum Reden, aber alle waren allzu sehr beschäftigt, sogar Shand.

Der Tag zog sich dahin. Aus Sorge um Karan fiel Llian das Nachdenken schwer. Am späten Morgen kam Shand herein und warf ein langes Stück Papier über den Tisch.

»Hier, für dich. Es hat viel Versuch und Irrtum erfordert, aber ich habe die Silben zu etwas zusammengefügt, das ich für die richtigen Worte halte.«

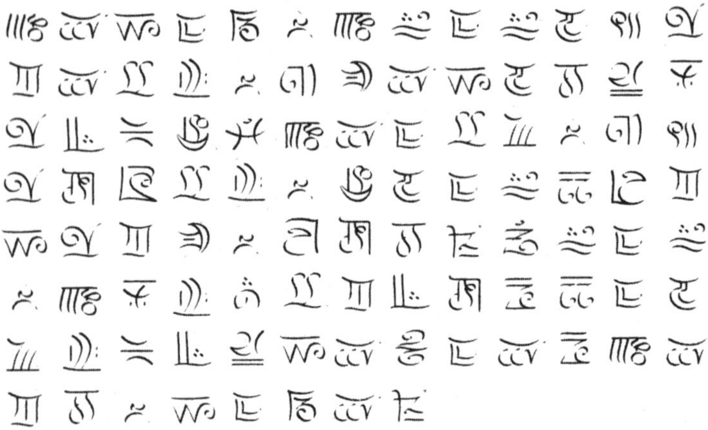

No sze gwi ta sha mu no dzo ta dzo gwu cho ksi lo sze mo nu mu bu gi sze gwi gwu je ru she ksi cha vo gw'uh wi no sze ta mo va mu bu cho ksi kso fe mo nu mu gw'uh gwu ta dzo lu u lo gwi ksi lo gi mu qa kso je e i dzo ta dzo mu no she nu che mo lo cha kso pi lu ta gwu va nu vo cha ru gwi sze ya ta sze pi no sze lo je mu gwi ta sha sze e.

Nosze gwitasha mu nodzo tadzo gwu choksi losze monumu Bugi szegwi gwuje rushe ksicha vo gw'uh wino szeta mova mu Bucho ksiksofemo numu gw'uhgwuta dzolu'u lo gwiksilo Gimuqakso je'e i'dzo Tadzo muno shenu chemo locha ksopiluta Gwuvanu vocha rugwisze yatasze pinosze loje mu gwita-shasze'e.

»Was für eine seltsame Sprache!«, rief Llian aus. »Was bedeutet das?«

»Das ist bei weitem schwieriger, nicht zuletzt, weil die

Anordnung der Worte sich anscheinend von der Syntax unserer Sprache unterscheidet.«

»Du kennst die gesprochene Sprache der Charon, nicht wahr?«

»Früher«, erwiderte Shand. »Ich hatte den besten Lehrer, den es gab, obwohl ich sagen muss, dass ich das meiste mittlerweile vergessen habe. Ich habe eine Ahnung, was es bedeutet, aber gehen wir doch gemeinsam ans Werk!«

Einige Stunden später hatten sie die folgende ungeschickte Übersetzung zustande gebracht, in derselben Anordnung der Worte, wie Shand sie vorgegeben hatte.

Gehalten nahe ist spiegelnde Platte aber versteckt innen
  Schlüssel
Siehe hinein kommt was du forderst zu sehen da ist
Halte in der Hand Erbe sei genarrt nie mehr
Weit sehender Apparat Wahrheit sagt
Beweinte verlorene Heimatwelt (wiederhole Worte) meine
Rad Haltepunkt hängt von einem ist dreigeteilt.

»Spiegelnde Platte bedeutet der Spiegel«, überlegte Llian. »Daher ist die erste Zeile gewiss eine Neuformulierung des Paradoxons ...« Seine Stimme verlor sich. Shand starrte ins Leere und gab nicht weiter Acht.

»Shand?«, fragte Llian. Er rüttelte ihn an der Schulter. »Shand?«

Shand kehrte in die Wirklichkeit zurück. »Erspare dir die Mühe, Llian. Ich weiß, was es bedeutet:

Der Spiegel ist verschlossen, aber in ihm liegt der Schlüssel
Komm, sieh hinein, siehe, was du sehen willst
Ergreife dein Erbe, und du siehst die Wahrheit
Dann kann der Spiegel weder mich noch dich belügen
Tallallame, oh, mein Tallallame
Dein Schicksal ruht auf der, die drei ist.

Jetzt verstehe ich es; es ist der Vers, den Yalkara ausrief, als sie durch das Tor ging, und den ich damals nicht ganz verstand. Sie muss sichergestellt haben, dass Aeolior den Spiegel nutzen konnte, wenn die Zeit dafür käme, selbst wenn er versuchte, sie anzulügen.«

»Also sollte sie Yalkaras Gold in Händen halten, wenn sie den Spiegel benutzte«, sagte Llian.

»Dann kann der Spiegel weder mich noch dich belügen. Und ohne das Gold hat der Spiegel sie gewiss angelogen.«

»Und sie nach Shazmak geführt. Zu Rulke!«

»Ja«, sagte Shand am Boden zerstört. Lange Zeit saß er mit gesenktem Kopf am Tisch, dann stand er auf und ging langsam hinaus.

Plötzlich hatte Llian eine Idee. *»Shand!«*, rief er drängend.

»Was ist denn jetzt noch?«

»Erinnerst du dich, dass Yalkaras Buch ... gestohlen und verbrannt worden ist?«

Ruckartig fuhr Shands Kopf hoch. Seine grünen Augen sahen Llian durchbohrend an. Er verstand rasch! »Du kleiner Schuft!«, sagte er.

»Ich ließ Lilis eine Kopie anfertigen, und es war die Kopie, die gestohlen wurde.«

»Und ich soll dir bei der Übersetzung helfen.«

»Du hast gesagt, du würdest alles tun, was in deiner Macht steht, um mir zu helfen. Abgesehen davon tu ich's für Maigraith. Hast du zu viel zu tun?«

»Ja«, erwiderte Shand, »aber ich werde mir die Zeit nehmen. Es ist jedoch ein viel schwierigeres Projekt. Zweifellos weißt du, warum.«

»Die Inschrift auf dem Spiegel bestand bloß aus dreiunddreißig verschiedenen Glyphen, und die Sprache der Charon besteht aus wesentlich mehr.«

»Zufällig sind es neunundachtzig, aber diejenigen, die wir kennen, sind die geläufigsten. Und ich kann vielleicht einige weitere herausbekommen. Fangen wir an?«

Sie arbeiteten in Shands Räumlichkeiten, was angenehmer war, da Shand ihm regelmäßig etwas zu essen besorgte, und für Llian war die Hilfe des alten Mannes von unschätzbarem Wert. Trotz seiner gegenteiligen Behauptungen hatte Shand nur sehr wenig vergessen, und aus dem Kontext konnten sie die Bedeutung vieler weiterer Glyphen herausarbeiten. Am Abend hatten sie die erste Seite vollendet, die eine Zusammenfassung des Buchs darzustellen schien.

»Lies laut vor!«, forderte Shand ihn auf, und Llian tat es.

Shand erhob sich. »Das stellt alles auf den Kopf.«

»Alles!« Llian steckte erneut die Nase ins Buch.

Gegen Mitternacht ging Llian auf der Suche nach etwas Erholung nach draußen. Am Vordereingang zur Feste lief er in Tensor hinein, der nach den Wachen am Backhaus geschaut hatte. Tensor wirkte überraschend freundlich. Doch Llian wusste bereits, wie launisch er sein konnte.

»Chronist! Du kommst wegen Karan!«

»Karan?«, fragte Llian und überlegte, wovon er redete.

»Kurz bevor sie uns verließ, hat sie mich gefragt, ob es geheime Wege nach Shazmak gäbe. Ich habe ihr vom fünften Weg berichtet. Sie hat dir gegenüber nichts davon erwähnt?«

Llian hatte eine vage Erinnerung daran, wie Karan in sein Bett geschlüpft war, aber das war auch alles. Also *waren* sie nach Shazmak gegangen! »Nein, ich wollte dich etwas wegen meiner Deutung der *Geschichte der Aachim* fragen.«

»Ich habe mich schon über deine Sturheit gewundert, unser Werk zu übersetzen, ohne uns zu Rate zu ziehen. Aber das spielt jetzt keine Rolle mehr. Zitiere mir die Passage!«

Llian tat es. »Der Satz, der mir unklar war, lautet *khashzik-makattzah*. Ich habe es als Die-Drei-und-die-Eine übersetzt, was Mendark als Zeichen dafür nahm, dass die Flöte wiedererschaffen werden musste.«

»Hätte ich das doch nur gewusst, bevor wir mit der Flöte angefangen haben!«, erwiderte Tensor. »Diese Übersetzung kann nicht stimmen.«

»Wie lautet sie dann?«, rief Llian.

»Es heißt nicht *Die-Drei-und-die-Eine*, sondern *Die-Drei-in-Einer.*«

»Die *Triune!*«, sagte Llian, dem es kalt den Rücken hinunterlief.

»Die Triune!«, echote Tensor.

Llian öffnete den Mund, brachte jedoch kein Wort heraus. Seine Dummheit hatte Maigraith verdammt, und auch Karan! »Dann habe ich einen schrecklichen Irrtum begangen. Die Triune *ist* Aachan, Tallallame und Santhenar. *Maigraith ist das Instrument!* Und das Instrument wird verloren gehen, wenn es das Gleichgewicht wiederherstellt. Oder … meinte es vielleicht Karan?«

»Ich weiß es nicht, Chronist.«

Llian rannte zur Bibliothek zurück. Der Spiegel hatte Maigraith nach Shazmak gelockt. Wenn die Weissagung zutraf, würde sie dort sterben und Karan wahrscheinlich mit ihr. Er verbrachte den Rest der Nacht damit, seine Notizen und sein Gedächtnis zu durchwühlen, konnte jedoch kein weiteres Licht in die Angelegenheit bringen. Am frühen Morgen legte er den Kopf auf die Arme und döste ein. Als er dann von *Mendarks Geschichte* träumte, setzten sich plötzlich alle Teile an ihren Platz. In der kühlen Klarheit kurz vor der Dämmerung sah er den Betrug in der Geschichte, aber welcher war es, der von Mendark oder Yggur?

Er arbeitete die Beweisstücke durch, bis das Licht des Morgens durch die Fenster drang. Es bestand wenig Zweifel daran, aber er brauchte eine Bestätigung. Ich war imstande, Menschen mit meiner *Erzählerstimme* zu manipulieren, dachte er. Ich werde Mendark so weit treiben wie möglich, und dann sehen wir, was geschieht. Wenn das nicht funktioniert, versuche ich es mit Yggur. *Wenn ich Mendarks Wut überlebe!*

Llian sandte einen Botenjungen auf die Suche nach Mendark, Yggur und Shand und bat sie, in die Bibliothek zu kommen, da er eine große Entdeckung gemacht habe.

»Was ist?«, fragte Yggur ungeduldig, der als Erster eintraf.

»Etwas von größtem Interesse für dich. Von *allergrößtem* Interesse«, erwiderte Llian.

Ein Funkeln erschien in Yggurs Augen, aber er stellte keine Fragen.

Lilis trottete herein. Sie war gekommen, um etwas für Nadiril zu holen. »Bleib eine Weile hier, Lilis!«, bat Llian sie. »Du könntest etwas hören, das für Nadiril interessant ist.«

Schließlich erschien Mendark, als Letzter. »Nun, weshalb hast du mich hier heraufgeholt?«, fragte er mürrisch. Er sah aus, als hätte er die ganze Nacht durchgemacht.

Llian fiel auf, dass Mendark bereits zu altern begann. Zwei Furchen waren ihm schon in die Stirn eingeschnitten. »Ich habe zwei Entdeckungen gemacht«, erwiderte Llian. »Hier die Erste: Tensor hat mich endlich auf den richtigen Weg gebracht.«

»Tensor!«, knurrte Mendark. »Du strapazierst bereits deine Glaubwürdigkeit. Na gut, mach weiter! Zeit ist kostbar.«

»Meine Übersetzung aus der *Geschichte der Aachim* war falsch«, sagte Llian. »Das Instrument war nicht die *Drei-und-die-Eine,* die Flöte, sondern die *Die-Drei-in-Einer,* die Triune. Und es ist die Triune, die verloren gehen wird.«

»Also hätte die Flöte niemals gefertigt werden müssen«, meinte Yggur. »Am Ende habe ich Recht gehabt!«

»Ja«, bestätigte Llian.

»Unsinn!«, fauchte Mendark. »Wie dem auch sei, wir haben sie jetzt, und wir werden sie benutzen.«

»Aber Maigraith ist nach Shazmak gegangen«, sagte Llian. »Wenn sie versucht, das Gleichgewicht wiederherzustellen, wird sie verloren gehen.«

»Das Gleichgewicht wiederherstellen!« Mendarks Stimme triefte vor Sarkasmus. »Was für ein völliger Blödsinn! Das bestätigt, was ich schon lange geargwöhnt habe – unser Meisterchronist ist ein Schwindler. Er ist ein Geschichtenerzähler, eine *Stimme,* aber da steckt nicht viel Verstand dahinter. Kein Wunder, dass er außerstande ist, meine Geschichte zu beenden.«

Llian reichte es jetzt. »Nenn mich nicht Schwindler, du *Scharlatan!«* Er sprang auf den Tisch. »Wollt ihr wissen, warum ich seine Geschichte nicht erzählen kann?«, schrie er. »Weil sie eine Lüge ist, die Mendark vor eintausend Jahren in die Welt gesetzt und an der er seit dieser Zeit gewitzt weitergearbeitet hat. Ein Betrug, der die Historien seit dem Tag getrübt hat, da Rulke im Nachtland eingekerkert wurde.«

»Beruhigt euch, ihr beiden!«, sagte Yggur. »Llian, niemand, der während des Kataklysmus nicht dort war, kann verstehen, wie das war. Rulke war zu mächtig mit seinem Stadt-Konstrukt von Alcifer. Wenn wir ihn nicht aufgehalten hätten, wären wir genau wie die Aachim versklavt worden. Es war jeden Preis wert, sogar die Geächteten Experimente.«

»Und der Fehlschlag der Experimente?«, fragte Llian.

»Er war zu stark!«, rief Mendark. »Nicht einmal der vereinte Rat konnte ihn aufhalten.«

»Das ist so weit wahr«, sagte Llian und wandte seine *Stimme* auf Mendark an. Er war stolz auf die Reaktionen, die er ihm abrang und auf die Wahrheit, die bald, so hoffte er, enthüllt würde. »Aber damals begann die große Lüge. Möchtest du gern die richtige Wahrheit hören, Yggur?«

Yggur genoss Mendarks Niederlage mehr als alles andere seit der Katastrophe von Elludore. »Allerdings möchte ich das.«

»Ich habe das Rätsel gelöst«, sagte Llian. »Die Antwort lag in dem Brief, den Nivan vom Rat gleich nach den Experimenten geschrieben hat. Yggur, du wurdest verraten! Mendark hat Rulke in deine Gedanken hineingezwungen!«

Mendark wirkte schockiert, fasste sich jedoch rasch wieder. »Verdammt sollst du sein!«, brüllte er. »Hör auf mit deinen Lügen! Ein solches Dokument gibt es nicht!«

»Wie kannst du dir da so sicher sein?«, fragte Llian leise und in der Hoffnung, dass Mendark unfreiwillig etwas zugeben würde.

Das tat er nicht. »Weil ich sie alle gesehen habe!«, fauchte er. »Ich musste es, weil ich die offizielle Historie dieser Zeit verfasste. Und die Ratsmitglieder haben seitdem die Dokumente überprüft. Yggur persönlich kann das beschwören.«

Yggur war die Enttäuschung deutlich anzusehen. »Wir haben mit der größtmöglichen Sorgfalt nachgeprüft. Unglücklicherweise hat keiner von uns irgendetwas gefunden, das nicht in Ordnung gewesen wäre.«

»Das ist deshalb so, weil Mendark bereits die Beweise vernichtet hatte!«, sagte Llian schwach. Sein Bluff schlug fehl, und das wäre sein Untergang.

»Der Chronist verzweifelt immer mehr!«, höhnte Mendark. »Ruhm ist eine Droge, ohne die er nicht leben kann, selbst wenn er dazu jemanden verleumden muss.«

»Nun, Llian?«, fragte Yggur ungeduldig. »Zeige uns deine Beweise!«

Yggurs Vertrauen in Llian war schon immer nicht ungetrübt gewesen. Na ja, er würde etwas mehr bluffen müssen, und sein Schicksal würde vom Bluff abhängen.

»Warum ist sich Mendark dessen so sicher, was meinst du? Weil er sein Leben damit verbracht hat, sämtliche Dokumente zu suchen und zu vernichten, die von jenem Rat verfasst wurden, aber erst, nachdem er seine Mitglieder verfolgt und umgebracht hat, eines nach dem anderen.«

»Du bist ein Lügner!«, krächzte Mendark. »Das ist Verrat, und die Strafe dafür ist der Tod!«

»Du zahlst häufig in dieser Währung, nicht wahr, Mendark? Aber du warst nicht vorsichtig genug. Das hier beweist meine Behauptung«, sagte Llian und zog die Quittung hervor, die er in den Archiven gefunden hatte. »Nadiril bestätigt seine Echtheit.« Er zeigte sie Shand. »Sie listet ein Dokument auf, das Nivans Schwester Uivan an Mendark gesandt hat – *Meine Historie des Experiments und der Gefangennahme Rulkes.*«

»Ich erinnere mich an Nivan«, meinte Yggur nachdenklich. »Sie war eine der wenigen ehrbaren Menschen im Rat!«

Seine Augen sprühten Funken zu Mendark hinüber. »Aber ich erinnere mich nicht, jemals *dieses* Dokument gesehen zu haben.«

»Das hast du auch nicht«, bestätigte Llian leise. »Es ist nie in den Katalog gelangt. Mendark hat es vernichtet, ebenso wie jedes andere Dokument dieser Art, ebenso wie er jeden ihrer Verfasser einen nach dem anderen ermordet hat.«

»Du baust Paläste auf Fundamenten, die keine Sandburg tragen würden«, sagte Mendark, der wütend war, jedoch unerschütterlich. »Zeige sie mir!«

Llian reichte Yggur die Quittung.

»Diese Quittung ist echt«, sagte Yggur, der sie mit zusammengekniffenen Augen durch seine Brille betrachtete. »Was jedoch nach wie vor kein Beweis für deine Anschuldigungen ist. Bringe Beweise herbei, oder du wirst wegen Verleumdung angeklagt!«

»Ich werde sie herbeischaffen!«, schrie Llian und bereitete sich darauf vor, die Gabe des Erzählers zu gebrauchen, wie er sie noch nie zuvor verwendet hatte. »Seit dem Auffinden dieser Quittung habe ich die Archive durchsucht. Ich fand eine Kopie des Dokuments. Es belastet dich, Mendark!«

Mendark zitterte vor Wut, gab jedoch keinen Fußbreit nach. »Zeige uns doch dieses Dokument!«

Llian musste seine Karten aufdecken. Er rang nach Luft.

»Du kannst es nicht! Wache!«, schrie Mendark. *»Wache!«*

Im Nu kam Osseion durch die Tür, gefolgt von einer Schar von Yggurs Wächtern. »Ergreift ihn!«, brüllte Mendark und zeigte auf Llian.

Osseion trat langsam vor, aber Yggur sagte leise: »Lass ihn, Osseion! Wir werden Llian anhören. Chronist, beweise deine Anschuldigung, *falls du es kannst.* Dir bleibt eine Minute.«

»Ich brauche keine Minute«, erwiderte Llian arrogant.

»Sieh dir das hier an, Yggur! Mendark hat es als Köder in seiner Falle benutzt. Ich habe den Beweis gleich hier.« Er sprang auf den Tisch und zog theatralisch ein oftmals gefaltetes Stück gelbliches Pergament aus seinem Hemd. Llian hielt es hoch in die Luft und warf es dann Yggur ins Gesicht.

»Hier, lies Nivans Aufzeichnung laut vor!«, tobte Llian. »Ich sage dir, was darin steht. Folgendes hat Mendark getan ...«

Yggur nahm das Papier und hielt es hoch, sodass es sich entrollte. Es reichte ihm bis zur Taille. Er hielt sich das Dokument vor die Augen, starrte Mendark an, und der Ausdruck auf seinem Gesicht gefror immer mehr.

»Schweig!«, schrie Mendark. »Ich werde dich zum Schweigen bringen!« Er schleuderte den Arm nach vorn, und eine Flamme schoss hervor und setzte Llians Mantel in Brand. Yggur hob die eigene Hand. Mendark sprang beiseite. Shand stieß Llian zu Boden und wälzte ihn hin und her, um die Flammen zu ersticken. Lilis, die stumm im Hintergrund stand, duckte sich unter einen Tisch.

Mendark wich eilig zurück und schwenkte den Arm in einem weiten Bogen. Bücher und Papiere auf dem Tisch entzündeten sich, Flammen sprangen zu den Regalen neben dem Tisch, zu einem nahe gelegenen Gestell mit Pergamentrollen.

»Nein!«, kreischte Llian. Er schob Shand mit dem Ellbogen beiseite, aber es war zu spät. Die züngelnden Flammen, die aus den Papieren auf seinem Tisch schlugen, waren bereits höher als sein Kopf. Er schnappte sich seinen Beutel mit den kostbaren Aufzeichnungen, der neben dem Tisch auf dem Fußboden lag. Der Einband eines der Bücher brannte bereits, aber er trat die Flammen aus.

Mendark schickte ein Feuer hinüber zu den Bücherregalen. Flammen leckten über den Teppich zwischen ihm und der Gemeinschaft.

Er sah zu, bis der Brand die oberen Regale erreicht hatte und die Flammen brüllend zur Decke mit den wunderschönen Paneelen hinaufschlugen. Dann schritt er durch das wirbelnde Feuer durch den Raum und zur Tür auf der anderen Seite hinaus, die er sanft hinter sich schloss.

Reihe um Reihe von Regalen ging in Flammen auf, brennende Papiere quollen aus Schachteln hervor, die sie jahrhundertelang geschützt hatten. Der ganze Raum brannte lichterloh. Llian weinte um die kostbaren Aufzeichnungen, die nun auf ewig verloren wären. Er stand da, ohne auf die Hitze zu achten, und Rauch und Asche senkten sich auf sein Haar. Seine Kleidung rauchte immer noch, der Bart war ihm bis auf einige Stoppeln abgesengt.

Hinter ihm stürzte ein Bücherregal um und sandte eine Feuerzunge aus, die an seinem Hosenbein leckte. Der Raum war voller Rauch. Flammen schossen zwischen ihm und der Tür hoch. Er rannte hin und her, fand jedoch den Weg nach draußen nicht. Alle anderen waren geflohen, und er saß hier in der Falle.

Er würde zusammen mit der Bibliothek verbrennen. Der Erzähler in ihm wusste die Ironie durchaus zu würdigen.

Llian sprang auf den Tisch zwischen die mittlerweile zu Asche verbrannten Papiere und versuchte, einen Weg nach draußen zu erkennen. Rauch und Hitze waren hier oben noch schlimmer. Ein weiteres Regal brach zusammen, und die Flamme versengte ihm den größten Teil des Haars. Er klopfte das Feuer aus und setzte sich auf den Tisch, wobei er seine kostbaren Aufzeichnungen an der Brust barg.

»Llian!« Das war Shands Stimme. Eine weitere Stimme rief seinen Namen. Lilis. Llian konnte keinen von beiden erkennen.

»Hier!«, kreischte er heiser. Ihn schmerzte die Kehle.

»Llian, wo bist du?«

Er rief unermüdlich, und schließlich entdeckte Shand ihn, der über den Fußboden kroch. »Du Narr, runter da!«

Llian entdeckte, dass die Luft auf Bodenhöhe besser war, obwohl er nach wie vor nichts sehen konnte. »Wie kommen wir wieder raus?«

»Lilis steht an der Tür«, rief Shand über das Getöse der Flammen hinweg. »Lilis?«

»Hier!«, ertönte ihre Stimme.

»Halt meine Hand fest!« Sie krochen weiter und fanden schließlich die Tür und Lilis und waren in Sicherheit.

»So«, sagte Shand und stützte Llian, der würgte. Eine schweigsame Lilis lieh ihm ebenfalls die Schulter. »Dem Schurken ist endlich die Maske heruntergerissen worden. Wir werden noch mehr Böses finden, bevor der Tag vorüber ist. Komm mit!«

An der Tür schaute Llian zurück. Die Hitze schmerzte ihn in den Augen, aber die brennende Bibliothek war ein noch größerer Schmerz. »Das ist alles meine Schuld«, sagte er und hätte geweint, aber das Feuer trocknete ihm die Tränen so rasch, wie sie sich bildeten. »Ich habe ihm zugesetzt, weil ich sehen wollte, was geschähe. Das ist das Ergebnis. Warum habe ich mich nicht an meine Bücher gehalten und die Intrigen anderen überlassen?«

»Warum nur?«, fragte Shand. »Aber zumindest wissen wir es jetzt.«

Llian packte seine Aufzeichnungen fester und schloss ein letztes Mal die Tür hinter sich.

In den Gängen hatten sich bereits Diener und Gefolgsmänner versammelt, die hierhin und dorthin rannten, Dinge im Arm hielten, die zu kostbar waren, um sie zurückzulassen, oder Schätze, die sie bewahren wollten, auch wenn alles Übrige zerstört würde. Einige wenige Diener jagten mit Eimern zur Bibliothek, aber als sie das Ausmaß des Brandes sahen, ließen sie ihre Eimer fallen und rannten wieder zurück. Als Shand und Llian die verrauchte Treppe zur ersten Etage hinabgekommen waren, schmorte bereits die Decke.

Sie erreichten die große Halle. Yggur stand dort, hoch gereckt, besänftigte die Panik und schickte die Wächter zu den oberen Etagen aus, um diejenigen zu wecken, die noch schliefen und in die Kerker, um die Gefangenen herauszuholen. Er versuchte nicht, den Habgierigen die Schätze abzunehmen, die sie gestohlen hatten.

»Was spielt das jetzt noch für eine Rolle? Besser, dass irgendwer sie hat, als dass sie zerstört werden, und sie werden zweifelsohne vor Ende der Nacht wieder gestohlen werden.«

Die Zitadelle war der Vernichtung preisgegeben, die meisten Menschen aus den oberen Etagen konnten jedoch in Sicherheit gebracht werden. Diejenigen, die blieben, konnten nicht gerettet werden, es sei denn, sie sprangen von sich aus ins Freie, denn jetzt leckten die Flammen sogar schon in die große Halle. Sie rannten hinaus, zogen sich weit zurück, und kurz darauf sackte die prächtige Kuppel in sich zusammen und krachte in die Ruine herab, wobei das Kupfer in Strömen dahinfloss. Sie wandten sich den Hügel hinauf zu Yggurs Feste und der Werkstatt, wo die Flöte aufbewahrt wurde.

»Übrigens, Shand«, sagte Yggur und lächelte grimmig, »spiele niemals Karten mit Llian!« Er zog das zusammengefaltete Stück Pergament aus seinem Hemd.

Shand ließ den Blick darüber gleiten und brach in Gelächter aus. »Die Auflistung eines Teppichlagers! Llian, du Teufel! Ein Glück, dass du Recht hattest, sonst hätte keiner von uns dich retten können.«

Bevor sie die Feste erreichten, kamen zwei der Aachim-Wachen Unverständliches schreiend auf sie zugerannt. Einem muskelbepackten Mann, strömte das Blut aus einem Schnitt an der Schläfe über das Gesicht.

»Die goldene Flöte ist weg!«, schrien sie wie aus einem Mund. »Mendark ist wie ein Sturm über uns hinweggefegt, hat deine Wachen niedergemacht und unsere und ist mit der Flöte auf und davon.«

»Irgendwie habe ich nicht daran geglaubt, dass er Selbstmord begehen würde«, meinte Yggur. »Wohin ist er, Stentex?«, fragte er den Aachim mit dem blutigen Gesicht.

»Das weiß niemand!«

Hinter ihnen tauchte Tensor auf. Er war am Boden zerstört. »Nun, Tensor!«, sagte Shand. »Auf wessen Seite stehst du jetzt?«

»Nicht auf unserer!«, rief Yggur. »Wir wollen dich nicht!«

»Wirst du in dieser Sache zu uns stoßen?«, fragte Shand, Yggur ignorierend. »Oder kämpfen wir die ganze Zeit über gegeneinander?«

Tensor brauchte lange für eine Antwort. »Wir werden uns dir nicht entgegenstellen, bis wir ihn haben. Danach bekommt der Stärkste die Flöte, und ich hoffe inbrünstig, dass wir das sind.«

»Dein Wort darauf, Tensor?«

Tensor streckte ihm die Hand entgegen. »Mein Wort.« Seine Stimme war kaum vernehmbar.

In Windeseile machten sie sich für die Verfolgung bereit. Llian erhielt neue Kleidung aus den Vorräten, denn seine schäbigen Kleider waren kaputt. Sie benötigten dennoch einige Stunden, bis sie Mendarks Spur entdeckten und bereit zur Verfolgung waren. Eine Botschaft erreichte sie, dass er wie der Wind durchs Westtor geritten und die Straße nach Tuldis hinab Richtung Bannador verschwunden war, mit ein paar Pferden am Zügel.

»Er hat einen Vorsprung von zwei Stunden sowie die besten Pferde von Thurkad«, sagte Yggur. »Wenn er sich nicht das Bein bricht, werden wir ihn nicht einholen. Wohin ist er? Warum hat er nicht ein Tor mit der Flöte geschaffen?«

Shand kannte die Antwort. »Weil Maigraiths Verschwinden die Realität hier derart verzerrt hat, dass es nicht mehr möglich ist, ein Tor zu schaffen; nicht einmal mit der Flöte.«

»Woher weißt du das?«

»*Ich weiß es!* Nun, wo könnte dennoch ein Tor geschaffen werden, auch wenn alle übrigen Plätze nicht mehr infrage kommen? Karans wahnsinniger Vorfahr Basunez hat die Stelle genau ausgemacht. *Carcharon!*«

Wie wild ritten sie den ganzen Tag und die Nacht hindurch und hielten, für ein paar Stunden Rast und um frische Pferde zu besorgen, kurz vor dem Morgengrauen inne. Bei Sonnenaufgang setzten sie ihren Weg fort. Die Gemeinschaft bestand aus Yggur, seiner furchtsamen kleinen Adjutantin Dolodha, Vartila und einem weiteren Whelm. Shand war ebenfalls dabei, dazu Llian sowie eine schockierte und schweigsame Tallia, weiterhin Lilis, Jevi und Osseion, ebenso düster gestimmt. Tensor ritt zusammen mit vier Aachim verlegen neben Malien. Er tat sich Gewalt an, denn jeder einzelne Schritt war eine Qual für ihn. In Maliens Augen spiegelten sich die Furcht und das Eingeständnis ihres Versagens. Die anderen Aachim sollten nachfolgen. Nadiril war informiert worden; ihm ging es jedoch nicht gut genug, um an dieser Jagd teilnehmen zu können.

Sie ritten den ganzen Tag hindurch, wechselten erneut die Pferde zu Mittag. Am Nachmittag stießen sie auf ein großes schwarzes Pferd, das tot im Schlamm der Straße lag; zu Tode geritten. Tallia sah auf das große Tier hinab und dann voraus auf die Straße.

»Ich hätte vielleicht dasselbe getan, wenn es unbedingt nötig gewesen wäre«, sagte sie, aber Llian erkannte an den herabgezogenen Mundwinkeln, wie sie wirklich darüber dachte.

Shand schwang sich aus dem Sattel, um die Nüstern des Tiers zu befühlen. »Immer noch warm; kann noch keine Stunde tot sein. Wir holen auf.« Er schnitt eine Grimasse und humpelte zurück. Der harte Ritt hatte die Haut an seinen Oberschenkeln abgeschürft.

Sie ritten immer weiter.

In der folgenden Nacht erreichten sie Gothryme und hielten nur lange genug an, um Rachis die Neuigkeit zu berichten. Mendark war vor weniger als einer Stunde durchgekommen, erfuhren sie. Er war grußlos in höchster Eile vorübergeritten.

Sie erreichten den Fuß des Felsens. Ein weiteres wunderschönes Pferd stand im Mondlicht da, dessen Flanken mit Schaum bedeckt waren. Es fraß ruhig das graue Gras ab. Sie ließen ihre eigenen Pferde bei ihm zurück und begannen den Aufstieg.

Auf dem Weg die Felswand hinauf gewannen sie Mendark gegenüber, der sich als bemerkenswert gut in Form erwies, keinen Fußbreit an Boden. »Die Leute, die ihm bei der Erneuerung seines Körpers geholfen haben, werden dafür Rede und Antwort stehen müssen«, sagte Yggur mit einem kalten Blick auf Tallia.

Sie gab keine Antwort.

»Ich muss unbedingt etwas ausruhen«, keuchte Shand auf

halbem Weg nach oben. Die Sonne ging gerade auf. »Wir sind zu langsam. Schick jemanden voraus. Jemanden, der schnell und stark genug ist, es mit ihm aufzunehmen.«

»Ich gehe«, flüsterte Tallia. Mendark hatte alles verraten, wofür sie stand.

»Und ich gehe mit«, sagte Jevi. Sie waren während der vergangenen anderthalb Tage Steigbügel an Steigbügel geritten.

»Und ich«, sagte Malien.

»Ich komme auch«, ergänzte Osseion. »Ich betrachte mich als von meinem Eid entbunden.«

Oben auf der Felswand eilten die vier weiter, zunächst in ruhigem Schritt, dann in einem Trab, dann gingen sie wieder, dann beschleunigten sie wieder etwas. Selbst so sahen sie Mendark, als sie am Nachmittag den Wald von Gothryme verließen, in der Ferne bereits auf halber Höhe den Grat hinauf nach Carcharon.

Jetzt rannten sie. Mendark begann zu laufen, aber selbst sein jugendlicher Körper konnte das Tempo nicht beibehalten. Es wurde zunehmend dunkel. Der Mond ging auf. Sie mussten jetzt langsamer gehen, denn der Hang wurde eisig. Am Ende der langen Jagd waren sie nur noch zehn Minuten zurück und verkürzten die Entfernung rasch. Tallia und Jevi waren den anderen ein gutes Stück voraus, als sie die Treppe erreichten. Mendark war als Silhouette auf der Spitze des knorrigen Felsturms zu erkennen. Er zeigte nach unten und verschwand über dem Rand.

Das letzte Stück mussten sie vorsichtig gehen, da Mendarks Feuerstoß den Schnee geschmolzen hatte und die Stufen jetzt mit Eis überzogen waren. Die letzten hundert Schritte ging es quälend langsam voran. Oben angekommen, jagten sie über das Amphitheater hinweg, aber das Rennen war bereits verloren. Mendark durchschritt gerade das offene Tor von Carcharon.

Und weiter rannten sie, das Gefälle hinab und die steile Treppe zum Vordertor Carcharons hinauf. An lauernden Wasserspeiern vorüber, durch Türen hindurch, zerstörte Treppenhäuser empor. Sie sprangen über Schutt und aufgetürmtes Eis, höher und immer höher. Tallia und Jevi kamen gleichzeitig, nach Luft ringend, auf der obersten Turmspitze an.

Mendark stand in der Vertiefung von der Form des Konstrukts. Er war noch weiter gealtert und hatte jetzt die Flöte an die Lippen gesetzt. Die ersten seltsamen, unheimlichen Töne erklangen. Tallia streckte die Hand aus.

»Nein, Mendark ...«, bettelte sie.

Mendark blies einen höheren Ton. Sie vernahmen einen entsetzlichen Lärm, als rieben die Steine der Mauer sich knirschend aneinander. Ein halbes Hundert gequälter Geister entwichen dem Stein, darunter Basunez. Selbst sein wütendes Gesicht zeigte einen Ausdruck des Entsetzens. Dann gingen sie in Rauch auf, während die Mauern von Carcharon wackelten wie Pudding. Jevi warf sich auf Mendark, aber es war zu spät. Als sich das verzerrende trübe Glas, das den Raum zwischen ihnen darstellte, wieder aufklarte, war der Magister verschwunden.

11

Ekstase und Agonie

Maigraith verblieb auf Ehrenwort in ihrem Gefängnisgemach in Shazmak. Sie wurde gut versorgt und hatte es behaglich, verspürte jedoch auch Furcht. Furcht vor Rulke, der regelmäßig vorbeikam und sie dazu drängte, sich mit ihm zu verbünden, gleichzeitig aber überwältigend anziehend war. Sie wollte ihm helfen, wollte seine Gefährtin sein, das Bett mit ihm teilen. Der unvertraute Drang erschreckte sie. Und sie hatte Angst um Karan, die ihr gewiss hierher folgen würde. Wozu sie sich letztlich auch entschiede, die Folgen wären furchtbar.

Maigraith hätte ausbrechen können, trotz der Bewachung durch die Ghâshâd, aber sie wusste nicht, was sie anschließend hätte tun sollen. Wenn Rulke die Wahrheit sagte, musste das, was sie von ihm wusste, eine Lüge sein. Selbst so waren seine Pläne allerdings eine Gefahr für die ganze Welt, und Faelamor war eine noch größere Gefahr. Aber falls sie, Maigraith, die Hände in den Schoß legte oder falls sie einen Versuch unternahm, der dann fehlschlug, könnte das womöglich noch schlimmer sein. Also ließ sie es in sich gären, sorgte sich um Karan und brannte vor Verlangen nach Rulke, während die Stunden verstrichen.

Am Nachmittag kam er wiederum vorbei. Diesmal wirkte er verunsichert. Dann fiel er, sehr zu ihrem Erstaunen, vor ihr auf die Knie.

»Maigraith«, seufzte er und nahm sie bei der Hand. »Du bringst mich noch völlig um den Verstand. Wir wären perfekte Partner. Aber ich finde die Worte nicht, die ausdrücken, was ich dir sagen möchte.« Er ließ die bärtige Wange auf ihrem Knie ruhen.

Die Veränderung in ihm bereitete Maigraith grässliches Unbehagen, obwohl sie gleichermaßen von einem ähnlichen Verlangen gequält wurde. Dies war nicht Rulke. Das konnte nicht sein!

»Du musst tausende Geliebte gehabt haben«, sagte sie.

»Ich hatte einige«, gab er zu, »aber ich habe nur ein einziges Mal geliebt, seitdem ich in deine Welt kam. Selbst das war ein ungleicher Kampf und ein tragischer Verlust.«

»Erzähl mir davon!«

»Nach der Vollendung Alcifers wollte ich es mit Kindern meiner eigenen Art bevölkern. Mit wem sollte ich mich zusammentun? Yalkara war die einzige Charon-Frau auf Santhenar, aber das war ein aussichtsloser Kampf. Nicht einmal zur Sicherung des Überlebens unserer Art wollte sie sich mit *mir* paaren. Meine einzige Möglichkeit war eine der Halb-Charon, eine Mischlingsfrau aus Charon und Aachim, die wir mit hergebracht hatten. Das wäre besser als nichts gewesen, aber meine Kinder sollten reine Charon sein. Wie könnte das geschehen? Ich kämpfte mit verschiedenen schäbigen Plänen. Einmal dachte ich in meiner Verzweiflung sogar daran, Yalkara einige Eier zu entnehmen, sie mit meinem eigenen Samen zu befruchten und sie einer der Mischlingsfrauen einzupflanzen. Ein beschämender Gedanke. Ich konnte es nicht!

Ich begattete die Mischlingsfrauen, wie ein Bauer vielleicht Ziegen züchtete, um eine spezielle Rasse zu erhalten. Die Ergebnisse dieser Vereinigungen sahen aus wie echte Charon, aber ich wusste, dass sie es nicht waren. Ich versuchte, ein Loch durch die Düsternis zu schlagen und eine Gattin von Aachan herbeizuschaffen, aber das misslang ebenfalls. Dann bezauberte mich eine meiner Mischlingsfrauen.

Es war ein ungleicher Kampf, denn ich war äonenalt, während sie kaum volljährig war. Trotzdem wurden wir getraut, und sie war bereit, nach Alcifer zu gehen und ihren Platz auf dem Thron neben mir einzunehmen. Aber es sollte nie geschehen. Der korrupte Rat hatte sie als Köder in einer Falle für mich benutzt – ihre sogenannten Geächteten Experimente. Obwohl ich alles tat, wozu ich in der Lage war, konnte ich sie nicht retten, letzten Endes auch nicht mich selbst. Sie ging in einen grausamen und sinnlosen Tod und ich ins Nachtland.«

Er sprach die Wahrheit, sie wusste es in tiefster Seele. Rulke war gewaltig betrogen worden. Sie sah ihm in die Augen.

»Wie lauten also *deine* Pläne, Maigraith?«

»Ich habe keine. Aber ich muss wissen, was du planst, wenn ich ein Bündnis mit dir in Betracht ziehen soll.«

»Hast du die Geschichte gehört, die ich Llian in Carcharon erzählt habe? Wie wir auf verräterische Weise in die Leere geworfen wurden und am äußersten Rand des Aussterbens wieder herauskamen? Wie wenige Hundert von uns Aachan nahmen, damit wir die Chance erhielten, unsere Art zu erneuern?«

»Ich habe die Geschichte gehört, und sie hat mich sehr bewegt«, erwiderte sie.

Er sprang auf und schritt unruhig hin und her. Dann setzte er sich wieder und nahm ihre Hand. »Maigraith, ich werde dir das ureigenste Schicksal unserer Art anvertrauen. Dies ist die entsetzliche Wahrheit: Weißt du, wie viele Charon es gibt?«

»Ich könnte mir vorstellen, dass es inzwischen eine große Zahl hier auf Aachan gibt.«

»Aber wir konnten auf Aachan nicht gedeihen!«, tobte er. »Wir sind niemals fruchtbar gewesen, im Gegensatz zu den Menschen und Faellem oder sogar den Aachim. Aachan war uns irgendwie feindlich gesinnt. Wir sind jetzt weniger als einhundert, und die meisten davon sind äonenalt.

Wir sind so wenige! Unsere Hoffnung wird unser Albtraum – unsere Zuflucht unser Gefängnis. Deswegen mussten wir nach Santhenar kommen. Deswegen ließ ich ursprünglich die Flöte anfertigen. Ein gefährliches Werk, aber es war das Risiko wert, falls sie den Weg zwischen den Welten öffnen und uns von Aachan befreien könnte.«

»Aber Shutdar hat die Flöte gestohlen«, sagte sie.

»Und damit begann die Qual, die uns bis zum heutigen Tag zu Grunde richtet. Die Düsternis hat uns hier eingeschlossen – Yalkara, Kandor und mich. Nicht genügend, um unsere Art wieder von vorn anfangen zu lassen, auch wenn Yalkara und ich keine Todfeinde gewesen wären.«

»Warum eigentlich?«

»Eine uralte Fehde zwischen unseren Familien, was ich nicht weiter vertiefen will. Wie dem auch sei, so wie wir hier saßen auch die übrigen Charon auf Aachan in der Falle, verloren langsam ihre Macht und verzweifelten immer mehr. Alles, was ich getan habe, seitdem ich nach Santhenar kam – *jede einzelne Tat!* –, hatte nur ein Ziel: die Düsternis zu durchbrechen und den Rest meiner Art herzuholen. Sich zu vermehren, bevor es zu spät wäre. Meine Art vor dem Aussterben zu bewahren.«

»Die Historien erzählen es aber ganz anders.«

»Natürlich! Jeder Diktator, jeder Tyrann braucht einen Feind, um von seinen eigenen Fehlern abzulenken, und ich stellte den perfekten Feind dar. Aber genug davon! Wenn du keine Pläne hast, so sage mir doch wenigstens, welches dein Angriffsziel ist!«

»Mein Ziel ist, das Gleichgewicht zwischen den Welten wiederherzustellen, das Shutdar durchbrochen hat, obwohl ich nicht weiß, wie.«

Er sprang auf. »Dann haben wir völlig entgegengesetzte Interessen!« Seine Fäuste waren zu Kugeln mit Knöcheln von der Größe einer Grapefruit geballt.

»Können wir nicht zusammenarbeiten?«

»Das Gleichgewicht wiederherzustellen, bedeutet notwendigerweise das Ende der Düsternis. Dann könnte ich den Weg nie mehr finden.«

»Aber die Düsternis zu durchbrechen, ist ein entsetzliches Risiko!«, wandte Maigraith ein.

»Ich habe es getan. Ich weiß, wie es geht.«

»Und es war eine Katastrophe.«

»Ein winziger Fehler im Konstrukt, der inzwischen behoben ist. Ich habe auch an meiner eigenen Schwäche gearbeitet. Maigraith, wenn die Düsternis verschwunden ist, könnte ich Aachan nie mehr wiederfinden. Wie du siehst, ist alles jetzt anders geworden. Ich kann das Risiko nicht eingehen. Wir Charon stehen vor dem Abgrund, und nur ich kann uns retten. Sobald ich sie hergebracht habe, wird alles völlig anders sein. Dann werde ich dir freudig helfen.«

»*Das* Risiko wage ich nicht einzugehen«, erwiderte Maigraith. »Der Spiegel sagt mir, dass die ganze Leere sich über Santhenar ergießen könnte. Das wäre das Ende der menschlichen Art.«

»Der Spiegel lügt!«, sagte er wütend. »Er ist ein Ding der Aachim, der stets versucht, uns zu täuschen.«

»Mich nicht!«, entgegnete sie unerschütterlich.

»Selbst dich!«

»Nun, ich bin entschlossen.« Sie stand mit erhobenem Kinn und durchgedrücktem Rücken auf. Sie sah ihm in die Augen. »Auch ich kann nicht nachgeben.«

Der Augenblick zog sich in die Länge. Dann sagte Rulke: »Ich darf dir nicht erlauben, meinen Plan zu vereiteln. Die Zukunft meiner Art steht auf dem Spiel.«

»Und meine Welt! Ich bin nur zu einem Viertel Charon, vergiss das nicht!«

»Aber das ist ziemlich dominant. Du bist mehr Charon als sonst etwas.«

»Ich bin eine Triune. Die Drei Welten sind meine Mutter und mein Vater, die vier menschlichen Arten meine Kinder. Wie kann ich dir deine Zukunft auf Kosten derjenigen eines anderen erkaufen?«

»Das ist Quälerei!«, schrie Rulke. »Aber wenn du mich zwingen willst, muss ich meine Art an erste Stelle setzen – ungeachtet meiner Gefühle dir gegenüber.«

»Was kannst du denn mir gegenüber empfinden? Du kennst mich erst zwei Tage!«

»Ich habe zweimal tausend Jahre auf dich gewartet. Du hast mir eine Möglichkeit gezeigt, die keiner von uns je zuvor hatte.«

»Tut mir leid«, sagte sie, und es war so. Es tat ihr so entsetzlich leid.

»Dann müssen wir kämpfen.« Rulke fuhr herum und ging.

»Und du wirst mich gewiss besiegen«, sagte sie zu sich, »denn im Grunde meines Herzens will ich nicht gegen dich kämpfen, und trotz all meiner Worte kann ich dir nicht meinen Willen aufzwingen.«

Wenige Minuten später kam er zurückgeeilt. »Zeig ihn mir!«

Sehr zögerlich holte Maigraith den Spiegel hervor. »Setz dich neben mich«, sagte er. »Zeig mir, was er dir offenbart hat!«

Sie tat es.

»Und die Botschaft von Yalkara?«

Das fiel schwerer, weil es ein privater Schatz war, den sie nicht mit jedem teilen wollte. Jedoch war Rulke auch ein Charon. Sie fand Yalkaras Botschaft. Erneut gab es diesen beunruhigenden Aussetzer in der Mitte. »Siehst du«, sagte sie. »Das ist wohl so, weil ich nicht genügend Charon-Blut in mir habe.«

»Der Spiegel lügt. Ich hab's dir gesagt, und wenn er an der Lüge gehindert wird, trickst und verbirgt er. Gib ihn her!«

Er packte den Spiegel mit seinen starken Händen, starrte tief hinein und maß seinen Willen mit dem eigenen. Das Abbild Yalkaras verblasste zu nichts. Die Oberfläche des Spiegels wechselte von silbrig zu golden und wieder zurück, dann ergoss sich daraus ein Strom aus Licht, so hell, dass Rulke zurückzuckte. »Nein, das tust du nicht!«, rief er. »Nicht bei mir!« Er hielt den Spiegel hoch, hielt ihn mit solcher Gewalt gepackt, dass ihm die Hände zitterten, und dann tauchte plötzlich das Gesicht Yalkaras wieder auf, und die Schrift lief über den unteren Rand wie zuvor. Aber jetzt mit der zuvor fehlenden Passage:

Folgendes musst du tun, Aeolior. Der Spiegel wird versuchen, dich in die Irre zu führen, aber dein Erbe ist Schutz dagegen. Trage das Gold, und der Spiegel wird gezwungen sein, die Wahrheit zu zeigen. Das Gold wird auch dich schützen, wenn du es trägst. Gib es niemals aus der Hand. Gestatte niemals, hörst du, niemals, dass es zu etwas anderem verwendet wird, denn ansonsten wird der Schutz verloren gehen, und das Gold wird ebenso gefährlich werden wie das Gold aus der goldenen Flöte. Handle nicht übereilt! Bereite dich dein Leben lang vor, und wenn du bereit bist, denke daran und ergreife dein Erbe und siehe hinein in den Spiegel, und er wird dir zeigen, was du tun musst. Aeolior, lebe wohl! Vielleicht sehen wir uns eines Tages, wenn du Erfolg hattest.

Die leuchtenden Buchstaben verblassten. Maigraith saß da und starrte den Spiegel an. Sie war am Boden zerstört wegen ihres groben Schnitzers. Nach all ihren sorgfältigen Überlegungen, ihrem qualvollen Ringen, hätte sie kaum eine schlimmere Entscheidung treffen können, als wenn sie sie absichtlich getroffen hätte.

Maigraith merkte, dass sie unbeherrscht zitterte. »Ich hab's nicht gewusst!«, weinte sie. »Er hat mich belogen. Ich kann nie darauf vertrauen, dass der Spiegel mir zeigt, was zu tun ist. Kannst du das Geheimnis aus ihm wieder herausholen, Rulke?«

»Nicht ohne das Gold. Vielleicht nicht einmal mit dem Gold, nach Tensors Werk.«

»Was soll ich tun?«

»Du wirst einen anderen Weg finden müssen. Ich bin vielleicht imstande, dir zu helfen, wenn die Zeit kommt, falls du damit einverstanden bist, dich mir nicht mehr entgegenzustellen.«

»Ich – ich werde es mir überlegen.«

Er sprang auf und verschwand wortlos nach draußen.

Maigraith tauchte aus dem Schlaf auf. Sie dachte an Rulke, und es verlangte sie nach ihm. Beim Gedanken an ihn erwachte sie völlig. Es verlangt mich wirklich nach ihm, erkannte sie. Ich möchte ihn mit Leib und Seele. Ich weiß es bestimmt, es gibt keinen Platz für Zweifel.

Sie ließ die Szene ihrer ersten Begegnung hier vor dem inneren Auge ablaufen und schwelgte in der Erinnerung an die Ekstase bei seiner ersten Berührung. Hitzewellen überliefen sie am ganzen Körper. Selbst ihre Zehen waren heiß. Sämtliche Nervenenden in ihr waren entflammt. Ihre Haut war so empfindlich, dass sie die Decken von sich warf und in der kühlen Luft badete.

An der Tür ertönte ein einzelnes Klopfen. Rulke! Sie nahm einen Morgenrock, der an der Wand hing, und zog ihn sich über. Es musste einer sein, den Karan als Mädchen getragen hatte, denn er war viel zu klein. Egal! Maigraith ging zur Tür, wobei sie den Morgenmantel mit beiden Händen zusammenhielt. Ihre Fußsohlen fühlten sich so köstlich an, dass sie es kaum ertragen konnte, sie auf den Boden zu setzen. Sie öffnete die Tür.

Rulke stand mit einem Korb in einer Hand davor. Es verlangte sie schmerzlich nach ihm; sie spürte, wie sie innerlich dahinschmolz. »Tritt ein!«, sagte Maigraith in einem so aufgewühlten Zustand, dass sie völlig vergaß, den Morgenmantel zusammenzuhalten. Rulkes Blick streifte über ihre schwellende Brust. Er ließ den Korb fallen, sodass das Geschirr darin klirrte.

Sie reichte ihm die Hand und führte ihn zum Schlafzimmer. Mit einem Ruck ihrer Schultern ließ sie den Morgenmantel zu Boden gleiten.

»Was ist mit deiner Schulter geschehen?«, fragte er und berührte die gerötete Wunde mit den Fingerspitzen.

»Ein Pfeil der Faellem, nichts Schlimmes.«

»Ich werde meine Heilerin rufen. Idlis wird sich darum kümmern.«

»Am Morgen!« Sie saß auf der Schlafdecke und machte sich an seinem Hosengürtel und den Knöpfen seines Hemds zu schaffen. Seine Haut war glatt und dunkel, nicht haarig wie bei Yggur. Sie fand den Unterschied wunderbar sinnlich.

Maigraith zog ihn zu sich hin. Seine Finger schnitten einen feurigen Pfad ihre Kehle hinab.

»Der Kampf lässt sich auf mehr als nur eine Weise austragen«, sagte sie, schlang ihm die Arme um den Hals und zog ihn enger zu sich.

So fand Faelamor sie. Unbemerkt in Shazmak einzubrechen, hatte jeden winzigen Bruchteil an Geschick und Erfahrung ihres langen Lebens als größte Illusionistin erfordert, denn sie war der erste Feind, gegen den sich Rulke geschützt hatte. Aber Faelamor kannte Shazmak, kannte die Wächter und auch die geheimen Wege. Und wäre Rulke nicht so abgelenkt gewesen, wäre es ihr auch so nicht gelungen.

Sie war nicht lange nach Maigraith hereingekommen und hatte während ihres nächtlichen Herumschleichens schockiert aus dem Geplauder der Ghâshâd erfahren, dass Maigraith hier war.

Sie hatte einen weiteren Tag und eine weitere Nacht gebraucht, sie zu finden, und jetzt war sie völlig erschöpft. Ihre Tarnung gegen den vereinigten Willen der stets wachsamen Ghâshâd aufrechtzuerhalten, fiel schwerer denn je. Aber sie schaffte es. Sie fand das Gemach, das einstmals Karans gewesen war, drehte geräuschlos den Knauf und schlüpfte hinein. Es gab kein Geräusch, keine Bewegung. Die Wohnung wurde schwach vom Licht der Morgendämmerung erhellt. Faelamor kroch zur offenen Schlafzimmertür hinüber und schob den Kopf hinein. Als Erstes sah sie einen dunklen Fuß, der unter der Bettdecke hervorbaumelte. Zwei Füße; dunkle, lange Beine, gewaltige Oberschenkel lagen halb über schlanken Beinen, die im Vergleich hell waren – eher von der Farbe von Honig.

Sie schliefen in den Armen des anderen. Maigraiths Haar war über die graue Seide des Kissens ausgebreitet. Faelamor erschauerte. Ihre Hand zitterte. Sie hätte fast vor Kummer und dem Gefühl des Verlusts aufgeschrien. Hätte sie einen Dolch mit sich geführt, sie hätte mit der Klinge beide durchbohrt.

Zu spät! Rulke rührte sich. Sie durfte nicht gesehen werden. Faelamor zog die Überreste ihrer Illusion um sich, zog sich lautlos zurück und kroch zu einem fernen Teil Shazmaks zurück, um sich dort die Wunden zu lecken und ihre nächsten Züge zu überlegen.

Welches Spiel spielten sie hier? Sie geht ein großes Risiko ein, wenn sie so mit Rulke spielt, und er ebenfalls. Könnte er von Maigraith völlig hingerissen sein, könnte ihn sein Urteilsvermögen im Stich gelassen haben? Ich sehe eine Gelegenheit.

Weswegen ist sie hier? Bestimmt, um sich das Konstrukt zu schnappen. Aber sie ist nicht stark genug. Ich breche selbst ihren Willen, bevor sie mich überwältigt. Rulke wird sie dazu bringen, sich auf seine Seite zu schlagen, wie er sie stets verführt hatte. Sie werden versuchen, den Weg zu öffnen, und könnten damit vielleicht sogar Erfolg haben. Das muss ich verhindern, was es auch kosten mag. Ich werde ihm ein besseres Angebot unterbreiten.

Sobald das Tor einmal erschaffen ist, werde ich es weit aufstoßen und die Düsternis zerschmettern. Ich werde sein Spielzeug in Stücke zerreißen. Worin sein Herz auch bestehen mag, ich werde es mitnehmen, sodass es nie mehr erschaffen werden kann. Während sie darum kämpfen, die Düsternis zurückzuhalten, werden wir schon mindestens in Tallallame zurück sein. Aber das kann ich nicht aus der Entfernung erreichen. Ich muss ihm nahe sein. *Ich muss das Tor sehen!*

Am Nachmittag wurde Faelamor knapp vor den Toren Shazmaks entdeckt. Sie verbreitete eine Aura aus Unterwürfigkeit und Niedergeschlagenheit um sich, als wäre der Versuch des Einbruchs in Shazmak ein letztes verzweifeltes Spiel gewesen, das fehlgeschlagen war. Rulke kniff die Augen zusammen, als sie hereingeführt wurde, eine kleine Frau in weißem Gewand und Sandalen an den Füßen, die einen Ranzen trug. Er bedeutete ihr, zuerst zu sprechen.

»Ich bin hergekommen, dir ein Angebot zu unterbreiten«, sagte sie in der Haltung von jemandem, der völlig verzweifelt war. »Deine Empfindsame hat dich verlassen, wie auch mein Geschöpf. Ich weiß, dass du den Weg öffnen kannst, aber du kannst die ständig sich verändernden Pfade nach Aachan oder Tallallame nicht aufspüren.«

»Du weißt nicht, was ich kann oder nicht kann.«

»Ich habe Karan gewaltsam zum Sprechen gebracht. Sie hat berichtet, wie du sie benutzt hast und wie sie aus Feigheit versagt hat, wie es immer bei ihr ist.«

Einen Augenblick lang wirkte Rulke perplex, dann brach er in Gelächter aus. »Sie hat nicht versagt«, brüllte er. »Ich habe versagt! Es gibt keine tapferere Person auf Santhenar als Karan Elienor Fyrn. Oh, ist das komisch! Sie hat dich völlig zum Narren gehalten.«

»Wie dem auch sei«, sagte Faelamor eisig wie ein Gletscher angesichts ihrer Kränkung. »Hier ist mein Angebot! Ich kann die Pfade zwischen den Welten aufspüren, aber ich brauche Maigraith, um die Düsternis aufzubrechen. Oder dich! Zusammen können wir all unsere Ziele erreichen. Du weißt, was wir Faellem wollen – Tallallame, nichts weiter. Wir werden diese Welt verlassen und nie wieder zurückkehren. Du kannst Santhenar haben, und auch Aachan, wenn du willst. Aber wir werden Tallallame mit all unserer Kraft bewachen!«

Rulke überlegte. Faelamor durfte man niemals trauen. Dennoch interessierte ihn der Vorschlag. Seine lange Suche hatte keine weitere Empfindsame mit Karans besonderem Talent erbracht. Und Faelamor hatte Recht: Den Weg zu finden, lag wahrscheinlich jenseits seiner Möglichkeiten. Aber Faelamor war eine verschlagene und verräterische Person, mehr als jede andere. Was sie sagte, war ebenso ein Gewebe aus Illusionen wie das, was sie tat. Der Vorteil ihrer eigenen Art war für sie von absoluter Bedeutung, und alles, was sie anderen Menschen antat, um dieses Ziel zu erreichen, würde sie nicht mehr bekümmern als einen Schlachter ein Tier, dem er die Kehle durchschneidet.

»Du könntest mir vielleicht ein wenig behilflich sein«, sagte er und täuschte Gleichmütigkeit vor. »Ich werde es mir überlegen. In der Zwischenzeit musst du in Shazmak bleiben und dich Beschränkungen unterwerfen. Bringt sie fort!«

Ghâshâd brachten Faelamor zu einem Raum mit nur einem Ausgang und wechselten sich in ihrer Bewachung ab. Sie gab willig nach, sehr zufrieden mit ihrem Handel. Nicht einmal Rulke wäre imstande, sie aufzuhalten, wenn ihre Stunde käme, nach der es so verzweifelt verlangte – nachdem er für sie den Weg durch die Düsternis geöffnet hätte.

An diesem Morgen war Idlis aufgetaucht, hatte Maigraiths Verletzung untersucht, gebadet, mit Puder bestäubt und wieder verbunden. Nicht lange danach ertönten in ganz Shazmak die Signale der Wächter. Maigraith überlegte, was wohl den Alarm ausgelöst haben mochte, aber es war niemand da, den sie hätte fragen können.

In der Nacht kam Rulke wieder in ihr Gemach. Sie hatte ihn erwartet. Den ganzen Tag über hatte sie mit nichts anderem als dem Gedanken daran verbracht, was sie in der Nacht getan hatten und was sie in dieser Nacht erneut täten, wenn es ihm ebenso gefallen hätte wie ihr.

»Faelamor ist hier«, sagte er, als er sich mit einem schwer beladenen Tablett durch die Tür schob. »Was will sie wirklich?«

Maigraith spürte, wie ihr ein heftiger Schmerz durch die Brust schoss, der ihr den Atem raubte. Wie der Gedanke an Faelamor sie sogar nach all dieser Zeit noch niederdrücken konnte! »Was hat sie denn gesagt?«

Er berichtete es ihr.

»Das ist die Wahrheit, ganz bestimmt. Aber wisse, dass sie dich hasst und fürchtet, also …«

»Sie wird mich im entscheidenden Augenblick verraten!«

»Und ihr Bestes geben, dich aus der Welt auszulöschen. *Tu's nicht!*«, schrie sie voller Qual, da sie fühlte, welches Schicksal ihm bevorstünde und sie ihren Verlust spürte.

»Warum nicht?«, fragte Rulke. »Zu wessen Gunsten sprichst du eigentlich?«

Sie konnte es nicht aussprechen. »Ich – ich spreche zu Gunsten der Drei Welten, falls ich für irgendetwas spreche, und ich habe mehr Recht dazu als irgendwer sonst.« Aber es verlangte sie auch nach den Charon – ihrem Volk!

»Vielleicht.« Dann, plötzlich: »Weißt du, wer dein Vater war?«

Die Frage erwischte sie völlig unvorbereitet, was er zweifellos beabsichtigt hatte. Das war etwas, worüber Faelamor niemals hatte sprechen wollen. »Er war ein Faellem. Mehr weiß ich nicht. Er ist seit langem tot.«

Rulke betrachtete sie gleichmütig.

Ihr war danach, herauszuschreien: »Kennst du ihn? *Sag's mir!*« Aber diese Blöße würde sie sich nicht geben. Sie fixierte ihn mit demselben kühlen Blick wie zuvor. Trotz aller Leidenschaft der vergangenen Nacht war dies ein Spiel, und sie hatte darin wenig Erfahrung. Weitaus besser wäre es, wenn sie direkt vorginge.

»Rulke«, sagte sie, während sie ihn verzweifelt haben und ihn auch zufriedenstellen wollte, aber nicht, wenn dabei die einzige Welt auf dem Spiel stand, die sie kannte. »Ich kann dir nicht helfen. Das Risiko ist allzu groß.«

Rulke warf den Kopf in den Nacken. Die schwarzen Locken zitterten. Sein Hemd war vorn tief ausgeschnitten. Der Anblick seines Brustkastens erregte sie. Ich muss dich haben, dachte sie. Sie nahm seine Hand und drückte die Lippen darauf.

Er stöhnte. »Das ist Folter!«

»Für mich auch«, murmelte sie. »Aber es ist die einzige Welt, die ich kenne, und mir liegt ebenso viel an ihr wie dir an deiner eigenen Art. Ich kann's nicht.«

»Dann werden wir nicht mehr darüber sprechen.« Er erhob sich, aber Maigraith hielt seine Hand fest und stand mit ihm auf.

»Spielst du mit mir?«, fragte er grob.

Maigraith brach der Schweiß aus. Welche Gefühle hegte er wirklich ihr gegenüber? Sie musste es wissen: um den Preis ihrer Würde, selbst ihrer Demütigung.

»Ich verstehe nichts von weiblicher Koketterie«, entgegnete sie. »Ich will aufrichtig sein. Ich möchte dich, jetzt und auf immer. Meinen Körper verlangt es schmerzlich nach dir. Sage, dass du ebenso fühlst, oder nicht, und mache dann ein Ende!«

Sie starrten einander in die Augen. Was dachte er jetzt? Was würde er tun? Großer Betrüger! Vertraue ihm niemals! Das Schweigen erstreckte sich ins Unendliche, bis Maigraith in ein Loch kriechen und sterben wollte. Rulke wirkte finster, unnachgiebig, absolut dominierend. Dann erkannte sie, dass sein Ausdruck eine Maske war, hinter der er ebenso furchtsam und unsicher war wie sie. Sie streckte die Hände aus.

Ohne den Blick einen Moment lang von ihr zu lösen, zog Rulke einen Goldring von seinem Finger. Sie hätte zwei ihrer eigenen Finger hindurchstecken können. Er schloss die Faust darum, drückte und quetschte, bis ihm Schweißperlen auf die Stirn traten. Er sprach ein Wort und bleckte die Zähne zu einer Grimasse, als ein Rauchwölkchen aus seiner geschlossenen Faust emporstieg. Sie wollte schreien: »Nein! Tu dir nicht selbst weh!«, war jedoch zu sehr gefangen von seinem Blick, ebenso wie er von ihrem.

Plötzlich tauchte Rulke seine Faust in einen Weinkrug, und der Ring zischte. Er zog die Hand heraus und öffnete sie. Der Ring lag auf seiner dampfenden Handfläche, viel kleiner jetzt. Er spreizte ihr die Finger und streifte ihn über. Der Ring war immer noch ziemlich heiß. Er passte perfekt.

Maigraith streckte die Hand aus und sah ihn verwundert an. Was könnte sie ihm als Gegenleistung geben? Dann erkannte sie, dass sie das perfekte Geschenk hatte. Sie tastete in ihrem Bündel umher, bis sie den rotgoldenen Ring gefunden hatte – das einzige Verbindungsstück von Yalkaras Kette, das von der Herstellung der Flöte verblieben war. Sie strich mit dem Ringfinger darüber, immer rascher, bis das Gold glänzte, klang und sang wie ein Weinglas.

»Streck deine Hand aus!«, sagte sie. Sie drehte den Ring, der jetzt weich wie Wachs war, auf Rulkes breiten Finger. Der Klang wurde tiefer und tiefer, der Glanz schwächer, und das Gold härtete sich und passte sich ihm ebenso vollkommen an.

»Ich möchte dich auch, jetzt und auf ewig«, wiederholte er.

»Es ist getan«, stimmte sie zu. »Auf ewig!«

Sie streckten sich die Hände entgegen, aber genau in diesem Augenblick geschah draußen etwas Seltsames, ein untergründiges Wirken, das vertraut war, denn es hatte einen Abdruck, den Maigraith erlernt hatte, als sie und Faelamor gemeinsam das Tor nach Havissard erschaffen hatten.

»Faelamor!«, rief Rulke und rannte zur Tür. »Bleib hier!«

Krachend schlug die Tür zu. Maigraith rannte hinter ihm her, entdeckte jedoch, dass sich das Schloss dieses Mal nicht öffnen wollte. Sie ließ sich auf dem Rand des Betts nieder, und die unerfüllte Leidenschaft schmerzte sie heftig. Worauf wollte Faelamor hinaus?

Rulke kehrte nicht zurück, und kurz darauf spürte Maigraith eine seltsame, pochende, sehr mächtige Verzerrung. Er benutzte das Konstrukt. Er hatte sich doch, trotz ihrer Warnungen, gewiss nicht mit Faelamor verbündet? Kalte Furcht hätte sie fast überwältigt. Sie hatte ihren Gatten gefunden, und jetzt war sie dabei, ihn wieder zu verlieren.

Sie spürte bereits die Unstimmigkeit in den Schwingungen zwischen den beiden: das Fehlen des Einklangs, das zum geräuschvollen Chaos wurde. Manchmal erstarb es abrupt, wenn eine Schwingung die andere auslöschte, während es zu anderen Zeit zu einem Kreischen anschwoll, als fügte sich eine Seltsamkeit der anderen hinzu. Spürten sie es denn nicht? Oder war es ihnen gleichgültig? Wie konnte es Rulke gleichgültig sein – es sei denn, alles, was er ihr so ernst erzählt hatte, und alles, was sie ihm geglaubt hatte, war nur ein Lügengewebe des Großen Betrügers gewesen.

Das werde ich nicht glauben, dachte sie. Er muss nicht völlig verstehen. All das über den Weg und die Leere – das ist eine Täuschung. Er weiß, wie sie einmal war, aber *so ist sie jetzt nicht mehr.* Jetzt ist alles anders, und die Düsternis zerfällt. Wir befinden uns in tödlicher Gefahr, und nur ich kann sie abwenden.

Maigraith konzentrierte die gesamte Macht ihrer Gedanken auf das Schloss. Jemand anders hätte vielleicht wenig Kraft und viel Raffinesse aufgewendet und das Schloss geöffnet, aber Maigraith besaß nicht viel vom einen und nicht genügend vom anderen. Das Schloss zersprang in Stücke und die Tür in Splitter. Sie trat das Holz heraus. Yetchah versuchte, sie aufzuhalten, aber Maigraith hob die Faust. Der Ausdruck auf ihrem Gesicht war so schrecklich, dass Yetchah erstarrte.

»Versperre mir den Weg, und von dir wird nicht mehr übrig bleiben als ein Abdruck auf dieser Wand!«, sagte Maigraith.

Yetchah war weise genug zu gehorchen. Die Ghâshâd waren überlegene Wächter, aber Maigraith war über ihre Macht hinausgewachsen. Sie rannte an ihr vorbei zur großen Halle hinab, wo das Konstrukt stand.

Unterwegs kam sie an einer Schar Ghâshâd vorbei, die wild miteinander diskutierten. Sie fing nur ein Bruchstück ihres Gesprächs auf, aber es reichte aus, sie in Todesangst zu versetzen.

»Llians Erzählung war die Wahrheit«, sagte Idlis, »und wir müssen daraus lernen.«

»Wir haben einen Eid geschworen«, erwiderte ein vierschrötiger Bursche, der sich etwas von den anderen unterschied. Er war klein und stämmig, die Beine waren krumm, und seine Haut war so grau wie Stahl. Sein Name war Jark-un, der Anführer der Schar, die vor anderthalb Jahren Karan von Fiz Gorgo aus gejagt hatte.

»Wie können wir einem Herrn dienen, der ein solcher Narr ist?«, flüsterte eine ältere Frau. Ihre Augen waren von einem glasigen Gelb, und der eine Arm zitterte beständig.

»Wir haben einen Eid geleistet, Tyone«, wiederholte Jarkun, als wäre das die Antwort auf alles.

»Nicht Faelamor!«, sagte Idlis mit einem Schauder.

Also stimmte es, und jetzt predigten seine getreuesten Diener Rebellion. Rulke war gewiss dem Untergang geweiht. Maigraith jagte durch die Marmorhallen und über die spinnwebhaften Gänge von Shazmak, stets in der Angst, zu spät zu kommen. Sie rutschte in die Große Halle und suchte Rulke.

Trotz ihrer Aufgewühltheit musste sie einfach über das Genie der Aachim staunen, die diesen weiten Raum erschaffen hatten, dessen Wände hoch hinaufgingen zur gekrümmten, muschelähnlichen, durchsichtigen Decke, über die zierlichen Treppen, die aussahen wie aus Draht und Glas gebaut, die Balkone und Plattformen, die scheinbar in der freien Luft hingen. Dann wurde ihr Blick immer weiter nach unten gelenkt, hinab zu jenem schwarzen, seltsam gekrümmten und unglaublich dichten Ding, welches das genaue Gegenstück zu Shazmak darstellte – zum Konstrukt!

Das Konstrukt arbeitete. Es krümmte den Raum rings um sich. Selbst das Licht krümmte sich zu ihm hin, wenn es vorüberstrich. Auf den Boden hatte es den gegenteiligen Effekt: Dieser sackte nämlich wie ein Stück Gummi ein, als würde er von einer Stahlkugel herabgezogen. Rulke stand hoch oben auf dem Konstrukt, die Hände an den Hebeln. Faelamor saß auf einer Matte auf dem Boden, die Augen geschlossen, anscheinend mit ihm verbunden. Maigraith wusste, was sie zu tun versuchten: Karan hatte es ihr erklärt. Rulke versuchte, mit seinem Konstrukt ein Loch in die Düsternis zu bohren, und Faelamor versuchte, hindurchzugelangen und den ständig sich verändernden Weg zwischen den Welten zu finden, den Weg nach Aachan.

Während Maigraith zögernd auf der Türschwelle stand, tauchte eine gebogene, schimmernde Oberfläche auf, wie eine gewaltige Seifenblase, die Wände, Boden und die ferne Decke durchschnitt. Sie umspannte den gesamten weiten Raum – die sichtbar gemachte Mauer der Düsternis. Rulke drehte einen Knopf. Eine Linse aus Licht erschien vor dem Konstrukt. Er stellte sie auf die Mauer ein und fokussierte sie zu einem kleinen Ring.

Maigraith schob sich langsam vorwärts, aber bevor sie nahe genug herangekommen war, erhob sich Faelamor und starrte sie mit diesen kalten Augen an, die unergründlich zu sein schienen. Erneut verschwand die Mauer.

»Lass sie in Ruhe!«, schrie Rulke, aber er befand sich mitten in der Arbeit und wagte nicht innezuhalten.

Faelamor tat etwas mit ihren Augen, und Maigraith konnte auf einmal nicht mehr stehen. Einem solchen Zauber war sie noch nie zuvor begegnet, und sie konnte sich daher nicht dagegen verteidigen.

Außer dem Gesichtssinn stand ihr keiner der übrigen Sinne mehr zur Verfügung. Sie hörte nichts, spürte nichts, nicht einmal die Füße auf dem Boden. Der ganze Raum schwankte hin und her. Im Innern des Ohrs prickelte es, dann verspürte Maigraith eine Übelkeit erregende Benommenheit wie noch nie in ihrem Leben. Nichts war *oben*, nichts *unten*. Ihre gefühllosen Beine brachen unter ihr zusammen.

Maigraith drehte sich alles im Kopf, weitaus schlimmer als in einem Alkoholrausch. Sie versuchte zu sprechen, jedoch waren ihr sämtliche Worte entfallen. Ihre Zunge schlängelte sich ihr die Kehle hinab. Sie krallte mit den Fingern in die Luft, würgte und hustete, bis sie nur noch daliegen konnte, die Wange gegen den Stein gedrückt, schaudernd. Nach wie vor wirbelte alles in ihrem Kopf herum.

Es währte lange, bis sie sich wieder erheben konnte, aber gleich wurde sie wieder zu Boden geschleudert. Maigraith tat so, als wolle sie sich erheben, fiel mit einem Ächzen wieder zurück, wiederholte das Ganze, diesmal noch schwächer, und lag dann flach auf dem Bauch da. Sie hatte nicht die Kraft, Faelamor entgegenzutreten. Allerdings benutzte Faelamor so gewaltige Kräfte, dass sie gewiss dafür bezahlen müsste.

Reglos auf dem Boden liegend, sah Maigraith zu, wie die Mauer der Düsternis erneut auftauchte. Faelamor schenkte ihr keinerlei Beachtung mehr, und Maigraith fühlte sich allmählich wieder besser, obwohl sie darauf achtete, es nicht zu zeigen.

Sie musste ihre Kraft sparsam einsetzen. Rulke befand sich in tödlicher Gefahr. Er war von Faelamor abhängig, denn er benötigte sie, damit sie für ihn *seinen* Weg fand. Sein Plan stand auf tönernen Füßen. Er musste völlig verzweifelt gewesen sein, dass er es probierte. Sobald die Düsternis offen stand, könnte Faelamor ihn angreifen, und er wäre außerstande, sich zu verteidigen, weil er Angst haben musste, dass sich die Düsternis nach Santhenar entleerte.

Maigraith sammelte ihre Kräfte, ihren Hass auf Faelamor für die Möglichkeit, die sich ergeben musste. Rings um sie veränderte sich alles, drehte und wand sich auf eine Weise, dass es ihr schwerfiel, die Gedanken darum herumzuführen. Es war ein großes Risiko, das sie einging. Wenn es zu lange dauern würde ...

Dann spürte Maigraith die ersten schwachen Regungen einer weiteren Kraft, die wiederum vertraut war. Jemand benutzte die Flöte. Sie erkannte die gefährliche Aura, die sie zuerst in Havissard verspürt hatte. Mendark! Die Gemeinschaft musste in der Nähe sein. Ein überwältigendes Gefühl der Erleichterung überkam sie – jemand war da, mit dem sie die Last teilen konnte. Dann begriff sie, was es wirklich zu bedeuten hatte. Die gefährliche Flöte konnte gut und gern die verfallende Düsternis völlig auflösen. Wenn das geschähe, wäre Santhenar durch nichts und niemanden mehr zu retten.

12

Der Ruf der Wächter

Tallia stand da und starrte das Loch an. »Alles, wofür ich während der letzten elf Jahre gearbeitet habe, ist dahin«, flüsterte sie. Der Magister, dem sie so getreulich gedient hatte, hatte sie verraten.

Jevi hatte sich schlimm das Handgelenk verstaucht. Osseion stützte sich heftig keuchend an einer Mauer ab. Die übrige Gemeinschaft kam langsam herein.

»Mendark, mir gefiel der Ton dieser Flöte nicht im Geringsten«, sagte Malien. »Hüte dich!«

»Wer wird jetzt die Pflichten eines Magisters erfüllen?«, fragte Tallia wehmütig.

»Du!«, keuchte Shand mit rotem Gesicht. »Du warst lange genug seine Beauftragte gewesen.«

»Er hat seine Geheimnisse für sich bewahrt«, sagte sie.

»Warum kümmerst du dich nicht einfach um Jevis Verletzung?«, fragte Shand und schlug ihr auf die Schulter.

»Jevi ist verletzt?« Tallia versuchte, das Gefühl des Elends abzuschütteln. Sie fiel vor ihm auf die Knie. »Jevi, tut mir leid. Was musst du von mir halten?«

»Ich glaube, du hast einen heftigeren Schlag erhalten als ich«, erwiderte er. »Dennoch wäre ich froh, wenn mir jemand helfen würde. Und dann ...« Er sah zu ihr auf und lächelte. »... möchte ich mich um deine Verletzung kümmern.«

Tallia warf weinend die Arme um ihn. Er hielt sie fest,

sprach kein Wort, aber als sie aufgehört hatte zu weinen, wischte er die Tränen weg, sanft wie eh und je.

»Lass mich nicht im Stich, Jevi. Lass mich nie im Stich!«

»Ich werde dich nicht im Stich lassen, Tallia!« Und dann überraschte er sie und alle anderen und auch sich selbst, indem er sie direkt auf die Lippen küsste.

»Wir müssen nach Shazmak«, sagte Yggur kopfschüttelnd.

»Wenn wir dort eintreffen, wird alles längst vorüber sein«, bemerkte Malien, als Tensor sich, gestützt von zwei Aachim und mehr tot als lebendig, die Treppe hinaufschleppte. »Tensor, kannst du uns ein Tor erschaffen?« Die Ironie entging ihr nicht, Tensor auch nicht.

»Haha!« Tensor fiel auf die Knie, bog den Rücken durch und versuchte, die Position zu finden, die am wenigstens Schmerzen bereitete. Da er keine fand, legte er sich auf den Boden. Die halsbrecherische Verfolgungsjagd hatte ihm grausam zugesetzt.

»Ich habe geschworen, keines zu erschaffen«, erwiderte er, »und ich werde es auch nicht tun, es sei denn, es wäre die letzte Hoffnung.«

»*Falls* wir heute nicht dorthin gelangen«, sagte Yggur, »wird es keine Hoffnung mehr geben.«

»Du wärst schneller dort, wenn du zu Fuß gehst«, sagte Tensor. »Ich bin keine Triune wie Maigraith, die die Talente aller Welten in sich vereint. Auch habe ich nicht die Flöte zur Unterstützung. Für die Erschaffung meines erstens Tors habe ich Wochen gebraucht. Selbst jetzt, mit Unterstützung, würde es viele Tage benötigen. Ihr müsst euch woanders umschauen.«

»Ich habe das Talent nicht«, sagte Yggur.

»Ich auch nicht. Ich habe versagt, und Aachan ist dem

Untergang geweiht.« Malien warf sich verzweifelt zu Boden.

»Noch nicht!«, sagte Shand. »Ich habe geschworen, dass ich nie mehr Gebrauch von meinen Kräften machen würde. Aber die Zeit macht alle Eide zunichte, wenn man das Unglück hat, lange genug zu leben. Auch habe ich zuvor noch kein Tor erschaffen, aber ich weiß, wie es geht, und dies ist wahrscheinlich der einzige Ort, an dem ein so schwacher Vermittler wie ich eines erschaffen kann. Selbst so werde ich eure starken Schultern und breiten Rücken brauchen.

Tallia, ich erinnere mich daran, wie du dich in Katazza bemüht hast, Karan und Llian eine Möglichkeit zur Rückkehr zu schaffen. Hier kannst du solche Fähigkeiten anwenden. Du auch, Yggur. Tensor, gib mir Anweisungen!«

»Wie willst du das Ziel finden?«, fragte Llian fasziniert.

»Das Ziel ist Shazmak«, erwiderte Shand. »Sieh dir den Fußboden an, der in Form des Konstrukts geschmolzen ist. *Gleiches ruft das Gleiche* . . . es wird der Magnetstein für unsere Nadel sein. Aus dem Weg, Llian!«

Llian trat zurück. Shand ging um die Vertiefung herum, immer hin und her, und ließ sich schließlich an der Stelle nahe der Schießscharte nieder, wo Karan gesessen hatte, als sie für Rulke den Weg gesucht hatte.

»Das ist ein guter Platz«, sagte er. »Lasst mich eine Weile überlegen. Ich schlage vor, wir alle essen und schlafen zunächst. Die Erschaffung von Toren erfordert einen vollen Bauch und klaren Kopf.«

Es war nach Mitternacht, bevor sie bereit waren. Überall schliefen Menschen. Shand weckte sie mit einem Gebrüll.

»Reich mir deine Hände, Tallia!«, sagte er. »Yggur, stell dich mit deinem Rücken an meinen.«

Shand begann sich zu konzentrieren.

»Was wirst du als Brennpunkt benutzen?«, fragte Llian und störte seine Konzentration.

»Still, pscht!«, donnerte Shand, der seinem alten Selbst überhaupt nicht mehr ähnlich war. Dann sagte er etwas nachgiebiger: »Pass jetzt gut auf, wenn du das in deine Geschichte einbauen willst!«

An einer Hand trug Shand den Ring, den Yalkara für ihn als Abschiedsgeschenk geformt hatte. In der anderen hielt er seinen schwarzen Stab. Er schloss die Hände um Tallias Hände und zog sie hoch, bis die Fingerknöchel seine Stirn berührten. Der Ring begann zu schimmern. Der Schimmer breitete sich über seine Hand aus, dann über seinen Arm, hüllte seinen ganzen Körper ein und erstreckte sich weiter bis zu der Vertiefung im Fußboden. Er teilte sich darum und sah aus wie ein Keks mit Loch, der an einer Seite angebissen war.

»Dies ist ein besonderes Tor«, ertönte Shands Stimme leicht gedämpft. »Es wird hierbleiben, sobald ich es verankert habe ...« Seine Stimme klang angestrengt. »*So!* Wenn ihr hineintretet und ich zum Ziel hinübergreife, wird es sich nach Shazmak erstrecken, die Entfernung zwischen hier und dort zusammendrücken, sodass nur wenige Schritte bis dorthin nötig sind. Aber ihr werdet stets innerhalb des Tores sein, solange ihr im Licht bleibt. Achtet darauf! Andere Tore schicken euch aus und empfangen euch, aber zwischen den Toren seid ihr *dazwischen*, nicht *innerhalb*. Dazwischen ist ein gefährlicher Ort, gerade jetzt.«

Als sie das Tor betraten, wurde das Schimmern zu einem goldenen Schleier. Ein Dutzend Fragen hatte Llian auf den Lippen, aber er hatte Angst, sie auch zu stellen.

Jetzt waren sie alle drinnen, außer einem. Tensor stand neben der zerstörten Mauer und schaute teilnahmslos hinaus. Shand rief ihn, aber er hörte nicht. Die Außenwelt wurde dünner; er war jetzt kaum noch zu erkennen. Abrupt zog sich Shand den Ring vom Finger und legte ihn Llian mit den Worten in die Hand: »Halte ihn fest! Lass ihn nicht fallen! Denke an nichts.« Er trat aus dem Dunst heraus.

Jäh veränderte der Schleier seine Farbe und begann zu pulsieren. Llian schloss die Augen und klammerte sich an den Ring, wobei er das Gefühl hatte, dieser könne sich jeden Augenblick in Rauch verwandeln und verschwinden. Die Farben um den Keks oszillierten jetzt.

Shand legte Tensor die Hand auf die Schultern. »Komm schon, Tensor, wir brauchen dich.«

»Das ist das Ende der Welt«, gab dieser zur Antwort.

»Möchtest du das Ende in Carcharon erleben?«

»Es spielt keine Rolle!« Allerdings ließ sich Tensor durch den Lichtschleier führen, und Llian gab den Ring dankbar zurück.

»Warum hast du mir gesagt, ich solle nicht denken?«, fragte er in der Furcht, dass sie vielleicht allein durch die reine Kraft seiner Gedanken zu einem unvorstellbaren Ziel hätten geschleudert werden können.

Shand lachte. »Weil das die Farben verändert hätte.«

»Was hätte sich deswegen verändert?«

»Es hätte dich erschreckt«, kicherte Shand. »Du hast nicht die Macht, ein Tor zu lenken, Llian.«

»Oh«, sagte Llian. »Aber im Nachtland ...«

»Das war ein stehendes Tor. Wer auch hineintrat, er würde zum selben Ort gehen. Außer Rulke natürlich, der es vielleicht überall hätte hinlenken können, wohin ein Tor führen konnte. *Jetzt hör mit deinem Geschwätz auf!*«

Llian hielt den Mund. Shand legte sich wieder den Ring an die Stirn, der Keks verfestigte sich zu einem goldenen Kokon, der sich zu strecken begann, zunächst langsam, dann immer rascher, obwohl das andere Ende seltsamerweise nicht viel weiter entfernt erschien. In weniger als einer Minute stoppte die Ausdehnung.

»Wartet!«, fauchte Shand, als er an die vordere Kante des Kokons trat und dann ins Nichts weiterging. Gleich darauf tauchte er wieder auf.

Beim Anblick der Gesichter im Tor fand Llian nirgends einen Trost. Alle anderen hatten ebenso viel Angst wie er.

»Tretet vor, bis zum Rand des Lichts!«, wies Shand sie an. »Aber um eures Lebens willen, *nicht weiter.*«

»Was werden wir dort finden?«, brummte Yggur.

»Unheil!«, schrie Tensor.

Langsam traten sie über den schwammartigen Boden des Kokons vor. Llian wagte nicht, sich vorzustellen, was ihn dort hielt, damit es sich nicht auflöste und ihn in die Schwärze warf. Die Entfernung zwischen Carcharon und Shazmak war zu nichts geschrumpft, als stünden sie an den beiden Enden einer großen, eiförmigen Halle. Rings umher war überall Dunst, nur nicht direkt vor ihnen. Dort, in der Ferne, jedoch deutlich im Brennpunkt, erkannten sie einen Klumpen Dunkelheit, durchbrochen von einer roten Flamme: *Das Konstrukt!*

Karan stöhnte verzweifelt auf – sie konnte nichts dagegen tun. In Armen und Beinen hatte sie keine Kraft. Sie bewegte die Muskeln und betete inbrünstiger, als sie je im Leben gebetet hatte, dass die Falle funktionieren würde. Es war ein verzweifelter, wilder Gegner.

Die Kreatur kroch vorsichtig vorwärts, einen Schritt und dann noch einen. Die Falle musste defekt sein. Karan spannte die Beine an. Jetzt war das Lorrsk nur noch ein halbes Dutzend Schritte entfernt, bloß ein Satz für diese gewaltigen Oberschenkel. Sie sah ihm in die Augen und stürzte in Teiche von solcher Wildheit wie der Garr draußen.

Die Muskeln am Oberschenkel spannten sich, das Lorrsk schob sich ein wenig vor und sprang sie ohne Vorwarnung an. Karan verfügte über blitzschnelle Reflexe, konnte jedoch nicht einmal den kleinen Finger rühren, so schnell war es. Oder hatte es eine Art Hypnose gegen sie eingesetzt?

Die Falle unter ihm sprang auf. Statt hochzuspringen und auf Karan zu landen, rutschten dem Lorrsk die Füße auf der nach unten schwingenden Falltür weg, und der Sprung ging bloß geradeaus. Es landete eine Körperlänge entfernt, und die Falltür auf ihrer Seite fiel ebenfalls herab. Der Boden unter Karans Füßen kippte weg – sie musste auf der Kante gestanden haben, war jedoch zu leicht gewesen, um sie auszulösen.

Das Lorrsk schleuderte seinen unglaublich langen Arm in ihre Richtung. Karan versuchte, zurückzuspringen, glitt jedoch aus und landete auf dem Rücken, sodass ihre Beine über den Rand baumelten. Die Klauenfinger des Lorrsk fuhren ihr zwischen die Beine, rissen das Tuch ihrer Hose auf und krallten sich in die Kante der Falltür.

Karan stieß ein entsetztes Quieken aus – die Klauen waren durch den Stoff direkt unterhalb des Schritts gefahren und hatten sich festgehakt. Sie ließ die Lichtkugel fallen und suchte auf dem Boden nach irgendetwas zum Festhalten. Ihre Finger fanden einen Spalt, als die Falltür herabfiel. Das Lorrsk stürzte schwer und knurrte heftig. Seine Gelenke knackten, und das Gewicht riss die Klauen aus dem Holz heraus. Karan wurde so heftig nach vorn geschleudert, dass sie mit dem Hinterkopf auf den Boden schlug. Sie spürte, wie sie über die Kante gezogen wurde, dann riss ihr Hosenbein vom Schritt bis zum Fußknöchel auf.

Das Lorrsk rammte die Finger der linken Hand in den Spalt zwischen Falltür und Boden und hielt sich so fest. Eine Klaue wurde herausgerissen, aber der Kreatur gelang es irgendwie, sich weiter festzuhalten. Sie schwang hin und her, an drei Fingern hängend. Karan erwartete, dass die Türen sich wieder schließen würden, aber das Gewicht des Lorrsk hielt sie offen. Sie schwebte auf Messers Schneide und wagte nicht, die Beine zu bewegen, damit es sie nicht hinabzöge.

Das Lorrsk ächzte und schlug mit dem rechten Arm um sich, bekam Karan jedoch nicht ganz zu fassen. Ein Hieb ging durch ihr anderes Hosenbein, zerfetzte es ebenfalls und riss ihr die Innenseite des Oberschenkels auf wie Schmirgelpapier. Karan warf die Beine hoch in die Luft und war sich gewiss, jetzt zu stürzen, aber irgendwie überschritten ihre Beine den Gleichgewichtspunkt, und sie wälzte sich rückwärts herum und war außer Reichweite.

Keuchend kam sie auf die Beine. Würde das Lorrsk herabfallen oder herauskommen? Mit einem wilden Satz erwischte es mit einer Klaue der rechten Hand den oberen Rand der Falle, was ein unangenehmes Kratzgeräusch auf der Metalltür zur Folge hatte.

Sie sprang auf, holte ihre Kugel zurück und tastete in der Nische nach dem Auslöser der Falltür. Dann sagte das Lorrsk etwas.

»Hwix thrung? Hwix tjart?«

Es war nicht nur ein wütendes Tier. Es war ein denkendes Wesen wie sie. Es musste ihr Zögern gespürt haben, denn ihre Gedanken wurden plötzlich von Bildern überflutet. Sie sah eine Höhle, die von einem kleinen Feuer erhellt wurde, um das eine Familie von Lorrsk saß. Eines, das genauso aussah wie das Wesen hier, hielt ein Stück Lende über das Feuer, während seine Gefährtin mit zwei pelzigen Bällen spielte, zwei kleinen Lorrsk. Ein weiteres, etwa halb so groß wie die Erwachsenen, schrieb etwas auf die Wand der Höhle, das nur Buchstaben sein konnten. Draußen glühten zwei rote Sonnen an einem purpurfarbenen Himmel. Das Verlangen nach seiner Familie und seinem Nest, nach einem Ort, der nicht die schreckliche Leere war, überflutete sie mit Gefühlen. Versuchte es, ihr zu zeigen, dass es ebenfalls menschlich war, oder wollte es sie nur schwächen?

Sie schob die Bilder gewaltsam aus ihren Gedanken. »Mag sein«, sagte sie, »aber wenn du mich erwischst, wirst du mich fressen!«

Ihre Finger erwischten einen Knauf in der Nische. Die Falltüren sprangen wieder hoch. Das Lorrsk zerrte eine Hand heraus, aber die anderen Finger waren zwischen der Kante der Tür und dem Boden gefangen. Es kreischte, stand dann auf und stampfte mit einem Fuß auf die Falle, um sie wieder auszulösen. Die Falltür zitterte, öffnete sich jedoch nicht.

Karan wartete nicht ab, was geschähe. Zwischen dem Rand der Falle und der Wand sah sie einen winzigen Spalt von der Breite eines schmalen Bretts. Sie lief ihn entlang, einen, zwei, drei, vier Schritte auf gefährlich weichen Knien. Zu ihrem Erstaunen schaffte sie es und rannte dann den Tunnel hinauf, ohne sich umzuschauen.

Das Lorrsk hinter ihr kreischte unentwegt weiter. Hatte es sich befreit, oder war es herabgefallen? Sie wartete nicht ab, sondern rannte weiter, bis ihre Beine sie nicht länger tragen wollten. Sie torkelte um eine Ecke und lief mit dem Kopf zuerst in eine Wand aus Stein.

Fast angekommen!, dachte sie und rieb sich die zerschrammte Stirn. Zwanzig Schritte zurück war ein Seitentunnel, wenn sie den Schlüssel fände, ihn zu öffnen. Sie kehrte zurück und suchte nach einer verborgenen Stelle, die den Weg nach Shazmak öffnen würde.

Hier sah sie sich einer unerwarteten Schwierigkeit gegenüber. Eine Quarzader zeigte auf die Platte, die man drücken musste, um die Tür zu öffnen, aber sie befand sich weit oben, wohin nur Aachim reichen konnten, viel zu hoch für sie. Sie hielt die Lichtkugel empor und sah voller Angst den Tunnel hinab.

Ihre entsetzliche Vorahnung wurde Wirklichkeit. In der Ferne tauchten zwei winzige Lichtpunkte auf. Sie sprang hoch, erreichte jedoch die Platte nicht. Erneut sprang sie – nicht einmal so hoch wie beim ersten Mal.

Jetzt vernahm Karan ein merkwürdiges klatschendes Geräusch, als würde ein längst toter Fisch wiederholt auf einen Felsen geschlagen. Bei diesem Geräusch gefror ihr das Blut in den Adern. Es war das Lorrsk, und obwohl es bloß eine dunkle Gestalt weit unten im Tunnel war, spürte sie es mit dem geistigen Auge so deutlich, als wäre ein Licht darauf gerichtet.

Sie beobachtete sein Herankommen. Blut strömte ihm von der frisch geöffneten Wunde am Hinterteil die Beine herab. Seine gewaltigen Klauenfüße, nass von Blut, klatschten über den Boden, während es steifbeinig auf sie zutaumelte. Seine langen Arme hingen herab, von einer Hand triefte dunkles Blut, wo es sich in seiner Verzweiflung die Finger ausgerissen hatte, der Falle zu entrinnen. Das Maul war ein zahnbewehrtes Loch, die Augen auf sie gerichtete Bajonette. Diesmal würde es nur der Tod aufhalten.

Karan wich den Gang zurück, lief los und sprang so hoch, wie sie konnte. Es war ein ungeschickter Sprung, da sie in der anderen Hand die Lichtkugel festhalten musste. Ihre ausgestreckten Finger schlugen auf die Seite der Platte. Die Tür öffnete sich nicht. Zuerst der Handballen, dann die Finger! Sie wich zurück, lief los und sprang erneut.

Mit dem Ellbogen schlug sie gegen die Wand, sodass es ihr die Lichtkugel aus der Hand riss. Sie prallte auf den Boden, zersprang und erlosch. Karan bückte sich danach, und es gelang ihr, dem größeren Stück einen schwachen Schein zu entlocken.

Schlapp-schlapp! Schlapp-schlapp! Das Lorrsk war nahe. Es musste ebenso erschöpft sein wie sie, aber es hatte die Leere überlebt. Es verfolgte sie hartnäckig. Nun ja, es würde sie nicht bekommen! Mit wackeligen Knien bereitete sie sich auf einen weiteren Versuch vor, ihren letzten. Sie sprang, streckte sich, so hoch sie konnte. Ihr Handballen traf die Platte, dann die Finger, einer nach dem anderen. Etwas ächzte hinter der Wand, und ein Teil glitt beiseite und enthüllte einen dunklen Tunnel, der hinauf in die Schwärze führte.

Karan landete wie eine Katze auf allen vieren, drehte sich, und als das Lorrsk seine Klauen nach ihr schwang, duckte sie sich unter seinem Arm hindurch, wobei es ihr vom Gestank der eiternden Wunde regelrecht schwindlig wurde, und rannte den Gang hinauf. Irgendwo links von ihr befand sich der Mechanismus, der die Tür hinter ihr wieder schließen würde. Einer der Steine der Wand – denn dies war geschnittener Stein, kein gewachsener Fels, und deshalb Teil von Shazmak – wirkte als Gegengewicht. Aber welcher? In diesem Licht konnte sie es nicht erkennen, und es blieb keine Zeit zum Ausprobieren. Das Lorrsk jagte hinter ihr her. Es hatte anscheinend neue Kraftreserven gefunden.

Sie rannte den Gang hinauf und schlug mit der linken Hand in der verzweifelten Hoffnung auf die Steine ein, dass einer von ihnen der Hebel wäre. Sie tat sich jedoch bloß die

Hand weh. Vor ihr war eine endlose Reihe Stufen, die nach oben führten – hohe Stufen, für die langen Schritte der Aachim gedacht. Karan nahm immer zwei auf einmal und schluchzte und keuchte die ganze Strecke hinauf bis zu einem Absatz, wo sie sich unbedingt ausruhen musste, um jeden Preis. Ihre Seite brannte, und ihr Atem kam in heftigen, zittrigen Stößen.

Das Lorrsk war beim Aufstieg hinter ihr zurückgefallen, aber es kam nach wie vor herauf, unablässig einen Schritt nach dem anderen, mit tödlicher Unnachgiebigkeit. Sie wusste, dass es den ganzen Tag so weitermachen konnte, wohingegen sie in einer weiteren halben Stunde am Ende wäre. Sie stieg weiter, dieses Mal eine Stufe nach der anderen, und jeder Schritt schmerzte mehr als der vorherige.

Wie weit war es noch? Karan hatte keine Ahnung – über ihr herrschte endlose Dunkelheit. Was befand sich am oberen Ende? Das hatte Tensor ihr nicht gesagt. Sie musste weiter, nur diesen einen Schritt noch, nur den nächsten noch …

Und irgendwie brachte sie es fertig, diese endlosen Stufen hinaufzukommen, eintausend Stufen waren es und noch mehr. Sie stieg, bis das Stechen in ihrer Seite verschwand, und stieg weiter, bis es zurückkehrte und nicht wieder verschwinden wollte. Sie stieg, bis das Fleisch an den Beinen sich anfühlte, als wollte es schmelzen, bis jeder Muskel wie Feuer brannte und jede Sehne angespannt wie Draht war, bis ihr die Kehle brannte und sie Galle aufstieß, die ihr bis in die Nase stieg, bis ihr Kopf ein einziger Schmerz war, der sämtliche Gedanken vertrieb, außer dem Entsetzen. Endlich sah Karan, dass sie sich dem oberen Treppenabsatz näherte.

Sie schaute hinab. Das Lorrsk war nur zwanzig Stufen unter ihr, und seine Füße schlappten nach wie vor auf dem Stein in jenem Gang eines Untoten. Der Pelz klebte ihm auf der Brust, vom Schweiß und eingetrocknetem Speichel, der bis hinab zu seinem Geschlechtsteil eine weiße Kruste bildete.

Sie schaute hinauf. Lass eine Tür dort sein!, betete Karan, und lass sie offen sein! Sie kroch die letzten Stufen auf Händen und Knien hoch. Vor sich sah sie einen eisernen Wächter neben einer beschlagenen Metalltür. Sie war geschlossen. Wenn sie nur nicht abgeschlossen war! Sie stolperte hin und zerrte an dem Knauf. Versperrt! Er bewegte sich nicht einmal. Sie saß in der Falle! Sie konnte nirgendwo mehr hingehen! Tensor hatte ihr nicht gesagt, wie man diese hier öffnete.

Schluchzend und würgend schrie Karan: »Hilfe, Hilfe!« Immer und immer wieder schrie sie das Wort mit schrillster Stimme, ein Gekreisch der Verzweiflung und des Entsetzens. Sie hämmerte mit den Fäusten auf die Tür ein und trat mit den Füßen dagegen. Sie fand ein Stück zerbrochenen Stein auf dem Boden und hieb damit gegen die Tür, sodass das Metall tönte wie eine Trommel. Hinter ihr torkelte das Lorrsk die letzten Stufen herauf.

»Was ist das?«, fragte Rulke und starrte Faelamor an, als hätte sie ihn verraten. Sie wirkte ebenso verwirrt wie er.

»Es ist ein Apparat«, sagte er. »Jedoch ohne viel Erfahrung bedient.« Er hielt inne und schnüffelte. »Zumindest keine Erfahrung, die mir irgendwie bekannt ist.«

»Aber eine Gefahr für uns beide«, stellte Faelamor fest.

Maigraith lag reglos auf dem Boden und wartete auf eine Gelegenheit.

Da rief Faelamor: »Ich erinnere mich an diese Aura. *Es ist Mendark!*«

»Rasch!«, sagte Rulke. »Bevor er herkommt!«

Erneut fokussierte Rulke die Lichtlinse auf die Wand der

Düsternis. Eine größere Linse bildete sich dort, über deren Oberfläche farbige Blasen rasten. Abrupt verschwanden die Farben, und die Linse wackelte hin und her wie eine Tasche mit Gallert. Der Boden zitterte. Das Beben wurde hörbar, ein untergründiges Poltern.

»Jetzt!«, brüllte Rulke. Bei diesem Wort tönte die ganze schimmernde Mauer der Düsternis wie ein riesiger Gong, und Mendark tauchte auf einem Balkon hoch über ihnen auf, umhüllt von einer strahlenden Kugel aus Licht. Die goldene Flöte hielt er in der Hand.

Rulke fluchte. Das Konstrukt schwenkte auf sein Kommando herum, und durch die Lichtlinse schoss ein ringförmiges Pulsieren hinauf zu dem Balkon. Mendark setzte die Flöte an die Lippen und verschwand. Der ganze Raum versuchte, sich von innen nach außen zu kehren. Maigraith würgte einen Galleklumpen hoch, da sie sonst nichts mehr im Magen hatte. Die Wand der Düsternis peitschte hin und her über den Raum, und obwohl sie absolut unberührbar war, wurde Maigraith jedes Mal, wenn sie durch sie hindurchfuhr, von einem weiteren Gefühl der Orientierungslosigkeit und Übelkeit gepackt. Dennoch war sie selbst in diesem verzweifelten Zustand noch in der Lage, sich zu fragen, wie die Mauer durch sie hindurchstreichen, auf der anderen Seite jedoch dieselbe bleiben konnte.

Das Konstrukt wirbelte wie verrückt herum, hing umgekehrt in der Luft, während Rulke die Kontrolle darüber zurückzugewinnen suchte. Schließlich reagierte es wieder auf seine Kommandos. Er brachte die Maschine auf den Boden und saß einen Augenblick da, die Hand auf den Magen gepresst. Mit überwältigender Anstrengung hinderte er seine Eingeweide daran, sich aus seinem Mund zu ergießen. Auf seiner Stirn standen Schweißtropfen von Erbsengröße.

Er hatte kaum wieder begonnen, da gab es eine weitere Unterbrechung. Diesmal passte sich das Tor so glatt an, dass niemand sein Eintreffen bemerkte, bis der goldene Kokon in der Ferne auftauchte. Er blieb auf der anderen Seite des Raums stehen, und Shand trat hervor. Diesmal erkannte Rulke ihn.

»Gyllias!«, fluchte er.

Llian sah sich überall nach Karan um, entdeckte sie jedoch nirgends.

Das Konstrukt trieb auf die Gemeinschaft zu, wobei es polterte, dass der Boden bebte und Llian Knochen und Zähne schmerzten. Der Boden stieg und fiel unter ihm wie die Wogen auf dem großen Ozean.

Es war jetzt ganz nahe und riesig. Seine Energie drückte den Boden rings umher ein wie einen Teller, und der Abdruck wurde immer tiefer, bis die Maschine über dem Grund einer Schüssel hing, in die lose Dinge hineinzutreiben begannen. Genau vor ihnen schwang der Boden steil nach unten. Ein niedriger Tisch mit einer Weinflasche darauf glitt an Llian vorbei in die Schüssel, wobei der Wein verspritzte und eine Spur roter Tröpfchen nachzog. Bevor er das Konstrukt erreicht hatte, verschwanden Tisch, Flasche und Wein in einem Rauchwölkchen.

Selbst innerhalb von Shands Tor spürte Llian den Zug des Apparats – seine Schwerkraft zog alles zu sich hin. Seine Füße glitten auf der plötzlich schlüpfrigen Oberfläche weg.

Llian starrte das Konstrukt voller Entsetzen und Erstaunen an. Welche Wunder könnte Rulke damit vollbringen? Er verspürte den Drang, das Angebot anzunehmen, das Rulke vor so langer Zeit unterbreitet hatte, nämlich Teil des großen

Abenteuers zu sein. Rulke war großartig, das stand außer Frage. Wer könnte sagen, dass er nicht der Fähigste war, derjenige, der am Ende Santhenar die größte Wohltat erweisen würde? Die Versuchung war überwältigend.

Jemand legte Llian eine Hand auf die Schulter. Maliens Stimme erklang leise in seinem Ohr. »Sei stark, Chronist!« Der Druck ließ etwas nach.

»Gyllias!«, sagte Rulke leise. »Gib Acht, was du tust! Ich habe Maigraith hier.«

»Wenn du ihr etwas antust ...«

»Wir haben einander verschworen! Aber dieses Projekt ist entscheidend für meine Art. Ich werde mich von niemandem aufhalten lassen.«

»Es ist ein gefährliches Experiment«, entgegnete Shand.

Die Düsternis flackerte und verblasste, und ebenso jäh flammte sie wieder hell auf.

»Sie verrottet!«, kreischte Faelamor. »Hol sie zurück, *rasch!*«

»Eine Sache ist noch dringlicher!«, sagte Rulke. »Ich möchte gern mit Llian sprechen. Schick ihn her!«

Ungeachtet Shands Warnung sprang Llian aus dem Tor. »Wo ist Karan?«, rief er.

»Das musst du mir sagen, Chronist«, erwiderte Rulke.

»Sie ist mit Maigraith weggegangen«, sagte Shand.

»Ich habe sie in Schlaf versetzt und in der Raststation am östlichen Pass eingeschlossen«, sagte Maigraith tonlos. Sie wirkte ziemlich erschöpft. »Aber sie wird sich schon längst befreit haben.«

»Sucht sie!«, brüllte Rulke den Ghâshâd zu.

»Hilfe!«, kreischte Karan immer und immer wieder. Der Kopf des Lorrsk tauchte über dem Treppenabsatz auf. Stufe um

Stufe taumelte es heran: Brustkasten, Bauch, Oberschenkel, blutgetränkte, klatschende Füße. Es stand da, der Mund offen, verzerrt zu einem grässlichen Grinsen, dann kam es stolpernd auf sie zu.

Es streckte den haarigen Arm nach ihr aus. Fuhr die Krallen aus. Eine verstümmelte Hand war blutgetränkt. Karan drückte sich fest gegen die Tür und schleuderte den Stein. Er prallte nutzlos von einer der mächtigen Schultern ab. Verzweifelt überlegte sie, auf welche Weise sie es bekämpfen könnte, aber es gab keinen Weg.

Doch! Sie schnappte sich einen weiteren Stein und ließ ihn gegen den konisch geformten Hexenhut des Wächters knallen. Grelles Licht fuhr dröhnend hervor, ein hohles Knallen, unter dem die Tür erzitterte. Dann ertönte der Alarm, ein schreckliches Klirren, bei dem es sie am ganzen Leib kribbelte. Er hatte sie nicht als Feind eingestuft, ansonsten hätte er sie außer Gefecht gesetzt. Sie duckte sich dahinter. Das Lorrsk trottete zu dem Wächter hin, streckte den Arm hinüber und erhielt einen Schlag, der sämtliche seiner Körperhaare zu Berge stehen ließ und ihn zum Rand des Treppenabsatzes zurückschleuderte. Karan betete darum, dass es ganz nach unten fallen möge, aber es tauchte wieder auf. Dieses Mal kam es langsam heran, zielstrebig. Karan wusste, dass es vorbei war.

Das Lorrsk sprang vor und trat mit beiden Füßen so fest gegen den Wächter, dass er aus seiner Halterung gerissen wurde. Ihr Bein wurde an die Wand gequetscht. Der Apparat kippte um und dröhnte dabei lauter denn je. Das Lorrsk erhielt einen weiteren Schlag, hatte jedoch sein Ziel erreicht. Karan war ohne Deckung. Sie humpelte zur Tür und klopfte mit dem Stein dagegen.

Es kam zurückgekrochen, schlapp-schlapp! Schlapp-schlapp!

Karan roch den Schweiß, den Eiter, das Blut. »Aufmachen!«, kreischte sie. Die Tür öffnete sich, und das neugierige Gesicht eines Ghâshâd-Wächters erschien in dem Spalt. Sie schoss hindurch, wich den Händen des ersten Wächters sowie des zweiten dahinter aus und jagte quer durch den Raum in die trügerische Sicherheit von Shazmak.

Der erste Wächter schlug fluchend die Tür zu. Sie wurde aufgerissen, so fest, dass eine der Angeln ausriss. Der Wächter flog durch den Raum. Der zweite, der einen wilden Rückzug antrat, griff nach einem Ständer, in dem Speere standen.

Karan floh. Sollten sie die Sache doch ausfechten! Weiter vorn kreuzte ein weiterer Korridor den ihren. Da sie diesen Teil von Shazmak nicht kannte, schien ein Weg so gut wie der andere. Sie humpelte durch den Gang, wandte sich einen weiteren hinab und einen dritten hinauf, einen, der schwach erleuchtet war – wahrscheinlich wurde er nicht häufig benutzt. Weiter vorn warf sie sich zu Boden und lag still da, bis das Pochen in ihrer Brust nachgelassen hatte.

Das war ein Fehler, denn als sie versuchte aufzustehen, bemerkte sie, dass sich ihre Beinmuskeln verkrampft hatten. Sie versuchte, sie durch Massieren wieder zu lockern. Trotz aller Widrigkeiten hatte sie überlebt. Sie war in Shazmak. Sie wusste noch nicht, wo, aber sie müsste bald auf vertraute Wege treffen. Sie musste sich lediglich vor den Ghâshâd verstecken und dem Lorrsk ausweichen, falls es überlebt hatte, und Maigraith finden, ohne von Rulke oder ihrer Feindin Faelamor erwischt zu werden.

Kinderspiel, dachte Karan, nach dem, was ich gerade durchgemacht habe. In diesem Augenblick ertönte ein hohles *Bumm!*, gefolgt von einem *Bang, Bang, Bang!* Sämtliche Wächter von Shazmak ertönten zugleich.

13

Das Nanollet

Mindestens einen Tag lang spielte Karan mit den Ghâshâd und, soweit sie wusste, auch mit dem Lorrsk Verstecken. Nach einer Weile verlor sie das Gefühl für die Zeit. Sie war in Shazmak einst zu Hause gewesen und hatte, als neugieriges und mutwilliges Kind, das sie gewesen war, praktisch jeden Teil der ausgedehnten Stätte erforscht. Sie kannte die geheimen Tunnel, die Versorgungsgänge und Kanäle, die Treppen, die praktisch nie benutzt wurden. Und sie wusste auch, wie man den Wächtern entkommen konnte, solange sie nicht speziell auf sie eingestellt waren. Ein paar Hundert, sogar ein paar Tausend, Ghâşhâd waren nichts im Vergleich zu der gewaltigen Leere von Shazmak.

Ein- oder zweimal fühlte sie sich sicher genug, um sich in einem leeren Gemach zu verstecken, die Türen zu verschließen (sie wählte stets eines mit zwei Ausgängen) und eine Weile lang zu schlafen, obwohl ihr unruhiger Schlaf erfüllt war von Albträumen, in denen sie rannte, sich versteckte und stets entdeckt wurde. Endlos wiederkehrende Träume, wie diese Verfolgungsjagd – wie ihr Leben! Jedes Mal trieben die Albträume sie nach wenigen Stunden weiter. Die Furcht, vom Lorrsk erwischt zu werden, verdrängte jedes andere Gefühl.

Und Karan fürchtete in wachsendem Ausmaß um Maigraith; dass sie ihr dabei geholfen hatte, in eine Lage zu geraten, die sie nicht mehr beherrschen konnte. Also musste

Karan weitermachen, sich ihren Weg quer durch Shazmak suchen, immer im Kreis herum, und ihren Gefühlen folgen, die sie zu Maigraith führten, *und zu Rulke!*

Nach einer Weile kam Idlis zurückgerannt. »Die Wächter zeigen nicht, wo sie sich aufhält!«, sagte er. »Aber mir wurde von einem Vorfall gestern berichtet, da haben sie in einem verlassenen Teil von Shazmak Alarm geschlagen, der zu den alten Minen führt.«

»Weiter!«, ordnete Rulke unheilvoll an. »Dort, wo die Wächter ihrer Pflicht nicht nachgekommen und weggelaufen sind.«

»Nein, etwas ist von den Minen durchgebrochen. Wir fanden das Bein eines Wächters auf halbem Weg die Treppe hinab. Es steckte immer noch im Stiefel. Dazu die Messingschnalle des zweiten. Mehr war von ihnen nicht übrig geblieben ...«

»Was sonst noch? Komm schon!«

»Blutige Abdrücke«, erwiderte Idlis. »Es war eines der Untiere, die in Carcharon aus der Düsternis gekommen sind. Ein Lorrsk, und es ist irgendwo in Shazmak.«

»Ein zäherer Gegner, als ich gedacht hätte«, sagte Rulke. »Schaltet die Wächter wieder ein, damit auch nicht eine Ratte an ihnen vorbeigelangt. Sucht das Lorrsk, und geht immer zu zweit!«

»Karan!«, krächzte Tensor von Shands Torkammer her, die jetzt angeschwollen war und die Hälfte des Raums vereinnahmte.

»Was ist los?«, schrie Rulke.

»Ich habe ihr den geheimen Weg nach Shazmak erklärt, durch die Minen.«

Rulke fluchte. »Dann hat es sie zweifelsohne auch erwischt.«

Llian schwankte wie betrunken. Rulke hielt ihn mit einer Hand aufrecht.

»Sie muss unterwegs sämtliche Fallen entschärft haben«, sagte Tensor, »ansonsten hätte die Kreatur niemals den Eingang gefunden.«

»Es waren ein oder zwei Fußabdrücke im Staub«, sagte Idlis, »aber wir wissen nicht, ob sie durchgekommen ist.«

»Sie ist hier!«, brüllte Rulke voller Entzücken. »Was für eine Frau! Sucht sie!«

Faelamor stand auf Zehenspitzen da. Sie wirkte abgezehrt. Das Konstrukt schwang zu ihr herum.

»Verdammt!«, sagte er. »Vielleicht brauche ich dich am Ende gar nicht.«

Erneut dröhnte die Wand. Tensor schwankte und schüttelte drohend mit einer Faust, von der eine schwache Strahlung ausging. »Du wirst Karan nicht für dich bekommen!«, rief er.

Einen Augenblick lang wirkte Rulke aus der Fassung gebracht. »Verschwindet von hier!«, brüllte er. »Oder ich erledige euch alle.«

Er bewegte einige Hebel, wirbelte Räder herum, und eine Barriere fuhr zwischen dem Kokon und dem Konstrukt herab und teilte den Raum vom Boden bis zur Decke wie eine nahtlose Glasscheibe.

Llian hämmerte dagegen. Sie rührte sich nicht. »Tu was!«, rief er, trat gegen das Glas, aber es erwies sich als unempfindlich gegen alles, sogar gegen Shands Tor.

Rulke hatte Mendark irgendwo ins *Dazwischen* abgeschoben – ein Ort, der dem Nachtland nicht unähnlich war. Mendark wusste nicht, wie er hier wieder herauskommen sollte. Er wirbelte durch einen Raum, der wie von einem Feuerwerk erhellt war, und setzte dann die Flöte wieder an die Lippen.

Obwohl er das Instrument studiert hatte – und er hatte ein halbes Leben damit verbracht, alles darüber erlernen, da er insgeheim gehofft hatte, es eines Tages wiederherstellen zu können –, war er noch nicht bereit. Die Flöte reagierte auf sein Spiel nicht so, wie sie es hätte tun sollen. In Mendark keimte allmählich die Furcht, dass er die Fähigkeit verloren hatte, sie zu bedienen.

Vor hunderten von Jahren war er nach Saludith gegangen und hatte das eine Papier gestohlen, auf dem Nassi beschrieben hatte, wie Shuthdar die Flöte benutzt hatte. Seit damals hatte er ein Dutzend Instrumente bauen lassen, so perfekte Kopien, wie es nur eben möglich war. Der einzige Unterschied hatte darin bestanden, dass es gewöhnliche Flöten aus gewöhnlichem Gold gewesen waren.

Er hatte sein Leben damit verbracht, sie zu spielen, die Tücken des Instruments zu beherrschen, bis er einer der größten Flötenspieler auf Santhenar geworden war. Schließlich jedoch hatte er, weil er darüber verzweifelt hatte, ob die goldene Flöte jemals wieder gebaut würde, das Instrument beiseitegelegt. Erst nach Katazza hatte er es wieder in die Hand genommen, aber seine Finger hatten den Weg der Töne vergessen. Er war immer noch sehr gut, aber er war nicht mehr Herr des Instruments oder seiner selbst.

Nun, in den nächsten Stunden wäre er entweder siegreich oder tot. Wahrscheinlich tot, sagte er sich. Er war kein Gegner für Rulke; auch nicht annähernd. Aber er hätte es zumindest versucht.

Mendark setzte die Flöte an die Lippen und blies. Ein einziger reiner, tiefer Klang ertönte – leise und sanft. Er verwob sich mit einer merkwürdigen Irrealität, einem beständig sich verändernden Punkt jenseits aller bekannten Dimensionen. Um ihn schwoll ein grünes und goldenes Leuchten an. Selbst die Luft begann zu schimmern, sodass die Ranken des Dunstes, die sich vor ihm entrollten, dunkler glänzten als der umgebende Himmel, und sein Atem hing wie flüssiges Gold in der kalten Luft. Mendark hielt den Klang aufrecht, die Farbe, während er nach dem vollkommenen Kontakt suchte. Er fasste mehr Mut und erhöhte den Ton um einen Bruchteil.

Aber inmitten seines Spiels vernahm er einen schrecklichen Knall und hatte das Gefühl, dass sich seine Welt in entsetzlicher Gefahr befand. Der Weg, den er gesucht hatte, schlängelte sich davon wie eine Seeschlange. Ohne ein vernehmbares Krachen verblasste alles zu Regenbogenfarben, obwohl sein Atem immer noch golden in der Luft hing. Dann wurde alles so substanzlos wie der Dunst.

Was war falsch gelaufen? Er blies einen anderen Ton, und es war, als wäre die Flöte ihm mitten ins Gesicht explodiert. Er wirbelte in der Luft umher. Seine Zähne schienen lose im Mund zu klappern, obwohl sie, als er mit der Zunge nachfühlte, nach wie vor an ihren Plätzen saßen.

Vielleicht hatte der Spiegel gelogen. Dieses Risikos war er sich stets bewusst gewesen. Die Flöte würde ihn umbringen. Vielleicht würde er an diesem schrecklichen Ort verhungern. Er strengte sich bis zum Äußersten an, um das Können zurückzuholen, das seinen Finger einst innegewohnt hatte. Erneut setzte er die Flöte an seine aufgerissenen Lippen und rief sich einen hohen Balkon in der großen Halle von Shazmak ins Gedächtnis zurück, einen Ort, wo er unbeobachtet abwarten könnte, und blies den sanftesten Ton, zu dem er in der Lage war. Die Szenerie verschob sich, zeigte jedoch nach wie vor nur Nebel.

Mendark schloss fest die Augen, um sich zu konzentrieren, ließ einen weiteren leisen Klang ertönen und wurde sich irgendwo vor ihm eines dunklen Klumpens der Macht bewusst. Es war das Konstrukt. Er hatte ein Tor zurück nach Shazmak geöffnet, und vor ihm war der Feind. Schließlich würde alles in Ordnung kommen.

Die Szenerie löste sich auf. Rulke trug Schwarz mit einem scharlachroten Umhang. Er stand breitbeinig auf seinem Konstrukt, und der Apparat war unglaublich mächtig, ein Funkeln aus Ebenholz und Diamant, das Macht verströmte, schrecklich in seiner Stärke war. Fast überwältigte die Furcht Mendark, aber diesmal würde er ihr nicht nachgeben. Er ließ sich federleicht auf dem Balkon nieder, machte es sich so gemütlich, wie sein pochender Mund es ihm erlauben wollte, und bereitete sich vor, die Sache auszusitzen.

Karan hatte in einem Vorratsschrank in einem Teil der Stadt Zuflucht gesucht, der seit dem Fall Shazmaks vor einem Jahr verlassen war. Hier fand sie Essbares: das eingelegte und stark gewürzte Fleisch, das die Aachim so liebten, ebenso wie getrocknete Früchte und getrocknetes Gemüse sowie mit Wachs überzogenen Käse. Nachdem sie sich vollgestopft hatte, zapfte sie Wasser aus einem Glastank, rollte sich auf dem Boden ein und schlief ein paar weitere Stunden.

Dieses Mal erwachte sie nicht, weil sie Albträume gehabt hatte, sondern auf Grund des surrealen Gefühls, dass jemand Shazmak bis in seine Grundfesten erschüttert hatte. Es musste das Konstrukt sein. Rulke musste erneut gegen die Düsternis vorgehen.

Karan trank etwas, steckte den Kopf aus der Tür, um nachzuschauen, ob die Luft rein war, und machte sich wie ein humpelndes Gespenst auf dem letzten Stück eines Marathonlaufs auf den Weg. Die zerfetzte Hose hing ihr von der Taille herab wie ein Rock aus Gras. Ihre Gefühle waren völlig überladen, und sie erhaschte hin und wieder einen Blick, einen ganz flüchtigen Blick aus dem Augenwinkel, obwohl sie nie vorhanden war, wenn sie direkt darauf schaute, auf die sichtbar gemachte schimmernde Mauer der Düsternis.

In ihrer Magengrube wechselten sich ein Brennen und das Gefühl von Übelkeit ab. Faelamor war bereits hier, da war sich Karan gewiss. Sie konnte eine unangenehme Verschiebung der Wirklichkeit spüren, deren Ursache vielleicht bei Faelamor lag, die ihr eigenes wahnsinniges Instrument benutzte. Maigraith war in schrecklicher Gefahr. Alle waren es. Sie musste der Sache Einhalt gebieten, bevor es zu spät wäre.

Karan lief um eine Ecke und sah am anderen Ende eines langen Flurs eine Gruppe Ghâshâd vor sich, die tief in ein Gespräch verwickelt waren.

»Der Herr ist ein Narr«, sagte der eine. »Wie kann er es wagen, sich mit Faelamor zu verbünden, seiner Feindin seit ewigen Zeiten?«

»Er ist immer noch unser Herr, dem wir Treue geschworen haben«, ereiferte sich ein anderer.

»Na ja, ich ...«

Sie wandte sich um und wollte in die andere Richtung laufen.

»Halt, Karan von Bannador!«, rief jemand.

Sie jagte durch die Tür zurück, wandte sich nach links und lief geduckt eine schmale Treppe halb hinauf. Durchs Geländer spähend, sah sie die Wächter hinter sich rennen. Nehmt den anderen Weg!, betete sie, aber natürlich wandten sich zwei der Treppe zu, auf der sie sich befand.

Lautlos jagte sie zurück, aber bevor sie die andere Seite erreichte, hatten die beiden den oberen Treppenabsatz erreicht und sie entdeckt.

»Halt!«, ertönten ihre harten Schreie.

Karan warf die Tür auf und knallte sie hinter sich wieder zu. Es war nur noch eine Frage der Zeit. Und dennoch sah sie angesichts der mitgehörten Auseinandersetzung einen Hoffnungsschimmer. Die Ghâshâd stellten ihren Herrn infrage. Wenn es zu einer kritischen Situation käme und er nicht ihre Unterstützung hätte, könnte letztlich noch eine Chance bestehen.

Mechanisch lief sie weiter die Treppe hinauf. Das Konstrukt und die Düsternis hatten ihr Bewusstsein mit vielfachen Dimensionen umnebelt. Wie verändert Shazmak ist, dachte sie unentwegt. Wie vertraut, denn alle Gänge und Treppen und Türme sind verblieben. Dennoch fühlt es sich im Innern so anders an! Das einzigartige Gefühl von Aachim, das eintausend Jahre lang vorhanden gewesen war, war fast völlig verschwunden.

Sie erreichte den oberen Treppenabsatz im Wissen, dass sie ihrem Ziel sehr nahe war. Als sie an einen Wächter streifte, ertönte ein Alarm, und sie verspürte einen elektrischen Schlag, der ihren Arm bis zum Ellbogen hinauf taub werden ließ. Das war zuvor nicht so gewesen. Sie schrie auf und setzte über den halben Korridor hinweg. Der nächste, an dem sie vorüberkam, gab ebenfalls Alarm, obwohl sie die Entladung umgehen konnte. Allmählich zweifelte sie daran, Maigraith jemals zu finden. Vor den Ghâshâd konnte sie sich jetzt nicht mehr verbergen.

Die Linse in der Mauer pulsierte wie ein schlagendes Herz und erzeugte deutlich erkennbare winzige Löcher, die langsam ineinander verschmolzen. Erschreckende Körperteile drückten gegen die durchscheinende Wand – wissende Augen, abgetrennte Klauen, ledrige Flügel mit spitzen Enden. Bald war der gesamte Mittelteil der Linse durchscheinend, und ein wildes Ding kratzte daran und versuchte, aus der Düsternis nach Santhenar zu gelangen.

Maigraith spürte einen schwarzen Schleier des Unheils, der sich über sie legte. Sie warf einen Blick zu Faelamor hinüber, die auf den Fersen hockte wie ein Panther, bereit zum Sprung.

»Tu's nicht, Rulke! Faelamor wird dich verraten!«, sagte sie zu sich. Maigraith begriff, dass sie alles Entsetzen der Welt um ihn spürte. Endlich stand ihr der Weg klar vor Augen.

Das Konstrukt trieb dahin, zwischen ihr und Faelamor, und Maigraith sprang hinauf.

»Ich werde dir helfen!«, rief sie und streckte die Hand nach oben.

Rulke zog sie hoch und stellte sie neben sich. Mit einem mächtigen Triumphschrei wirbelte er die Maschine herum.

Faelamor griff mit einer Übelkeit erregenden Halluzination an, sodass Rulke sich an die Seite des Konstrukts klammern musste. Er verlor keinen Augenblick lang die Kontrolle. »Du kannst noch mehr geben!«, rief er ihr zu. »Ich habe es so entworfen, dass deine Kunst daran abprallt.«

Er schwang die Linse aus Licht direkt zu ihr herum. Faelamor schrie, die Visionen endeten wie abgeschnitten, und sie drehte und wand sich, als wäre sie mit einem Speer am Boden festgenagelt worden. Sie umklammerte stöhnend ihren Unterleib, wälzte sich hin und her und schrie weiter. Sie warf sich mit einer Gewandtheit herum, die ihr niemand zugetraut hätte, und unternahm alles Mögliche, um wegzukommen, aber es gelang ihr nicht.

Dann schleuderte Faelamor Rulke völlig lautlos Trugbilder entgegen, die die Gesellschaft umwarfen, ihm zwar Schmerzen zufügten, ihn jedoch auch nicht brechen konnten. Auch vermochte sie nicht dem Licht zu entkommen, das sie pfählte.

Schließlich war sie erschöpft. Sie lag still da, ihre Brust hob und senkte sich schwer, ihre Kleidung und ihr Haar klebten ihr an der Haut vom Schweiß. Sie war nur noch eine kleine Frau, deren Alter sich in den eingesunkenen Augen und der schlaffen Haut zeigte. Keine Gegnerin für den großen Mann und den unnachgiebigen Apparat, auf dem er fuhr.

Sie ließ die Schultern hängen. Sie war geschlagen. Voller Angst erschien sie, aber Maigraith verspürte kein Mitleid mit ihr.

Dann schaute Faelamor zu Rulke auf. Mit verzerrtem Gesicht brüllte sie ein Wort heraus, einen verzweifelten Schrei: *»Mariem!«*

Maigraith spürte, wie es sie vor Entsetzen kalt überlief, obwohl sie keine Ahnung hatte, warum. Rulke erstarrte zur Salzsäule. Das Blut wich ihm aus dem Gesicht, sodass es eine schlammfarbene Tönung annahm. Schwankend stand er auf dem Konstrukt und musste sich an den Hebeln festhalten, damit er nicht herabstürzte. Das Konstrukt geriet ins Schlingern, und seine Nase kratzte über den Boden.

»Woher ... hast du ... diesen Namen?«, brachte er mit erstickter Stimme heraus. Es hörte sich an, als hätte er den Mund voller Blut. »Das ist unser geheimer Name, die einzige Erinnerung an unser Leben vor der Düsternis. Er ist alles, was uns von unserer verlorenen Welt geblieben ist.« Seine Stimme schwoll zu einem Kreischen der Wut und des Schmerzes an. *»Woher hast du diesen Namen?«*

Einen Augenblick lang war er wie gelähmt, und mehr als diesen Augenblick benötigte Faelamor nicht. Sie hatte den Namen voller Verzweiflung herausgebrüllt. Nichts sonst hätte ihn ablenken können. Aus dem Bündel über der Schulter zog sie ein Ding aus rotem Gold und kostbarem Ebenholz hervor. Es war ein Nanollet der Faellem, ein kleines Instrument mit komplizierten Klangbrettern und klingenden Kammern und mit Schichten aus goldenen Saiten bespannt. Sie tippte auf eine der Kammern, und ein tiefes Dröhnen erklang.

Außerstande zu verstehen, starrte Rulke hin. Dann begriff er plötzlich. »*Tallallame!*«, schrie er. »Tallallame, Tal-lal-la-me. Faellem. Fay-el-lem. Mariem. *Mari-em!*« Er schmeckte die Worte. Die Namen. Spürte den Schmerz. Den Verlust. Das Verbrechen. Den größten je begangenen Verrat – *Genozid!*

Mit einem Knie schlug er auf einen Knopf, und bevor Faelamor ihr Nanollet gebrauchen konnte, wurden sie rücklings gegen die Barriere geschleudert, die die Gemeinschaft auf Distanz hielt. Schlaff wie ein zerlumpter Fetzen lag sie da. Noch immer umklammerte sie das Instrument. Sie spuckte Blut.

»Du hast uns in die Düsternis geschleudert, damit wir dort sterben sollten! *Du!*«

»Nicht ich!«, erwiderte sie. Blut lief ihr am Kinn herab und befleckte ihr weißes Gewand. »Das war Generationen vor meiner Geburt.«

»Der Schandfleck ist über die Generationen hinweg weitergereicht worden. Sein Gestank haftet allen Faellem an. Du stinkst danach – du belästigst mich damit! Ich werde dich quälen bis ans Ende aller Zeiten. Ich werde dich *niemals* gehen lassen.«

Er wirbelte ein kleines Rad herum, die Linse aus Licht

schrumpfte auf Stecknadelgröße zusammen und beschrieb ein Oval um ihr Herz. Ihr Gewand begann zu rauchen.

»Tallallame war auch deine Heimat«, sagte sie. »Jetzt schreit es nach Hilfe! Würdest du deine Welt für etwas vernichten, das vor so langer Zeit geschehen ist?«

»Wir sind in der Düsternis neu geschaffen worden. Wir haben keine Welt abgesehen von der, die wir uns nehmen.«

»Du bist grausam«, weinte sie. Ein eiförmiges Stück Tuch fiel vorn an ihrem Gewand herab, aber die goldene Haut darunter war unversehrt.

»Grausamkeit haben wir von den Meistern auf diesem Gebiet erlernt.« Rulke zeigte sich unversöhnlich.

»Alles, was ich tat, war für mein Volk und meine Welt.«

»Und was ich tue, tue ich für meine eigene Art. Jetzt wirst du sterben, Faelamor. Und dann wirst du wieder sterben, und wieder, *und wieder!*«

Er zog die Hebel zurück.

»Rulke!«, sagte Maigraith drängend. »Vergiss nicht, dass das Nanollet aus dem Gold der goldenen Flöte geschaffen wurde.«

Erneut zögerte Rulke, aber Faelamors Hilflosigkeit war ein weiterer Trick, und sie war zu schnell für ihn. Sie schlug einen Akkord der Verzweiflung an, ein elendes Jammern, das in einem Peitschenknall endete, dem Geräusch, mit dem die Düsternis versuchte, sich selbst zu zerreißen.

Das Durchsichtige zersplitterte, und mit einem Kreischen, als würde Luft aus der auseinandergezogenen Öffnung eines Ballons entweichen, erschien eine Träne mitten auf der Linse.

»Nein!«, kreischte er. »Das Gold ist verdorben; du darfst nicht ...«

Faelamor schlug einen weiteren Akkord an. »Du lässt mir keine andere Wahl«, flüsterte sie.

»Es wird uns alle vernichten. Es wird dein Untergang sein«, sagte Rulke.

Die Welt kehrte sich im Innersten um. Die Innenräume des Konstrukts wurden zu seiner Außenseite. Ein Schacht öffnete sich in die Düsternis, unkontrolliert, wie wahnsinnig an- und abschwellend. Eine Vielzahl von Kreaturen krallte nach der Öffnung, dann schloss sie sich abrupt wieder. Rulke erschien, verschwand, erschien wieder innerhalb des Konstrukts, dann außerhalb. Er wirbelte durch die Luft, schlug auf dem Rücken auf und regte sich nicht mehr. Maigraith kroch zu ihm hin und legte ihm einen schweißnassen Finger auf die Stirn.

Erneut öffnete sich der Schacht, und die kühnste der Kreaturen steckte den Kopf in den Spalt. Er war von der Größe eines kleinen Fasses, mit einem roten Hornkamm auf dem Scheitel, der gespickt war mit Stacheln.

Rulke stöhnte ein Wort. Das Konstrukt strahlte ein sanftes Licht auf den Schacht ab. Die Kreatur kreischte, riss den Kopf zurück, und das winzige Loch schloss sich wieder. Etwas fiel klappernd zu Boden: ein amputiertes Horn, eine blutige Klaue. Die Düsternis versuchte, sich selbst in Stücke zu zerreißen. Rulke stolperte zum Konstrukt wie ein Betrunkener und bestieg es mit Maigraiths Hilfe. Faelamor schlug einen weiteren Akkord auf dem Nanollet an. Ein weiterer Schacht öffnete sich in der Düsternis, und dann noch einer. Rulke schwang die Linse aus Licht herum, und Faelamor wurde zwischen die beiden Treppen geschleudert, die spiralförmig umeinander bis hinauf zur durchsichtigen Decke der gewaltigen Halle verliefen. Sie blutete aus der Nase und kroch in Deckung.

Llian, Shand und die übrige Gemeinschaft schlugen mit den Fäusten auf die Glasbarriere ein. Sie konnten nur zuschauen. Eine Horde der Kreaturen kratzte jetzt an den Schächten. Wenn sie durchbrächen, würden alle in Shazmak sterben.

»Tu was!«, schrie Llian Yggur an.

»Wir müssen da rein!«, sagte Tallia. »Gib mir noch einmal deine Kraft, Yggur!«

»Ich kann nichts tun«, erwiderte Yggur. Er hatte bereits eine seiner gefärbten Blasen auf Faelamor abgefeuert, aber sie hatte sich unvorhersagbar an der Barriere gespalten und mehrere Kehren des gläsernen Treppenhauses zerstört. Geschmolzenes Glas formte einen Kranz aus Perlen, der von einer der Stufen herabhing. »Bei einem erneuten Versuch könnte ich Maigraith umbringen. *Vielleicht sollte ich's tun*, schließlich ist sie zu meinem Feind übergelaufen.«

Shand packte den großen Mann beim Kragen und schüttelte ihn.

»Tut mir leid, Shand«, sagte Yggur bescheiden. Seine Wut war wieder verraucht. »Achte nicht darauf. Meine Wut ist alles, das mir geblieben ist.«

»Seht mal!«, rief Lilis. »Da ist Karan!« Sie zeigte auf eine Tür, durch die Karan gerade hereinstolperte. Sie schaute über die Schulter und trat zur Seite, als ein Dutzend Ghâshâd ihr folgten. Ihr Haar war ein wildes Durcheinander, das Gesicht scharlachrot.

Beim Anblick Karans wurde Llian fast wahnsinnig vor Verlangen. Er schwang einen schweren Metallstuhl über den Kopf und schlug ihn mit aller Kraft gegen die Barriere. Er prallte ebenso heftig zurück und schlug ihm beinahe den Kopf ab. Llian rutschte auf den Knien über den Boden, während der Stuhl in die andere Richtung sauste. Er sah zu Shand und Malien auf.

»Du wirst sie nicht zerbrechen«, sagten beide wie aus einem Mund.

Sie versuchten alles Erdenkliche, aber die Barriere blieb undurchdringlich. Sie konnten auch nicht darum herumgehen, denn sämtliche Ausgänge auf ihrer Seite des Raums waren von demselben Material versperrt. Sie saßen in der Falle.

14

Mit Würde aussterben

Karan taumelte in die große Halle und entdeckte Rulke auf der anderen Seite. Er sah fast so schlimm aus, wie sie sich fühlte. Maigraith war neben ihm; heil und gesund! Aber aus Karans Erleichterung wurde Unglauben, als Maigraith Rulke mit der Schulter stützte und sie gemeinsam das Konstrukt erstiegen. Was auf Erden war da geschehen?

»Was werden wir tun?«, hörte sie Maigraith rufen.

Karan blickte in die Richtung, in die Maigraiths Arm wies. Das Kratzen und Schaben an der Mauer war ohrenbetäubend laut. Sie jagte um die Seite der zentralen Treppe herum und erstarrte vor der Glasbarriere und beim Anblick Llians, der mit den Fäusten dagegenschlug. Er war in einem fürchterlichen Zustand. Er hatte fast sämtliche Haare verloren, und was noch übrig geblieben war, stand ihm wirr von einer Seite des Kopfs ab, und sein Bart war bis auf die Stoppeln abgesengt.

In ihrem Zustand fiel es ihr schwer, das alles zu begreifen. Llian schrie ihr etwas zu und zeigte über ihre Schulter, aber sie verstand nicht, was er sagte. Sie ging zur Barriere und drückte die Hände gegen seinen Umriss. Malien trat neben ihn und kreischte etwas durch das Glas. Was *sie* sagte, verstand Karan. »Halte Rulke auf, mit allen Mitteln!«

»Ich versuche, es zu halten!«, rief Rulke Maigraith zu.

»Maigraith!«, kreischte Karan. »Was tust du da?«

»Es ist Karan!«, rief Maigraith.

Rulke ließ das Konstrukt in ihre Richtung schweben. Karan sah zu, wie das schwarze Objekt auf sie zukam. Sie konnte nicht mehr davonlaufen.

»Karan!«, kreischte Maigraith. »Du musst uns helfen!«

Karan wich zurück, weil sie glaubte, dass Rulke sie beherrschte. Die Gemeinschaft hämmerte verzweifelt gegen die Barriere. Was wollten sie ihr sagen?

»Karan!«, brüllte Maigraith. »Faelamor wird die Welt vernichten!«

Karan sah von Llian zu Malien, dann zu Maigraith und schließlich zu Rulke. Wie konnte sie sich entscheiden?

»Sie lügt!«, schrie Faelamor oben herunter. »Sie hat sich mit Rulke verbündet.«

Wenn es eine Person gibt, der ich nie vertraue, dann ihr, dachte Karan. Selbst Rulke ist eine bessere Wahl.

Sie streckte die Hände aus und wusste, als sie es tat, dass Malien ihr diesen Verrat nie vergeben würde. Maigraith zog sie zu sich hoch und warf schluchzend die Arme um sie.

»Dafür ist jetzt keine Zeit!«, rief Rulke. »Karan, zeig uns den Weg nach Aachan, bevor es zu spät ist!«

Faelamor kroch die perlenbesetzte Treppe hinauf wie eine altersschwache Wäscherin. »Was ist mit ihr?«, fragte Maigraith.

»Ich habe nicht die Kraft dazu.«

Karan entsann sich des entsetzlichen Endes ihres vorherigen Versuchs, den Weg zu finden. »Ich kann's nicht!«, keuchte sie.

»Was werden *sie* Gothryme antun, wenn sie hereinkommen?«, fragte Rulke und zeigte auf die Mauer. »Und habe keinen Zweifel daran, dass Faelamor sie hereinlassen wird. Wenn du es wirklich nicht kannst, sind wir alle am Ende. Aber wenn in dir auch nur eine Unze Hoffnung ist, so bitte ich dich um einen Versuch! Ich werde dich unterstützen.«

»Das hast du damals auch gesagt«, murmelte Karan. Ihr Blick glitt an seinen stechenden Augen vorbei und richtete sich auf Llian, der die Hände in einer Haltung der Verzweiflung flach gegen die Glasbarriere gepresst hatte. Seine Augen waren groß wie Suppentassen.

»Ich versuch's«, sagte sie, »aber ich habe bereits ... einen ziemlich harten Tag hinter mir. Ich bin ein wenig erschöpft.«

Rulke ergriff ihre Hände und drückte ihr einen feurigen Kuss auf die Lippen, der sie regelrecht entflammte. »Ich auch«, sagte er mit einem wilden Grinsen, »aber wir tun unser Möglichstes. Bist du bereit?«

Ihr Hals war trocken. Karan griff nach der Flasche, die in einem offenen Fach lag und nahm einen kräftigen Schluck von dem süßen Getränk. »Ich bin bereit!«, keuchte sie, obwohl sie zitterte wie Espenlaub. Sie verband sich mit Maigraith und Rulke, und die Verbindung mit Maigraith fühlte sich an, als wäre sie in einem Diamanten eingeschlossen. Karan fühlte sich völlig geschützt – diesmal könnte ihr nichts Schaden zufügen.

Rulke schrie durch die löchrige Düsternis nach Aachan, nach den Charon. Sein Verlangen fuhr bebend durch die Leere und sprang mit Karan zusammen von Weg zu Weg. Sie fühlte sich sicher im Wissen, dass Maigraith sie in Santhenar bewachte. Und gestützt von Maigraiths einzigartigen Talenten als Triune, die während der Jahrzehnte mit Faelamor ausgebildet worden waren, sowie ihrem eigenen dringenden Verlangen, ihre Charon-Vorfahren zu treffen, fanden sie es.

Wer ist dort? Die Stimme erklang so deutlich in ihren Köpfen, dass sie neben ihnen auf dem Konstrukt hätte sein können. Es war eine tiefe Frauenstimme, ein wenig krächzend, als hätte sie das ganze Leben in verräucherten Räumen verbracht. *Rulke, bist du es etwa?*

»*Yalkara!*«, flüsterte Maigraith über die Verbindung hinweg. Sie erkannte die Stimme.

»Yalkara!«, schrie Rulke verbittert. »Ich sehe dich nicht. Zeig dich! Ich bin verzweifelt.«

Er beschwor eine Blase aus der Mauer der Düsternis. Sie trieb wie eine glänzende Metallkugel vor ihnen in der Luft, und das ganze Universum schien darin gespiegelt, das sich in alle Richtung ins Unendliche erstreckte. Die Spiegelungen vor ihnen umwölkten sich, klärten sich, und ein Gesicht erschien, das Maigraith fast ebenso gut kannte wie das eigene. Es war Yalkara, aber sie war viel älter, als sie im Spiegel erschienen war. Das lange Haar war jetzt völlig silbrig. Yalkara bewegte die Lippen, aber ihre Stimme sprach in ihren Köpfen.

»Yalkara!«, kreischte Rulke. »Ruf die Hundert zusammen! Unsere Zeit ist jetzt gekommen, aber der Abgrund gähnt vor uns.«

Wer ist das bei dir?, flüsterte Yalkara. *Kann es möglich sein, dass sie es ist?*

»Ich bin Maigraith«, erwiderte sie. »Aeoliors Tochter. Faelamor hat ihr einen Faellem zum Mann gegeben, um eine Triune zu schaffen – mich! Aeolior ist tot. Rulke und ich haben einander auf ewig Treue geschworen.«

Maigraith – Aeolior!, sagte Yalkara verblüfft.

»Und hier ist meine Freundin Karan, ebenfalls eine Triune.« Sie zeigte auf Karan.

Elienor so ähnlich, sagte Yalkara.

»Rasch!«, sagte Rulke. »Die Düsternis zerfällt und muss vergehen. Faelamor hat ein Nanollet geschaffen, Mendark eine neue Flöte aus deinem Gold.«

Aber ich warnte ...

»Der Verdrehte Spiegel!«, fauchte Rulke. »Es würde zu lange dauern, alles zu erklären. Abgesehen davon habe ich einen Apparat, der ihnen allen überlegen ist – mein Konstrukt!« In seiner Stimme tönte der Stolz. »Ich kann dich endlich herbringen und das Überleben unserer Art sichern. Aber ich wage es nicht, den Weg von hier aus zu öffnen, nicht bei einer tobenden Faelamor. Kannst du ihn von Aachan aus öffnen und dich zu meinem Tor versetzen?«

Du bist im letztmöglichen Augenblick gekommen, erwiderte sie. *Wir sind verzweifelt und waren nahe daran, uns selbst ein Ende zu setzen. Es wird nicht leicht sein, aber ich glaube, es wird gehen.*

Gemeinsam stellten sie rudimentäre Tore an ihrem Ende und an seinem her, aber Rulke hielt sein Tor fest verschlossen.

Ich werde von diesem Ende aus den Weg nach Santhenar suchen. Das sind sehr instabile Tore, Rulke. Kannst du die Düsternis nicht besser beisammenhalten?

»Ich bin froh, sie überhaupt beisammenhalten zu können«, entgegnete er grimmig. »Faelamors Nanollet ist aus der goldenen Flöte gemacht.«

Sie ist wahnsinnig.

»Oder verzweifelt! Komm rasch! Es wird ein rauer Übergang werden. Sende die Wichtigsten zuerst, weil es schlimmer werden wird.«

Nur zehn von uns sind noch fruchtbar. Vier Männer und sechs Frauen. Bewache sie gut. Ohne sie sind wir ausgestorben.

Rulke überlegte es sich anders. »Nein! Schicke die Stärksten! Schütze die Fruchtbaren bis zuletzt.« Bei diesen Worten wurde die spiegelnde Kugel von einem weißen Rauschen umwölkt, und Yalkara verblasste.

Mit Hilfe des Konstrukts errichtete Rulke eine Kammer in

der Mauer, so weit wie möglich von der Linse entfernt. Sie hatte die Gestalt eines silbernen Eis mit einer runden Tür an der Vorderseite, die aussah wie ein Bullauge.

Ich habe den Weg nach Santhenar zurückverfolgt, sagte Yalkara. Etwas prallte dröhnend gegen die Kammer, wie ein Hammer auf einen Amboss.

»Ich kann sie kaum halten!« Schweiß tropfte ihm vom Kinn. »Ich habe sie verloren! Nein, schon gut, *schon gut!*«

Er warf das Bullauge auf, und eine Frau tauchte in der Kammer auf. Sie war nackt wie jeder, der zwischen den Welten einherging, und ermattet und schutzlos. Die Kammer umwölkte sich, als etwas versuchte, die Tür gewaltsam wieder zu schließen. Rulke arbeitete fieberhaft an den Kontrollen. »Lauft, bringt sie hinaus, während ich sie halte!«, sagte er zu Maigraith und Karan. »Ah, ist das schwer!«

Maigraith und Karan schleiften die Frau hinaus, und dann noch sieben weitere Charon. Es war ein harter Kampf, sie über die Kante durch das kleine Bullauge zu zerren, denn sie waren sehr groß. Maigraiths Schulter blutete, bevor sie fertig waren. Die Pfeilverletzung war wieder aufgebrochen.

Alle Charon waren so verwirrt und hilflos wie ein Kleinkind. Der Übergang hatte sie erschüttert. Aber Rulke jubelte, und dieser Jubel zeigte sich auch auf den Gesichtern der anderen Charon der Spiegelkugel.

»Es wird immer schwieriger, sie zu halten!«, rief Rulke Yalkara zu. »Du kommst besser rasch, wenn du kommen willst. Maigraith, halte dies hier!« Sie kletterte wieder hinauf, während er vom Konstrukt herabsprang und die letzten beiden, zwei Männer, so sanft heraushob, als wären es seine eigenen Kinder.

Die Charon lagen über den Boden verstreut da, völlig betäubt von der brutalen Reise. »Wir müssen sie in den Schutz des Konstrukts bringen. Komm durch!«, rief er Yalkara zu, deren Gesicht gerade wieder auf der Spiegelkugel erschienen war.

Wir sind fast so weit, seufzte sie. *Oh, das ist der größte Tag unseres Lebens!*

»Und meines«, sagte Rulke. Er lächelte breit von einem Ohr zum anderen. Seine Augen leuchteten wie indigofarbene Sonnen. »Darauf haben wir viertausend Jahre gewartet«, sagte er zu Maigraith.

Rulke fasste den ersten Charon unter den Arm, eine Frau, die ebenso groß war wie er und einen großen Busen und breite Hüften hatte. Sie stöhnte und warf ihr langes schwarzes Haar umher. Ihre bloßen Füßen rutschten über die Fliesen.

In diesem Augenblick stellte sich Faelamor hoch aufgerichtet auf die zentrale Treppe. Wie eine wahnsinnige Hexe stützte sie sich auf dem Glasgeländer ab und spielte eine richtige Symphonie an Tönen auf dem Nanollet – ein schmerzhaft quälendes Stück, das Karan die Tränen in die Augen trieb, ein Klagegesang um den Tod einer Welt.

Was?, kreischte Yalkara. *Was ist das? Nein, Rulke, rasch ...*

Rulke fuhr herum. Hoch in der Luft bildete sich eine weitere Linse in der Düsternis, ganz von allein.

Die Linse verfestigte sich zu einem eiförmigen, metallisch glänzenden Tor. »Nein!«, stöhnte Rulke und ließ die Frau fallen. »Maigraith, bring sie aufs Konstrukt! Ich muss sie aufhalten.«

Er setzte in mächtigen Sprüngen hinüber zum Konstrukt, aber Faelamor beschwor ihre letzte Täuschung hervor, die größte ihres langen Lebens. Plötzlich bewegte sich der Boden unter Rulke, als würde er auf einer Tretmühle rennen. Er lief schneller, kam jedoch scheinbar nicht von der Stelle.

»Das Konstrukt mag gegen meinen Zauber geschützt sein«, höhnte Faelamor, *»du aber nicht!«*

Rulke rannte jetzt schneller, als je ein Mensch gelaufen war. Wenige Sekunden lang schien er aufzuholen, dann warf ihn der Boden wieder zurück.

Das eiförmige Tor öffnete sich, und eine Kreatur sprang hindurch, die fast so hoch wie das Konstrukt war. Sie hatte riesige intelligente Augen und Flügelspitzen mit Klauenenden. Die Flügel überragten sie weit und hüllten das Wesen mit ihrem Schatten in undurchdringliche Finsternis.

»Was ist *das?«*, schrie Maigraith.

»Es sieht aus wie ein Thranx«, murmelte Karan.

Rulke gab die fruchtlose Jagd auf. »Es ist ein besonderer Thranx«, bestätigte er schwer atmend. *»Die schlimmste Art!«* Seine Kleidung war schweißdurchtränkt. »Eine der fürchterlichsten Kreaturen der Leere. Sie ist gewalttätig, jedoch auch schlau. Und ich habe nicht einmal eine Waffe.«

Der Thranx, ein Weibchen, bremste seinen Sturz durch einen kurzen Schlag der ledrigen Schwingen und landete rutschend auf dem Boden.

»Töte sie!«, schrie Faelamor, die jetzt auf einem Balkon hoch oben stand. »Töte sie alle, und du kannst deine eigene Welt haben!«

Erneut schlug der Thranx mit den Schwingen und sprang leichtfüßig auf die zehn hilflosen Charon zu. Im Tor tauchte der Kopf eines weiteren Thranx auf. Er schwang sich in dieselbe Richtung hinab.

Karan verschwand durch eine Seitentür. »Ich kann's dir nicht verübeln«, seufzte Rulke, aber einen Moment später kehrte sie mit einer Horde Ghâshâd auf den Fersen zurück. Einer von ihnen, der vierschrötige Jark-un, schrie: »Herr!«, und warf ihm ein langes Schwert zu.

Rulke fing es auf und sprang zum ersten Thranx hinüber, der ihn weit überragte und irrsinnig schnell war. Er zuckte mit einem Flügel, und die stachelige Kante hatte Rulke eine Schulter aufgerissen.

Rulke sprang zur Seite und stach auf der Suche nach dem Gelenk in das gepanzerte Knie des Thranx. Die Schwertspitze glitt über eine Panzerung, die so hart wie Metall war. Der Thranx traf ihn mit dem Fuß in der Hüfte und warf ihn um. Rulke rutschte über den Boden, wobei er verzweifelt sein Schwert festhielt.

Drüben, in der Nähe der Tür, hatte eine Schar Ghâshâd zu einem Angriff auf den zweiten Thranx angesetzt, aber sie waren hoffnungslos unterlegen. Einer lag bereits tot da. Ein Dutzend weitere führten den Angriff fort, dann wirbelte der Thranx herum, riss ein großes Stück Geländer aus einer Treppe und schwang es wie eine Sense. Ein halbes Dutzend Ghâshâd gingen zu Boden, und keiner stand mehr auf. Der Thranx warf das verdrehte Stück Geländer quer durch den Raum in Rulkes Rücken, dann sprang er zwischen die hilflosen Charon.

Karan erhaschte einen Blick auf Faelamors gleichmütiges Gesicht. Es zeigte nichts – weder Freude, noch Triumph, lediglich eine tödliche Unnachgiebigkeit.

Wir sind ihr völlig gleichgültig, dachte Karan. Eine weitere Schar Ghâshâd umringte den zweiten Thranx. Sie kämpften mit mehr Geschick als die erste Gruppe, denn es gelang ihnen, der Kreatur einen Speer in den Rücken zu treiben. Die Verletzung beeinträchtigte sie nicht merklich.

Maigraith und Rulke kämpften Seite an Seite, würden jedoch gewiss besiegt werden. Rulke hatte ein halbes Dutzend klaffende Wunden und ermüdete rasend schnell. Maigraiths Schenkel war bis zum Knie aufgerissen, die verletzte Schulter nutzlos. Der Thranx schien unversehrt. Hoch droben sah Karan einen dritten Thranx an Faelamors Tor, aber er hatte Probleme, hindurchzugelangen.

Karan wusste genau, dass es sinnlos wäre, wenn sie eine solche Kreatur angreifen würde, aber sie hatte sie umkreist und war jetzt bis zum Konstrukt vorgedrungen. In einer jähen Eingebung kletterte sie die geschwungene Flanke hinauf und warf sich in den Sitz. Vor ihr waren eine Reihe von sechs Hebeln, eine Konsole mit leuchtenden gelben Platten, mehrere kleine Räder sowie ein Wirrwarr aus farbigen Knöpfen. Aus dem Boden ragten fünf halbmondförmige Pedale in einer Reihe hervor. Sie erinnerte sich, welche Hebel Rulke zur Kontrolle benutzt hatte. Was sie nicht wusste, war, wie er es mit den Gedanken gelenkt hatte.

Also los! Sie streckte das Bein und trat auf das Pedal links, wobei sie allerdings aus dem Sitz rutschen musste. Die Maschine war nicht für jemanden entworfen, der so klein war wie sie. Das Konstrukt bebte. Sie zog die mittleren beiden Hebel zurück. Es bockte, jaulte, rührte sich jedoch nicht. *Vorwärts!*, sendete sie verzweifelt. Farbige Linien erschienen auf den schimmernden Platten. Lichter blitzten vom einen Ende des Spektrums zum anderen. *Warum willst du dich nicht rühren, du dumme Maschine?*

Das Konstrukt kippte zurück und schoss in einem steilen Winkel los. Karan hielt sich verzweifelt fest, da die Gefahr bestand, rückwärts heruntergeworfen zu werden. Jetzt stieg es senkrecht in die Höhe, schoss zur fernen Decke hoch. Eine Sirene heulte in ihrem Ohr los. *Benutze die Hebel!* Sie schob einen nach vorn.

Das Konstrukt drehte sich, flog seitlich wie eine Krabbe quer durch den Raum und prallte von der gläsernen Barriere ab, hinter der die Gemeinschaft hilflos zuschaute. Karan hing an einem Finger daran. Mit dem Knie traf sie einen blauen Knopf, anscheinend eine Art Drosselklappe, denn die Maschine verlangsamte ihren Flug, was Karan Gelegenheit bot, den zweiten Hebel auszuprobieren. Das Konstrukt flog nun gleichmäßig und langsam durch die Luft. Hoch droben drang der dritte Thranx durch das Tor.

Das Konstrukt kreiste im Raum und flog auf den Balkon zu, von dem aus Faelamor so viel Schaden angerichtet hatte. Faelamor bewegte verzweifelt die Hände und schleuderte eine Illusion, die Karan völlig hilflos machen würde, das wusste sie genau. Ein Sturz aus dieser Höhe wäre tödlich.

Sie zerrte den blauen Knopf heraus. Das Konstrukt schoss davon, als wäre die Trägheit nie entdeckt worden, und jagte auf die beiden wie eine Helix ineinander verdrehten Treppen zu. Erneut ertönte die Sirene. Karan war wie gelähmt. Sie hatte Angst, die Hebel auch nur anzurühren. Im letzten Augenblick bewegte sich ihre Hand instinktiv, drückte einen der Hebel zur Seite, das Konstrukt änderte seinen Kurs um einen Bruchteil und schoss zwischen den Zwillingsspiralen hindurch, wobei sie fast geköpft wurde. Von der anderen Seite aus nahm es brüllend Kurs nach oben auf Faelamors Balkon.

Bevor eine von beiden auch nur hätte reagieren können, prallte es von unten gegen den Balkon, sodass der größte Teil herabfiel. Karan stieß mit dem Knopf heftig gegen die ausgestellte Haube und verlor kurzzeitig das Bewusstsein, erholte sich jedoch rasch wieder und sah, dass das Konstrukt wie verrückt im Raum umherwirbelte. Sie verlor Faelamor aus den Augen. Der Kampf unten geriet in ihr Blickfeld.

Rulke lag auf dem Boden, Maigraith stand über ihm, eine zerbrechliche, verlorene Gestalt, überwältigt von der Macht des Thranx. Karan versuchte, das Konstrukt auf sie zu richten, aber die Kontrollen funktionierten anscheinend nicht mehr. Vielleicht hatte der Aufprall sie der Fähigkeit beraubt, es zu beherrschen. Die Sirene tönte laut und schrill, die Lampen blitzten wie ein Feuerwerk, die schimmernden Platten erschienen völlig verrückt. Die Maschine hüpfte und sprang durch den Raum wie ein gestrandeter Fisch. Karan näherte sich dem Zweikampf und sah voller Entsetzen, wie der Thranx sich zum tödlichen Hieb aufrichtete. Karan schob die Hebel nutzlos vor und zurück, spürte, wie sich in ihr Verzweiflung und Wut aufbauten, und dann geriet das Konstrukt ins Schlingern, flog über die Gestalten hinweg, und sämtliche Lichter erloschen.

Es fiel wie ein Stein herab und zerquetschte den Thranx. Karan stürzte, landete wie eine Katze auf allen vieren und krabbelte auf Händen und Knien hinüber. Sie befürchtete voller Entsetzen, dass sie Maigraith und Rulke umgebracht hatte.

»Ist dir was zugestoßen?«, fragte sie erstickt, als sie ihre Freundin unter dem Konstrukt hervorzog.

Maigraith half Rulke hoch. »Nein. Aber knapp war's.« Sie starrte die Basis des Konstrukts an, die sich vor ihr in die Höhe schwang. »Wie hast du es bedienen können?«

Karan gab keine Antwort. Sie beobachten die Todeszuckungen des Thranx, dessen stachelbewehrte Flügel klappernd über die Unterseite des Konstrukts glitten. Der zerstörte Flügel spannte und entspannte sich, immer und immer wieder.

Rulke konnte sich kaum auf den Beinen halten. Er packte Karans Schulter wie ein Schraubstock, ein wortloser Dank, und stolperte dann auf der Suche nach den anderen Charon davon.

Der zweite Thranx lag still da. Ein Dutzend Speere ragten vorn und hinten aus ihm heraus. Viele der Ghâshâd waren tot. »Noch ein paar Sekunden länger, und es wäre zu spät gewesen«, sagte Rulke. »Vielen Dank.«

Sie drehten den Körper des Thranx herum, dessen Rumpf und aufgerichtete Flügel sie vor dem beschirmten, was dahinter lag. Die Charon waren zerfetzt und zerrissen wie das Spielzeug eines Tigers. Alle zehn waren tot.

Rulke presste die Fäuste gegeneinander, die Art und Weise der Charon, ihre Trauer zu zeigen. Eine volle Minute lang rührte er sich nicht. Dann wurde sein Gesicht so kalt wie der Eiskontinent am äußersten Pol. »Ich werde euch rächen!«, rief er, »gleich, was es dazu benötigt. Du wirst diese Tat für hunderte von Jahrhunderten bereuen, Faelamor! Ich verfluche dich und deine Nachkommen *bis ans Ende der Zeit selbst!*«

Er griff in Maigraiths Mantel, zog den Spiegel hervor und zwang ihm seinen Willen auf. »Soll sie doch versuchen, das noch einmal zu tun!«

Sie sahen auf. Faelamor stand nicht mehr auf dem zerstörten Balkon. Ihr Tor war ebenfalls verschwunden, aber direkt darunter lag der immer noch zwischen den gewaltigen Flügeln zuckende Körper eines dritten Thranx. Zumindest alles von der Hüfte an aufwärts.

»Das Tor muss sich geschlossen haben, als er halb hindurch war«, sagte Karan schaudernd.

Der Thranx drehte und wand sich, und ein Flügel schlug wie eine Fahne im Wind. Dann starb er.

Mit einem Zucken seines Handgelenks erweckte Rulke die Kugel wieder zum Leben. »Hast du es gesehen?«, fragte er Yalkara flüsternd. Sie musste keine Antwort geben – es stand ihr in den Furchen des Gesichts eingeschrieben.

»Ein letzter Versuch«, sagte er. »Kommt alle herüber, sofort!«

Es ist vorüber, Rulke, sendete Yalkara.

»Nein. Ich habe jetzt die Kontrolle zurück.«

Du bist zu spät. Das waren die letzten! Der Rest von uns ist ebenso verdorrt wie die Gräber, in die du sie legen wirst.

Rulke zitterte. »Was ist mit dir, Yalkara? Du bist die Jüngste. Du hast deine Fruchtbarkeit bewiesen.«

Sieh mich an, Rulke! Ich habe die Hälfte meines Lebens hinter mir, und meine Fruchtbarkeit ist leider auch dahin. Ich bin jetzt eine alte Frau. Unser Aussterben ist unausweichlich.

»Nein!«, kreischte Rulke. »Nein! Das kann nicht sein! Ich werde es nicht zulassen. Komm nach Santhenar! Es gibt Möglichkeiten. Wir können ihre Eier ernten und ihren Samen und sie ...«

Eine Schar Charon erschien, in der leuchtenden Wölbung hinter ihr wiedergespiegelt. Alle waren jetzt alt. *Nein!*, sagte sie wie einer. *Einige Dinge sollen nicht sein. Lass uns dem Aussterben wenigstens mit Würde entgegensehen.*

»Ich tu's trotzdem«, sagte er leise zu Maigrath, »wenn ich sie nur herholen kann.« Er sah Yalkara in die Augen. »Bitte, kommt her!«

Nein, Rulke, erwiderte Yalkara. *Die Zeit, die uns bleibt, wird schon bitter genug sein, ohne sie auch noch auf einer fremden Welt verbringen zu müssen. Kehre nach Aachan zurück! Wir werden uns gemeinsam unserem Aussterben stellen.*

15

Der drei Mal Verratene

Faelamor kauerte hoch oben auf der anderen Seite der Halle. Karans Angriff auf den Balkon hatte ihr fast den Tod gebracht, aber ihr Wille hielt sie aufrecht. Wenigstens waren die Charon tot, eine Bedrohung war damit ausgeschaltet. Ich bin fast angekommen, sagte sie zu sich und machte sich ans Werk.

Der Dunst, der sie einhüllte, streckte eine weitere Zunge aus. Am anderen Ende blieb er vor einer Menge aus Faellem stehen, die sich in Elludore versammelt hatten, mehr als vierzig Meilen entfernt. Sie hätten eine Kolonie mit gemeinsamem Bewusstsein sein können, so regelmäßig war die Verbindung. Sie bildeten eine vollkommen durchsichtige Kugel, regelmäßige Flecken auf der Außenseite waren Abbilder jedes einzelnen Willens, und sie drehte sich einmal hierhin und einmal dorthin, und in der Mitte wies ein größerer Fleck, ein dunklerer Wille, dem Ganzen den Weg. Faelamor war in das nächste Stadium ihres Plans eingetreten, nämlich alle Faellem im Bewusstsein miteinander zu verbinden.

»Nicht einmal Rulke kann dieser Macht etwas entgegensetzen«, sagte sie zu ihrem Volk.

Die Faellem traten zwischen die Bäume in das blassgrüne Licht hinein, diese dunstige Tor-Zunge, und daraus kamen sie in Shazmak wieder hervor. Sie versammelten sich auf der Plattform und warteten auf Faelamor.

»Wir hätten nie an dir zweifeln sollen!«, riefen sie. »Zeige uns den Weg, Faelamor. Führe uns heim nach Tallallame!« Alle hatten Tränen in den Augen.

»Und Maigraith lebt. Sie wird uns nichts mehr antun«, sagte Faelamor. »Darüber bin ich froh.«

»Sie hätte es tun können, hat es jedoch nicht getan«, stimmte Gethren zu.

»Zwei Dinge sind noch zu erledigen.« Faelamor liebkoste die goldenen Saiten ihres Nanollets. Bei der Musik lief Gethren eine Gänsehaut über die bloßen Arme. »Zuerst müssen wir Rulke und sein Konstrukt loswerden«, sagte sie, »ansonsten wird er nach Aachan zurückkehren und alles wieder von vorn anfangen, und wir werden auf ewig furchtsame Blicke über die Schulter werfen. Wenn die Tat getan ist, werden wir Maigraith zwingen, die Düsternis zu zerreißen. Dann können wir ehrenhaft nach Tallallame zurückkehren.«

»Faelamor!«, rief Hallal. »Lege dein Instrument nieder! Es wird nicht länger mehr benötigt. Wir haben genügend Verbrechen begangen.«

»Ich kann's nicht!«, schrie Faelamor. »Wenn ich Rulke am Leben lasse, wird er uns früher oder später verfolgen. Während ich ihn ablenke, holt Maigraith zurück!« Erneut spielte sie auf ihrem Nanollet, wilder denn je.

Llian, der den Kampf zwischen Rulke und Faelamor beobachtete, war völlig verzweifelt. Tallia hatte zusammen mit Shand und Malien gearbeitet, Stunden schienen vergangen zu sein, aber nichts hatte irgendeinen Eindruck auf die Barriere gemacht.

Yggur hatte aufgegeben. Er stand einfach nur da und drückte die großen Hände gegen das Glas. »Maigraith!«, jammerte er. »Wie konntest du mir das nur antun?«

Shand fasste ihn beim Arm. »Es ist vorbei, Yggur. Was zwischen dir und Maigraith war, es ist schon längst vorüber.«

Yggur wandte ihm das verschmierte Gesicht entgegen. »Sie weiß nicht, was sie tut. Er hat sie verhext.«

»Sieh nur, wie sie zusammen arbeiten, Yggur!« Shand schüttelte ihn heftig. »Sie waren füreinander geboren.«

»Sie gehört mir. Ich muss sie haben!«

»Du musst es akzeptieren, Yggur.«

»Ich kann's nicht!«, kreischte er. *»Ich kann's einfach nicht!«*

Malien zog Shand beiseite. »Ich muss mit dir reden«, flüsterte sie. »Wenn ich Rulke hier so sehe, und Faelamor, und mir überlege, was alles geschehen ist, dann frage ich mich, ob er jetzt der wirkliche Feind ist. Und da ist noch Mendark ...«

»Ich frage mich auch ...«, meinte Shand. Er brach ab, als Yalkaras Gesicht auf der spiegelnden Kugel erschien. »Yalkara!«, brüllte er, aber Reflektionen auf der Barriere schirmten ihn vor ihr ab. Shand stand einfach nur da, starrte sie an, und niemand konnte ihn aus seiner Versunkenheit herausholen.

Die Mauer der Düsternis, festgespannt wie eine Trommel, peitschte hin und her. Rauch quoll unter dem Konstrukt hervor. Treppen und Balkone erbebten; ganz Shazmak schien bereit, in sich zusammenzustürzen. Während Rulke sich abmühte, alles zusammenzuhalten, schob sich eine Schwadron Faellem durch eine Tür, jagte durch den Raum und packte Maigraith. Faelamor war unter ihnen und schirmte sie mit ihren Illusionen ab.

Das Gewebe, das die Faellem schützte, war wie klebrige Fäden, die Maigraiths Arme und Beine umfingen. Sie schrie um Hilfe, aber Faelamor umfing sie auf kürzeste Entfernung mit einem Verwirrungszauber. Maigraith konnte sich nicht mehr rühren. Faelamor durchsuchte ihren Beutel und holte den Spiegel hervor.

»Das ist der letzte Schritt«, sagte sie zu ihrem Volk. »Zeit, den verborgenen Weg nach Aachan zu suchen. Bringt sie her!«

Sie bildeten einen Kreis um Faelamor und schirmten sie mit Körpern und Gedanken ab, während sie im Spiegel suchte. »Ich habe es!«, jubelte sie. Sie umringten sie und marschierten davon.

Auf Karans Schrei hin schickte Rulke das Konstrukt der kleinen Schar Faellem nach. Er versuchte so nahe heranzukommen wie möglich, stupste es immer wieder voran, wagte jedoch nicht, seine Macht einzusetzen, während Maigraith sich mitten unter ihnen befand.

»Zurück!«, sagte Faelamor. Sie achtete darauf, dass sich Maigraith zwischen ihm und ihr befand. »Sie ist meine Geisel!«

Rulke hätte sie töten können.

»Bring uns heim!«, bettelten die Faellem. »Lass sie in Ruhe!«

»Nicht, solange Rulke am Leben ist«, erwiderte Faelamor. Flackernde Abbilder aus dem Spiegel zeigten sich nach wie vor auf ihren Wangen.

»Was tust du da?«, fragte Hallal.

»Ich folge Yalkaras Spur zurück nach Aachan«, sagte sie, Rulke neckend. »Sie wird diese Ironie zu würdigen wissen, dass ihr eigener Apparat dazu benutzt wird, ihre Art auszulöschen.« Faleamor erhob sich, sah tief in den Spiegel und spielte einhändig drei Akkorde.

Die Düsternis polterte, und die draußen versammelten Kreaturen verschwanden, als wären sie von einem Ausguss verschluckt worden.

»Was hast du getan?«, schrien die Faellem.

»Ich habe die Leere nach Aachan geöffnet. Bald werden die Charon nicht mehr sein.« Bei ihren Worten verschwand die reflektierende Metallkugel, die die trauernden Charon gezeigt hatte.

Faelamor wandte sich an Rulke. »Unsere Feinde sind jetzt erledigt, alle bis auf einen. Den gilt es, jetzt zu erledigen.«

Rulke war seltsam ruhig. »Aus deinem Instrument habe ich ein besseres geschweißt – eines, das deine Art überdauern wird.«

»Dann benutze es! Geh nach Aachan, wenn du den Mut dazu hast. Verteidige dein Volk. Es wird mir den Ärger ersparen, mich mit dir auseinandersetzen zu müssen.«

Rulke zögerte, hin- und hergerissen zwischen den Charon und Maigraith, der Vergangenheit und der Zukunft. Vor dem geistigen Auge sah er so deutlich, als würde die Kugel es zeigen, wie die verbliebenen Charon von den Kreaturen der Leere zerrissen wurden. Nur er könnte sie retten. Aber wenn er nach Aachan ginge, würde Faelamor Maigraith umbringen, und er hätte keine Zukunft mehr.

»Was soll ich tun?«, fragte er Karan, oder vielleicht auch sich selbst. »Wie kann ich die Hundert im Stich lassen, mein Leben? Oder Maigraith, meine Liebe und meine Zukunft?« Er schlug mit der Faust auf die Verkleidung und warf die Hebel heftig herum. Das Konstrukt jagte in einem engen Kreis um die kleine Gruppe, so schnell, dass es fast nur noch wie ein verwischter Fleck erschien. Das Blut strömte Karan in die Füße; sie wurde immer schwächer. Sie wusste, welche Qualen er durchlitt, aber sie konnte ihm nicht im Geringsten dabei helfen. Schließlich ließ er die Maschine nur noch kriechen. »Was meinst du, Karan?«

»Ich würde die Zukunft wählen, wenn ich zu einer Entscheidung gezwungen wäre. Aber natürlich«, fügte sie mit einem Hauch Bitterkeit hinzu, den sie nicht unterdrücken konnte, »habe ich als Triune *keine Zukunft.*«

Rulke drückte ihr die kleine Hand. »Nichts ist gewiss im Leben«, sagte er und setzte das Konstrukt unmittelbar vor Faelamor auf. »Ich wähle die Zukunft.«

»Deine Wahl ist irrelevant«, sagte Faelamor. »Ich kann nicht einmal einem von euch erlauben zu überleben.« Sie strich ein letztes Mal mit den Fingern über die Saiten des Nanollets.

Die Mauer verblasste, brodelte, und die äußere Schicht zerbrach zu tausend Platten, die in der Luft trieben und überallhin verzerrte Spiegelbilder warfen. Roter Rauch waberte unter dem Konstrukt hervor. Ein Schacht von der Größe des Herrenhauses Gothryme öffnete sich in der Mauer, aber nichts kam hervor.

»Du hast dein Werk zu gut erledigt!«, fauchte Rulke. Er wirbelte ein Rad herum. Das Konstrukt ächzte, rührte sich jedoch nicht. Rauch quoll aus einem Dutzend Stellen. Die Lichtlinse verblasste. Fluchend sprang er herab, das Schwert in der Hand. Karan glitt an der anderen Seite herunter, außer Sichtweite der Faellem.

Faelamor wich vor seinem langen Schwert zurück und wedelte dabei schwach mit der Hand in der Luft.

»Deine Illusionen sind so nahe nutzlos«, bemerkte er.

Langsam zog sie sich um die Vorderseite zurück. Karan hielt den Atem an. Noch ein Schritt, dachte sie. Nur noch einen einzigen Schritt! Faelamor trat einen weiteren Schritt zurück.

Da trat ihr Karan das Nanollet unter dem Arm weg, sodass sie unter das Konstrukt rutschte. Es folgten eine Explosion und das Geräusch reißenden Metalls. Das Konstrukt vollführte einen Satz in die Luft. Als sich die Wolken magentafarbenen Rauchs wieder verzogen hatten, sah Karan, dass eine Seite des Konstrukts aufgerissen war und gezackte Flügel aus schwarzem Metall herausstanden und komplizierte Innereien zu sehen waren. Die Maschine trieb langsam kreisend dahin und kippte so stark zur Seite, dass einer der Flügel quietschend den Boden streifte. Eine eiförmige Platte von der Größe eines Wagenrads fiel von der Unterseite ab und schlug lautstark auf den Fliesen auf. In dieser Höhlung brannte etwas wie ein glühend heißer Brennofen.

Maigraith lag auf dem Boden, erschüttert von dem Schlag. Das Konstrukt trieb nach wie vor im Kreis direkt auf sie zu.

»Maigraith!«, schrie Karan. »Aus dem Weg!«

Maigraith rührte sich schwach. Karan lief zu ihr und versuchte, sie wegzuziehen. Sie kam sich so schwach vor. Da strich ein glühend heißer Strahl vom Brennofen im Innern des Konstrukts über Maigraiths Arm. Die Haut warf Blasen wie bei einem Brathähnchen. Maigraith schrie. Rulke rannte herbei und half Karan, sie wegzuziehen.

Maigraith erkannte ihn kaum. Rulke hielt ihr Gesicht zwischen seinen gewaltigen Händen und versuchte, Faelamors Macht über sie zu brechen, aber sobald er sie losließ, fiel sie wieder zu Boden.

Das langsam kreisende Konstrukt strich direkt über das Nanollet. Es folgte ein Zischen, als würde Dampf entweichen. Das Instrument glühte rot, blau und schwarz-violett auf. Dann verschwand es in einer Explosion, die sie alle drei durch die Luft schleuderte.

Karan wurde gegen die Spiraltreppe geworfen. Es ertönte ein Übelkeit erregendes Knacken. Sie stieß einen spitzen Schrei aus und rutschte wie ein knochenloser Kadaver zu Boden. Die Beine hatte sie merkwürdig angewinkelt. Sie konnte sich nicht rühren. Der Schmerz war qualvoll.

Rulke, der unverletzt geblieben war, rannte zu Karan hinüber. »Ich kann dir niemals dafür danken, was du heute getan hast!«, sagte er und erstarrte dann. »Karan? Ist dir etwas passiert?«

Sie wütete schmerzgepeinigt gegen sich selbst. »Alles meine Schuld. Llian! Vater? *Vater?*«

Rulke hob sie hoch. Arme und Beine baumelten herab wie bei einem kranken Schwan. Sie schrie. Er legte sie neben dem Konstrukt nieder, das sich tiefer herabgesenkt hatte. Es wirkte wesentlich bedrohlicher. Nachdem er es ihr so bequem wie möglich gemacht hatte, riss er die Metallhaut von der Maschine und versuchte verzweifelt, sie wieder ans Laufen zu bekommen.

Llian konnte erkennen, dass Karan furchtbar verletzt worden war. Er verspürte den fast unwiderstehlichen Drang, mit dem Kopf gegen das Glas zu laufen und es zu zerschmettern.

Karan bog den Rücken durch und öffnete den Mund zu einem lautlosen Schrei. Llian spürte ihre Qual. Sie strahlte sie aus, dass es einem jeden im Raum Rückgrat und Nervenenden hinaufkroch. Sie lag im Sterben! Sie brauchte ihn dringend. Tränen spülten Furchen durch die Schmiere auf seinem Gesicht.

Er sah Maigraith taumelnd zu Rulke hinübergehen, der sein Konstrukt wieder zum Laufen gebracht hatte. Rulke verringerte das riesige Loch in der Mauer auf die Größe eines Reifs. Seit längerer Zeit war nichts mehr herausgekommen.

Auf Llians Gesicht, das er Malien und Tallia zugewandt hatte, stand eine entsetzliche Qual.

»Tut mir leid, Chronist«, sagte Malien. »Wir haben alles getan, was wir konnten, und es hat nicht funktioniert.«

»Ich bin völlig ausgelaugt«, fügte Yggur teilnahmslos hinzu.

»Mendark hat gesagt, dass du ein Versager bist«, erwiderte Llian so grausam wie möglich. »Shand?«

Shand hatte nichts bemerkt. Er starrte immer noch auf die Stelle, an der Yalkaras Abbild erschienen war, blind und taub seiner Umgebung gegenüber.

Llian wandte sich von der Barriere ab. Er wischte sich die Tränen ab, wobei er den Staub zu einem Kometenschweif auf der Stirn verschmierte. Es gibt immer einen Weg, sagte er sich. »Tensor!«

Tensor saß auf dem Fußboden, den Kopf im Schoß gebettet. Er reagierte nicht.

»Tensor!« Er schrie dem Aachim ins Ohr und schlug ihn auf die Schulter.

Tensor hob den Kopf und sah Llian in die Augen. »Sie ist am Ende, Chronist!« Auch in seinen Augen standen Tränen. »Das sind wir alle. Wir werden das Ende des Tages nicht mehr erleben.«

»Sei verdammt! Du bist mir etwas schuldig, und das fordere ich jetzt ein!«

»Ich bin *dir* etwas schuldig, Chronist? Das wüsste ich aber.«

»Du hast mich entführt, mich den ganzen Weg nach Katazza mitgeschleift und mich dort missbraucht. Du hast mich getäuscht, und ich habe dir trotzdem bei deinem Tor geholfen.«

Tensor bemühte sich anscheinend heftig darum, sich jene Zeit ins Gedächtnis zurückzurufen. »Ich sehe nicht, weshalb ich dir da etwas schuldig sein soll, aber nach dem heutigen

Tag spielt es sowieso keine Rolle mehr. Welche Gunst erbittest du, Chronist?«

»Zertrümmere diese Barriere. Karan stirbt ganz allein. Ich muss zu ihr!«

Tensor spähte durch die Glasmauer und konzentrierte sich auf Karan. »Was kann ich tun, wenn alle anderen versagt haben?«

»Benutze die Macht, die du für die Vernichtung Rulkes aufgebaut hast!«

»Die Vernichtung Rulkes«, sagte Tensor verwundert. »Das war einmal das Werk meines Lebens. Ich glaube nicht, dass ich die Macht zurückerhalten kann, Chronist. Ich bin verbraucht, leer.«

»Versuche es!«, sagte Llian gebieterisch. »Denke daran, wie sehr du Rulke einmal gehasst hast! Denke an all das, was die Charon deinem Volk angetan haben, seitdem sie aus der Leere kamen.«

»Ich war einmal von wildem Hass erfüllt«, meinte Tensor kopfschüttelnd.

»Hole diesen Hass wieder hervor!«, schrie Llian rücksichtslos. Er bedrängte Tensor mit Geschichten von Rulke, die, wie er wusste, nicht mehr der Wahrheit entsprachen. Lügen waren es, die dafür sorgen sollten, dass die Charon auch die großen Feinde blieben. Er legte jedes Jota seiner *Erzählerstimme* hinein. Nichts zählte mehr, außer Karan. »Denke an den Kataklysmus, denke ...«

»Llian!«, rief Malien. »Das ist unklug.«

»Denke daran, wie die Hundert deine Welt eingenommen haben«, rief Llian. »Denke daran, wie dich Rulke in Katazza verkrüppelt hat.«

»Ich erinnere mich!« Tensor kam taumelnd hoch.

»Und du erinnerst dich an deine Macht?« Llian sprang auf

und nieder, schrie und wedelte mit den Armen. Sein Speichel bespritzte die Vorderseite von Tensors Mantel.

»Auch daran erinnere ich mich«, erwiderte Tensor und hielt die Faust hoch. Fetzen von Strahlung stiegen daraus empor wie Dampf. Er starrte die zarten Stränge an.

»Und ist deine Macht dieser Barriere ebenbürtig, die Rulke zwischen dir und Karan errichtet hat?«, fragte Llian wild, gefangen in der Ekstase dieses Wesens, das er gerade täuschte. »Sieh sie dir an, wie sie da liegt, voller Qual, und innerlich verblutend!«

»Es reicht, Llian«, sagte Malien und trat auf ihn zu. »Shand, hilf mir!« Sie rüttelte ihn heftig.

Shand tauchte aus seinen Träumen von Yalkara auf. »Llian, hör auf!«

»Sie ist Rulke selbst ebenbürtig«, sagte Tensor, der hoch aufgerichtet dastand und seine strahlende Faust schüttelte.

»Dann zertrümmere die Barriere ...«

Tallia presste Llian die Hand über den Mund. Shand nagelte seine Hände fest. Gemeinsam zogen sie ihn weg. »Du verdammter Narr!«, zischte Shand ihm ins Gesicht. »Ich habe dich nach dem Brand der Zitadelle davor gewarnt. Begreifst du eigentlich, was du hättest tun ...«

Er brach ab und starrte Tensor an, dessen erhobene Faust jetzt so hell glühte wie ein Schmelzofen. »Seht ihn euch an!«, krächzte Tensor. »Umarmt Maigraith, während Karan ihm zu Füßen im Sterben liegt. Sie sind beide meine Feinde. Endlich ist meine Zeit gekommen.«

Tensor richtete sich allein mit seiner Willenskraft auf. Er streckte die Hand zum Himmel aus und stand schwankend auf seinen ausgemergelten Beinen da, und in seinem Gesicht sprühte der Hass. Er warf die Faust nach vorn und brüllte seine Wut hinaus. Die kristallene Barriere zerbrach zu Scherben, die in der Luft funkelten, dann tosend wie ein Wasserfall zu Boden fielen.

»Hüte dich vor dem drei Mal Verratenen!«, schrie Tensor. Er streckte die Hand Rulke und Maigraith entgegen, genauso wie er es vor einem Jahr in jener Nacht während des Konklaves getan hatte, als er Nelissa vernichtet und den Spiegel wieder an sich genommen hatte.

Shand und Malien konnten ihn nicht daran hindern. Machtlos und voller Entsetzen sahen sie zu. Sie konnten die Tragödie nicht verhindern.

16

Liebestod

Rulkes Kopf fuhr ruckartig hoch, und er sah sein Verhängnis auf sich zukommen. Er hätte fliehen können, wenn er Maigraith zurückgelassen hätte. Er hätte auch kämpfen können. Aber Maigraith hing an ihm, kaum in der Lage zu stehen. Er wusste, dass Tensor sie ebenfalls niederstrecken würde.

Rulke schob Maigraith hinter sich, schirmte sie mit seinem Körper ab. Ein rubinroter Strahl traf ihn mitten auf die Brust. Einen Augenblick lang schien seine große Gestalt zu leuchten. Seine Füße glitten über den Boden, als er von einer unwiderstehlichen Kraft nach hinten gedrückt wurde. Einstmals wäre diese Macht nicht mehr als der Biss eines Flohs gewesen, aber nun musste er diesem Tag seinen fürchterlichen Tribut zollen.

»Helft mir!«, rief er seinen Ghâshâd zu, aber wo sie einst sofort gehorcht hätten, zögerten sie jetzt kurz. Dieses Zögern reichte jedoch aus. Als die Nächststehenden ihre Speere hoben, hatte sich Tensor auf sie vorbereitet. Er schwang den Arm herum, und sie wurden in alle Richtungen davongeschleudert.

»Tensor, aufhören!«, kreischte Shand. »Was tust du da? Oh, du verfluchter Narr!« Er sprang vor, aber Tensor streckte die andere Hand aus, und Shand kam nicht an ihn heran.

Der Lichtstrahl traf Rulke ein weiteres Mal. Wie Windmühlenflügel schlugen seine Arme. Maigraith wurde zur Seite geworfen und verschwand hinter der Treppe. Rulke wollte ihr nachsetzen, aber er wirbelte wie ein Papierfetzen im Wind umher und prallte gegen die Seite des Konstrukts. Er schlug um sich und brüllte so laut, dass die spiralförmige Treppe erzitterte.

Er hob eine mächtige Faust, und es hatte den Anschein, als würde er Tensor die eigene Macht ins Gesicht schleudern. Llian suchte Deckung. Dann brach Rulke plötzlich zusammen, als wäre sämtliche Luft aus ihm abgelassen worden.

Llian kam wieder hoch. Alle in der Nähe, von ihm abgesehen, hatten unter der Macht gelitten. Malien lag würgend auf Händen und Knien. Shand wirkte benommen und hatte einen Schnitt über einem Auge. Yggur lag zuckend auf dem Boden. Die Übrigen der Gemeinschaft waren über den Raum verstreut worden.

Er jagte hinaus. Unter seinen Füßen knirschte zerbrochenes Glas. Rulke war auf einem der metallenen Hörner aufgepfählt, die aus der Seite des Konstrukts herausgerissen worden waren. Der zerfetzte schwarze Dorn ragte aus seiner rechten Seite hervor. Dennoch schrie Tensor seinen Feind immer noch an, und der rubinrote Strahl raste weiterhin tosend wie Wasser aus einem Schlauch hervor. Tensor begann zu schrumpfen und zu welken, als würde er sein ganzes Wesen in diesen feurigen Strahl projizieren.

»Herr!«, rief Vartila, die Whelm. Sie jagte wild durch den Raum und schlug Tensor nieder. Der Strahl strich in einem Bogen über die Decke und erlosch.

»Ihr blöden Dummköpfe!«, rief Shand, der schwankend auf die Beine kam. »Tensor, alle deine Namen sind Narr! Sieh nur, was du getan hast, Llian!«

Malien humpelte zu Tensor hinüber, der einstmals vor langer Zeit ihr Geliebter gewesen war. »Ich habe richtig gehandelt, Malien«, sagte er.

Auf ihrem Gesicht zeigte sich bloß Verachtung. »Du bist nicht Tensor!«, sagte sie. »Du bist Pitlis der Zweite, der verächtlichste Narr, der jemals gelebt hat.« Diesmal riss sie sich nicht aus Trauer um ihn die Bluse auf. Sie riss ihm das Hemd vom Rücken, warf die Fetzen zu Boden und legte den Kopf in die Hände. »Die Aachim sind verflucht!«

Vartila stürzte durch die Glassplitter zu Rulke. »Herr!«, rief sie, fiel auf die Knie und nahm seine Hand. »Ich war blind, Herr, aber jetzt kenne ich dich. Vergib mir, Herr!«

Rulke nahm Vartilas Hand und lächelte. »Vielen Dank, meine getreueste Dienerin. Aber es ist jetzt vorbei. Du bist frei.«

Tränen strömten Vartila das Gesicht herab. »Was soll ich mit *Freiheit?*« Sie spuckte das Wort wie eine Blasphemie aus. »Alles, was ich jemals wollte, war, meinem Herrn zu dienen.« Vergebens versuchte sie, Rulkes Verletzung mit den Fäusten zu verschließen.

Rulke drehte und wand sich auf dem metallenen Dorn. Niemand konnte in ihm mehr den Feind sehen, so groß war seine Qual; so groß sein Edelmut. »Lebt Maigraith noch?«, stöhnte er.

»Ja«, erwiderte Vartila. »Sie liegt dort drüben.«

»Kümmere dich um ihre Verletzungen, getreue Dienerin! Dann bring sie her zu mir.«

Llian nahm Karans Hand. Sie erkannte ihn nicht. Er versuchte, ihren gebrochenen Körper gerade zu richten, aber sie schrie nur immerzu. Er konnte nichts dagegen tun. Shand und Malien rannten zu ihr hin. Llian hüpfte in solcher Verzweiflung umher, dass Shand ihn beiseiteschob.

»Verschwinde, du verdammten Narr! Kümmere dich um Rulke!«

Llian kroch zu dem Charon und berührte den schwarzen metallenen Speer.

»Ich habe das getan!«, sagte er bitter. »Ich bin der dümmste Mann, der je Luft geholt hat.«

Rulke lächelte ein gewisses Lächeln. »Allerdings«, stimmte er zu. »Aber bist du nicht ein Chronist? Das war die ganze Zeit über mein Schicksal, Llian. Hilf mir von diesem Dorn herab!«

Rulke streckte die Hand aus. Llian reichte ihm die seine, wappnete sich und zog heftig. Der Dorn verschwand in der Wunde. Rulkes Lippen gingen auseinander, und der blutige Gaumen war zu sehen. »Fester!«, keuchte er. Er verlor anscheinend das Bewusstsein, dann zog Llian noch einmal ganz heftig, und Rulke sank zu Boden. Blut quoll aus der klaffenden Wunde an seiner Seite. Rings umher erkannte Llian die entsetzten Gesichter der Ghâshâd, die wussten, dass sie ihren Herrn vielleicht hätten retten können, es jedoch nicht getan hatten.

Rulke würgte. Llian wischte ihm Blut vom Mund. Der Charon starrte seine zitternde Hand an, als wäre er außerstande zu glauben, dass er jemals so weit hätte kommen können.

»Wo ist Karan?«, fragte er leicht benommen.

»Gleich hier drüben«, erwiderte Llian.

Rulke wandte den Kopf und sah sie dort liegen, still, bis auf ein gelegentliches Schaudern, das ihren Körper durchlief. »Vielen Dank, Karan.« Er nahm ihre schlaffe Hand in die seine, und ihr Schmerz ließ nach, obwohl der seine schlimmer wurde. »Ich habe ein Geschenk für dich.«

»Das Geschenk Rulkes«, murmelte Llian. »Hoffentlich ist es kein vergifteter Becher wie beim letzten Mal.«

Rulke tastete ungeschickt in seinem Mantel umher und zog eine schwarze Perle von der Größe einer Tablette hervor, die in einer durchsichtigen Schachtel lag.

»Was ist das?«, fragte Karan flüsternd.

»Das Mindeste, was ich für dich tun kann. Gebrauche es, wenn es dir besser geht. Wenn nicht, spielt es auch keine Rolle.« Er drückte Karan die Schachtel in die Hand und schloss ihre bebenden Finger darum. »Und hier habe ich auch etwas für dich, Llian.«

»Ich verdiene keine Belohnung«, sagte Llian bitter.

»Du sollst es trotzdem haben.«

Rulke fingerte an seiner Kehle herum. Dann hob er einen winzigen Schlüssel aus Silber, der an einer Silberkette hing, über den Kopf.

»Meine Spione haben mir berichtet, dass du eine Geschichte verloren hast, Chronist. Hier ist eine bessere! Aber du musst sie dir verdienen.« Er ließ die Kette in Llians Hand fallen. Bei der Bewegung floss sein scharlachrotes Blut auf den weißen Boden. Rulke bewunderte anscheinend die Muster, die es auf den Fliesen bildete. »Der Schmerz ist noch schlimmer als beim letzten Mal«, flüsterte er.

»Ich weiß nicht, wo ich anfangen soll«, sagte Llian dümmlich.

»In Alcifer.« Rulke schloss die Augen, wurde still, dann schien er eine weitere Kraftreserve zu finden. »Wir sind ausgestorben, Chronist. Die Charon werden nur in deinen Geschichten weiterleben. Wirst du das für mich übernehmen?«

Erneut wischte sich Llian den Mund. Aus Rulkes Wunde strömte nach wie vor Blut. Seine dunkle Haut war zu einem Grau verblasst.

»Ja, ich schwöre es!«, schrie Llian, gleichermaßen erfüllt von Gefühlen der Schuld und der Verzweiflung.

»Aber achte darauf, dass du die Wahrheit über uns berichtest. Die ganze Wahrheit!«

»Die Historien *sind* die Wahrheit!«, sagte Llian. »Die beste, die wir aus der Vergangenheit rekonstruieren können.«

Rulke sah ihn mitleidig an. »Mein lieber Junge! Du hast die letzte Prüfung nicht bestanden. Du glaubst, was man dich lehrte. Alle anderen mögen es glauben, aber die Meister müssen die Wahrheit kennen. *Die Geschichte ist das, was niedergeschrieben wurde,* das ist die einzige Wahrheit. Aber das reicht jetzt! Ich möchte mit meinem Feind Tensor reden, bevor ich sterbe. Holt ihn her!«

Tensor wurde herübergetragen und neben Rulke niedergelegt.

»Karan«, sagte Tensor in dem heiseren Geflüster, das von seiner Stimme noch verblieben war. Ihre Lider flatterten, und sie öffnete die Augen. Sie hatte große Schmerzen. »Vergib mir, dass ich dich geformt habe, dass ich versucht habe, deine Triunen-Begabung zu zerstören. Ich tat es aus den besten Gründen.«

Karan nahm seine riesige dunkle Hand in ihre kleine blasse. Seine Hand war sogar noch kälter als die ihre und inzwischen so verwelkt. Sie wandte voller Schmerz den Kopf und sah ihm in die Augen. »Ich habe dich dafür gehasst, aber was zählt das jetzt noch?«, flüsterte sie und schloss erneut die Augen.

»Also, mein Feind«, sagte Rulke. »Ihr Aachim werdet endlich wieder eure Freiheit haben und eure Welt.«

»Es ist zu spät für uns«, sagte Tensor. »Wir sind eine Spezies, die reich an Dummheiten, jedoch knapp an Mut ist. Wir haben dich so lange Zeit als Ausrede benutzt, dass wir nicht mehr wussten, wie wir selbst der Welt gegenübertreten konnten.«

»Aber die Aachim werden in Aachan weiterleben. Und hier.«

»Geschrumpft!«, sagte Tensor verächtlich. »Aber sag mir doch, wie macht sich mein Volk?«

»Auf Aachan?«, fragte Rulke. »Sie sind Legion, glaube ich, und durch ihren Dienst an Zahl nicht allzu verringert.«

»Ich hätte Aachan gern wiedergesehen.«

»Aber das wirst du nie mehr.«

»Nein, ich werde es nie mehr. Aber ich gehe zumindest im Wissen, dass ich dich endlich zur Strecke gebracht habe«, sagte Tensor.

»Ich wünsche dir viel Freude über deinen Sieg«, erwiderte Rulke und streckte die Hand aus.

Tensor verzog das Gesicht. »Du hast mich überall geschlagen, auch auf dem Gebiet des Edelmuts.« Dann fiel er zur Seite und war tot.

Maigraith kam, gestützt von Vartila, mühsam herüber. Wie eine Marmorstatue stand sie neben Rulke und starrte auf die entsetzliche klaffende Wunde in der Seite ihres Geliebten. Sie war völlig still. »Du hast das Leben für mich gegeben«, sagte sie.

»Wir haben einander Treue geschworen«, erwiderte er einfach. Die Worte bargen alles, was zu sagen war.

»Ich werde dich niemals vergessen«, sagte sie.

»Ich werde immer ein Teil von dir sein.«

»Was wird jetzt mit deinem Volk geschehen, Geliebter?«

Rulke schaute zu Maigraith auf. »*Wir* werden nicht zu Nichts vergehen. Die Leere ist der einzig verbliebene Ort. Vielleicht wird sie uns wiederherstellen, aber wahrscheinlicher ist, dass sie uns völlig auslöscht, wie die zehn Milliarden Arten, die seit der Uramöbe gekommen und gegangen sind. Wenn wir aussterben sollen, so werden wir dem Aussterben tapfer entgegensehen. Wir werden es in die Arme schließen.«

Maigraith ging auf die Knie und legte ihm den Kopf auf die Brust. »Was soll ich tun, Rulke?«

Er hielt sie mit einem Arm. »Es schmerzt, Maigraith! Es tut mir so leid. Beweine mich, wie es dir passend erscheint, dann folge deinem Schicksal.«

»Ich weiß nicht, wie«, sagte sie traurig. »Wie *kann* ich das Gleichgewicht zwischen den Welten wiederherstellen?«

Rulke hustete glänzendes Blut auf den Boden. »Nur Yalkara weiß, was sie beabsichtigte. Nimm das Konstrukt nach Aachan mit.« Er würgte. »Wenn sie überlebt hat, berichte Yalkara von meinem Tod und bitte sie um Beistand.« Seine Lider flatterten.

»Wie hätten wir uns geliebt, du und ich«, fuhr er fort. »Aber es hat nicht sollen sein.«

Sie ergriff seine Hand. *»Ich habe einstmals geliebt und wurde geliebt.«* Sie drückte ihm einen federleichten Kuss auf die Lider.

»Und die Frucht unserer Liebe wird die Drei Welten bis in ihre Grundfesten erschüttern. Aber das ist das Ende der Charon.« Rulke schloss die Augen zum letzten Mal.

Sein Tod kehrte Maigraiths Innerstes nach außen. Ihre Ruhe verwandelte sich in barbarische Wut über die Vergänglichkeit von allem. *»Ich lasse es nicht zu!«*, schrie sie das Konstrukt an, und die Mauer und den Ort, an dem Faelamor verschwunden war. »Ich werde sogar über das Grab hinaus gehen, um ihn zurückzuholen!«

Mendark hatte die ganze Zeit über schweigend beobachtet und von seinem Balkon aus eine günstige Gelegenheit abgewartet. Und obwohl er nie so richtig daran geglaubt hatte, war diese Chance jetzt gekommen. Das Konstrukt war unbewacht. Es hatte ihn danach gelüstet, seitdem er davon gehört hatte. Mit ihm würde er die Düsternis versiegeln und sich seiner Feinde auf immer entledigen.

Und welche Möglichkeiten würde ihm das Konstrukt dann bieten! Er würde Santhenar so beherrschen, wie er es schon immer hatte beherrschen wollen; vielleicht auch die anderen Welten. Mendark verspürte eine Woge der Aufregung, wie er sie seit einhundert Jahren nicht mehr verspürt hatte.

Er schlich die Treppe hinab. Faelamor war nirgendwo zu entdecken. Niemand schaute hin; sie waren alle zu beschäftigt mit den Toten und Sterbenden. Das Konstrukt lag zwischen ihnen und ihm. Er stieg die abgewandte Seite hoch, ließ sich in den Sitz fallen, saß ein paar Augenblicke schweigend da und genoss den Geschmack des Triumphs. Er legte die Hände auf die Schalthebel und dachte sich in die Kontrolle der Maschine hinein.

Er drückte Knöpfe, zog Hebel zurück und bereitete sich darauf vor, gegen den ersten seiner Feinde vorzugehen – Yggur! Nichts geschah. Er versuchte es erneut. Das Konstrukt war völlig tot.

Von unten ertönte ein schriller Aufschrei. »Da ist Mendark!« Lilis' dünner Arm war direkt auf ihn gerichtet.

Mendark hätte sie niedergeschlagen, wenn er es denn hätte tun können. Was war ein Kind angesichts der Sicherheit der Welt, angesichts seines großen Schicksals? Er erhielt keine Gelegenheit. In wenigen Sekunden war das Konstrukt umzingelt.

»Komm runter!«, sagte Yggur kalt.

»Zurück!«, rief Mendark und hielt die Flöte hoch, sodass alle sie sehen konnten. »Ich habe die Flöte und auch das Konstrukt!«

»Sie werden dein Tod sein«, erklärte Shand.

»Schweig still, du alter Narr! Ich werde froh sein, *dein* Ende zu erleben!«

Mendark hob die Flöte an die Lippen und spielte aus dem Gedächtnis eine Melodie von solcher Wildheit, dass seine Gedanken sie kaum erfassen konnten.

»Nicht auf dem Konstrukt!«, brüllte Shand.

Zu spät! Abrupt verdrehte und verzerrte sich der ganze Raum in sich selbst unter unmöglichen Farben und unmöglicher Musik. Mendarks Augen brannten und leuchteten wie farbiges Eis. Dann schälte sich das ganze Gewebe der Düsternis ab, Schicht um Schicht, wie ein brennendes Buch. Teile der zerfetzten Mauer trieben in der Luft, wie verkohlte Überreste einer Bibliothek. Die Flöte hatte ihn verraten. Die Düsternis riss auseinander!

Erneut spielte er, richtete alle seine Gedanken und seinen ganzen Willen darauf, sich mit der Düsternis in Einklang zu bringen und sie fest zu versiegeln. Zu spät begriff er, dass er nicht wusste, wie er dies tun sollte. Alles war jetzt ganz anders. Die ganze Mauer wurde durchscheinend und erlaubte ihm zu sehen, was auf der anderen Seite wartete. Die Formen und Räume des *Jenseits* bebten. Ein Schatten tauchte in der labyrinthischen Leere auf, dann ein weiterer. Die Flöte hatte einhundert Kreaturen herbeigerufen, eintausend. Eine beträchtliche Armee sammelte sich auf der anderen Seite der Mauer.

Eine Armee aus Thranx und Lorrsk sowie hunderten anderen Kreaturen, die ebenso blutrünstig wirkten. In der unendlichen Geschichte der Leere hatte es niemals ein solches Bündnis gegeben, aber die reife Pflaume Santhenar zu pflücken, war es wohl wert, dafür alte Fehden beseitezuschieben. Mendark erhob sich langsam und starrte den Albtraum an. Die Hand, in der er die Flöte hielt, fiel an seiner Seite herab. Es waren hunderte und aberhunderte. Dann, als sein Blick sich nach und nach auf den Bereich weiter im Innern der Mauer konzentrierte, wurden aus den Hunderten Tausende, und aus den Tausend Millionen, die aus allen Richtungen in Reihen heranmarschierten, in Ebenen und Schichten, in dreidimensionale Anordnungen und in den Krieg gegen Santhenar zogen. Die Welt, die er mehr liebte als sein Leben, war dem Untergang geweiht. Und er hatte ihn herbeigeführt.

Mendark hob die Flöte hoch und senkte sie dann wieder. Er wagte jetzt nicht mehr, mit der Düsternis herumzuspielen. Gab es einen anderen Weg?

Während er überlegte, rührte sich etwas unter den Toten auf dem Boden. Es war der zweite Thranx, der nach wie vor mit Speeren gespickt war. Aus den Schatten schleuderte er einen zerbrochenen Speer auf Mendark und schlug ihm damit die goldene Flöte aus der Hand. Das Instrument fiel zu Boden, gab dort einen Ton von sich, einen einzigen reinen Ton, der die durchsichtigen Schichten der Düsternis erstrahlen ließ. Der Thranx kroch auf die Flöte zu.

Fluchend schüttelte Mendark die pochende Hand. Dann verstand er plötzlich, worin das Problem bestanden hatte, und er lachte vor Freude laut auf. Die Wirkung der beiden Apparate hatte sich überlagert. Er knallte die Hebel nach vorn, und das Konstrukt rührte sich. »Los!«, brüllte er. »Dafür bin ich hergekommen!«

Er schwang das Konstrukt geschmeidig herum. Die restliche Gemeinschaft stand ihm im Weg. Zuerst die Mauer oder zuerst seine Feinde? Yggur bewegte die Finger, vielleicht, um ihn zu treffen. Mehrere der Aachim hoben ihren Bogen. Und, er sah es voller Entsetzen, sogar die getreue Tallia redete drängend auf Shand ein. Gewiss besprachen sie seine Vernichtung. Alle wollten das Konstrukt für sich. Aber keiner von ihnen konnte die Welt retten. Das konnte nur er. Er lenkte es auf seine Feinde zu.

»Nein, Mendark!«, weinte Tallia. »Soll sich die Nachwelt deiner so erinnern?« Sie streckte ihm die Hände entgegen.

Nicht einmal Tallia durfte ihm im Weg stehen. Er bereitete sich darauf vor, sie niederzustrecken. Aber als sie einander so gegenüberstanden, schmerzte ihn etwas in den Augen. Die liebe Tallia, sie hatten so lange Zeit miteinander verbracht! Es war schwerer, als er gedacht hatte. Aber ich *werde es tun!*, dachte Mendark. Bevor er den Kontrollhebel hätte betätigen können, kam der Thranx mühevoll auf die Beine. Die Speere zitterten wie die Stacheln eines spinnenhaften Ameisenbärs. Er setzte die Flöte an die Lippen und blies darauf. Das Konstrukt bockte, drehte sich und warf Mendark ab. Er landete auf den Füßen, rannte weiter, damit er nicht vornüberfiel, aber er rannte einen Schritt zu weit.

Der Thranx schwang seine mächtigen Arme, und Klauen wie Dolche rissen Mendark in der Mitte auf, sodass er durch die Luft segelte. Er schleppte sich wieder zum Konstrukt zurück, wobei er eine Blutspur hinterließ. Der Thranx setzte zu einer anderen Melodie an.

Die Vorhut im Hintergrund erreichte die Mauer und drückte dagegen. Die Mauer formte sich ihnen entsprechend, als wäre sie aus Gummi.

»Was tut er da?«, flüsterte Lilis.

»Er ruft seinesgleichen«, erwiderte Malien.

»Mendark!«, kreischte Tallia. »Halte sie auf, rasch!«

Sie wollte zu ihm laufen, aber Jevi und Lilis hielten sie

zurück. Mendark stemmte sich mühevoll auf die Knie, bewegte die Hände zu einem Spruch, und die Flöte glühte rot. Der Thranx kreischte und ließ sie fallen. Mendark stand jetzt aufrecht, aber seine Eingeweide ergossen sich aus seinem Bauch. Er sah auf die tödliche Wunde hinab, schob die Innereien zurück und ging zur Flöte hinüber. Als er sie aufhob, stieg weißer Rauch von seinen Fingern und aus seinem Mund auf. Er blies eine getragene Melodie.

Eine Blase wuchs um Mendark. Sie schwoll bei jedem Ton an und wollte alle im Raum einhüllen. Der Thranx wurde zurückgestoßen, bis er zwischen die Blase und eine Seitenwand geriet, wo er zu einer blutigen Masse zerquetscht wurde.

»Ist jetzt alles vorüber?«, fragte Lilis, während sie die Reihen von Kreaturen anstarrte, die sich bis ins Unendliche über die Leere erstreckten.

Die Blase wuchs weiter, bis sie die Mauer berührte. Sie verband sich damit, verstopfte den winzigen Schacht und überwölkte die Mauer. Aber sie wussten alle, dass das, was auf der anderen Seite wartete, nur ein Augenzwinkern entfernt war.

Jevi schob Lilis das schimmernde Haar aus dem Gesicht. »Nein, Lilis, es ist noch nicht vorüber. Nicht mal annähernd!«

Die Anstrengung machte sich bei Mendark bemerkbar. Würde er scheitern, bevor das Werk beendet war? Die Blase wuchs nicht mehr weiter. Er wurde schwächer, fiel auf die Knie, umklammerte seinen Unterleib, spielte weiter. Dann entströmte die Luft auf einmal seinen Lungen. Eine blutige Blase wuchs am Ende der Flöte und platzte in einer Disharmonie. Der Ton erstarb, die Flöte fiel zu Boden und Mendark lag tot da.

Tallia lief zu dem Mann hinüber, dem sie so lange so getreu gedient hatte, um ihm ihren letzten Dienst zu erweisen. Sie beugte sich über den Körper, glättete ihm das Haar, schloss ihm die Augen und arrangierte seine Gewänder so, dass sie die schreckliche Wunde bedeckten. Dann trug sie ihn langsam hinüber zu den anderen. In ihren Armen wirkte er ziemlich klein. Dort ließ sie ihn nieder und sah auf ihn hinab, das wunderschöne Gesicht reglos.

»Ich werde dafür sorgen, dass diese Tat für die Zukunft aufgezeichnet wird«, sagte sie, »obwohl ich bezweifle, dass sie die anderen aufwiegen wird. Ich bin meines Eides entbunden, und mein Dienst ist beendet.«

17

Heimkehr

Maigraith, die, von Kummer umwölkt, hin und her schritt, sah Faelamor neben der untersten Stufe der zentralen Treppe wieder auftauchen. Shand, Yggur und Malien kamen von der anderen Seite. Sie bereiteten sich auf den größten Kampf ihres Lebens vor.

Maigraith hielt eine Hand hoch. »Zurück! Dies ist eine Sache zwischen ihr und mir.«

Faelamor stellte sich an die Stelle, wo die Blase von der Mauer wegschwang. »Das ist der Schwachpunkt«, sagte sie zu Hallal. »Wir werden sie hier öffnen.«

»Du wirst die Welt vernichten!«, sagte Shand.

»*Ich* kann es beherrschen«, erwiderte sie kalt.

Faelamor streckte die Hand aus. Die Mauer war jetzt so dünn, dass sie sich vor ihr teilte. Durch einen Spalt spähte sie hinein, suchte den Weg nach Tallallame. Sie benötigte niemanden, der den Pfad für sie suchte. »Ich habe ihn gefunden«, sagte sie und öffnete den Weg.

»Siehst du«, flüsterte Karan. »Ich habe dir nie etwas getan. Wie auch? Ich habe nie verstanden, weshalb du mich so gefürchtet hast.«

Faelamor sah hinüber zu Karan, die zwischen den Leichen von Tensor und Rulke lag. »Es war nicht die Triune, die eine Gefahr für uns darstellte! Es war der geächtete Apparat, *Die-Drei-und-die-Eine*. Warum habe ich das nicht erkannt?«

Der Weg wurde zum leuchtenden Tunnel. Rings umher schwärmten die fremden Wesen. Sollte die Mauer auseinanderfallen, wäre nur Faelamor in der Lage, sich gegen die Flut zu stemmen. Sie kehrte heim.

Maigraith schritt zu Faelamor hinüber, auf deren Gesicht sich Qualen wie auch Schuldgefühle zeigten. »Jetzt ist der Augenblick gekommen, für den ich dich ausgebildet habe, Maigraith. Warum hast du mich verlassen?«

»Du hast Ellami ausgeschickt, mich zu töten!«, flüsterte Maigraith, die es immer noch nicht fassen konnte.

»Nicht ich«, erwiderte Faelamor. »Ich hätte dir nie etwas zu Leide tun können. Die Faellem haben für deinen Tod gestimmt.«

»Gestimmt?«, schrie Maigraith. »Also ist mein Leben nichts weiter als eine Wahl, die du natürlich nicht manipulieren konntest.«

»Ich hab's versucht. Sie haben mich überstimmt! Es war der schlimmste Tag meines Daseins. Ich konnte sie nicht daran hindern.«

Maigraiths Blick fiel auf Rulkes Schwert, das auf dem Boden lag, und sie rannte hin und hob es auf. »Ich zeige dir, wie!«, schrie sie.

Faelamor streckte die Hand aus. »Das kannst du nicht!«, sagte sie. »Ich habe dich so geschaffen, dass du dich niemals gegen mich wenden könntest.«

Alles, was Maigraith erkennen konnte, waren diese goldenen Flecken in ihren Augen. Sie fühlte sich zwischen ihrem Hass auf Faelamor und den Ketten des Zwangs hin- und hergerissen. »Ich werde nicht ...«, setzte sie an, aber Faelamor zog die Zügel fester an.

Maigraith war hilflos, wie sie es stets gewesen war. Dann, bei der Erinnerung daran, was sie im vergangenen Jahr alles getan hatte, wusste sie, dass nur die Furcht vor Faelamor sie zurückhielt. Sie war darüber hinausgewachsen.

Könnte sie die Furcht überwinden und Faelamor niederstrecken? Maigraith dachte an ihren toten Geliebten und dass die Furcht auf immer verschwunden war. Mit einem schrillen Auflachen hob sie das Schwert. »Ich habe deinen Zwang *und* deine Konditionierung durchbrochen. Bist du für den Tod bereit, Faelamor?«

Die Antwort stand in Faelamors Augen geschrieben – das jähe Entsetzen, die Erkenntnis, dass Maigraith sie schließlich geschlagen hatte. »Dann nur zu!«, sagte Faelamor. »Nimm dir deine Rache! Soll sie nur umso süßer angesichts der Erkenntnis sein, dass ich, obwohl ich der Vollendung meiner Aufgabe so nahegekommen bin, gestorben bin und versagt habe.« Ihr standen Tränen in den Augen.

Maigraith hob das Schwert. Der Schmerz ihrer Gegnerin bereitete ihr Vergnügen. Beim Gedanken an Rulkes letzte blutige Augenblicke wollte sie, mehr als alles andere, Faelamor gleichermaßen leiden sehen.

»Tu's rasch!«, sagte Faelamor mit brechender Stimme.

Die Faellem starrten das erstarrte Tableau an. Keiner rührte einen Finger, um Faelamor zu Hilfe zu kommen. Wagten sie es nicht, oder war es ihnen gleichgültig? Die Minuten verrannen.

Abrupt senkte Maigraith das Schwert und schlug Faelamor mit der Seite der Klinge auf die Wange. »Geh heim!«, sagte sie hart.

Ein Schauer glitt Faelamor übers Gesicht. Sie wirkte auf einmal sehr zerbrechlich. »Glücklich sind die Faellem«, murmelte sie, »all ihre Last dem Anführer aufbürden zu können. Habe ich die Kraft für den letzten Akt?«

Die Mauer wellte sich. Etwas Grässliches und unglaublich

Mächtiges griff in den Tunnel hinein und packte sie am Fußgelenk. Es zerrte daran, versuchte, sie hineinzuziehen. Sie scheuchte es davon wie eine Fliege. Blut lief ihr von drei Klauenspuren am Bein hinab.

»Du wirst mich nicht aufhalten?«, fragte sie Maigraith.

»Nein«, erwiderte Maigraith, in ihrer Qual wie betäubt.

Plötzlich erschien Faelamor wie verloren. »War es die Sache wert? Rechtfertigt das die Zerstörung, die ich über die Welt gebracht habe und über das Kind, das größer war als ich?«

Faelamor senkte den Kopf, nahm Maigraiths schlanke Hand in die ihre, und eine einzelne goldene Träne fiel auf Maigraiths Handgelenk. Maigraith entzog sich ihr.

»Es war die Sache nicht wert«, flüsterte Faelamor. »Ich muss dafür büßen. Ich nehme diese Pflicht auf mich, als Strafe für meine Verbrechen.«

Sie richtete sich gerade auf. Die Jahre fielen von ihr ab, und sie sah aus, wie sie vor all diesen zahllosen Jahrhunderten ausgesehen haben musste, als sie die Faellem nach Santhenar geführt hatte.

»Ich bin die Faellem!«, rief sie in all ihrem Glanz und ihrer Pracht und hielt den Weg zwischen den Welten allein mit dem Willen auf. »Komm her, mein Volk! Jetzt ist es an der Zeit. Wir kehren heim!«

Der Erste trat heran und drückte die Lippen auf Faelamors Hand. Er zögerte. Sie legte ihm die Hand auf die Schulter und versetzte ihm einen sanften Stoß. Er sprang, der Weg ergriff ihn, und er verschwand. Die Zweite trat heran, eine kleine alte Frau mit silbrigem Haar wie das von Faelamor. Dann kam wieder ein Mann, der Frau in Größe und Gesichtszügen sehr ähnlich. Faelamor zählte sie im Vorbeigehen.

Ohne Vorwarnung erbebte der schimmernde Tunnel wie

von einem heftigen Schlag getroffen. Ein Riss klaffte zwischen dem Weg und der Mauer, und eine menschenähnliche Kreatur quetschte sich hindurch. Wie ein Ballon, der sich aufpumpte, streckte es sich zu voller Größe und war bald ebenso groß wie Rulke. Es war ein Lorrsk mit gewaltigen Armen und Beinen, einem mächtigen Brustkorb und einem Kopf, der direkt aus den Schultern spross. Klauen kratzten über den Boden, als es heransprang und nach Faelamor schlug. Es riss ihr den Ärmel ihrer Bluse ab, wobei es zwei blutige Risswunden von der Schulter bis zum Ellbogen hinterließ.

Faelamor schauderte. »Einundsechzig, zweiund...« Ihr brach die Stimme, mit der sie ihr vorüberziehendes Volk zählte. Sie bewegte die freie Hand in der Luft, und die dumme Kreatur kippte vornüber. Aber durch die Ablenkung war eine weitere Kreatur hereingekommen, und noch eine dritte. Sie griffen sie alle zugleich an, kratzten ihr den Rücken und die Beine auf, versuchten, ihr die Sehnen zu durchtrennen. Trotz der Macht ihrer Illusionen, die schwächer wurden, jedoch immer noch stark waren, brachten sie hier und da einen Hieb an. Sie wand sich unter ihren Streichen, aber ihr Wille blieb fest. Nichts konnte Faelamors eisernem Kommando widerstehen, erst recht nicht in diesem Augenblick, auf den sie so lange gewartet hatte.

Die Faellem zogen jetzt rasch an ihr vorüber, nur ein kurzes Klopfen auf die Schulter für jeden, dann ab durch's Tor, und weg waren sie. Plötzlich ging Faelamor unter dem Gewicht ihrer Angreifer zu Boden. Überall waren sie: Sie schnappten nach ihr, sie rissen an ihr. Das Tor bebte, der Weg zitterte erneut. »Zweihundertsechsundfünfzig, zweihundertsiebenund...« Sie kam mühsam wieder hoch, schwenkte den blutigen Arm in einem Kreis und zerstreute ihre Angreifer. Die Kreaturen zogen sich vor ihr zurück, als wären sie gerade gestochen worden. Der letzte Faellem trat hindurch. Der Tunnel für den Weg wurde schmaler. Faelamor stolperte und fiel auf die Knie.

»Endlich ist meine Pflicht erfüllt!«, sagte sie keuchend. »Ich kann's kaum glauben.« Sie setzte sich auf den Boden und weinte um die Jahrhunderte der Strapazen und Qualen, die endlich vorüber waren. Dann wischte sie sich das Gesicht und erhob sich wieder. »Ich hatte eine letzte Aufgabe für dich im Sinn, Maigraith, wenn ich jemals so weit gelangen würde. Den Weg für mich aufhalten, damit ich als Letzte gehen könnte.«

»Geh!«, fauchte Maigraith. »Ich *werde* ihn aufhalten! Es wird die Sache wert sein, dich auf ewig verschwinden zu sehen.«

Faelamor rührte sich nicht. »Jetzt, da ich meine Pflicht erfüllt habe, muss ich sämtliche Enden verknoten. Es spielt keine Rolle, ob ich heimkehre oder nicht.« Sie beugte sich zu Karan hinab, die zitterte.

»Du hast mir einmal einen großen Dienst erwiesen, der dich viel gekostet hat«, sagte Faelamor. »Du hast den Spiegel getreulich den ganzen Weg von Fiz Gorgo nach Thurkad gebracht, in Erfüllung von Maigraiths Pflicht mir gegenüber. Für diesen Dienst bist du nie bezahlt worden.«

»Es spielt keine Rolle«, flüsterte Karan. »Ich sterbe.«

»Vielleicht«, sagte Faelamor und berührte Karans Stirn. Plötzlich war der Schmerz verschwunden. »Ich kann nicht in die Zukunft schauen. Aber ich muss meine Schulden bezahlen, jede einzelne. Welche Güter ich und die Faellem auch haben, ich hinterlasse sie dir und deinem Haus. Tu damit, was du willst! Diese Sachen sind in der Höhle in Elludore zu finden, wo Gyllias ... Maigraith fand.« Sie streifte sich ein Armband aus Ebenholz vom Handgelenk und legte es Karan um.

»Sie sind von einer dauerhaften Illusion geschützt, aber das hier wird sie zerstreuen.«

»Geh!«, kreischte Maigraith. »Es ist jetzt zu spät zu büßen, und zu wenig Zeit. Wenn du tausend Jahre auf den Knien lägest, könntest du das nicht wiedergutmachen, was du angerichtet hast.«

»Du hast Recht«, sagte Faelamor. Ihr Gesicht war wie versteinert. »Zu glauben, dass ich mein eigenes Kind so missbraucht habe! Ich kann mir nicht mehr vorstellen, weswegen. Ich war besessen.«

Maigraiths Beine gaben unter ihr nach. *»Nein, nein!«*, kreischte sie. »Du bist nicht meine Mutter. Aeolior war meine Mutter.«

Faelamor hockte sich nieder und fasste Maigraith bei den Schultern. Es verlangte sie danach, sie zu umarmen, aber sie war dazu außerstande. »Maigraith, hier sage ich dir die Wahrheit, nach der du dein ganzes Leben lang gesucht hast. Ich bin deine andere Großmutter. Es war mein eigener Sohn Galgilliel, der arme, zarte, gefühlvolle Junge, den ich gezwungen habe, sich mit Aeolior zu paaren, bis die schlimme Sache getan war. Ich habe auch ihn vernichtet.«

Maigraith wurde hysterisch. Sie schlug Faelamor mit den Händen ins Gesicht. »*Nein!* Ich weigere mich, deinen bösen Lügen Glauben zu schenken! Wie konntest du mir das antun? Du bist ein Ungeheuer!«

Faelamor verteidigte sich nicht. »Ja, das bin ich, aber wirst du mir trotzdem die Hand reichen? Wirst du mir vergeben, bevor ich gehe, Enkelin?«

Maigraith schwang die Fäuste wie Räder. »Niemals! Ich spucke dir ins Gesicht!«

Auch jetzt unternahm Faelamor keinen Versuch, sich zu verteidigen. »Ich verdiene es nicht besser. Ich habe so gehandelt, damit meine eigene Art überleben möge, und alle anderen Überlegungen außer Acht gelassen. Tritt beiseite, Enkelin! Ich werde den Weg allein durchschreiten. Mein Volk ist heimgekehrt. Meine Pflicht ist erfüllt. Mein Schicksal spielt keine Rolle.

Ich bin die Faellem«, flüsterte sie, grüßte Karan, grüßte Maigraith, grüßte sie alle. *»Ich bin Tallallame!«* Der Schrei hallte durch den Raum.

Der Weg verengte sich wiederum. »Leb wohl, meine Enkelin! Vergib mir.«

Faelamor sprang durch das Tor. Es hielt einen Augenblick lang und schnappte dann zu. Sie sahen, wie sich ihr Gesicht voller Qual verzerrte. Ein grelles blaues und weißes Licht versperrte den Blick aufs Tor, den Tunnel, den Weg und alle Kreaturen, die am Rand lauerten. Das Loch in der Mauer schloss sich. Die Faellem waren heimgekehrt.

Maigraith beobachtete sie im Spiegel den ganzen Weg bis nach Tallallame. Triumphierend traten sie in ihrer eigenen Welt heraus, selbst Faelamor. Maigraith warf den Spiegel zu Boden, und das Bild darin erstarrte.

»Es gibt nirgendo auf den Drei Welten Gerechtigkeit!«, sagte sie zu Karan.

Karan hustete und stöhnte. Der Schmerz war zurückgekehrt. »Was hast du vom Verdrehten Spiegel anderes erwartet?«

Die große eiförmige Kammer von Shands Tor streckte sich zu zwei Tränen, die von einem Faden durchtrennt wurden. Auf der einen Seite ging es nach Carcharon, die andere lag in Shazmak. Der Faden zog sich wieder zusammen. Shazmak verschwand, und das Tor mit ihm. Die Gemeinschaft war wieder unter sich und starrte die eisbedeckten Mauern von Carcharon an. Das Tor hatte versagt, und Karan lag tödlich verwundet in Shazmak, mindestens vier Tagesmärsche entfernt.

Shand wandte sich an Llian. »Sie war Tallallame, und Tallallame war sie. Ich frage mich, was sie dort finden werden. Santhenar war nicht die einzige Welt, die von der Düsternis berührt wurde.«

»Erschaffe das Tor neu!«, weinte Llian. »Karan liegt im Sterben.«

»Ich glaube nicht, dass ich das kann«, erwiderte Shand. »Alles ist jetzt anders geworden.«

Wenn Carcharon schon zuvor seltsam gewesen war, so war es jetzt entschieden bizarr. Die Mauern waren manchmal weich wie Käse, manchmal hart wie Metall, und sie standen nie zweimal am selben Platz. Auch gab es Wurmlöcher, die hindurchführten wie Tunnel und die verschiedene Orte der Leere miteinander verbanden. Das zerfallene Treppenhaus schien in ein Dutzend verschiedene Richtungen zugleich zu führen, und geisterhafte, erschreckende Gestalten trabten hinauf und hinab und arbeiteten mit Apparaten, die Ringe der Unwirklichkeit in alle Richtungen verstreuten. Die Luft wechselte beständig die Färbung. Fetzen sämtlicher Geräusche des Tonspektrums stachen ihnen ins Trommelfell.

Shand, Tallia und Malien drückten sich eng aneinander, während sie versuchten, Carcharon auszusperren und das Tor wieder herzustellen. Yggur trat zu ihnen, da er unbedingt zu Maigraith zurückkehren wollte.

»Das wird eine Weile benötigen«, knurrte Shand, während sie sich gegen das verzerrte Material von Raum und Zeit stemmten.

»Ich verstehe nicht, was zwischen Faelamor und Rulke vorgegangen ist«, sagte Malien. »Einen Augenblick lang war er völlig hilflos.«

»Das kann Llian dir sagen«, grunzte Shand.

Llian rieb sich die rot geweinten Augen und schüttelte den Kopf. Er verspürte ebenso viel Qual wie Faelamor.

»Wir müssen es wissen!«, fauchte Yggur, der zusammen mit Tallia irgendeinen obskuren Prozess ausarbeitete.

Llian strengte sich sichtlich an. »Ein Teil der Geschichte stammt aus Yalkaras Buch. Dort habe ich auch den allerersten Anfang der Sache entdeckt.«

»Ich dachte, das Buch sei ungelesen vernichtet worden«, bemerkte Yggur argwöhnisch.

»Eine weitere Geschichte. Ein andermal.« Llian brachte ein schwaches Lächeln zustande. »Folgendes besagt es also – zumindest im Großen und Ganzen.

Vor langer Zeit gab es in Tallallame zwei menschliche Rassen – die Mariem und die Faellem. Die Talente der Faellem lagen im Bereich des Bewusstseins, und sie waren zahlreich. Die Mariem waren geschickt im Bau von Apparaten und Maschinen, jedoch nicht fruchtbar. Über die Zeit hinweg entfernten sich die beiden Rassen immer weiter voneinander, während sie ihre jeweiligen Talente und Kulturen entwickelten. Sie vermischten sich nicht und wurde ziemlich verschiedenartige Menschen.

Die Mariem sammelten Wohlstand und Macht an, denn sie hatten eine Zivilisation mit Maschinen aufgebaut, die für sie die Arbeit erledigten. Da sie keinerlei Verbundenheit mit der Natur verspürten, machten sie sich daran, diese zu zähmen. Sie rodeten die wunderschönen Wälder, die einstmals ganze Kontinente bedeckt hatten. Sie leiteten Flüsse um, bauten Straßen durch die Wildnis und errichteten riesige Städte. Die Faellem wurden in die rauesten und ärmsten Landstriche zurückgedrängt, da die Mariem immer mehr vom Reichtum der Welt für ihre Zivilisation verbrauchten.

Die Faellem hatten eine gänzlich andere Weltanschauung. Ihre Beziehung zum Land war eine ganzheitliche, denn sie wussten, dass sie selbst nur eine Art in einem weiten Netzwerk des Lebens waren. Sie spürten keinerlei Verlangen nach den Verlockungen der Zivilisation, abgesehen von den Künsten. Ihr Leben war ein Leben im Bewusstsein. Sie hieben niemals einen Baum um oder schlachteten kein Tier ohne ein Gebet des Dankes für die Gabe. Sie errichteten keine Städte, benutzten keine Maschinen. Ihre Kunst und Kultur war schlicht, jedoch sehr, sehr schön.«

Fluchend sprang Yggur beiseite, als die Sache, an der er gerade arbeitete, vorzeitig explodierte und purpurrote Scheite durch die Luft flogen. Die wie Gummi zitternden, rissigen Mauern neigten sich über sie. »Ich schaff's einfach nicht«, sagte er heiser. »Carcharon ist zu merkwürdig.«

»Ich habe eine Idee«, meinte Malien. Sie flüsterte ihm etwas ins Ohr.

Yggur nickte. »Wäre einen Versuch wert.«

Malien beschwor eine ihrer Blasen herauf und ließ sie anschwellen, bis sie alle in sich einschloss. Dadurch sperrte sie das Unheimliche Carcharons aus, obwohl es nach wie vor zu hören und zu spüren war. Es war völlig dunkel, daher erzeugte Shand mit seinem Stab Licht, und sie machten sich wieder an ihre Arbeit am Tor.

»Fahre fort, Llian!«, sagte Malien.

»Die Faellem begriffen, dass die Mariem sie auslöschen würden. Sobald die Wälder einmal verschwunden wären, bliebe ihnen kein Platz mehr zum Leben, auch kein Grund mehr. Die Mariem würden sie vernichten, nicht aus Boshaftigkeit, sondern einfach aus habgieriger Gleichgültigkeit, und die wunderschöne Welt, deren Hüter sie waren, wäre nicht mehr.

Die Faellem mussten einen Weg finden, den Mariem die Zügel anzulegen und Tallallame wieder für sich in Besitz zu nehmen. In ihrer Verzweiflung ließen sie die talentiertesten und sensibelsten Menschen einander begatten, züchteten sie wie Nutztiere, um ihre Macht des Bewusstseins und der Illusion so hoch zu entwickeln, dass die Mariem ihnen keinen Widerstand mehr leisten könnten.

Die Mariem hatten mit Toren experimentiert, also konnten sie ohne Zeitverzögerung von einem Teil Tallallames zum anderen reisen. Die ersten waren grobe, plumpe Apparate, die selten richtig funktionierten, aber die Faellem wussten, dass ihre Feinde sie bald perfektionieren würden, und in diesem Fall wäre kein Ort auf Tallallame mehr sicher. Die Faellem lernten, wie diese Tore funktionieren und wie die Mariem sich mittels ihrer Gedanken von einem Ort zum anderen brachten. Sie experimentierten mit ihren eigenen, weitaus überlegenen Gedankenkräften und zwangen ein Tor, in die falsche Richtung zu führen. Sie lenkten es zum schlimmsten Albtraum aus wilden Tieren und Ödnis, den sie sich vorstellen konnten. Zu ihrem Erstaunen öffnete das Tor einen Weg von Tallallame zu einem unbekannten Ort, in dem ein verzweifeltes Leben kochte und brodelte – die Leere!«

Llian warf sich gegen die niedrige Mauer. Er war heiser geworden und sah aus wie eine Erscheinung. »Hat jemand was zu trinken?«, fragte er krächzend.

Shand warf ihm eine Flasche zu. Llian nahm einen tiefen Zug, da er glaubte, es sei Wasser. Der Likör rann ihm die Kehle hinab und entzündete ein Feuer in seinem Bauch. »Vielen Dank!«, hustete er heraus.

»Also haben die Faellem mit allem angefangen!«, bemerkte Malien.

»Ja!« Er kehrte zur Erzählung zurück. »Hier ergab sich eine Gelegenheit zur Errettung Tallallames. Der gemeinsame Wille der empfindsamsten Faellem erschuf eine Massenillusion, gewissermaßen einen Rattenfänger für Erwachsene, und einer nach dem anderen wurde die gesamte Bevölkerung der Mariem im Glauben durch das Tor gelenkt, sie gingen zu ihrer eigenen wunderbaren Welt. Sobald sie in der Leere eingetroffen waren, wussten sie natürlich, was die Stunde geschlagen hatte, aber es war zu spät. Die Faellem hatten das Tor versiegelt, und es ließ sich auch nicht wieder öffnen.

Die Faellem machten sich daran, das wunderschöne Tallallame wiederherzustellen. Sie zerstörten die Dämme, rissen die Städte nieder und forsteten die Wälder wieder auf. Jene andere Rasse wurde aus der Historie von Tallallame gelöscht, und jeglicher Gebrauch von Maschinen und magischen Apparaten, die ihre Welt fast zerstört hätten, wurde verboten. Schließlich blieb vom Genozid bloß noch ein Gerücht, ein schrecklicher Mythos. In einem Jahrtausend hatte die Natur sämtliche Spuren der Mariem überwuchert.

Und in der Leere, dem Ort der Verzweiflung, wo nichts zählt außer dem Überleben, waren die meisten innerhalb von Tagen tot. In einem Monat gab es von den Millionen nur noch einige tausend. Von denen passte sich über tausende von Jahren eine Hand voll an. Dinge entwickeln sich rasch in der Leere, wenn sie überleben, daher unterschieden sich jene, die herauskamen und Aachan einnahmen, sehr von denjenigen, die hineingingen. Eine neue menschliche Art war entstanden, und sie nahm einen neuen Namen an, die Charon, benannt nach einem winzigen eisigen Mond am äußersten

Ende der Leere. Alles, woran sie sich aus ihrem früheren Leben noch erinnern konnten, waren ihr Name und der an ihnen begangene Verrat.

Das Überleben der Art bedeutete den Charon jetzt alles. Für Rulke war der Drang nicht zu unterdrücken. Aber sie gediehen nicht auf Aachan. Aus irgendeinem Grund blieben die Charon dort unfruchtbar. Also gab Rulke die goldene Flöte in Auftrag, um den Weg nach Santhenar zu öffnen und ihnen eine weitere Chance zu verschaffen. Aber Shuthdar stahl die Flöte, und dieses Verbrechen führte zu einem Krieg nach dem anderen, zu einem Unheil nach dem anderen, zu einem Unglück nach dem anderen, über die Zeitalter hinweg bis zum heutigen Tag.«

»Wie geht's voran?«, fragte Osseion, während Llian seinen Durst stillte, dieses Mal jedoch mit Eiswasser.

»Ein kleiner Fortschritt«, erwiderte Shand. »Dennoch ist es eine anstrengende Arbeit.«

»Ich bin ziemlich müde«, bemerkte Malien.

»Öffne die Kugel eine Minute«, sagte Shand. »Lass etwas frische Luft herein. Und Mendark, Llian? Vermutlich hast du das auch herausbekommen?«

»Ja«, meinte Yggur. »Das würde ich sehr gern hören.«

Llian wischte sich den Mund und setzte seine Erzählung fort. »Die Aachim und die Charon kämpften viele Schlachten auf Santh, obwohl anfangs keine von beiden Seiten sehr zahlreich war und die Welt kaum Notiz von ihnen nahm. Das änderte sich im Kataklysmus, als Mendark den Rat überredete, sich auf die Seite der Aachim zu stellen. Seine Propaganda hatte den üblen Ruf der Charon zur Folge. Mendarks Stärke hing davon ab, einen gemeinsamen Feind aufzubauen, und das war eine Lüge, die im Interesse aller lag. Im Kataklysmus war so viel von der Vergangenheit verloren gegangen, dass es schwierig wurde, anschließend Überprüfungen anzustellen. Wie Rulke sagte: *Historie ist das, was aufgeschrieben wurde.* Schreckliche Taten wurden an den Charon begangen, und sie erwiderten sie gleichermaßen.

Wäre Mendark nicht so um seinen Ruf besorgt gewesen, hätte ich die Wahrheit vielleicht niemals herausgefunden. Er hatte Rulke nur dadurch gefangen nehmen können, dass er dich betrog, Yggur.«

»Wie?«, schrie Yggur. »Wie hat er das getan?«

»In der letzten Schlacht wusste er, dass der Rat geschlagen werden würde. Es gab nur eine Chance, die Welt zu retten, und Mendark ergriff sie. Er sorgte *mit Gewalt* dafür, dass die Geächteten Experimente fehlschlugen, und als Rulke seinen Angriff auf dein Bewusstsein unternahm, Yggur, drückte Mendark Rulkes Bewusstsein gewaltsam in dich hinein. Du bist wahnsinnig geworden, und Rulke fand den Weg nicht wieder heraus. Tensor nahm seinen nun hilflosen Körper gefangen, und sie verbannten ihn ins Nachtland. Mendark hatte die Welt gerettet, aber nur durch einen Verrat an dir, seinem engsten Freund. Du solltest sterben, bist jedoch stattdessen entkommen, und niemand war in der Lage, dich zu finden. Kein Wunder, dass Mendark entsetzt über deine Wiederkehr war.«

Voller Wut ballte Yggur die Fäuste. Die Erinnerungen waren allzu schrecklich. »Luft!«, keuchte er.

Malien ließ wieder frische Luft in die Kugel ein. Llian fuhr mit seiner Geschichte fort.

»Innerhalb eines Jahres nach Rulkes Verbannung waren die meisten Ratsmitglieder tot. Mendark ermordete sie einen nach dem anderen – für den Fall, dass sie begriffen hätten, was er getan hatte. Wärest du nicht verschwunden, er hätte dich auch erledigt. Tensor allein blieb verschont.

Aber selbst danach lebte Mendark in der Furcht davor, dass einer vom Rat die Wahrheit niedergeschrieben hätte, die seinen Ruf auf immer vernichten würde. Also sammelte er einen großen Vorrat an uralten Dokumenten, was jedoch nur Tarnung seiner wahren Absicht war, die darin bestand, jede Aufzeichnung zu suchen und zu vernichten, die vielleicht seinen Namen mit dem Verbrechen in Zusammenhang brächte. Es war die größte Schriftensammlung aus dieser Zeit, die je zusammengetragen wurde. Aber jetzt ist sie dahin, abgesehen von dem, wovon ich Kopien besitze und woran ich mich erinnere.

Mendark ertrug es nicht, einstmals groß gewesen zu sein und dann zu fallen und seinen Ruf zu verlieren. Die Historie behandelt ihre Helden nach dem Zufallsprinzip. Er hatte das Gefühl, dass er seinen Anteil nie erhalten hatte, und war verzweifelt darum bemüht, seinen Namen mit einer letzten Heldentat wiederherzustellen. Als sich daher die Gelegenheit mit der Flöte bot, konnte er ihr nicht widerstehen.«

»Woher wusste er, wie man sie gebrauchen musste?«, fragte Malien. »Das wusste sonst niemand.«

»Er hatte sie gesucht und sich auf sie vorbereitet, sein ganzes Leben lang. Er hatte Monate in Saludith verbracht. Vielleicht hatte er dort die Antwort gefunden und sie mitgenommen, sodass sonst niemand sie entdecken würde.«

»Aber warum hat die Flöte nicht funktioniert?«

»Das Gold war durch die Zeit verdorben, wie es am Ende alle Dinge sind, die zwischen den Welten transportiert werden. Er kannte dieses Risiko, war jedoch davon überzeugt, alles überwinden zu können. Er war nicht stark genug.«

»Warum sind die Faellem ursprünglich nach Santhenar gekommen?«, fragte Tallia.

»Sie hatten geglaubt, sie wären allein im Universum, nachdem sie die Mariem in die Leere geschickt hatten. Dann benutzte Shutdar die Flöte, und sie wussten, dass sie weit entfernt davon waren, allein zu sein. Ihre war nur eine der Drei Welten, und der Weg zwischen den Welten stand offen. Er entließ Dinge aus der Leere nach Tallallame. Die Faellem machten sich darüber keine großen Sorgen, denn sie waren an den Umgang mit wilden Kreaturen gewöhnt, aber sie wussten, dass die gefährlichsten Kreaturen von allen auf den anderen Welten lebten – *andere menschliche Arten!*

Die Faellem gingen den gefährlichen Weg nach Santhenar, um herauszufinden, was geschehen war, und um aus den Drei Welten wieder die abgeschiedenen Orte zu machen, die sie stets gewesen waren. Einmal hier eingetroffen, entdeckten sie drei weitere menschliche Arten, und alle waren Erbauer und Nutzer der verbotenen Maschinen, die sie so erschreckten. Sie waren zu zahlreich, als dass die Faellem etwas dagegen hätten unternehmen können, abgesehen von einer Art.

Die Charon waren so vertraut und bedrohlich, obwohl nur drei von ihnen auf Santhenar lebten. Die Faellem wussten, dass sie verwundbar waren, aber nicht, wie verwundbar. Weil die anderen Arten so mächtig waren, mussten sie aus den Schatten heraus vorgehen. Dann fing die Düsternis sie ein …«

»Ich glaube, ich hab's!«, rief Shand. »Wenn wir bloß nicht zu spät kommen. Ab ins Tor, so rasch ihr könnt!«

18

Das Schicksal der Faellem

Einer nach dem anderen traten die Faellem aus dem Tor heraus nach Tallallame, ebenso nackt wie jeder, der zwischen den Welten reiste. Sie standen an einem geheiligten Versammlungsort, einem grasbedeckten Abhang eines Hügels, der wie eine geschwungene Pyramide geformt war und den hohen Wald überragte. Es war dunkel, aber bis zur Dämmerung konnte es nicht mehr lange hin sein, denn im Osten wurde es bereits hell.

Faelamor kam als Letzte, so von Striemen und Klauenspuren übersät, dass sie kaum zu erkennen war. Sie legte sich ins Gras und konnte nicht wieder aufstehen. Die Faellem hoben sie hoch, um ihr ihre Welt zu zeigen. Sie umarmte sie einen nach dem anderen, und alle weinten. Jahrtausende waren seit ihrem Weggang nach Santhenar verstrichen.

»Wir haben es geschafft«, flüsterte Faelamor. »Unsere Welt ist in Sicherheit, unser Feind ist nicht mehr. Endlich sind wir frei.«

»Aber sieh nur, um welchen Preis!«, sagte Hallal. »Sieh nur, was du Galgillel und Aelior angetan hast, und auch Maigraith. Wir alle sind schuldbeladen. Wir haben gelogen, betrogen und die Charon ausgelöscht, ebenso wie wir zuvor unser Bestes gegeben haben, die Mariem auszulöschen.«

»Ich tat es für Tallallame«, sagte Faelamor.

»Du hast die Leere nach Aachan entleert«, bemerkte Hallal. »Das war nicht nötig. Du hast Aachan auf immer verändert.«

»Mir blieb keine andere Wahl«, erwiderte Faelamor. »Wir sind die edelste aller menschlichen Arten. Sieh nur, wie sehr wir uns um unsere Welt kümmerten, als es keine andere Art getan hat.«

Der Wind drehte sich, und sie rochen den Geruch brennenden Holzes und Laubs. Ein schwacher Schrei trieb mit der Brise heran.

»Was ist das?«, zischte Hallal und mühte sich, in der Düsternis etwas zu erkennen.

Der Brandgeruch wurde stärker, bis sie wussten, dass es nur ein Waldbrand sein konnte, und noch dazu ein sehr großer. Über diesem Geruch fingen sie den Gestank brennenden Fleischs auf.

Die Sonne schob sich über den Horizont, und durch die sich mächtig auftürmenden Wolken braunen Rauchs erhaschten sie Blicke auf die entsetzliche Szenerie. Weite Teile des Waldes standen in Flammen, und sogar in ganz großer Entfernung bildete Rauch Säulen in der Luft, die so groß wie Berge waren.

»Was ist geschehen?«, flüsterte Faelamor. Die Sonne schien ihr ins Gesicht, und ihre goldene Haut war verwelkt. Ihre Augen waren wie trübe Rosinen in zwei tiefen Kratern. »Was ist schiefgegangen? Ich verstehe es nicht.«

Die Faellem waren hinabgestiegen, um Neues in Erfahrung zu bringen. Faelamor verblieb auf dem pyramidenförmigen Hügel und starrte in den vorüberwehenden Rauch. Hoch droben schwebten geflügelte Kreaturen und kreisten auf den von den Feuern erzeugten Thermiken. Sie schienen sich im Chaos heimisch zu fühlen. Erschreckend heimisch.

Während sie zuschaute, legte eine die Flügel an und glitt steil abwärts, direkt hinein in den Rauch. Eine lange Weile später kam sie flügelschlagend wieder hervor, wobei sie etwas entfernt Menschenähnliches in den Klauen hielt. Sie war jetzt nicht mehr so weit entfernt, und Faelamor erkannte deutlich, wie die Lederschwingen in der Luft schlugen. Als sie hier gelebt hatte, hatte kein solches Tier Tallallame bewohnt. Jetzt sah sie Dutzende davon.

Faelamor verspürte im Innern eine entsetzliche Pein, als ob die Kreatur ihr den Leib zerreißen wollte. Plötzlich verstand sie es. Die Zeit verstrich in den Drei Welten unterschiedlich rasch, und Tallallame war nur ein blasser Schatten des Paradieses, das sie im Gedächtnis hatte. In der friedlichen Schönheit seiner Wälder stolzierten jetzt gewalttätige, verzweifelte Kreaturen umher.

Der Schacht, den sie mit dem Spiegel gelenkt hatte, hatte die Leere nicht nach Aachan entleert, wie es ihre Absicht gewesen war, sondern nach Tallallame. Der Verdrehte Spiegel hatte sie wieder einmal betrogen.

Den ganzen Morgen über saß sie im Gras, allein, wie sie es so viele Jahre lang gewesen war. Was sollte sie tun? Dies war eine größere Heimsuchung, als sie in Santhenar jemals eine erlebt hatte. Wie konnte sie ihre Welt retten? Sie fühlte sich so alt, so müde. Ich muss die Faellem aufmuntern, dachte sie. Wir sind Millionen, und zweifelsohne haben sich in der Nähe welche von uns versammelt und lenken die Bekämpfung des Feuers und die Verteidigung gegen die Kreaturen der Leere. Sie sandte eine Verbindung, um herauszufinden, wo sie waren und was sie vorhatten, aber wo sie einstmals eine ganze Welt an Gedanken hätte finden können, spürte sie jetzt nichts außer blindem Entsetzen. Was stimmte da nicht? Dieses Entsetzen hallte in ihrem eigenen Kopf wider.

Sie humpelte den Hügel hinab, um die Versammlung zu suchen. Im Tal unten lag eine Stadt der Faellem – ein wunderschöner Ort, den sie zehntausend Jahre lang besiedelt hatten. Dort wären sie bestimmt zu finden.

Aber sie fand unten lediglich Ruinen von einem solchen Alter, dass der Stein überwuchert war und zerbröckelte. Es sah aus, als hätte hier seit zehn Jahrhunderten niemand mehr gewohnt. Sie setzte sich auf eine Säule und starrte zu den Bäumen auf. Stundenlang blieb sie dort, unwissend, was zu tun wäre. Schließlich lehnte sich Faelamor in ihrer Erschöpfung gegen die Steinmauer und schlief ein.

Ein Geschrei wie von einer Todesfee weckte sie. Faelamor sprang auf, als eine geflügelte Gestalt schnappend und knurrend durch die Baumkronen fiel. Es war eine der geflügelten Kreaturen, die sie zuvor schon gesehen hatte. Sie ließ sich auf einem hohen Baumstamm nieder, und der Kopf mit dem spitzen Schnabel, der auf einem langen Hals saß, schnellte hervor und wollte offensichtlich etwas in den obersten Zweigen erhaschen. Etwas, das sehr menschlich aussah, während es sich durch die Blätter wand.

Plötzlich schoss der Kopf der Kreatur vor, unglaublich schnell für ein so großes Tier, und erwischte den Menschen am Arm. Dieser stieß ein so entsetztes Geschrei aus, dass Faelamor davonrennen wollte. In den Baumkronen gab es einen Tumult, dann stürzten sie gemeinsam herab, prallten gegen das Ende eines Astes und fielen immer weiter.

Die großen Schwingen schlugen knapp über dem Boden. Die Kreatur landete ungeschickt, und ihr Opfer – eine junge

Faellem – riss sich los. Sie krabbelte über die Blätter und erreichte Faelamor.

Sie starrten einander an. Die junge Frau hätte ihre Tochter sein können, denn sie hatte dasselbe farblose Haar, dieselbe durchscheinende Haut und dieselben goldenen Augen. Sie war ein wunderschönes Wesen. Oder wäre eines gewesen, wäre sie nicht in Fetzen verrotteten Fells gekleidet gewesen. Sie war schmutzig, und sie stank. Faelamor war zutiefst angewidert.

Die Frau warf Faelamor die Arme entgegen und stieß eine Reihe von Grunzlauten aus, die man nur als Hilfeschrei interpretieren konnte.

Die geflügelte Kreatur bog die Schwingen durch und starrte sie an. Sie hat Angst vor mir, dachte Faelamor. Sie erkennt meine Macht.

Die Frau stieß erneut dieses flehende Grunzen aus. Faelamor wollte ihr helfen, war jedoch von der Erkenntnis gelähmt, dass ihr Volk hier auf Tallallame, die edelste aller Arten der Menschen, sich zu dem hier zurückentwickelt hatte. Sie hatte eine ganze Art vernichtet und sich selbst verdorben, und das für dieses Tier?

Die junge Frau gab auf, duckte sich an Faelamor vorbei und versuchte, sich in den Ruinen zu verstecken. Die geflügelte Kreatur vollführte einen Satz, der Kopf mit dem Schnabel schoss vor und erwischte die Frau an einem schlanken Fußknöchel. Die Frau wehrte sich verzweifelt. Faelamor rührte keinen Finger.

Der Fußknöchel wanderte vom Schnabel zur Klaue weiter. Die Kreatur warf Faelamor einen wissenden Blick zu, sprang in die Luft und verschwand flügelschlagend über den Baumkronen. Faelamor musste sich setzen. Die Schreie der Frau hallten unermüdlich in ihren Gedanken.

Jetzt war ihr alles klar. Die Faellem, die auf Tallallame zurückgeblieben waren, die es einst in so überreichlicher Anzahl gegeben hatte, hausten jetzt in Höhlen und Baumkronen, kaum mehr als Tiere, und waren in tödliche Schrecken versetzt worden. Über die Jahrtausende hinweg war ihre Entwicklung nicht vorangeschritten. Nach der Vertreibung der Mariem in die Leere hatte ihnen ihre Gedankenkraft so viel Macht über ihr Leben verliehen, dass sie sich nicht mehr anstrengen mussten, und der Genozid ihrer Rivalen bedeutete, dass sie uneingeschränkte Herren ihrer eigenen Welt waren. Sie hatten vergessen, dass jenseits von Tallallame der Existenzkampf ebenso gnadenlos wie eh und je weiterging.

Der Wald nahm bereits ihre großen Kunstwerke für sich in Anspruch, und die Feuer würden den Rest vereinnahmen. Die Faellem hatten ihre Menschlichkeit verloren und glitten gerade unwiderruflich ins Stadium eines Tieres zurück. Sie würden überleben, aber die kostbaren Schätze ihrer Zivilisation nur noch zerkratzen und anknurren, bis die Zeit den letzten von ihnen in Staub verwandeln würde.

Von uns ist nichts geblieben, dachte Faelamor, als sie mühsam zu ihren Gefährten zurück auf den Hügel stieg. Die Faellem sind am Ende.

»Unser ganzes Leben und Streben war eine einzige Lüge«, sagte sie zu Gethren. »Wenn ich nur zugehört hätte! Aber ich war zu stolz. Ich weigerte mich zu glauben, dass mich irgendein Apparat bezwingen könnte. Was bin ich für eine Närrin! Ich habe es vor langer Zeit gesagt und es nie begriffen: *Ich schaute in Katazza in den Spiegel und sah, was ich zu sehen wünschte.*«

»Wir verdienen dieses Schicksal«, erwiderte Gethren. »Wir

haben unsere Ehre verloren, als wir die Mariem betrogen haben. Wir haben den falschen Weg genommen, und wir sind ihm seither gefolgt.«

»Ich habe euch den falschen Weg entlang*geführt.* Ich bin die Faellem, und ich bin Tallallame!«, sagte Faelamor weinend, während sie die Trümmer ihrer Welt betrachtete. »Dieses Böse kommt aus mir! Es muss vernichtet werden.«

Sie ging hinab in den Wald zu einer Stelle, wo drei prächtige Bäume ineinandergestürzt waren und brannten. Die Faellem schrien auf sie ein. »Wir können auch diesen Feind besiegen«, rief Hallal. »Wir können unsere Welt wieder in Besitz nehmen.«

Faelamor wollte nicht auf sie hören. »Unser Feind sind wir selbst«, sagte sie. Sie marschierte weiter und zuckte nicht zusammen, als ihr das farblose Haar weggesengt wurde und sich ihr Schädel, ein regelrechter Totenschädel, zeigte. Sie streckte die Arme aus, wie um den Scheiterhaufen zu umschließen, damit er alles Böse wegbrannte.

Und genauso, wie sie allen ihren Entscheidungen seit so langer Zeit gefolgt waren, so folgten ihr jetzt die Faellem einer nach dem anderen in die Flammen.

19

Ein echter Held

In Shazmak waren nur Maigraith, Karan und die glotzenden Ghâshâd verblieben. Als Faelamor verschwand, hatte jene starke Explosion die zerfetzten Überreste der Düsternis wieder versiegelt.

Maigraith nahm Karans Hand. Ihr standen Tränen in den Augen, als sie auf den zerbrochenen Körper ihrer Freundin hinabsah. Karan öffnete die grünen Augen, in den aufgrund ihrer Schmerzen auch Tränen standen, und lächelte schwach.

»Wir haben es hinbekommen, du und ich«, flüsterte sie. »Wer hätte das gedacht?« Sie schloss wieder die Augen und schien in sich selbst zusammenzuschrumpfen. Ihr blasses Gesicht wurde glatt wie Wachs.

Maigraith war in einem Zustand der Qual und der Trauer, die so tief war, dass ihre eigenen Verletzungen sie nicht schmerzten, und sie hatte viele. Der Arm, der unter das Konstrukt geraten war, war übersät mit nässenden Blasen. Ihr Oberschenkel war bis zum Knie aufgeschlitzt. Sie hatte am ganzen Körper Kratzer und Schrammen. Aber ihre Arbeit war noch nicht völlig getan. Sie stählte sich, um sie zu beenden und das Gleichgewicht zwischen den Welten wiederherzustellen. Wenn sie nur nicht ihr Erbe aus der Hand gegeben hätte! Aber wie sollte sie den Weg nach Aachan finden? Ihre letzten Tore von Santhenar mussten gewiss in die Irre führen, da sie das Ziel nicht deutlich genug erkennen konnte.

»Verlass mich nicht!«, sagte Maigraith und streichelte Karan über die roten Locken. Sie legte ihr die Hand auf die Stirn und wischte die Schweißperlen weg. »Bleib bei mir – wir müssen noch eine letzte Aufgabe erledigen.«

Karans Lider flatterten, und ihre Augen öffneten sich, obwohl es eine überwältigende Anstrengung erforderte. Sie waren umwölkt, und Maigraith nahm Karans schlaffe Hand; sie spannte sich, und ihre malachitgrünen Augen klärten sich wieder.

»Was ist denn?«, fragte Karan flüsternd.

»Die Düsternis hängt am seidenen Faden, aber das Gleichgewicht ist noch nicht wiederhergestellt. An jedem Saum der Kugel können die Kreaturen, die in der Leere leben, Zutritt erlangen. Ich muss alles wiederherstellen, wie es vor der Flöte war. Das ist mein Ziel.«

»Wie kann *ich* dir dabei helfen?« Karans Stimme war kaum zu vernehmen.

»Ich kann es nicht allein. Das Gleichgewicht ist in Aachan verschoben worden, und es kann nur dort wiederhergestellt werden.«

»Einmal zuvor hast du mir so heftig zugesetzt. Sieh nur, was das damals für Folgen hatte! Jetzt ist Rulke tot«, flüsterte Karan, »und Tensor ebenfalls, und Mendark, und jeder einzelne Charon und die Hälfte der Ghâshâd. Shazmak ist ein Meer aus Blut, und das alles wegen dir und mir.«

»Rulke ist tot!«, echote Maigraith, in die Ewigkeit starrend.

»Wo ist Llian? Ich muss mit ihm sprechen, bevor ich sterbe.«

»Ich weiß nicht, wo Llian ist. Karan, hör zu! Ich muss hinüber nach Aachan greifen und mit den Charon zusammenarbeiten, wenn welche überlebt haben. Aber ich weiß den

Weg nicht. Nur du kannst ihn jetzt finden. Wirst du mir helfen?«

»Der Schmerz bringt mich um.« Karan drehte und wand sich und glitt ins Delirium. »Ich möchte Llian. Das ist mein letzter Wunsch, den du ehren musst!«

»Dann ist das Schicksal der Drei Welten besiegelt, und wir werden unter der Last der Leere zusammenbrechen. Wir können nicht überleben.«

»Ich kann dir nicht helfen«, sagte Karan. »Wie kann ich den Weg aufspüren? Der Schmerz lenkt mich von allem ab!« Plötzlich schaute sie auf, und ihre Augen strahlten fieberhell. *»Llian, wo bist du, Llian?«*

Maigraith nahm Karan in die Arme und trug sie zu einem Sofa. Dort legte sie Kissen um ihre gebrochenen Gliedmaßen, damit sie ihr so wenig wie möglich zu schaffen machten. Trotzdem war der Schmerz entsetzlich.

Sie setzte sich neben Karan und hielt ihr die Hand. Natürlich musste sie Karans letzten Wunsch respektieren, wenn es irgend möglich war. Die Düsternis würde gewiss noch eine Weile halten.

Wohin konnte die Gemeinschaft gelangt sein? Am wahrscheinlichsten war, dass Shands seltsames Tor sie zurück nach Carcharon getragen hatte. Sie versuchte, den Weg dorthin zu erspüren, aber seit Faelamors Verschwinden hatte sich alles geändert. Sie konnte sich Carcharon überhaupt nicht mehr vor Augen bringen.

Karan rührte sich. »Llian!«, stöhnte sie.

»Ich kann ihn nicht finden.«

Karan begann zu hecheln. Maigraith reichte ihr etwas Wasser, das sie anscheinend ein wenig stärkte. Sie schloss wieder die Augen.

Nach einiger Zeit bemerkte Maigraith, dass die übrig

gebliebenen Ghâshâd sich um sie geschart hatten und sie beide anstarrten. Alles, wonach sie gestrebt hatten, war dahin, und sie hatten ihren Herrn in Zeiten der größten Not im Stich gelassen. Rulkes Tod hatte sie befreit, jedoch auch kleiner gemacht. Sie hatten kein Ziel mehr im Leben.

Vartila, die Whelm, war die Geringste von allen. Vartila, die ihren Herrn erst erkannt hatte, als es zu spät war, die erst im Augenblick ihrer größten Niederlage eine Ghâshâd geworden war – Vartila war völlig aufgelöst.

»Welchen Sinn hatte mein Leben?«, fragte sie weinend. »Überhaupt keinen!«

»Hört mir zu«, sagte Maigraith. »Rulke ist tot, und die Ghâshâd sind nicht mehr. Für euch gibt es hier nichts mehr zu tun. Kehrt zurück zu dem, was ihr wart, bevor Rulke sich euch zu Eigen gemacht hatte, wenn ihr überleben wollt. Schwört, dass ihr keinen Herrn mehr anerkennen wollt!«

Vartila und die übrigen Ghâshâd schworen diesen Eid und wandten sich daraufhin ab, eingeschüchtert, furchtsam und allein auf der Welt. Sie kehrten in ihre südlich gelegenen Wälder zurück, um sich dort zu verstecken. Alle, bis auf einen.

»Kommst du, Idlis?«, fragte Yetchah und warf einen verlangenden Blick zu ihm zurück. Sie waren während dieser letzten paar Tage ständig zusammen gewesen.

»Ich werde folgen, wohin du auch gehst«, erwiderte er, »aber ich habe hier zunächst noch etwas zu erledigen.«

Idlis warf einen Blick auf Karan hinab, und auf seinem Gesicht zeigte sich ein Ausdruck, der einer Zärtlichkeit so nahekam, wie es seine vierschrötigen Züge erlauben wollten.

»Wenn Rulke nur zugehört hätte«, sagte er zu sich. »Ich habe ihn gewarnt – Llians Geschichte war keine Fabel, sondern eine Vorhersage. Rulke wollte nicht auf mich hören.

Llian hat die Geschichte besser gemacht, als er selbst wusste. *Aus dem Nichts kommen wir – ins Nichts kehren wir zurück.*«

Er wandte sich an Maigraith. »Ich bin ein Heiler«, erinnerte er sie. Seine heisere Stimme war jetzt sanft. »Mehr als ein Jahr lang bin ich jetzt Karan schon mein Leben schuldig.« Er hockte sich nieder und nahm Karans Hand in seine skeletthaften Finger. »Einmal zuvor hast du meine Hilfe schon verweigert«, sagte er, womit er die fürchterlichen Verletzungen meinte, die sie erhalten hatte, als sie seinen Hund getötet hatte. »Darf ich dir dieses Mal helfen?«

»Ich wäre äußerst dankbar!«, flüsterte Karan. Sie fürchtete ihn nicht mehr.

»Ihr ist kalt«, sagte er zu Maigraith. »Schaffe zwei Öfen, ein paar Decken und ein heißes Getränk herbei!«

Während Maigraith das erledigte, schnitt Idlis Karan die Kleider auf und legte sie auf das Sofa. Er stieß angesichts ihrer vielen Narben, insbesondere an Händen und Handgelenken, unwillkürlich einen Ruf aus. »Armes Ding!«, sagte er wehmütig und dachte an seinen Hund.

Nachdem er sie zugedeckt hatte, ging er davon und kehrte kurz darauf mit einer purpurfarbenen Phiole zurück. Er tröpfelte Karan ein paar Tropfen der geheimnisvollen Flüssigkeit auf die Zunge.

»Ist das besser?«

»Ein wenig«, flüsterte sie, »obwohl sich mir jetzt alles im Kopf dreht.«

Er drückte auf ihre Haut, wobei seine Berührung unendlich sanft war, nahm die Hüfte in die Hände und schob sie hin und her. Es war der Versuch, die gebrochenen Knochen wieder zu richten. Karan kreischte auf.

Idlis wirkte ernst. »Sie sollte eigentlich gar nichts spüren«, sagte er zu Maigraith. »Ich wage nicht, ihr eine stärkere Dosis zu geben. Mir bleibt sonst nur noch ein Mittel, aber ich habe Angst, es bei ihr anzuwenden.«

»Egal!«, sagte Karan keuchend und drehte und wand sich, was den Schmerz in den gebrochenen Knochen nur noch verschlimmerte.

»Es ist die Droge Hrux«, sagte er zu Karan. »Du hast sie schon gekostet, nicht wahr?«

»Zweimal«, erwiderte Karan schaudernd und dachte an die getrocknete Frucht der Ghâshâd, die sie zufällig aus Carcharon mitgenommen hatte. Schizophrene Träume waren das Ergebnis gewesen. Allein schon bei der Erwähnung der Droge bog sich ihr Körper vor Verlangen.

Idlis runzelte die Stirn. »In deinem Zustand könnte sie dich umbringen, oder du könntest auf ewig von ihr besessen sein.« Maigraith erklärte er: »Hrux ist eine tödliche Droge. Wir nehmen sie, wenn wir alle mit einem Bewusstsein zusammen arbeiten wollten, zum *Spüren* und zum *Kontrollieren.* Sie wurde vom *Karree* gegen dich verwendet, als du vergangenen Sommer die Zweite Armee in Bannador bekämpft hattest.«

Maigraith entsann sich dieses Tages sehr gut, dieses Gefühls, dass sie einem gemeinsamen Bewusstsein und Willen gegenüberstand.

»Für sie jedoch, und auch für dich, Maigraith, ist es die Droge, die am stärksten süchtig macht. Sie hat bereits zwei Mal davon gekostet. Ein drittes Mal, und sie könnte sich vielleicht nie vom Verlangen danach befreien. Und sie hat auch andere Auswirkungen, die ebenso verschieden sind wie die Menschen, die sie nehmen. Wer weiß, was sie bei einer Triune bewirken würde?«

Maigraith weinte. »Wenn sie sie nicht umbringt, sagst du?«

Idlis nickte. »Vielleicht. Aber sonst kann sie nichts vom Schmerz befreien.«

»Karan«, sagte Maigraith und besprenkelte Karans Hand mit ihren Tränen, »ich bin, wie du weißt, eine kalte, gefühllose Frau. Wie kann ich von dir verlangen, was ich selbst nicht tun kann? Aber …«

»Sag, was du möchtest!«, fauchte Karan.

»Wirst du dieses Hrux nehmen und mir die Möglichkeit bieten, das Gleichgewicht wiederherzustellen? Ich schwöre …«

»Ich …«, setzte Karan an.

»Nichts überstürzen!«, unterbrach Maigraith sie. »Sie könnte dich umbringen.«

»Oder wenn du abhängig wirst und sie nicht bekommst, wirst du dir wünschen, sie hätte es getan«, ergänzte Idlis.

»Wo ist da der Unterschied?«, schrie Karan. »Ich liege im Sterben! Wenn ich das aufschieben und diese Sache erledigen kann, dann gebt mir das Hrux!«

»Nun gut«, sagte Idlis. »Ich fange mit einer geringen Dosis an. Es ist gut möglich, dass du ohne die schlimmen Nebenwirkungen davonkommst.« Er schnitt ein Stück Hrux von der Größe einer Erbse ab und steckte es ihr in den Mund.

In gewisser Hinsicht war es zäh wie Leder, wie eine getrocknete Aprikose. »Es brennt im Mund«, sagte sie.

Nach einer gewissen Zeit umfasste Idlis ihre Hüfte erneut mit den Händen und versuchte wiederum, die Knochen an ihren Platz zu rücken. Karan schrie auf.

Idlis sah zu Maigraith auf. »Es hat nichts bewirkt! Ich muss ihr eine stärkere Dosis geben.«

Es benötigte ein zweites Stück und dann ein drittes, bevor der Schmerz ausreichend nachgelassen hatte, dass Idlis ihr gebrochenes Becken wieder zusammenfügen konnte. Anschließend – und es dauerte ziemlich lang – streckte er ihr die Beine und glättete die Haut mit den Händen. Urplötzlich wich die Anspannung aus ihrem Gesicht. Er fixierte ihre Knochen, säuberte die vielen Schnitte und Abschürfungen und verband sie mit einem sauberen Tuch. Schließlich zog er die Decken wieder über sie. Selbst auf seinen eisenharten Zügen zeigte sich Erschöpfung.

»Ich dachte, sie hätte sich das Rückgrat gebrochen«, sagte er zu Maigraith, die am Kopf des Sofas stand. »Aber das ist nicht der Fall – nur das Becken, wenn auch an drei Stellen, und beide Beine weit oben. Eine Hüfte ist ausgerenkt, und mehrere weitere Knochen sind ebenfalls gebrochen. Nur die Zeit kann sie wieder zusammenfügen, aber ich habe sie so zurückgesetzt, wie sie liegen sollten. Mit Knochen kenne ich mich besonders gut aus. Jetzt müssen wir ihre Hüfte eingipsen, ebenso ihre Beine, ansonsten wird sie vielleicht nie mehr laufen können. Vielleicht kann sie es auch so nicht mehr. Und was eine Schwangerschaft betrifft ...« Er schüttelte den Kopf. »Am besten meidet sie so etwas ganz.«

»Sie ist eine Triune«, sagte Maigraith kalt.

»Dennoch!«, bekräftigte Idlis. »Heute Abend werde ich einen Metallrahmen für ihre untere Körperhälfte bauen, der die Knochen dazu zwingt, richtig zusammenzuwachsen.«

Er machte sich an die Zubereitung des Gipses und bemerkte anschließend zu Maigraith: »Du kannst mit deinem eigenen Werk beginnen. Aber gehe langsam vor! Sie ist schwach und hat innerliche Blutungen erlitten, und das Hrux ist, wie gesagt, gefährlich. Sowohl um deinet- als auch um ihretwillen bedränge sie nicht zu sehr! Aber lasse mich zunächst deine eigenen Verletzungen versorgen, oder ich werde dich neben sie legen müssen.«

Karan fühlte sich sehr seltsam. Es war, als schwebte sie über ihrem gebrochenen Körper. Sie spürte keinen Schmerz; sie fühlte überhaupt nichts weiter. Aber es gab Arbeit zu tun. Sie stellte eine Verbindung zwischen sich und Maigraith her. Das

Hrux erleichterte die Aufgabe beträchtlich, denn sie war sowieso schon halb in der Welt der Träume und Halluzinationen, aber die Verbindung war dünn und unstet.

Maigraith klopfte den tödlichen Metalldorn wieder flach, bestieg das Konstrukt und setzte sich auf den Sitz. Sie bediente die Kontrollen, und sogleich verwandelte sich ein Abschnitt der Mauer in einen dünnen Schleier. Von der anderen Seite zerrten die Armeen der Ungeheuer daran herum. Sie keuchte erschrocken auf.

»Alles in Ordnung, Maigraith?«

»Ich bekomme kaum Luft«, erwiderte Maigraith. »Mir ist die Kehle wie zugeschnürt. Ich bin einfach nicht stark genug.«

»Ich kann dir nicht helfen«, sagte Karan.

»Ich weiß.« Sie zwang sich zur Ruhe und sprach jetzt über die Verbindung. *Ich bin bereit. Jetzt erledige deinen Teil, wenn du kannst.*

Karan suchte hinter der Mauer nach diesem sich ständig verändernden, ätherischen Pfad, dem Weg zwischen den Welten, dem Weg von Santhenar nach Aachan. Trotz des Chaos, das in der Düsternis herrschte, war der Weg leichter als beim letzten Mal zu finden. Vielleicht schirmten der Schmerz und die Droge sämtliche Ablenkungen ab und erlaubten ihr, sich völlig auf nur eine Sache zu konzentrieren.

Ich habe ihn, sagte sie über die Verbindung. *Sieh nur, hier ist er!*

Maigraith benutzte das Konstrukt, wie sie es bei Rulke gesehen hatte, öffnete ihr Bewusstsein und den Weg. Sogleich erneuerten die Armeen der Leere ihren Angriff, und die Mauer begann zu flattern, wie sie es zuvor schon getan hatte.

»Zeige mir den Ratssaal der Charon«, rief Maigraith mit mächtiger Stimme. »Der Ort, wo Rulke mit Yalkara gesprochen hatte.« Mit dem Konstrukt erschuf sie eine goldene Kugel inmitten der Mauer, um zu erkennen, was Karan erblickte. Sie war von einem irisierenden Ring umgeben, auf dem verzerrte Spiegelbilder glänzten.

Karan holte das Abbild auf die Kugel, jedoch unter Schwierigkeiten. Trotz des Hrux wurden die Schmerzen wieder stärker. Das Bild waberte.

»Festhalten!«, rief Maigraith.

Karan verfestigte das Bild, das die Charon zeigte, die über die aufgewühlte Leere und die bevorstehende Zerstörung der Düsternis sprachen. Plötzlich sah Yalkara auf.

»Du lebst!«, rief Maigraith ihrer Großmutter zu.

Rulke!

»Ich bin's, Maigraith. Der edle Rulke ist tot.«

Wie ist er gestorben?

»Tensor hat ihn mit seiner Macht niedergestreckt. Rulke hat mich gerettet, auf Kosten des eigenen Lebens.«

Er hat alles für dich hingegeben? Das ist ... Sie brach ab. *Vergib mir!*

»Ich weiß nicht«, erwiderte Maigraith erstaunt.

Dann ist das Experiment in Santhenar wahrlich ein Fehlschlag gewesen, sagte ein anderer, *und unsere Art ist am Ende.*

Vor Kummer riss er sich das Hemd vom Körper und warf sich zu Boden, ein Brauch aus Aachim, den die Charon angenommen hatten. Dann riss sich diejenige neben ihm das ihre ab, und die Übrigen taten es den beiden nach, und Yalkara zerriss als letzte ihre Bluse. Schließlich rührte sie sich wieder.

Wenn dies das Ende ist, so lasst uns ihm tapfer entgegengehen, wie er es getan hätte. Vielen Dank dafür, dass du uns die Nachricht überbracht hast.

»Warte! Die Düsternis zerbricht! Willst du mir zeigen, wie

ich das Gleichgewicht zwischen den Welten wiederherstellen kann?«

Du musst das Konstrukt herbringen. Woanders kann dies nicht geschehen.

Während ihres Gesprächs hatte die Mauer der Düsternis damit angefangen, sich im Raum hin und her zu bewegen, und jedes Mal, wenn sie in die andere Richtung schwang, gab es ein Dröhnen, unter dem das Gebäude erzitterte wie bei einem Erdbeben. Risse erschienen in der Seitenmauer. Eine der Treppen stürzte laut krachend in sich zusammen.

»Geh nicht!«, sagte Karan laut. »Ich kann die Verbindung nicht halten. Du wirst dort gefangen sein.«

»Ich muss«, erwiderte Maigraith. »Dafür bin ich geboren worden. Verliere den Weg nicht aus den Augen, gleich, was du tust.«

Trotz Karans Flehen band Maigraith Rulkes Leichnam in der verzweifelten Hoffnung an die Seite des Konstrukts, dass sie ihn zurückbringen könnte. Sie sah auf Karan hinab, die schaudernd auf dem Sofa lag, und bewegte die Hebel. Die Kugel, umgeben von einer Aura aus flackernden Pastellfarben, wurde durchsichtig. Eine Landschaft huschte darüber, verzerrt, wie gespiegelt an ihrer geschwungenen inneren Oberfläche. Karan sah eine düstere Ebene, durchsetzt mit Gebäuden, die wie metallene Blasen aus dem Boden sprossen. Einige waren rings herum von Plattformen umgeben, die an Planetenringe erinnerten. Überall brachen Vulkane aus, und rote Lava flutete herab und begrub die Blasenhaufen unter sich.

Maigraith schrie vor Schmerz, dann verschwanden sie und das Konstrukt. Die Landschaft auf der Kugel verblasste und wurde wieder von den Charon ersetzt. Mit einem donnernden Gebrüll materialisierte sich das Konstrukt mit Maigraith obenauf mitten im Ratssaal. Der große Tisch, um den die

Charon saßen, wurde völlig zerschmettert, obwohl sie selbst sich davon anscheinend nicht irre machen ließen.

»Vielen Dank!«, sagte Yalkara und bürstete sich Splitter aus dem Gesicht und von den Armen. »Das Konstrukt wird Denkmal, Tempel und Grabstätte für Rulke sein. Wir können uns hier nicht hinhocken und einer nach dem anderen sterben. Es kann keine größere Qual als das Wissen geben, dass man der Letzte seiner Art ist. Wir werden Hand in Hand in die ewige Nacht springen. Wir werden das Konstrukt in die Leere mitnehmen.«

»Zeige mir zuerst, wie ich das Gleichgewicht wiederherstellen kann!«, sagte Maigraith.

»Du kannst das Gleichgewicht mit dem Konstrukt nicht verändern«, riefen die Charon. »*Du* bist das Instrument. *Du* musst es tun.«

Wenn das Gleichgewicht wiederhergestellt wird, geht das Instrument verloren, sagte Karan über die Verbindung.

»Verloren für Santhenar!«, rief Yalkara.

Die Charon erklärten, was zu tun war. »Es wird schwer werden«, sagte Yalkara. »Keiner von uns könnte es tun.«

»Ich weiß, was zu tun ist«, sagte Maigraith. »Der Sinn meines ganzen Lebens ist die Erfüllung dieser Aufgabe.«

Plötzlich blitzten unverständliche Visionen durch Karans Kopf und über die leuchtende Kugel. Alles flackerte und waberte. Ihr Schmerz steigerte sich wieder.

»Halte die Verbindung!«, schrie Maigraith.

Bei diesen Worten flog die Tür auf, und eine Horde Aachim drängte herein. Sie waren schwer bewaffnet, ihre Gesichter zeigten Entschlossenheit. Endlich hatten sie gegen ihre Herren rebelliert.

»Haltet aus!«, rief Yalkara. Sie setzte über das Konstrukt hinweg, packte Maigraith um die Taille und stützte sie, während die Charon eine Mauer vor ihren Feinden bildeten.

Während Yalkara und Maigraith sich gemeinsam abmühten, wirbelten unheimliche Visonen durch Karans Bewusstsein. Die Bilder auf der Kugel kreisten Übelkeit erregend umher, dann erloschen sie. Karan versuchte, sie zurückzuholen, aber die Kugel blieb dunkel.

Hinter sich vernahm sie rasche Schritte und unregelmäßige Freudenschreie. Die Gemeinschaft war durch ihr hastig konstruiertes Tor aus Carcharon zurückgekehrt – Shand, Yggur, Llian, sie alle. Freudentränen weinend, rannte Llian zu Karan, aber sie hob die Hand.

»Nicht jetzt!«, keuchte sie, wandte sich wieder der Kugel zu und wollte durch ihren Schmerz hindurch die Verbindung und den Weg mit aller Gewalt wieder zurückholen. Erneut hatte sich alles verändert. Sie fand etwas und holte es an die Oberfläche – eine Reihe tanzender Pünktchen von vage menschlicher Gestalt. »Das ist Maigraith«, sagte sie, und sogleich lösten sich die Pünktchen zu Maigraith auf, und der Raum war wieder schwarz, obwohl jetzt alles von dunklen Auren umgeben war, wie ein indigoblauer und schwarzer Regenbogen.

Shand stand stocksteif da und starrte Yalkara an. Die Arme hingen ihm gerade an den Seiten herab. Die Fäuste hatte er geballt. Malien neben ihm zitterte aufgrund ihres eigenen Konflikts. Sie wollte, dass die Aachim das Konstrukt ergriffen und ihre Welt befreiten, aber nicht auf Kosten der Düsternis, welche diese Welt hier schützte.

Im Ratssaal der Charon herrschte Aufruhr. Aachim und Charon waren in einem wilden Kampf verstrickt. Dann, während Karan hilflos zuschaute, kroch ein muskulöser Mann hinter dem Konstrukt hervor und schlug Maigraith ohne Vorwarnung nieder. Ein Dutzend weiterer Aachim folgte ihm. Stöhnend wälzte sich Maigraith herum.

»Maigraith, flieh!«, schrie Karan.

»Wie denn?«

Der erste Aachim ergriff das Rad. Ein Poltern erschütterte den Saal. Die Zuschauer in Shazmak sahen die Kugel vibrieren. Ein gelbes Licht schoss aus einer Öffnung an der Front des Konstrukts. So hell war es, dass es rauchende Kanäle aus der Luft schnitt. Es prallte auf die Wand des Saals und sengte sie weg. Draußen hing ein orangefarbener Mond am schwarzen Himmel, der so groß und hell war, dass er auch gut und gern direkt vor ihnen hätte hängen können. Überall brachen Vulkane aus und spien ihnen ihre Lava entgegen.

»Flieh!«, schrie Yggur, und sein Schrei wurde über Karan bis nach Aachan übertragen.

»Nicht ohne das Konstrukt!«, rief Maigraith kopfschüttelnd. Sie schleuderte eine weibliche Aachim beiseite, die Karan sehr ähnlich war, trat heran und beschirmte sich die Augen. Wiederum schoss der Strahl aus der Öffnung, verdampfte die Überreste des Tischs und bewegte sich ruckartig auf sie zu. Der Saal füllte sich mit Rauch.

»Kann niemand ihr helfen?«, rief Karan.

»Was ist mit meinem Volk?«, fragte Malien, die begierig die Aachim anstarrte. »Was ist mit *meiner* Welt?«

Die Charon erschienen wie gelähmt. Eine Ewigkeit verstrich in wenigen Sekunden. Yggurs Gesicht verzerrte sich. Seine Hand schoss hervor. Er bog den Rücken durch. Die Augen traten ihm aus den Höhlen. Er rief Aspekte der Geheimen Kunst herauf, die er in den Jahrhunderten seines Wahns verloren hatte, und tat etwas, das er nie zuvor getan hatte. Ein blauer Feuerblitz durchschlug die Mauer, fegte über den Weg zwischen den Welten in den Saal hinüber und verwandelte das Konstrukt in glühende Asche. Die Aachim stoben in alle Richtungen davon.

Maigraiths Gesicht schaute aus der Kugel heraus. Sie streckte Karan die Arme entgegen, als könnte sie sie hindurchziehen, aber es war zu spät. Der Weg brach langsam in sich selbst zusammen. Die Kugel löste sich auf. Die leuchtenden Schichten der Düsternis flammten hell auf und verschwanden endgültig.

Es war vorüber. Das Gleichgewicht war wiederhergestellt. Yggur stürzte vornüber aufs Gesicht und konnte nicht einmal mehr einen Finger rühren. Karan fiel mit einem kleinen Aufschrei zurück.

Llian legte ihr den Kopf auf die Brust, da er sie für tot hielt. Aber sie rührte sich unter ihm, und ihr warmer Atem strich in einem kleinen Seufzer über sein Gesicht. »Was auf Erden ist mit deinem Haar passiert?«, fragte sie, öffnete die Augen lächelte ihn liebevoll an.

»Ein Brand. Aber dieses Mal habe nicht *ich* ihn entfacht«, erwiderte er hastig. Er meinte mit diesem Worten seine unbeholfene Rettungstat in Narne, als er das Haus angezündet hatte, während sie immer noch darin gefangen waren, und sie durch den Fußboden hatten flüchten müssen.

Was sie an eine seiner frühesten absurden Taten erinnerte. *»Mein Name ist Llian. Ich bin gekommen, dich zu retten«*, zitierte sie träumerisch und lächelte so neckisch zu ihm auf, wie sie es manchmal tat.

»Ich hielt dich für tot!«, sagte er anklagend.

Sie schnaubte, öffnete die Augen und legte ihm den Arm um die Schultern. »Vor einer Weile war ich nahe genug daran, aber jetzt geht's mir besser. Viel besser, Llian!«

Die Wirkung des Hrux hatte nachgelassen. Karan schmerzte es am ganzen Körper. Nicht so schlimm wie zuvor, aber doch schlimm genug, dass es jegliche Sorge um das Gemetzel hier, den Verlust Maigraiths und all die anderen Toten überdeckte.

Nicht weit entfernt lag Yggur, der sich in einer grässlichen Variante der Nachwirkungen drehte und wand. Der enorme Feuerstoß hatte ihn innerlich zerrissen. Er sah aus wie ein ausgetrockneter Kadaver, obwohl Idlis gesagt hatte, dass er sich erholen würde.

Llian saß eine Stunde lang bei Karan und wurde dann weggerufen, um seine Pflicht bei den Leichen zu erfüllen. Es gab so viele Tote, und jeder musste nach seinen eigenen Gebräuchen geehrt werden. Die Kreaturen, die aus der Leere gekommen waren, mussten vernichtet werden, damit sich keine Seuchen ausbreiteten.

Daher kam es, dass Karan allein war, als das Lorrsk, das sie durch die Tunnel gejagt hatte, sie schließlich fand. Es hatte den größten Teil des Tages in Verstecken verbracht, weil es Angst vor den Wächtern hatte, aber jetzt war es viel kühner geworden. Während der letzten paar Stunden war niemand zum Nachforschen gekommen, wenn die Wächter ertönt waren.

Das Lorrsk war ein grässliches, geiferndes Ding, denn es hatte schreckliche Verletzungen erlitten, bevor es die beiden Ghâshâd am Mineneingang überwältigt hatte, und ihr faseriges Fleisch hatte seinen verzweifelten Hunger nicht stillen können. Es hatte Karan den ganzen Weg verfolgt, war geschickt den wenigen Patrouillen der Ghâshâd ausgewichen und von einhundert Wächtern versengt worden. Ein Arm hing halb abgetrennt und nutzlos herab, und an seiner anderen Hand fehlten drei Finger. Es war geblendet, zerrissen und die Hälfte seines Pelzes verbrannt. Die grässliche Kehrseite war eine einzige schleimige, eitrige Masse.

Aber es hatte gefunden, wonach es gesucht hatte – die saftige, rothaarige Frau, und diesmal wirkte *sie* völlig hilflos. Es humpelte durch den Raum, so sehr auf sie konzentriert, dass es Yggur erst bemerkte, als es ihm aufs Gesicht trat.

Yggur schrie auf, und das Lorrsk sprang mehrere Spannen weit zur Seite. Ruckartig erwachte Karan. Zunächst hielt sie es für eine Halluzination, herbeigeführt durch das Hrux, aber keine Halluzination konnte derart entsetzlich sein. Der große Raum war leer. Niemand war hier, der ihr helfen konnte.

»Oh, Llian!«, rief sie laut. »Und gerade habe ich geglaubt, alles sei vorüber. Wo bist du jetzt?«

Sie starrte das Lorrsk an. »Was kann ich tun? Ich kann überhaupt nichts tun.« Das Lorrsk, eingedenk ihrer früheren Tricks, stand reglos da und sah sie abschätzend an. Dann streckte es ziemlich zaghaft die Hand nach ihrem ungeschützten Unterleib aus.

Aus dem Augenwinkel erblickte Karan das Objekt ihrer Hoffnungen und Ängste. Llian kehrte zurück, den nächsten Leichnam holen, und er musste Yggurs Aufschrei gehört haben.

»Karan!«, rief er. Er schnappte sich Rulkes Schwert und rannte direkt auf das Lorrsk los, wobei er die riesige Waffe schwang wie ein Schlachter sein Hackbeil.

»Oh, Llian!«, sagte sie ruhig. »Das ist überhaupt keine gute Idee. Du wirst nicht einmal einen Hieb anbringen.«

Das Lorrsk wandte sich mit Furcht erregender Schnelligkeit ab, trotz seiner Verletzungen, und warf sich auf Llian, der wild mit dem Schwert umherfuchtelte. Die Kreatur duckte sich, und Llian, völlig aus dem Gleichgewicht geraten, fiel vor ihm auf ein Knie. Das Lorrsk schwang den Arm, und die gewaltige Hand traf Llians Seite mit einem Klatschen, das sich anhörte wie bei einem Schlachter, der einen Kadaver zerteilte. Llian wurde durch die Luft geschleudert und landete auf der Schulter, wobei er immer noch irgendwie das Schwert umklammert hielt. Das Lorrsk hatte ihm das Hemd herabgerissen. Über seine Seite zogen sich blutige Schnitte.

Niemand konnte einen derartigen Hieb durch die Klauen eines Lorrsk überleben. Das war das Ende. Karan spürte eine unaussprechliche Pein.

Dann bewegte Llian wunderbarerweise die Beine. Ächzend versuchte er, sich aufzusetzen. Das Lorrsk schlug erneut nach ihm. Es gab nur noch eines zu tun, und dies war der einzige Moment, zu dem Karan es hätte tun können, während das Hrux immer noch im Gehirn wirkte. Sie schleuderte dem Lorrsk in einer heftigen Sendung ihre Wut entgegen, ebenso, wie sie es in jener Nacht im Wald von Gothryme nach ihrer zweiten Dosis Hrux zufällig bei den Ghâshâd getan hatte.

Sie fand sich in einem fremdartigen, verzweifelten Bewusstsein wieder, in dem ein noch heftigerer Schmerz wütete als bei ihr. Sie sah durch seine Augen, spürte, wie es den gesunden Arm hob, um Llian in Stücke zu reißen, und mit einer Anstrengung, die so groß war, als müsse sie einen Felsbrocken anheben, versuchte sie, die Kontrolle darüber zu bekommen. Sie kämpfte gegen Muskeln an, die zehnmal stärker waren als die eigenen, sie kämpfte gegen einen Willen, der dem ihren ebenbürtig war, und es gelang Karan lediglich, den Schwung so weit zu verändern, dass er zu hoch ging, knapp über Llians Kopf hinweg. Das Lorrsk brüllte und warf sie wieder hinaus.

Dann sah sie mit den eigenen Augen das Unglaubliche: Llian richtete sich auf die Knie auf und schleuderte das Schwert der Kreatur entgegen, als würde er mit einer Schaufel Mist werfen. Es war ein hoffnungsloser Hieb. Karan wappnete sich schon für eine weitere Sendung, da sauste die rasiermesserscharfe Klinge dem Lorrsk an der Seite des Halses entlang und zerschnitt eine Arterie. Die Kreatur sprang umher und stürzte tot vor ihr zu Boden.

Sie sah auf die zerstörte Hand hinab. Die beiden verbliebenen Klauen waren nur noch Stümpfe. Das war alles, was Llian davor bewahrt hatte, die Gliedmaßen einzeln ausgerissen zu bekommen.

Auf wackeligen Beinen kam Llian herüber. Über seinen Rippen klafften zwei mächtige Schnittwunden. »Sprich's nicht aus!«, sagte er, als er die Arme um sie legte.

»Ich bin gekommen, dich zu retten?« Sie kicherte gedämpft. »Das wollte ich auch nicht.«

»Ich wollte sowieso nie ein Held sein, nur ein Erzähler.«

»Na, jetzt bist du einer. Ein echter Held. Das warst du für mich aber schon immer.«

20

Auf immer heimatlos

Am Morgen erschien Idlis mit einem Rahmen aus Metall und Leder, der über die Gipsverbände angelegt wurde und von Karans Taille bis hinab zu den Füßen reichte. Idlis stellte die Riemen und Spannung der verschiedenen Federn ein, die an ihren Füßen zogen und die Knochen gerade hielten.

»Das wird alles am Platz halten, bis die Knochen wieder zusammengewachsen sind«, sagte er zu Llian. »Sie muss mindestens sechs Wochen darin bleiben und darf zwei Wochen nicht bewegt werden.«

Llian musterte das seltsame Gestell. »Es sieht so schrecklich unbequem aus. Und wie wirst du ...?«

Karan lachte. »Du meinst, meinen körperlichen Bedürfnissen nachkommen? Natürlich werde ich eine Krankenschwester brauchen. Wenn du mich wirklich liebst, wirst du das für mich erledigen, und wenn ich schließlich hier herauskomme, werde ich dich belohnen. Und mich selbst natürlich.«

Idlis nahm Karans kleine Hand und küsste sie. Sie wich inzwischen nicht mehr unwillkürlich vor der gummiartigen Beschaffenheit seiner Haut zurück. Jetzt war er ein Freund.

»Ich werde heute in einem Jahr nach Gothryme kommen«, sagte er. »Falls du etwas Hrux benötigst. Eine andere Möglichkeit, es zu bekommen, gibt es nicht, denn niemand sonst weiß, wie es hergestellt wird. Wenn du mich brauchst, schicke mir eine Nachricht nach Pymir, einem Ort an der Südküste von Karama Malama – dem Nebelmeer. Ich muss Yetchah folgen.« Seine Augen waren feucht. »Leb wohl!«

»Leb wohl!«, erwiderte Karan. »Jetzt hast du eine Zukunft. Komm nach Gothryme, solltest du je *mich* brauchen.«

Malien kam herüber und stellte sich neben Karans Trage. »Hasst und verachtest du mich?«, fragte Karan mit dünner Stimme.

Malien beugte sich herab und schob ihr das Haar aus der Stirn. »Du bist eine aus meiner Sippe, Karan, und ich werde dich stets lieben.«

»Aber ich habe meine Sippe verraten und Rulke geholfen.«

»Und du hattest wiederum Recht. Es ist erledigt, Karan.«

Karan stieß einen schweren Seufzer aus.

»Aber kannst du uns vergeben, Karan, für alles, was die Aachim dir und deiner Familie angetan haben?« Jetzt war die Reihe an Malien, besorgt dreinzuschauen.

»Malien ...«

»Ja, Karan?«

»Du hast mir die Haare noch nicht fertig gekämmt«, sagte Karan, womit sie auf ihren Kampf in Thurkad vor einigen Wochen anspielte.

»Ich tu's gleich hier und jetzt.« Sie lachte. »Und um dir meine Reue zu zeigen, werde ich sogar meine eigene Bürste benutzen, da du deine zweifelsohne verloren hast.«

»Na, wenn *das* nicht ein Gefallen ist!«, sagte Karan fröhlich. »Zuerst deine Stiefel, dann deine Haarbürste! Wenn ich demnächst in den Osten gehe, überlässt du mir vielleicht auch noch dein Bett.«

»Übertreib's nicht!« Malien lachte.

Die Aachim schlossen sich mit Tensor ein, richteten den Leichnam her und hielten einen Tag und eine Nacht lang Wache, wobei sie ihre getragenen Melodien spielten und ihre Klagegesänge rezitierten. Am folgenden Morgen begruben sie ihn im Grabmal, das seit langer Zeit für ihn bestimmt war, in den Katakomben des alten Shazmak, und versiegelten es in einer einfachen, würdevollen Zeremonie.

»Er wird sein geliebtes Shazmak nicht wieder verlassen«, sagte Malien. »Und keiner von uns wird jemals nach Aachan zurückkehren. Wir sind auf immer heimatlos.«

»Spielt das nach all dieser Zeit noch eine Rolle?«, fragte Llian. »Eure Vorfahren sind doch gewiss hier geboren worden?«

»Ja, allerdings, aber das Verlangen ist tief in unsere Seelen eingebrannt. Aachan ist der Ort, von dem wir alle träumen, dass wir dorthin unsere Pilgerreise antreten.« Sie seufzte schwer. »Ich bin jetzt besorgt. Hast du die Vulkaneruptionen gesehen? Was geschieht mit meiner Welt?«

»Kannst du irgendetwas tun?«

»Nein!«, erwiderte Malien. »Welches Schicksal meinem Volk auf Aachan auch bevorsteht, ob gut oder schlimm, es ist auf sich selbst gestellt.«

»Was werdet ihr jetzt tun?«, fragte Llian.

»Wir werden vermutlich in unsere Städte im Osten gehen und versuchen, uns irgendwie in der Welt zurechtzufinden. Wir waren nie so großartig, wie wir geglaubt haben, aber wir lassen uns nicht unterkriegen. Unser langer Marsch auf dem Pfad der Dummheit ist vollendet. Und wir schöpfen Mut aus dem Wissen, dass unsere Sklaverei auf Aachan vorüber ist. Wir hätten sie selbst vor viertausend Jahren beenden können, hätten wir den Mut gehabt, die Charon herauszufordern. Hätten wir gewusst, wie verwundbar sie wirklich waren. Aber wir haben es nicht getan.«

Auch Mendark legten sie in Shazmak ins Grab, und die anderen Toten ebenfalls. Alles, was von dem Nanollet übrig geblieben war, waren ein Streifen Gold und der Ruß auf dem Boden. Die Aachim zerschlugen die Fliesen und zerrieben sie zu Staub und warfen jedes einzelne Körnchen in den Garr, zusammen mit der Asche der toten Kreaturen, die aus der Leere gekommen waren. Auf seinem letzten Flug war das Konstrukt dicht über die Flöte geflogen und hatte sie zu einer Pfütze zerschmolzen, die in den aufgerissenen Fußboden gesickert war. Sie meißelten alles heraus und warfen es ebenfalls in den Garr. Es war nicht das, was sie zu tun vorgehabt hatten, bevor die Flöte geschaffen worden war, aber es war das Beste, was ihnen jetzt gelingen wollte.

Nachdem alle Arbeit erledigt war, wurde der Rahmen, in dem Karan in ihren Gipsverbänden lag, auf eine Trage gebunden. Es waren erst zehn Tage verstrichen, aber sie konnten nicht länger warten. In der Welt draußen gab es vieles zu tun.

Zum letzten Mal verließen sie Shazmak, zu Fuß, denn Shands Tor funktionierte nicht mehr, seitdem sich die Düsternis aufgelöst hatte. All jene, die ein Tor erschaffen konnten, waren inzwischen tot oder verschollen, abgesehen von Shand. Er war niedergeschlagen und bewegte sich wie ein Automat. Erst hatte er Yalkara und jetzt auch noch Maigraith verloren, und daher schien es keinen Grund zum Weiterleben mehr zu geben.

»Warum versuchst du nicht, ein weiteres Tor zu erschaffen, das uns sicher nach Gothryme bringt?«, fragte Llian, als sie am Ende der prächtigen spinnennetzartigen Brücke standen. Karan hatte bereits große Schmerzen.

»Ich möchte nicht wissen, ob Tore immer noch funktionieren«, fauchte Shand. »Das Geheimnis wird mit mir sterben! Es gibt einige Dinge, ohne die wir besser zurechtkommen.«

»Was ist mit dir, Yggur?«

»Wenn mir hundert Tore zur Verfügung stünden, so würde ich keines anfertigen, um *ihr* zu helfen«, entgegnete er kalt. Er gab Karan auch die Schuld für den Verlust Maigraiths.

Die Straße war steil und lang, und die Nächte schlimm, insbesondere auf dem winddurchtosten Pfad neben dem Garr. Karan verspürte grässliches Unbehagen, denn jeder vorsichtige Schritt ihrer Träger schickte einen derartigen Schmerz durch ihren Körper, dass ihr die Tränen kamen, und nachts war es so kalt, dass ihr die Tränen auf den Wangen gefroren. Sie lag wach da und dachte daran, wie das Hrux den Schmerz genommen hatte, und sie wollte es jetzt. Es war kein verzweifeltes Verlangen, nicht mehr als ein Jucken, aber stets gegenwärtig.

Unterwegs nahm Llian Shand beiseite. »Vor einiger Zeit hast du gesagt, du würdest wiedergutmachen, was du mir angetan hast.«

»Allerdings«, sagte Shand gleichmütig. »Was verlangst du von mir?«

»Karan hatte eine alte Silberkette, die wir in Katazza gefunden hatten. Du hast sie für sie versetzt, als ich in Yggurs Kerker in Thurkad lag. Die Kette ist ihr sehr viel Wert. Wenn du sie zurückbekommen könntest ...«

Shand zuckte zusammen. »Es könnte ... schwierig werden. Wegen des Kriegs, meine ich.«

»Wirst du's versuchen?«

»Ja«, sagte Shand mit abgewandtem Kopf und schritt dann weiter voran.

Da sie so langsam vorankamen, benötigten sie fünf Tage, um aus dem hohen Gebirge auf den Pfad über den Kamm zu gelangen, der an Carcharon vorbei hinab in den Wald von Gothryme führte. Spät am sechsten Tag passierten sie die trostlose Ruine, die auf dem Kamm stand wie eine zerbrochene Flasche. Karans Augen umwölkten sich, da sie an ihren Vater dachte. Ihr Verlangen nach dem Trost durch das Hrux wurde stärker.

In dieser Nacht marschierten sie weiter, da sie unterwegs kein Lager aufschlagen wollten, und überquerten den Fluss über die Brücke aus Stein. Die Wasserläufe, durch die Karan nach dem Hythe gegangen war, füllten sich jetzt und wären bald unpassierbare wilde Ströme. Endlich zeigte sich der Frühling.

Sie unterbrachen ihren eiligen Weg in dem Pavillon am Schwarzen See, rasteten dort für eine Stunde und machten sich dann wieder auf den Weg. Die Träger schritten den Pfad an der Felswand vorsichtig hinab. Die Stufen waren nass von geschmolzenem Eis und Schnee. Llian, der als Träger des hinteren Teils von Karans Trage an der Reihe war, war in Erinnerungen verloren.

»Was ist los?«, fragte Karan.

»Oh, ich habe nur nachgedacht. Als ich das letzte Mal hier herabkam, habe *ich* auf der Trage gelegen. Und dann ist, genau hier, der Thranx aufgetaucht.«

»Na, deswegen musst du dir jetzt keine Sorgen mehr machen – er ist schon lange tot.«

»Aber wie viele weitere streifen jetzt umher?«

Der letzte Teil der Reise schien kein Ende nehmen zu wollen, aber endlich waren sie unten, kämpften sich durch den Schlamm zwischen den Granitfelsen, wo die ersten grünen Sprösslinge des Frühlings sich zeigten, und gingen dann den stark ausgetretenen Pfad zum Gutshaus von Gothryme entlang. Karan überfiel kurzzeitig die Angst, dass irgendeine Katastrophe ihr Haus heimgesucht hätte, aber über der Hügelkuppe tauchten die steinernen Kamine und die grünen Dachziegel aus Schiefer auf. Gothryme stand vor ihnen, wie es immer ausgesehen hatte, ein kleiner, alter Bau, ziemlich schäbig, mit einem wettergegerbten Gerüst, das sich über einen Flügel hinzog, und tristen und kahlen Gärten.

»Es sieht verlassen aus«, bemerkte Karan besorgt.

Sie gingen zwischen den beiden Flügeln durch, und dann sahen sie ein halbes Dutzend Kinder, die einander über die Blumenbeete durch die halb errichteten Mauern jagten. Einer der Kirschbäume im Obstgarten hatte gerade Blüten angesetzt. Die Kinder stießen Rufe aus und kamen herbeigelaufen, um die Fremden anzustarren. Menschen erschienen in der Hintertür, und unter ihnen sah Karan das weiße Haar und die hohe, gebeugte Gestalt des alten Rachis, die Hauptstütze Gothrymes und ihres Lebens seit dem Tod ihres Vaters. Sie stieß einen mächtigen Seufzer aus. Am Ende würde alles gut werden.

Sie wollten sie in ihr Schlafzimmer hinauftragen und in das große viereckige Bett legen, aber trotz ihrer beträchtlichen Schmerzen wollte Karan davon nichts wissen. »Legt mich einfach dort nieder!«, sagte sie, auf den Raum zwischen dem Feuer und Fenster im alten Bergfried deutend. »Ich werde dort schlafen, bis der Gipsverband herunterkommt. Ich möchte alles mitbekommen.«

In jener Nacht veranstalteten sie ein Bankett und schmausten von den Überschüssen aus den Vorräten der Aachim, welche sie von Shazmak mitgebracht hatten (obwohl sich mehr als einer von den Einwohnern Gothrymes über das merkwürdige ausländische Zeug beklagte), sowie Wein aus Karans Keller. Ein ganzer Stapel Holz wurde verbrannt, damit sich jeder mit warmem Wasser den Schmutz der vergangenen Woche abwaschen konnte. Karan juckte es unerträglich unter ihrem Gips. Sie musste sich jedoch mit einem feuchten

Tuch, mit dem sie sich notdürftig reinigen konnte, zufriedengeben.

In Gothryme erfuhren sie die ersten Neuigkeiten seit Wochen, und es waren keine guten. Seltsame Kreaturen waren überall in Meldorin aus dem Nirgendwo aufgetaucht. Kreaturen aus der Mythologie – intelligente wie Lorrsk und Thranx, jedoch auch wilde Tiere, große und kleine, in jeder denkbaren Gestalt. Insbesondere im Wald von Elludore wimmelte es von ihnen.

Am folgenden Nachmittag lag Karan gerade wieder auf ihrer Trage und überprüfte den Zustand der Gärten und der Wiederaufbauarbeiten, als ein Fremder mit einer Eskorte von zwei Soldaten zum Vordereingang heranritt. »Wer kann das sein?«, überlegte sie müßig, während sie die Pläne für ihren Garten mit Bleistift bekritzelte.

»Vermutlich einer von Yggurs Soldaten mit Nachrichten«, meinte Llian.

»Ich heiße ihn besser willkommen. Trage mich bitte hinein.«

Beim Betreten der Halle sah sie einen ziemlich untersetzten Mann mit schwarzen Augen und krummer Nase, der sich mit Yggur unterhielt. Seine Beine waren lang und spindeldürr. »Er sieht nicht wie ein Soldat aus«, sagte sie. »Eher wie ein Beamter.«

»Oder ein Steuereintreiber!«

Sie starrte Llian an. Das Problem hatte Karan völlig vergessen.

Yggur zeigte auf sie, woraufhin der Spindeldürre zu ihr herüberkam. »Karan Elienor Melluselde Fyrn?«

»So heiße ich.«

»Ich bin Garlish Tunk, Steuereinnehmer für den Distrikt ›Hügel von Bannador‹. Hier ist meine Vollmacht.« Er öffnete eine Ledertasche und wies ein Pergament vor, das mit schwarzer Tinte beschrieben war. Am unteren Ende war Yggurs Siegel angebracht.

Karan erübrigte ihm nicht einmal einen Blick. Es war kaum wahrscheinlich, dass er ein Hochstapler war. »Ich weiß, wer Ihr seid.«

»Eure Steuerschuld«, sagte Tunk, »wird auf fünfhundertundvierzig Tar festgesetzt. Hier ist der Bescheid.« Er reichte ihr eine Papierrolle, die mit einem schwarzen Band zusammengebunden war.

»Eine hübsche Dekoration«, sagte sie und beachtete sie ebenfalls nicht weiter.

»Überprüft bitte den Bescheid«, sagte der Steuereintreiber. »In Yggurs Herrschaftsbereich geht alles nach Recht und Gesetz vor, und er verlangt, dass alles rechtmäßig erledigt wird.«

Karan las das Papier durch. So und so viele Tar für ihr Haus; so und so viele für das Land, die Straße und die Brücken; eine Kopfsteuer auf ihre Pächter und Arbeiter; die Steuer auf ihre Fischereirechte, ausgeübt im Ryme; eine weitere Steuer auf den Wald von Gothryme.

»Was soll das? Eine Steuer auf den Wald?«

»Er enthält viel wertvolles Holz.«

»Es ist wertlos. Man kann es nicht herschaffen.«

»Tretet Ihr dann den Titel ab?«

Karan erwiderte nichts. Den Titel auf das Land abgeben! Das war undenkbar.

»Ich kann Eure fünfhundertundvierzig Tar nicht bezahlen«, sagte sie.

Er runzelte die Stirn. »Wie viel könnt Ihr nicht begleichen?«

»Alles! Ich habe überhaupt kein Geld.«

»Kann nicht zahlen!« Er schrieb das nieder. »Welche

Schritte habt Ihr dann vorbereitet, um Euren Verpflichtungen nachzukommen?«

»Ich habe keine Verpflichtungen!«, erwiderte sie wütend. »Bannador ist souverän. Warum sollte ich für die Reparatur des Schadens bezahlen, den Euer Herr meinem Land zugefügt hat? Er hat mein Land vernichtet und mich ruiniert! Seid verdammt! Ich weigere mich!«

»Ich werde dies als eine Bitte an Lord Yggur auffassen«, sagte er und rief ihn herüber.

Karan sah Yggur funkelnd an, kaum imstande zu glauben, dass er nach allem, was geschehen war, eine solche Summe von ihr verlangte. »Bereits ein Viertel dieser Summe wäre mein Ruin.«

»Das Hoheitsgebiet liegt in Trümmern und muss wieder aufgebaut werden«, erwiderte er mit eisiger Ruhe. Seine Wut auf sie war so stark wie eh und je.

»Du hast es ruiniert!«, fauchte sie.

»Das ist Geschichte! Jeder muss seinen Beitrag leisten.«

»Du hattest keine Probleme, Mittel für deine dummen Kriege zu bekommen!«

»Du besitzt mehr als die meisten, Karan. Du kannst deine Schuld doch gewiss irgendwie begleichen.«

»Kann ich nicht«, sagte sie. »Alle meine Vorräte sind erschöpft. Es gibt nur eine einzige Möglichkeit.«

»Und die wäre?«

»Faelamor schuldet mir einige hundert Tar.«

»Wirklich?«, fragte Yggur. »Wie das?« Seine Augen funkelten gefährlich.

Sie zögerte. »Die Bezahlung für meine Fahrt nach Fiz Gorgo, um deinen Spiegel zu stehlen.«

Yggur bekam fast einen Anfall. »Du machst deine Lage nicht besser!«, fauchte er.

»Was sie in Elludore zurückgelassen hat, ist mein, wenn ich es in die Hand bekommen kann.« Karan befingerte das Ebenholzarmband, das die Illusionen dort aufheben würde.

»Was nutzt mir das? Die Straßen und Brücken müssen *jetzt* instand gesetzt werden. Elludore quillt über vor wilden Geschöpfen. Es mag niemals mehr ungefährlich sein, dorthin zu gehen.«

Shand tauchte hinter Yggur auf und legte ihm eine Hand auf die Schulter. Wenn jemand Einfluss auf den Mann hatte, dann er. »In diesem besonderen Fall gibt es mildernde Umstände«, erklärte Shand. »Ich glaube, dass durchaus etwas für einen Aufschub spricht.«

Eine Seite von Yggurs Gesicht zuckte, dann nickte er kalt. »Sehr schön! In Anbetracht deiner Situation, Karan, und dessen, was du für uns getan hast, was ich durchaus anerkenne, werde ich dir bis Ende Herbst Aufschub gewähren. Aber wenn deine Schuld bis dahin nicht bezahlt ist, werden deine Ländereien und Besitztümer bis zum Wert deiner Steuerschuld gepfändet.«

Das Problem war lediglich hinausgeschoben. Die Summe wäre auch im Herbst kaum aufzubringen, selbst nach der besten Ernte nicht.

Am folgenden Morgen setzte die Gemeinschaft ihre Reise nach Thurkad fort, denn in Santhenar musste die Ordnung wiederhergestellt werden, und alle möglichen Kreaturen waren zu jagen. Die Welt musste neu geschaffen werden.

»Und irgendjemand muss es tun«, sagte Yggur, als er mühsam sein Pferd bestieg. »Obwohl ich mir nicht vorstellen kann, was das für einen Sinn haben soll.«

Karan winkte ihnen durch die Tür zum Abschied zu. Llian ging wieder hinein.

»Nun denn, es ist vorüber. Endlich!« Er wanderte ziellos in der Halle umher und ging wieder hinaus und zur Küche hinüber.

Es ist nicht alles vorüber, dachte Karan. Nichts ist jemals vorüber. Sie legte sich auf ihr Bett zurück und starrte zu den geschwärzten Balken hinauf. Im Haus war es völlig still.

Ihr schmerzten die Knochen, die allmählich heilten, und erneut spürte sie das Verlangen nach dem Hrux. Sie schob es beiseite, wie sie es inzwischen gewohnt war, aber diesmal kehrte es stärker denn je zurück. Karan drehte den Kopf, sodass sie ins Feuer sehen konnte, aber das erinnerte sie gleichfalls an die Droge und wie sie diese in jener Nacht oben im Wald von Gothryme verbrannt hatte. Im Augenblick würde sie die glühenden Kohlen durchwühlen, um daran zu kommen, zu spüren, wie ihr das Gefühl von Macht und Unverwundbarkeit durch die Adern schoss, und dem Schmerz und der Verzweiflung zu entrinnen.

»Wirst du mich auch verlassen?«, fragte Karan an diesem Nachmittag. »Vermutlich wirst du dich jetzt bald zu deinem Kollegium aufmachen. Du langweilst dich bestimmt inzwischen mit mir.«

»Ich hatte nichts dergleichen geplant«, erwiderte Llian und kitzelte ihr die Füße, nur um sie zu ärgern und ihr hilfloses Lachen zu sehen.

»Ich merke mir jede einzelne deiner unfreundlichen Taten«, sagte Karan wesentlich gereizter als gewöhnlich, denn das Unbehagen war unerträglich, und sie hatte seit Shazmak nachts nicht mehr richtig geschlafen. »Glaube nicht, dass ich nicht für alles etwas verlangen werde, wenn es mir wieder besser geht.«

Llian zeigte sich unbeeindruckt. Er zog die Decken über sie, stopfte sie fest und setzte sich dann neben sie auf ein Kissen. »Was tust du da?«, fragte sie misstrauisch, aber als er die Hand hinhielt, ließ sie die ihre hineingleiten.

»Was ist los, Karan?«

Sie brach in Tränen aus.

»Ich habe mich fast zwei Jahre auf diesen Tag gefreut«, weinte sie. »Aber alles ist falschgelaufen. Sieh mich an! Ich bin ein nutzloser Krüppel, und Yggur wird mir Gothryme wegnehmen. Und ... und ... «

»Und was, Karan?«

Sie wandte den Kopf ab. »Es ist zu schrecklich. Ich bin zu nichts nütze. Ich will, dass du weggehst. Kehre ins Kollegium zurück und suche dir jemand anderen!«

Llian war verblüfft, entschloss sich jedoch zu prüfen, wie ernst es ihr war. »Eigentlich«, sagte er nachdenklich, »habe ich eine Freundin am Kollegium. Sie ähnelt dir ganz und gar nicht. Sie ist groß und elegant, mit wunderschönem dunklem Haar, und sie hat große ...«

Karan keuchte auf, versetzte ihm einen Fausthieb in den Magen und versuchte dann, die obere Hälfte ihres Körpers zu einem Ball zusammenzurollen.

»Ich habe dich geneckt«, sagte er leise. Er löste ihre Arme vom Kopf. »Also soll ich jetzt doch nicht weggehen.«

»Nein!«, flüsterte sie.

»Sehen wir mal, ob ich herausfinden kann, worin das Problem besteht«, fuhr Llian fort. »Meinst du vielleicht, ich will dich nicht, weil du keine Kinder bekommen kannst?«

Schmerzerfüllt setzte sie sich auf. »Woher wusstest du, dass ich keine Kinder bekommen kann?«

»Du bist eine Triune!« Er nahm sie fest in die Arme. »Das weiß ich seit einer Ewigkeit.«

»Und ... du möchtest mich trotzdem?«, fragte sie, als könnte sie ihm nicht glauben. »Magst du keine Kinder?« Argwohn klang aus ihrer Frage.

»Ich hätte gerne Kinder. Aber dich möchte ich lieber.«

Einige Zeit lagen sie beieinander. Wegen ihrer Verbände war das sehr unbequem. Karan war nach wie vor völlig angespannt.

»Da ist noch etwas, nicht wahr?«, fragte er.

»Reicht das nicht?«, schrie sie.

»Sag's mir, Karan!«

»Es ist das Hrux! Ich möchte es jetzt die ganze Zeit über haben. Ich habe gedacht, das Verlangen würde nachlassen, aber es wird jeden Tag stärker. Ich kann kaum noch an etwas anderes denken.«

Llian saß schweigend da. Die Hruxsucht war etwas, das nur sie alleine überwinden konnte. Er konnte sie dabei bloß nach besten Kräften unterstützen. Aber wie? Dann sah er eine Möglichkeit. Eigentlich hatte er sie schon den ganzen Heimweg von Shazmak im Hinterkopf gehabt.

»Ich frage mich, ob du eine kleine Geschichte hören möchtest?«, sagte er.

»Eine Geschichte?«, fragte sie gereizt.

»Eine Gutenachtgeschichte.« Er benutzte seine beste Erzählerstimme.

»Es ist noch nicht Abend.«

»Trotzdem! Sie fängt folgendermaßen an: Es war einmal ...«

»Ist es eine Liebesgeschichte? Liebesgeschichten mag ich am liebsten.«

»Es könnte eine sein«, erwiderte Llian.

»Aber keine traurige, wie diejenige über Jenulka und Hengist. Heute könnte ich keine traurige Geschichte ertragen.«

»Nicht besonders traurig.«

Karan seufzte und schmiegte den Kopf an seine Schulter. »Na ja, zumindest fängt sie richtig an«, sagte sie widerwillig. »Ganz traditionell.«

»Es war einmal ein kleines Mädchen mit rotem Lockenkopf und Augen grün wie Glasflaschen. Es war ein fröhliches Kind, selbst wenn es schwerfiel, fröhlich zu sein, und das war die meiste Zeit über so. Ihr Vater war gestorben und ihre Mutter auch, und sie lebte bei den ältlichen Kusinen ihrer Mutter, die sie sehr schlecht behandelten. Die einzige Hoffnung im Leben des armen Mädchens war ein Traum, den sie immer wieder träumte. Dann wurde ihr Leben, nachdem sie erwachsen geworden war, so erbärmlich, dass sie völlig in dem Traum aufging.«

»Welcher Traum?«, fragte Karan misstrauisch.

»Nun ja«, erwiderte Llian mit einem schelmischen Grinsen. »Wie sie wusste, waren von allen Männern die Erzähler diejenigen, die am besten aussahen. Außerdem waren es die kühnsten und die besten Liebhaber.«

Karan schnaubte verächtlich. »Armes Dummerchen!«

Es funktioniert!, dachte Llian. »Und seit ihrer Kindheit hatte sie den Traum gehegt, einen Erzähler zu heiraten.«

»Oh, wirklich?«

»Und nicht nur irgendeinen Erzähler. Sie hatte ihr Auge auf einen Meisterchronisten des Kollegiums der Historien geworfen, und er war der Hübscheste und Kühnste von allen.«

»Ich freue mich darauf, wenn du ihn mir vorstellst«, sagte Karan mit spöttischem Sarkasmus.

»Ah, was war er für ein Mann! Seine innere Schönheit ließ sie im Innern jubilieren.«

»Das sagen alle hässlichen Männer!«

»Pscht!«, sagte Llian. »Wenn der Erzähler sie anlächelte, war es, als würde die Sonne nach einer Woche Regen wieder scheinen. Und wenn sie ihn seine Geschichten erzählen hörte, schmolz sie innerlich dahin.«

»Jetzt kommt der schlimme Abschnitt«, meinte Karan.

»Unglücklicherweise hatte dieser Erzähler ein oder zwei Charakterfehler, obwohl nur *ganz, ganz kleine* ...«

»Ich kenne diese Geschichte, glaube ich«, murmelte Karan und drückte ihm die Hand. »Er war eitel über alle Maßen und stolz auf seine Kunst bis zur Arroganz! Er wusste nichts, glaubte jedoch, alles zu wissen. Er war so neugierig, dass er seine Nase überall hineinsteckte – er konnte einfach nicht anders. Und mehr noch, in jeder anderen Hinsicht war er dermaßen nutzlos, dass es ein Wunder ist, wie er sich überhaupt ernähren konnte. Er konnte keine Treppe hinabgehen, ohne aufs Gesicht zu fallen. Ein Wunder ist ...«

»Du hast sie bereits gehört«, sagte Llian traurig. »Und das Wunder ist ...?«

Sie klimperte ein paarmal übertrieben heftig mit den Wimpern. »Das Wunder ist, dass sie, die so schön war, dass der Mond sein Antlitz verbarg, wenn sie nach draußen ging, die so schlau, kenntnisreich und tapfer und freundlich ...«

»Ja?«, unterbrach Llian sie ungeduldig. »Was ist also das Wunder?«

Sie lächelte rätselhaft und sah durch die gesenkten Wimpern zu ihm auf. »Das Wunder ist, dass sie ihn so sehr liebte«, sagte sie leise. »Fahre mit deiner Geschichte fort, Llian! Was hat dieses Muster an Erzähler getan?«

»Zufällig standen ihm, kurz nachdem das Schicksal sie zusammengeführt hatte, schwere Zeiten bevor. Nicht seine Schuld, verstehst du ...«

»Natürlich nicht.«

»Sie wurden über die Welt gejagt und hatten viele gemeinsame Abenteuer zu bestehen. Entsetzliche, grausame Abenteuer, was gut ist. Die ergeben nämlich die besten Geschichten ...«

»Halte dich nicht mit den ermüdenden Einzelheiten auf«, sagte Karan. »Wie ging die Geschichte aus? Mehr will ich nicht wissen.«

»Es zeugt von schlechten Manieren, den Erzähler zu unterbrechen. Das habe ich dir ganz bestimmt schon früher mal gesagt.« Er seufzte lautstark. »Sehr schön. Obwohl sie gemeinsam durch die Welt gereist waren, alles miteinander geteilt hatten, gab es eines, was er nie imstande war, ihr zu sagen ...«

»Was?«, schrie Karan und rüttelte ihn. »Was konnte er ihr nicht sagen?«

Llian lächelte. Sie hatte allen Schmerz vergessen, und ihr Verlangen nach dem Hrux war verschwunden.

»Hör auf, wie ein Idiot zu grinsen, und erzähle die Geschichte zu Ende!«, rief sie. Rachis steckte kurz den weißen Kopf um den Türrahmen, lächelte und ging wieder davon.

»Er liebte sie mehr als den Mond und die Sterne ...«

»Was ist mit seinem Kollegium und den Büchern?«, unterbrach sie ihn, aber jetzt strahlte ein Licht in ihren Augen.

Llian drückte ihre Hand an seine Lippen. »Er liebte sie mehr als sein Kollegium, seine Bücher, seine Stifte und sein Papier, sein Schreibpult, sein Tintenfass ...«

»Mach weiter!«, rief Karan völlig aufgeregt. »Das wusste sie alles schon seit langer Zeit.« Sie versuchte, sich aufzusetzen. Llian half ihr sehr vorsichtig.

»Aber ...« Er hielt absichtlich inne.

»Was geschah dann?«

»Dieser große Erzähler, dieser Meister aller Worte im Wörterbuch, fand nicht den Mut, diese vier kleinen Worte zu sagen, die ihm mehr als ein Jahr lang auf der Seele gelegen hatten. Armer Mann, er hatte einfach Angst!«

»Armes dummes Mädchen!«, sagte Karan. »Sie hätte sie für ihn aussprechen sollen.«

»Wenn sie es nur getan hätte«, sagte Llian. »Was für ein dummer, erbärmlicher Stümper er war! Weil – und jetzt meine ich, dass die Geschichte letztlich doch ein trauriges Ende hat – er es nie tat.«

»Und das ist das Ende?«, rief sie aus. »Und was ist mit: ›Und sie lebten glücklich und zufrieden bis an ihr gemeinsames Ende‹?«

»Das ist eine andere Geschichte, Karan.«

»Ja, Llian?«

Er öffnete den Mund, brachte jedoch keine Worte heraus.

»Willst du mich heiraten?«, fragten beide im selben Augenblick und fielen aufs Bett, lachend, weinend, einander umarmend.

»Was ist los mit dir?«, fragte Karan einige Nächte später, als es spät war und Ruhe im Haus herrschte. Llian war den ganzen Nachmittag über ungewöhnlich still gewesen. »Ich hätte gedacht, ich hätte dich zum glücklichsten Mann auf der Welt gemacht.«

»Das hast du auch, dennoch bin ich niedergeschlagen wegen meiner Vergehen. Das hat mich bis ins Innerste aufgewühlt!«

»Welche Vergehen?«

»Die Zusammenarbeit mit Tensor in Katazza; die Verhöhnung Mendarks, sodass er die Archive niedergebrannt und die Flöte gestohlen hat; Tensor so in Rage gebracht zu haben, dass er Rulke vernichtet hat. Wie stolz war ich, als ich meine Erzählerstimme einsetzte und ihn derart manipulieren konnte! Was für eine fahrlässige Freude habe ich da empfunden! Und sieh nur, welch tragische Konsequenzen das hatte!«

»Nun ja, du bereust sie vielleicht, während du zugleich weißt, dass alles, wenn du nicht gehandelt hättest, noch schlimmer hätte kommen können. Ich zum Beispiel wäre tot.«

»Ich fühle mich so schuldig! Meine Neugier war tödlich. Ich werde meine Tätigkeit als Chronist und auch als Erzähler aufgeben. Eine andere Möglichkeit gibt es nicht. Ich werde vom Morgen bis zum Abend auf deinen Feldern arbeiten, um meine Vergehen zu sühnen.«

»Du wärst der nutzloseste und kläglichste Arbeiter in ganz Bannador«, sagte sie mit einem herzlosen Gelächter. »Ich würde dich wahrscheinlich vor dem Mittagessen hinauswerfen. Außerdem ist das sowieso alles Schnee von gestern, und wir müssen in die Zukunft schauen. Denke doch mal an all das Gute, das du mit deinen Geschichten und Historien getan hast!«

Llian saß teilnahmslos da. »Wie wirst du dich ernähren?«, fuhr sie fort. »Ganz zu schweigen von deinem Beitrag zum Unterhalt dieses Hauses, das Geld wie Feuerholz verbrennt und niemals welches erwirtschaftet. Hast du nicht Rulke versprochen, die Historie der Charon zu verfassen? Und was ist mit dem Volk von Bannador, das während der letzten beiden Jahre so gelitten hat? Dürfen sie die *Geschichte vom Spiegel* nicht hören?«

»Du hast vermutlich Recht«, sagte er nicht mehr so ganz unglücklich.

»Du musst außerdem dem Kollegium die ganze Geschichte

erzählen. Da kommst du nicht drum herum. Es ist deine Pflicht als Meisterchronist.«

Bei diesem Gedanken lebte Llian wieder auf.

»Abgesehen davon, wie könnte ich mich denn mit einem Bauernknecht verehelichen? Das würde mich sehr unglücklich machen. Seitdem ich ein kleines Mädchen war, habe ich davon geträumt, einen Erzähler zu heiraten. Darüber gibt es sogar eine Geschichte!«

Es war eine hektische, ja, sogar verzweifelte Zeit. Meldorin wurde von Thranx und Scharen kleinerer Kreaturen heimgesucht, und sie fügten ihm fast so viel Schaden zu wie der Krieg im Jahr zuvor. Eines schrecklichen Tages zum Ende des Frühjahrs wurde sogar Thurkad angegriffen.

Llian musste häufig nach Thurkad und zu anderen Orten gehen, damit er seine Geschichte erzählen konnte. Er bekam auch gute Angebote, schlug sie jedoch alle aus.

»Sie ist noch nicht fertig«, sagte er jedes Mal, »und wenn, dann muss ich sie zuerst in Chanthed erzählen.«

Er blieb an Karans Seite, tröstete sie, kümmerte sich um sie und nahm ihre Mutwilligkeit und Launen gelassen hin. Und es war die reinste Freude mit anzusehen, als sie sich schließlich aus ihrem Sessel erhob und versuchte, an Stöcken zu gehen. Überraschend war jedoch, dass sie selbst in ihren schlimmsten Augenblicken keinerlei Verlangen nach Hrux verspürte. Es war völlig verschwunden.

»Heute ist der Tag!«, sagte Karan eines Morgens in der Frühe, etwa einen Monat nach ihrer Rückkehr. Es war der siebte Tag des Bolland, der erste Monat des Sommers.

»Welcher Tag?«, wunderte sich Llian.

»*Es sind sechs Wochen!* Der Tag, an dem meine Gipsverbände

herunterkommen! Du kannst dir unmöglich vorstellen, wie sehr ich mich nach diesem Tag gesehnt habe.«

Der Metallrahmen wurde auseinandergenommen, die Gipsverbände wurden vorsichtig durchgesägt und von ihren Hüften und Beinen weggebrochen. Man half Karan in einen Sessel.

»Oh, es ist ein so komisches Gefühl, auf meinem Hinterteil zu sitzen, nachdem ich so lange auf dem Rücken gelegen habe. Ich spüre, wie meine Knochen knirschen.« Sie sah an ihren dürren Beinen herab, die wie gerade, bleiche Stöcke aussahen. Ihre Knie sahen aus wie Höcker, und ihre Fußknöchel standen hervor. »Oje, wie hässlich ich bin! Gib mir eine Hose, rasch!«

Nachdem das erledigt war, legte Karan die Hände auf die Sessellehnen und versuchte, sich hochzustemmen. Sie kam halb aus dem Sessel und fiel dann wieder zurück. »Steh nicht so blöd da rum!«, rief sie. »Hilf mir auf!«

Llian reichte ihr den Arm und zog sie hoch, aber die Beine wollten sie nicht tragen. Sie sackte zur Seite weg und hätte ihn dabei fast mitgezogen. Karan brach in Tränen aus.

»Setz mich zurück«, sagte sie. »Es hat keinen Zweck, meine Beine funktionieren nicht mehr. Ich bin ein nutzloser Krüppel.«

Rachis trat herbei. »Karan, Kind«, sagte er, »du gehst zu rasch vor! Nach dieser ganzen Zeit musst du erst deine Muskeln wieder aufbauen, bevor du erwarten kannst, laufen zu können.«

»Ich kann nicht mal aufstehen!«, jammerte sie.

»Aber wenn du zunächst übst, wirst du es morgen oder in den nächsten Tagen können. Und wenige Tage später wirst du deine ersten Schritte tun. Bald wirst du überall hingehen. Das habe ich oft erlebt.« Er ging pfeifend hinaus.

»Das ist so«, sagte Llian. »Ich habe oft davon gehört.«

Karan trocknete ihre Zornestränen. »Dann will ich dir glauben, obwohl es unmöglich erscheint. Nun, lass mir ein Bad einlaufen und lege mich bitte hinein, damit ich dieses schreckliche Jucken loswerde! Und du bleibst besser da, damit ich nicht ertrinke, und um mich wieder herauszuheben. Und dann trägst du mich die Treppe hinauf in mein Bett, wo ich meine Belohnung für die vergangenen sechs Wochen beanspruchen und dir deine eigene aushändigen werde.«

Nach wenigen Tagen war Karan in der Lage, allein herumzulaufen, obwohl sie noch einen weiteren Monat lang an Krücken ging. Llian hatte sich inzwischen von seinem Kummer erholt. Befreit von der Notwendigkeit, sich ständig um sie kümmern zu müssen, machte er sich wieder mit feuereifer an seine Arbeit. Aus dem Kollegium der Historien war eine Botschaft eingetroffen. Er sollte die Geschichte beim Abschlusserzählen, das bereits in zwei Monaten stattfand, vortragen. Der alte Wistan hatte sie für eine Große Geschichte nominiert, und alle Meisterchronisten wären anwesend, um ihre Stimme abzugeben. Es war noch unglaublich viel zu tun, damit die *Geschichte vom Spiegel* rechtzeitig fertig würde.

Llian erlaubte sich, davon zu träumen. Die erste neue Große Geschichte seit Hunderten von Jahren. Seine Geschichte! Gewiss würden sie dafür stimmen. Und der alte Wistan hatte seine Zeit bei weitem überlebt. Vergangenes Jahr hatte er davon gesprochen, einen Nachfolger zu bestimmen – und von der Notwendigkeit, dass das Kollegium einen neuen, jüngeren Direktor benötigte. Und wenn die Erzählung mit seinem Namen verbunden wäre, könnte vielleicht er, Llian, derjenige welcher sein …

Plötzlich musste Llian schallend über sich selbst lachen. Und auch darüber, wohin ihn seinen Tagträume geführt hatten. Ich bin wahrlich unverbesserlich, sagte er zu sich. Aber darf ich nicht träumen?

Schließlich kam der Tag, da Karan imstande war, die Stöcke beiseitezulegen. Bald ging und rannte sie überall hin und zog viel Vergnügen daraus, dass sie es konnte, obwohl sie wusste, dass sie ihre alte Behändigkeit und Beweglichkeit nie mehr zurückgewinnen würde. Bis ans Ende ihrer Tage humpelte sie leicht, und insbesondere im Winter machten ihr die Knochen zu schaffen.

Eines Abends stand Shand auf der Schwelle der Eingangstür des Bergfrieds. »Shand, ist das schön, dich zu sehen!«, sagte Llian fröhlich, denn der alte Mann war seit ihrer Rückkehr von Shazmak nicht mehr hier gewesen. »Tritt ein!«

»Ich kann nicht bleiben.« Shand sah aus, als wäre ihm unbehaglich zu Mute. »Ich habe zu viel zu tun.« Er warf Llian ein kleines Päckchen in die Hände und eilte sofort den Pfad wieder zurück.

Verwirrt kehrte Llian ins Haus zurück und öffnete das Päckchen. In einer Schachtel aus weißem Holz, die auf einem zerknüllten Stück mitternachtsblauem Samt ruhte, lag die Silberkette, die Shand einst für Karan versetzt hatte. Sie war gereinigt worden und sah so wunderschön aus wie an dem Tag, als der Meisterhandwerker sie geschaffen hatte.

Llian untersuchte sie sorgfältig. Im Innern war »shu« eingraviert, Shuthdars Zeichen, und die Gravur war kaum noch zu erkennen. Bei diesem Anblick durchlief Llian ein Kitzel der Erregung – der Gedanke, dass er etwas in Händen hielt, das von einer Legende geschaffen worden war, vor viertausend Jahren! Und dort auf der Schließe hatte eine zittrige Hand in weit auseinanderliegenden Buchstaben, die deutlich zu erkennen waren, den Namen F I A C H R A geschrieben – den Namen des verkrüppelten Mädchens, dessen geheimnisvoller Tod der Anfang von allem gewesen war. Das bewies mit Sicherheit, dass es Shutdars Geschenk an sie war.

»Karan!«, schrie er. »Sieh mal, was Shand zurückgebracht hat!«

Karan kam herbeigelaufen. »Oh, Shand, vielen Dank!«, rief sie. Sie hielt sich die Silberkette an die Wange und sah sich um. »Wo ist er?«

»Er ist nicht geblieben.«

»*Warum nicht?* Warum ist er weg? Zu dieser späten Stunde?« Sie lief zur Tür hinaus.

»Ich glaube, er wollte nicht, dass wir Fragen stellen«, sagte Llian.

Kurz darauf kehrte sie Arm in Arm mit einem sichtlich wenig gesprächigen Shand zurück. Karan schwebte praktisch auf allen Wolken. Shand jedoch wollte nicht einmal berichten, wie er die Kette zurückerhalten hatte. Er sprach wenig beim Abendessen und zog sich sofort danach zurück.

Karan badete und flitzte, eingehüllt in ein fadenscheiniges Handtuch, die Treppe zu ihrem Zimmer hinauf. Llian war bereits im Bett und schlief offensichtlich. Sie bürstete sich das Haar, hing das Handtuch über einen Stuhl und ließ Fiachras Kette über ihren Kopf gleiten. Karan schlüpfte unter die Laken und wühlte sich in die Stelle, die Llian bereits angewärmt hatte. Er erwachte und nahm sie in die Arme. Bald waren beide eingeschlafen.

Karan träumte die Historien. Sie träumte sich selbst in Llians *Geschichte der Düsternis* hinein, wie er sie gleich zu Beginn erzählt hatte. Sie sah ihn ebenso, wie er in jener Nacht des Abschlusserzählens auf der Bühne ausgesehen hatte, vor zwei Jahren. Karan sah auch sich selbst, wie sie die Große Geschichte erlebte und ihr Herz hin zu dem Erzähler flog.

Aber mit jener merkwürdigen Selbstgewissheit, die mit einem Traum einhergeht, begriff Karan, dass sie sich direkt in Hulings Turm am Langen See hineingeträumt hatte. Sie sah sich als geisterhaftes Abbild dort auf der obersten Treppenstufe stehen, wie sie über die Mauern auf das Wasser zu einer Seite und den Halbkreis des brennenden Waldes auf der anderen hinwegschaute. Shutdars Feinde rückten heran, und nichts durfte sich ihnen in den Weg stellen.

Träumerisch langsam wandte sich Karan um. Shuthdar, ein so schauerliches Wrack, wie man es sich nur vorstellen konnte, starrte direkt durch sie hindurch. Vergiftet von den Metallen, mit deren Bearbeitung er so lange Zeit verbracht hatte, waren seine sämtlichen Knochen völlig deformiert. Beine und Arme zeigten knötchenartige Auswüchse zerstörter Muskelmasse, welche Knochen umschloss, die so knorrig wie Baumstümpfe waren. Die Haut pellte sich wie halb geschälte Kartoffeln, während die Finger verdrehte arthritische Klauen waren.

Aber es war sein Gesicht, das die Verkörperung äußersten Entsetzens darstellte. Es war gleichermaßen zerfressen wie deformiert, während die eingesunkenen, auseinanderklaffenden Lippen das grässlichste Zerrbild seiner Handwerkskunst zur Schau stellten. Die falschen Zähne bestanden aus Eisen und passten nicht recht in die nässende Mundhöhle – rostige, ungestalte Dinger, die Lippen, Bart und Hemd blutig rot befleckten.

Karan schrie im Schlaf auf. Oder war es Karan, der Geist?

Denn Shuthdars Blick ging nach oben, bevor er zur Seite glitt. Sein Blick wurde weicher, der grässliche Mund formte sich zu einem Lächeln. Auch Karan wandte sich um und erblickte das verkrüppelte Mädchen, das auf dem Flachdach in der Nähe saß. Die verdrehten Beine steckten unter einem langen Rock. Fiachra war hübsch, ein kleines, herzförmiges Gesicht wurde von dickem, schwarzem Haar umrahmt. Schweißperlen standen ihr auf der Stirn von dem magischen Tanz, den Shuthdar ihr vorgeführt hatte.

Das Mädchen sah mit solcher Bewunderung zu dem Ungeheuer auf, dass es Karan den Atem verschlug. Shuthdar sagte etwas, und Fiachras Gesicht strahlte, obwohl seine Worte nicht zu hören waren. Er zeigte zu den brennenden Wäldern hinüber. Sie schüttelte den Kopf, und der Blick, der zwischen ihnen hin und her ging, ließ Karan innerlich jubeln. Shuthdar nahm eine Kette vom Hals – die Kette, die Karan in den Traum hineingetragen hatte – und kritzelte Fiachras Namen darauf. Es war ein Schutz gegen das, was käme. Er ließ sie über ihren Kopf gleiten, berührte sie mit dem Handrücken an der Wange und huschte dann mit der Flöte in der Hand auf die Mauer.

Als Silhouette vor dem entsetzlichen Mond, dessen dunkle Seite voll war und sich auf dem See widerspiegelte, schwenkte er seinen Feinden die Flöte entgegen und blies einen einzigen Ton.

Alles verschwand in regenbogenfarbenen Druckwellen, die dröhnend in alle Richtungen davonschossen. Der Turm zersplitterte. Wellen schlugen über den Ruinen zusammen. Die Zeit wurde verzerrt, glitt zur Seite weg, und als sie zurückkehrte, war Shuthdar verschwunden, und die Spitze des Turms lag in Trümmern. Verborgen hinter einer Mauer aus Schutt umschloss ein glänzender Zylinder das schlafende Mädchen.

Als Karans Geist die Hand danach ausstreckte, zerplatzte der Zylinder, und Fiachra erwachte. Sie kratzte an der Mauer, schrie nach Shuthdar, aber er war tot. Alles, was blieb, war eine langsam sich verfestigende Lache aus Gold, die Überreste der Flöte. Weinend sank das Mädchen hinter den Schutt zurück.

Erneut veränderte sich die Zeit. Eine hohe, geisterhafte Gestalt tauchte auf der Treppe auf. Mit einem Jubelschrei stürzte sie sich auf das Gold und schmolz es mit einem mächtigen Zauberspruch zu drei Schmuckstücken. Karan sah Rauch von den Händen der Gestalt aufsteigen, Beweis dafür, dass sie aus Fleisch und Blut bestand. Schließlich war die Arbeit getan, und der Schmuck wurde in einer Pfütze abgeschreckt. Dann sah die Gestalt plötzlich hoch, da sie merkte, dass sie beobachtet wurde. Sie sprang auf die Mauer. Das verkrüppelte Mädchen unternahm einen vergeblichen Fluchtversuch, aber die Gestalt stach ihr eine lange Nadel in den Rücken. Fiachra schrie auf, versteifte sich und regte sich nicht mehr.

Karan stöhnte laut auf. Obwohl sie wusste, dass sie träumte, und wusste, dass die Mörderin mehr als dreitausend Jahre alt war, versetzte es ihr einen Schock, als wäre es in ihrem eigenen Schlafraum geschehen.

Die Gestalt wandte sich abrupt ab, und Karan erkannte zum ersten Mal ihr Gesicht. Es war eine Frau, eine große, breitschultrige Frau, mit schwarzem Haar, einem langen, wunderschönen Gesicht und sengenden indigofarbenen Augen. Yalkara! Alles fiel auf seinen Platz!

Die Gestalt sprang Karans Geist mit blutbeschmierten, aufgerissenen Händen an. Karan kreischte und erwachte in Llians Armen.

»Also hat Yalkara sie getötet«, sagte Llian am Morgen, als Karan und er das Frühstück zusammen mit Shand einnahmen. Karan hatte ihnen gerade den von der Kette inspirierten Traum erzählt.

»Das habe ich mir schon gedacht, gleich, nachdem ich die Zeichnungen gesehen habe, die Faelamor aus der Bibliothek gestohlen hatte«, bemerkte Shand traurig. Er stocherte in seinem Essen herum. »Aber die Kette hat es bestätigt. Sobald ich sie wieder in der Hand hatte, wusste ich, was geschehen war. Dem Metall waren die Taten, die im Turm geschehen waren, aufgeprägt – die Zerstörung der Flöte, der Schutz, der Mord, die Düsternis! Oh, Yalkara! Was für eine ehrlose Tat, ein hilfloses Mädchen zu töten!«

»Vermutlich hatte sie das Gefühl, ihr bliebe keine andere Wahl«, sagte Llian. »Das Gold war zu verdorben und tödlich, um jemals wieder benutzt zu werden. Niemandem konnte man es anvertrauen, also durfte niemand wissen, dass sie es besaß. Das verkrüppelte Mädchen musste sterben.«

»Und hat sie auch Kandor getötet, als er es lange danach herausfand?«, fragte Karan.

»Einen ihrer eigenen Art, einen der Hundert zu töten, wäre ein völlig andere Sache«, erwiderte Shand.

»Ich verstehe nicht, warum Yalkara sich nicht des Goldes entledigte«, sagte Karan. »Warum hat sie es nicht zu Staub zermahlen und es über die Meere verstreut, damit es niemand mehr bergen könnte? Warum es behalten, damit es gefunden und benutzt werden könnte, wenn es doch so gefährlich war?«

»Vermutlich hat sie es für den Fall behalten, dass es jemand dringend benötigte«, entgegnete Shand. »Vergiss nicht, dass Havissard der sicherste Ort auf Santhenar war; es war uneinnehmbar. Vergiss auch nicht, dass das Gold aus Aachan unglaublich kostbar war. Als sie dann unerwartet fliehen musste, war sie zu schlimm verwundet, um etwas damit anzustellen, und sie konnte es nicht mitnehmen.« Er seufzte. »Ah, Yalkara, selbst im Wissen um dieses Verbrechen, selbst nach all dieser Zeit verlangt es mich noch schmerzlich nach dir!«

»Woher hatte Kandor dann also die Kette?«, fragte Karan.

»Er war einer der Tausenden draußen, als die Flöte vernichtet wurde«, erwiderte Llian. »Und später nahm er, da er wusste, dass das Mädchen ermordet worden war, ihr die Kette ab, weil er glaubte, dass der Beweis sich daraus vielleicht ablesen ließe. Wer auch immer das Gold hatte, er oder sie besäße die größte Macht auf Santhenar. Er begehrte diese Macht, denn Kandor war immer unsicher. Deswegen wollte er sein Reich mit allen Mitteln erschaffen. Er musste seine Stärke zeigen und dafür sorgen, dass ihn andere Menschen darum beneideten. Und fürchteten!«

Shand setzte die Geschichte fort: »Aber die ganze Zeit über wusste er, dass er nur die zweite Geige spielte. Er konnte den Namen des Mörders nicht mit Hilfe der Kette erfahren. Schlimmer noch, jemand, der viel mächtiger als er war, besaß das Gold, verwendete es aber nicht. Und als das Meer von Perion auszutrocknen begann, begriff Kandor, dass ihn nur eine Macht retten könnte.

Er verfiel in einen Verfolgungswahn und errichtete den Großen Turm von Katazza in demselben Muster wie dasjenige auf der Kette. Die Übereinstimmung zwischen den beiden war eine Art kongenialer Magie. Aber auch eine Prahlerei: ›Ich weiß, worauf du hinauswillst, aber meine Kunst ist größer.‹

Es war hohle Prahlerei. Das Meer trocknete aus, und Kandors Reich fiel mit ihm. Da er inzwischen glaubte, Rulke sei im Besitz des Goldes, schrieb Kandor diese Briefe, die ihn und Yalkara zusammenbringen sollten, wobei er hoffte, Rulke bloßzustellen und seinen Sturz zu bewirken.

Aber Yalkara weigerte sich zu kommen, und Rulke beschuldigte seinerseits in einem Brief Kandor des Verrats. Also verriet Kandor Rulke über dessen Verlobte an den Rat. Und da Mendark wusste, dass Kandor seinen Ruf zerstören konnte, ließ er ihn umbringen.«

21

Die Große Geschichte

Im letzten Sommermonat traten Karan, Llian und Shand die Reise über das Gebirge nach Chanthed an, um das Abschlusserzählen nicht zu verpassen. Für Karan war es ein schmerzvoller Ausflug. Die meiste Zeit über taten ihr sämtliche Knochen weh.

Beim Eintreffen in Chanted fanden sie viele Freunde vor – Tallia, Jevi, jetzt erster Maat auf der *Herrenlosen*, Lilis und Nadiril, Malien und Asper und sogar Pender. Die anderen Aachim kämpften gegen eine Kolonie von Thranx auf der anderen Seite von Lauralin. Malien wirkte älter, und ihr rotes Haar war von Silberfäden durchzogen. Sie sprach nicht sehr viel. Das Schicksal Aachans und die Unmöglichkeit, etwas daran zu ändern, beschäftigte sie unentwegt.

»Pender!«, rief Karan aus. »Sie mal einer an! Du siehst prächtig aus!«

Prächtig war vielleicht etwas übertrieben, aber alles ist schließlich relativ, und Pender hatte sein Bestes gegeben. Die Stoppeln, die normalerweise seine Wangen zierten, hatte er sorgfältig entfernt. Er trug Kleidung, die, wenn sie auch nicht gerade der neuesten Mode in den Hafenkneipen Thurkads entsprachen, zumindest sauber und neu war. Sie war sogar gebügelt, wenn auch nicht sehr gut, und der Bauch, der die Mantelknöpfe fast sprengte, zeigte, dass er ein gutes Jahr hinter sich hatte. Er war rund wie ein Fass.

Grinsend breitete Pender die Arme aus. Er hatte nie viel für Llian übrig gehabt, aber Karan zählte zu seinen Lieblingen. »Es war ein gutes Jahr für den Handel gewesen, nicht? Ich glaube, ich kann mir ein neues Schiff leisten.«

»Oh, du wirst die *Heimatlose* doch nicht verkaufen!«, sagte Lilis. »Es täte mir sehr leid, sie zu verlieren.« Lilis war während der vergangenen Monate ebenfalls gewachsen. Sie war nach wie vor ziemlich klein, aber nicht mehr ganz so dürr. Sie war runder in den Hüften geworden, hatte eine vollere Brust – ganz eindeutig eine Frau.

»Na ja, Lilis, ich kann nicht zwei Schiffe gleichzeitig benutzen, oder? Und ich muss Tallia ihren Anteil zurückzahlen!« Mit einem lauten Geflüster fuhr er fort: »Jetzt sag's keinem weiter, aber ich könnte es an deinen Vater verkaufen.«

Lilis' Gesicht blühte auf wie eine Blume, die im Sonnenschein ihre Blätter öffnet. »Jevi!«, rief sie so laut, dass sich sämtliche Köpfe im Raum zu ihr drehten. »Jevi, Jevi! Pender wird dir die *Heimatlose* verkaufen!«

Jevi, der direkt hinter ihr stand, lächelte und sagte: »Ja, wir haben bereits darüber gesprochen. Kannst du dir vorstellen, dass ich ein Schiff mein Eigen nenne? Von so etwas habe ich nicht mal zu träumen gewagt. Ich bin ein neuer Mann, Lilis.«

Tallia trat heran und legte die Arme um ihn. »Mir gefällt der alte noch gut, aber ich freue mich für dich.«

»Also, wie lauten deine Pläne?«, fragte Pender, sich wieder an Lilis wendend.

»Es gibt viel zu tun. Ich muss Llians Geschichte für die Große Bibliothek fertig kopieren. Und ich habe meine Lehrzeit nicht mal zur Hälfte beendet. Komm rüber, Pender, und sag Hallo zu Nadiril! Er wird dir sehr gefallen.«

Llian musste immer noch ein letztes Detail herausfinden, bevor er seine *Geschichte vom Spiegel* erzählen konnte. »Warum hat Yalkara jene Glyphen um den Spiegel eingeritzt?«, fragte er die Gemeinschaft, die sich am Feuer ihres Gasthauses versammelt hatte. »Und warum das Mondsymbol? Weißt du es, Shand?«

»Ich glaube schon. Wir haben einen Teil davon herausbekommen, kurz bevor Mendark das Feuer legte, wenn du dich recht entsinnst. In ihrer letzten Schlacht hat Faelamor Yalkara gezwungen zu enthüllen, dass der Schlüssel zum Erbauen von Toren innerhalb des Spiegels liegt. Yalkara hatte so viel Angst, dass sie sogleich den Spiegel veränderte. Damals hatte sie die Inschrift eingraviert, um sicherzustellen, dass Aeolior ihn nach wie vor benutzen könnte. Anscheinend hatte sie Faelamor mit diesen Versen ebenfalls genarrt, obwohl sie die dritte und vierte Zeile ausließ, die nur für Aeolior bestimmt waren. So lauten die Verse, und die Betonung ist wichtig:

Der Spiegel ist verschlossen, doch darin liegt der Schlüssel
Komm, sieh hinein, sieh, was *du* sehen willst!
Nimm dein Erbe in Anspruch; du wirst die Wahrheit sehen
Dann kann der Spiegel weder mich noch dich anlügen.
Tallallame, oh, mein Tallallame
Dein Schicksal *ruht* auf der, die Drei ist.

Die Botschaft hatte mehrere Bedeutungsebenen«, erklärte Shand. »Sobald Yalkara das Geheimnis der Tore offenbart hatte, sah Faelamor endlich einen Weg zurück nach Tallallame. An diesem Punkt setzte ihr dreihundert Jahre weit reichender Plan ein.

Yalkaras Botschaft war eine Verlockung für Faelamor, in den Spiegel zu schauen. Zudem war sie zusammen mit der uralten Prophezeiung der Faellem eine Versuchung, der sie unmöglich widerstehen konnte. Sie war ebenfalls der reinste Zynismus – *sieh, was* du *sehen willst!* –, denn Faelamor war nicht stark genug, den Verdrehten Spiegel dazu zu bringen, ihr die Wahrheit zu zeigen. Und eine Weissagung über das Schicksal von Tallallame, die Faelamors Missverständnis über die Triune noch bestärkte.«

»Und das Mondsymbol?«, fragte Lilis fasziniert. »War das auch für Faelamor gedacht?«

»Ganz und gar nicht«, erwiderte Shand. »Es war allein für Aeolior, eine Illustration von Yalkaras einziger Hoffnung, dass die Charon sich mit anderen Arten vermischen würden. Sieh es dir an!« Shand skizzierte es auf einem Fetzen Papier.

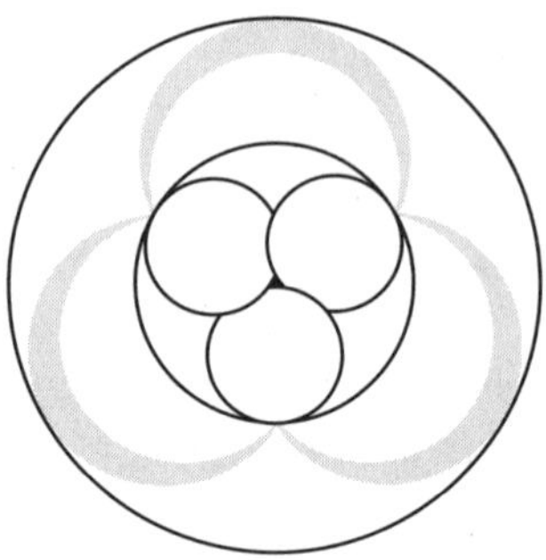

»Der äußere Kreis symbolisiert uns Altmenschen, die uralte menschliche Art, vollkommen, jedoch unzureichend (zumindest aus ihrer Sicht); zu primitiv. Die drei scharlachroten Sicheln bilden die Faellem, Charon und Aachim ab – mächtig, jedoch alle in gewisser Hinsicht unvollkommen.«

»Und der innere Kreis?«, fragte Karan.

»Die drei goldenen Kugeln müssen die Triunen symbolisieren«, erklärte Llian. »In einen vollkommenen Kreis gesetzt, der, könnte ich mir vorstellen, eine neue Art Menschen abbildet.«

Malien, die während der gesamten Debatte still dagesessen hatte, beendete die Sache jetzt. »Dieser Teil repräsentiert vielleicht auch die Zellen eines neuen menschlichen Embryos. Aber das Symbol stellte ebenfalls eine Bedrohung dar, die uns davon abhalten sollte, den Spiegel jemals wieder zu benutzen, denn es ist ein altes Symbol der Aachim, das Verhängnis bedeutet. Bei seinem Anblick waren wir alle entsetzt. Sogar Tensor, obwohl seine Gier nach den Geheimnissen des Spiegels seine Furcht aufwog.«

In diesem Jahr war die Ehre der letzten Nacht des Abschlusserzählens Llians Freundin Thandiwe übertragen worden, obwohl sie natürlich nicht die *Geschichte vom Spiegel* erzählen konnte. Stattdessen trug sie die allererste Große Geschichte vor, *Nulkis Saga*, eine tragische Geschichte von *»Vorher«*. Es war die einzige aller Großen Geschichten, die aus der Zeit vor Shuthdars Diebstahl der goldenen Flöte datierte. Obwohl Thandiwe eher Chronistin als Meistererzählerin war, brachte sie die Geschichte sehr einfach und anrührend vor. Sogar Llian war beeindruckt.

Karan war erstaunt über die Veränderung, die in Thandiwe vorgegangen war. Seit ihrer ersten Begegnung war weniger als ein Jahr vergangen, aber Thandiwe war nicht mehr die mädchenhafte Schülerin, die sich nach ihrem Geliebten verzehrt hatte. Nach ihrer Erzählung wurde sie in den Stand einer Meisterchronistin erhoben, und in ihrem einfachen schwarzen Gewand wirkte sie auf der Bühne allen anderen ebenbürtig.

Am folgenden Abend begann Llian mit dem ersten Teil der *Geschichte vom Spiegel.* Sie bestand aus vier Teilen, die an vier aufeinander folgenden Abenden erzählt werden sollten. Zwei Jahre waren vergangen, seitdem er die *Geschichte der Düsternis* erzählt hatte, mit der die Geschichte angefangen hatte.

»Der erste Teil der *Geschichte vom Spiegel* heißt *Ein Schatten auf dem Spiegel*«, begann Llian, »und es war das flüchtige Erscheinen von Yalkaras Gesicht auf dem Spiegel in Fiz Gorgo ...«

Die *Geschichte vom Spiegel* war schließlich beendet. Llian senkte den Kopf. Es herrschte völliges Schweigen. Dann stieß jemand im Hintergrund ein gewaltiges Gebrüll aus. Eine junge Frau auf der anderen Seite der Halle nahm es auf, und plötzlich war der ganze Raum auf den Beinen und brüllte, kreischte und schrie seine Zustimmung heraus. Beifallssturm folgte auf Beifallssturm, Schüler stürmten auf die Bühne und trugen Llian ein Dutzend Mal auf den Schultern kreuz und quer durch die Halle und das Publikum.

Schließlich ließen sie ihn, völlig erschöpft, wieder herab und marschierten auf ihre Plätze zurück. Der alte Wistan schlurfte auf die Bühne. Er war inzwischen ziemlich gebrechlich, und ein untersetzter Meister musste ihm die Stufen hinaufhelfen.

Wistan nickte Llian ziemlich schroff zu und trat nach vorn. »Eine schöne Geschichte!«, sagte er. »Ein wunderbare Geschichte, da sind wir gewiss alle einer Meinung. Und jetzt kommt die Zeit, auf die ich mein Leben lang gewartet habe, wie zweifelsohne auch viele von euch. Alle Meisterchronisten sind heute Abend hier versammelt.« Er las vierundsechzig Namen vor, einen nach dem anderen, sehr langsam und deutlich.

Links von Karan, die als Ehrengast in der ersten Reihe Platz genommen hatte, saßen einunddreißig Meister, eine gleiche Anzahl rechts, und sie brannte förmlich vor Ungeduld.

Wistan erreichte das Ende der Liste. Die letzten drei Namen waren Thandiwe, Llian und er selbst. »Meine lieben Meister, verehrte Besucher, Schüler, ich werde mich kurz fassen. Hiermit nominiere ich die *Geschichte vom Spiegel* für eine Große Geschichte. Alle Meisterchronisten haben die Dokumente gelesen, mit den Zeugen gesprochen und die Tatsachen überprüft. Jetzt habt ihr die Geschichte von einem Meister gehört. Was sagt ihr? Ist es eine Große Geschichte? Ja oder nein? Antwortet einer nach dem anderen, bitte, und der Aufzeichner wird eure Stimme notieren.«

Er hielt um des Effekts willen inne. Karan verspürte ein kurzzeitiges Gefühl des Unbehagens, obwohl es rasch vorüberging.

»Meister Quendryth, was sagt Ihr?«

Eine kleine, weißhaarige Frau ganz am Ende der Reihe erhob sich. Sie nickte Llian zu, dann Wistan und den anderen Meistern. »Ja!«, sagte sie heiser. »Es ist eine Große Geschichte.« Ohne ein weiteres Wort setzte sie sich wieder.

»Meister Laarni?«, rief Wistan.

Der dunkelgesichtige Mann gleich neben Karan sprang auf. »Ja!«, brüllte er, wodurch er sicherstellte, dass an seiner Ansicht keinerlei Zweifel bestanden. »Eine Große Geschichte! Eine sehr Große Geschichte! Notiere meine Stimme sorgfältig, Aufzeichner!« Er ließ sich auf seinen Stuhl fallen, dass es die ganze Reihe erschütterte.

»Meister Cherith?«, rief Wistan. Eine korpulente, schwarz

gekleidete Frau knapp mittleren Alters erhob sich auf der anderen Seite des Raums.

»Ja!«, sagte sie leise. Dann lächelte sie und steckte den ganzen Raum mit ihrer guten Laune an. »Eine Große Geschichte ist sie wahrlich, Meister Wistan.«

»Meister Thandiwe?«, fragte Wistan.

Die jüngste aller Meister, Thandiwe, erhob sich. Karan bemerkte, dass Llian sie anstarrte, und spürte wiederum einen kleinen Stich von Eifersucht. Thandiwe wirkte heute Abend wahrlich atemberaubend in ihrem Gewand aus rotem Satin, das ihre üppigen Formen umschmeichelte. Sie gab ihre Stimme für die Große Geschichte ab und setzte sich rasch wieder.

So ging es hin und her über die erste Reihe. Schließlich hatten alle bis auf einen ihre Stimme abgegeben, bis auf den Meister des Kollegiums der Historien. Llian konnte natürlich nicht mit abstimmen. Erneut spürte Karan dieses leise Unbehagen. Diese Ehre bedeutete Llian alles. Wistan hatte Llian einst gehasst. Was wäre, wenn er es trotz allem immer noch täte?

Wistan sprach kein Wort. Im Raum herrschte Schweigen. Karans Unbehagen wuchs. Dann quietschte Quendryths Sitz, und Karan bemerkte, dass der Meister des Kollegiums darauf wartete, gefragt zu werden.

»Meister Wistan«, sagte Qendryth. »Ihr habt die Dokumente geprüft, die Zeugen befragt und die *Geschichte vom Spiegel* gehört. Was sagt Ihr? Ist die Geschichte der höchsten Ehre wert?«

»Die Geschichte ist meiner Stimme wert«, erwiderte Wistan und hielt dann inne. Er wirkte uralt, erschöpft, grimmig.

Die Pause streckte sich. Minuten verstrichen. Karan hörte das schwere Atmen von Laarni neben sich. Sie vermochte nicht zu atmen. Ihr schmerzte die Brust.

»Und wie stimmt ihr?«

Wistan holte tief Luft. Schwankend stand er auf. »Es ... es ist eine Große Geschichte«, flüsterte er und musste sich wieder hinsetzen. »Die *Geschichte vom Spiegel* ist eine Große Geschichte, die dreiundzwanzigste.«

Unter dem Gebrüll erzitterten die Ziegel auf dem Dach. Alle im Raum erhoben sich. Langsam stand auch Karan auf, die zu Tränen gerührt war. Oh, Llian, dachte sie, du hast endlich, was du haben wolltest.

Llian stand jetzt allein in der Mitte der großen Bühne, und die Tränen liefen ihm ungehemmt die Wangen hinab.

Als der Lärm schließlich abebbte, betrat Wistan erneut die Bühne. »Es gibt noch zwei Dinge, die wir zu erledigen haben«, sagte er. »Ich bin seit mehr als fünfzig Jahren Direktor des Kollegiums der Historien. Ich habe das Kollegium sicher durch den Krieg geführt und in das neue Zeitalter geleitet. Ich habe die Große Geschichte gehört. Mein Gesundheitszustand lässt rapide nach, und ich habe keinen Grund mehr, weiterzumachen. Es ist an der Zeit, die Last jemand anderem zu übertragen. Heute Abend werden wir, bevor wir die Versammlung auflösen, einen neuen Direktor wählen.«

Ein Aufruhr ging durch das Publikum wie ein Wind, der trockenes Gebüsch über den Hof treibt. Wistan hielt eine zittrige Hand hoch. »Die alte Welt ist auf immer dahin. Ein neuer Direktor ist ebenso erforderlich wie ein frischer Start in das neue Zeitalter. Schlagt niemanden der viel zu alten Wächter vor! Nehmt die Jugend, das Talent und die Integrität und setzt euer Vertrauen darein, dass die Weisheit sich entwickeln wird. Ich rufe zu Nominierungen auf!«

»Meister Llian!«, rief eine Stimme aus der Menge.

Llian trat vor und nickte zum Einverständnis. Selbst nach dem ganzen Zuspruch strahlte er das Verlangen nach dieser letzten Ehre aus. Es wäre ein Zeichen, dass die Außenseiter, die Zain, endlich akzeptiert würden.

Karan war zwischen widerstreitenden Wünschen hin- und hergerissen. War Llians Verlangen, Direktor zu werden, größer als sein Verlangen nach ihr? Wenn er es würde, müsste er in Chanthed leben. Aber wie könnte sie ihn halten, wenn er zu gehen wünschte?

Der Aufzeichner notierte sorgsam seinen Namen in einem alten roten Buch. »Weitere Nominierungen!«, rief Wistan aus seinem Sessel.

»Meister Laarni!«, ertönte ein Ruf aus dem Gang Karan gegenüber.

»Akzeptiert Ihr die Nominierung, Laarni?«, fragte Wistan.

Der dunkle Mann neben Karan erhob sich. Er verneigte sich vor der Bühne und dem Mann, der ihn nominiert hatte. »Nein! Ich bin zu alt.« Er setzte sich wieder.

Wistan ließ den Blick über den Raum gleiten. Niemand rührte sich. »Kommt schon!«, sagte er gereizt. »Heute Abend sind ein halbes Dutzend anwesend, die dieser Ehre würdig wären.«

Nach einer langen Pause wurden zwei weitere nominiert. Beide lehnten ab. Die Wahl schien ein *Fait accompli.*

Wistans Gesicht zuckte. Er stand auf, trat unter Schmerzen bis zum äußersten Rand der Bühne vor, und seine umwölkten Augen suchten nach einem Gesicht in der Reihe von Meistern. »Es muss eine Abstimmung geben«, flüsterte Wistan. »Ich nominiere Meister Thandiwe Moorn.«

Thandiwe wäre fast vom Stuhl gefallen. Ein Gemurmel des Erstaunens durchlief die Halle. Llian wirkte völlig ungläubig. Dann stand Thandiwe auf, und Karan fühlte mit ihr, denn das

Gesicht der jungen Meisterin war so rot wie ihr Gewand, und sie zitterte derart, dass sie fast umfiel.

»Akzeptiert Ihr die Nominierung, Thandiwe?«, fragte Wistan.

»Ich bin ihrer nicht würdig, und noch viel weniger der Position«, erwiderte sie leise.

»Da bin ich anderer Ansicht. Der neue Direktor des Kollegiums muss jung sein, wie Ihr. Muss brillant sein – niemand könnte von Euch das Gegenteil behaupten. Muss die Historie ebenso lieben wie das Leben selbst. Aber am meisten muss der neue Direktor unparteiisch und integer sein. Ich sage, dass Euch diese drei Eigenschaften alle eigen sind. Erneut schlage ich Euch vor.«

Thandiwe sah ihm in die Augen. »Ihr seid weise und ich nicht. Gewiss erkennt Ihr, was ich nicht erkenne. Ich akzeptiere die Nominierung.«

»Dann nehmt Euren Platz auf der Bühne ein und wartet auf unsere Entscheidung! Gibt es weitere Nominierungen?« Das war nicht der Fall. »Kommt, Ihr Meister, wir müssen die Vorzüge der Kandidaten besprechen.«

Der stämmige Laarni stützte Wistan, als sie in das angrenzende Besprechungszimmer hinübergingen. Die Meister folgten, und die Tür fiel donnernd ins Schloss. Im Publikum wurde heftig debattiert. Llian und Thandiwe ließen sich auf ihren Stühlen nieder. Llian lehnte sich zurück, und es erforderte seine ganze Selbstbeherrschung als Erzähler, ein ausdrucksloses Gesicht zu zeigen. Thandiwe sah aus, als wollte sie, dass sich der Boden öffnete und sie verschluckte, damit ihre Pein ein Ende hätte.

Eine sehr lange Zeit geschah gar nichts. Hinter der Tür vernahm Karan erhobene Stimmen. Offenbar war es eine lange und hitzige Debatte. Schließlich öffnete sich die Tür, und die

Meister kamen heraus. Sie verteilten sich im Hintergrund der Bühne und sprachen leise miteinander. Die beiden Kandidaten wurden nach vorn gebeten. Die Meister warfen Zettelchen in eine Schachtel, und der Aufzeichner zählte und notierte die Zahlen schmerzlich langsam in dem roten Buch.

Schließlich sah er auf. »Es ist getan, Meister.«

»Gibt es eine Mehrheit für einen Kandidaten?«

»Es gibt eine Mehrheit, Meister Wistan.«

»Wie groß ist sie?«

»Vierzig zu zweiundzwanzig.«

Wistan lächelte. »Eine deutliche Mehrheit! Ein guter Anfang für den neuen Direktor. Und der Name des Gewinners?«

Der Aufzeichner reichte Wistan ein langes Stück Papier. Wistan schritt die Reihe ab und zeigte die Stimmen und die Zahl allen Meistern, außer den beiden Kandidaten. Jeder nickte zum Zeichen, dass er mit der Wahl einverstanden war. Wistan erreichte den vorderen Rand der Bühne und stellte sich zwischen Thandiwe und Llian.

»Wollen die Kandidaten sich bitte erheben?«

Llian und Thandiwe standen auf.

»Der Gewinner«, sagte Wistan, der das größte Lächeln zeigte, das alle im Kollegium bei ihm jemals gesehen hatten, »mit der Mehrheit von vierzig zu zweiundzwanzig Stimmen ist Meister Thandiwe Moorn.«

Das Publikum war so verblüfft, dass alles totenstill blieb. Der kurze Ausdruck der Bestürzung auf Llians Gesicht, gefolgt von Entsetzen und Demütigung, musste ein Entzücken für seine Feinde gewesen sein. Er verbarg ihn rasch, setzte ein gezwungenes Lächeln auf, das niemanden zu täuschen vermochte, und streckte Thandiwe die Hand entgegen. Er hätte sich mit ihr gefreut, hätte sie sonst jemanden geschlagen, aber das hier überstieg seine Kräfte.

»Du wirst eine gute Direktorin werden«, sagte er. »Ich wünsche dir alles Gute!«

Thandiwe war außerstande, das Lächeln zu erwidern. Tränen des Unglaubens standen ihr in den Augen. Unermüdlich schüttelte sie den Kopf. Llian verneigte sich vor ihr, vor Wistan und den versammelten Meistern und wandte sich zum Gehen.

Wistan winkte ihm, er solle bleiben. »Thandiwe Moorn, Ihr seid zum fünfundsiebzigsten Direktor des Kollegiums der Historien gewählt worden. Nehmt Ihr die Wahl an?«

Thandiwe straffte die Schultern. »Ich nehme sie an, Meister Wistan«, erwiderte sie leise.

»Ihr werdet Eure Position nach meinem Tod einnehmen, der«, er lächelte sarkastisch, »in Bälde zu erwarten ist. Ich gratuliere Euch.« Er schüttelte ihr die Hand.

Erneut wandte sich Llian zum Gehen. »Bleibt einen Augenblick, Llian«, rief Wistan mit plötzlich lauter und fester Stimme. »Es ist noch eine letzte Angelegenheit zu erledigen, die Euch betrifft.«

Llian sprang in die Mitte der Bühne zurück, als würde er einen Trostpreis erwarten. Wistan winkte die Meister heran.

»Meister Llian«, sagte Wistan, »Ihr habt eine neue Große Geschichte geschaffen und seid dafür gefeiert worden. Ihr seid ein großer Chronist und auch ein großer Erzähler, daran besteht kein Zweifel. Vielleicht der größte der Ära, die gerade zu Ende gegangen ist.«

Llian verneigte sich vor Wistan und dem Publikum. Erneut verspürte Karan dieses leise Unbehagen.

»Aber Llian, wie ich Euch mehr als einmal sagte, als Ihr noch Schüler hier wart, *ein Genie ohne Moral ist etwas Tödliches.*

Wie tödlich, habe ich nie begriffen. Ein großer Chronist mögt Ihr sein, Llian, aber Ihr seid kein würdiger Meister. Eure Erzählung beweist Eure Unehre. Ihr habt Eure Berufung in Katazza durch Eure Zusammenarbeit mit Tensor verraten, und Ihr habt sie wiederum im Nachtland verraten.«

Wistan hielt die Hand hoch, als Llian sich verteidigen wollte. »Ihr habt sprechen können – vier lange Abende! –, und jetzt werde ich sprechen. Diese Verbrechen lassen sich vielleicht vergeben, da sie zweifelsohne unter Zwang begangen wurden. Aber nicht das, was Ihr dann getan habt. Ihr habt Euch in die Historie eingemengt, Llian! Ihr habt Mendark in Thurkad manipuliert, nur um die Antwort auf eine historische Merkwürdigkeit zu erhalten. Mit dem Ergebnis, dass einhundert Gefangene in den Zellen der Zitadelle sowie eine unbezahlbare Bibliothek der Historien verbrannten.«

Er hielt inne. Llian sah aus, als hätte er gerade einen Schlag ins Gesicht erhalten.

»Und dann, in Shazmak, habt Ihr es wieder getan. Mit vielleicht noch schlimmeren Folgen! Ihr habt Tensor dadurch manipuliert, dass Ihr Euch Eures Talents als Erzähler bedient habt ...« Wistan erstickte beinahe an seinem Zorn. »Dadurch habt Ihr den Tod des edlen Rulke bewirkt, zusammen mit allen Konsequenzen bis zum heutigen Tag. Habt Ihr jetzt irgendetwas zu sagen, Llian?«

Du stinkender Heuchler!, dachte Karan. Die ganze Welt hat Rulke bis zu seinem Tod gehasst und gefürchtet und alles getan, um ihn zu vernichten.

»Nein!«, flüsterte Llian. »Gar nichts. Alles, was Ihr sagt, ist wahr. Ich akzeptiere Euren Tadel und schwöre, mich zu ändern.«

»Dies ist kein Tadel!«, fauchte Wistan. »Ihr seid durch und

durch verdorben, Llian! Ihr seid eines Meisterchronisten unwürdig. Euch muss eine Lektion erteilt werden!«

Llian senkte den Kopf. »Ich habe diese Lektion gelernt.«

»Habt Ihr nicht! Wie konntet Ihr, ein Zain, auch nur daran denken, Meister dieses Kollegiums zu werden?« Aus Wistans Stimme troff die Boshaftigkeit.

Karan überlegte, ob die Freundlichkeit, die er im vergangenen Jahr gezeigt hatte, ebenfalls geheuchelt gewesen war oder ob Llians Verhalten nur die alten Vorurteile bestärkt hatte. Wistan hatte unbedingt die Ehre einer Großen Geschichte erringen wollen, aber jetzt, da er sie hatte, würde er dem gehassten Zain gegenüber keine Milde walten lassen.

»Ich habe die Geringste von uns zur Größten erhoben«, fuhr Wistan fort, »um Euch zu zeigen, dass Ihr für uns *niemals* akzeptabel seid.«

Llian wurde weiß wie die Wand. Das Weiße in Thandiwes Augen war zu sehen. Sie bebte vor Wut.

»Daher nehme ich Euch, entsprechend meines Rechts als Direktor des Kollegiums, die Ehre. Ihr seid kein Meisterchronist mehr. Gebt mir Euer Abzeichen!«

Llian war so schockiert, dass er stolperte und von der Bühne gefallen wäre, hätte Thandiwe ihn nicht beim Arm gepackt. Er tastete in seiner Tasche umher, holte das Abzeichen des Meisters hervor, das ihm kostbarer war als das eigene Leben, und reichte es Wistan.

Wistan sah sich unter den versammelten Meistern um. »Hat jemand etwas gegen dieses Urteil vorzubringen?«

Mehrere Meister sahen finster drein und scharrten mit den Füßen. »Wäre doch sinnlos, nicht wahr?«, rief Laarni. »Wir alle zusammen hätten nicht die Macht, Eure Entscheidung zu revidieren!«

Wistan holte einen kleinen Zeremonienhammer aus seinen Gewändern, zerschlug das Abzeichen und fegte die Bruchstücke mit dem Fuß von der Bühne. »Verlasst uns, Llian! Für Euch ist kein Platz hier unter den Meistern!« Dann setzte Wistan ein ekelerregendes Lächeln auf, das geschwärztes Zahnfleisch und fleckige Zähne enthüllte. »Aber Ihr seid immer noch ein großer Erzähler. Fahrt mit Eurem Erzählen fort, mit unserem Segen und allen guten Wünschen.«

»Aber ...«, setzte Llian an.

Das Lächeln verzerrte sich. »Ich hätte Euch die Ehre *vor* Eurer Erzählung nehmen können!«, fauchte Wistan. »Dann hätte es keine Große Geschichte neben Eurem Namen gegeben, Llian!«

»Auch neben Eurem nicht, Ihr verdammter Scheinheiliger!«, brüllte Laarni.

Einer der Meister flüsterte Thandiwe etwas ins Ohr. »Einen Augenblick, bitte!«, sagte sie. »Ihr habt mich nicht konsultiert.«

Wistan war verblüfft über ihre plötzliche Kühnheit. Er besprach sich mit den anderen Meistern und wandte sich dann wieder ihr zu. »Die gewählte Direktorin mag ihre Stimme zu dieser Entscheidung abgeben. Was sagt Ihr dazu, Thandiwe? Stimmt für Integrität!«

»Integrität?« Sie verschluckte sich fast an diesem Wort. »Das Wort hat Euch so lange auf der Zunge gelegen, dass es wie Euer Atem stinkt, Wistan! Zum Glück ist Eure Zeit vorüber.«

»Gebt Eure Stimme ab!«, knurrte er.

»Ich stimme gegen Euch, Wistan. Ein Dutzend Meister sind heute hier anwesend, deren Verbrechen größer als Llians Verbrechen sind.«

»Die Stimme der gewählten Direktorin zählt nicht«, sagte Wistan, »und zwar wegen ihres wohl bekannten Interessenskonflikts. Meine Entscheidung steht fest, meine letzte als Direktor.«

»Und hier ist meine erste!«, fauchte Thandiwe. »Llian wird sofort wieder eingesetzt, wenn ich das Amt übernehme.«

»Das geht nicht«, sagte Wistan. »Ein entlassener Meister kann erst in sieben Jahren wieder für eine Wiederzulassung in Betracht gezogen werden. Und das erfordert eine Zweidrittelmehrheit sämtlicher Meisterchronisten.«

Thandiwe ballte die Fäuste und wandte sich dann ab, wobei sie sich nur mit Mühe beherrschte. »Llian, du warst allerdings ein großer Meisterchronist. Du hast so viel für den Ruf des Kollegiums getan, und auch für die Historien, trotz deiner ... Irrtümer. Aber wer unter uns hat keine Irrtümer begangen? Bei mir ist es jedenfalls so. Vielleicht wirst du wieder große Dinge tun. Meine Entscheidung lautet, dass wir in sieben Jahren dein Verhalten erneut untersuchen und deinen Fall neu aufrollen.«

»Wie könnt Ihr es wagen!« Wistan traten vor Wut fast die Augen aus den Höhlen, aber er konnte an der Entscheidung nichts ändern.

»Ich bin noch nicht fertig«, sagte Thandiwe. »Gleichzeitig werden wir, wenn wir die Sache wieder mit kühlerem Kopf betrachten können, die Taten von Meister Wistan untersuchen. Vielleicht werden die Meister *ihn* aus den Aufzeichnungen streichen. Die Nachwelt muss die Wahrheit über uns alle wissen, insbesondere über diejenigen, die die Ehre hatten, Direktor des Kollegiums zu sein!« Sie wandte sich Llian zu. »Tur mir leid, Llian, mehr kann ich nicht tun. Leb wohl!«

Karan sah Llian zu, der wie betäubt die Stufen hinabstieg, durch den Gang schritt und dann hinausging. Die Vorstellung war vorüber.

22

Das Ende der Geschichte

Auf der langen Heimreise war Llian sehr schweigsam. Der Verlust seiner Ehre, die er mühsam errungen hatte, schien ihm jegliches Selbstvertrauen genommen zu haben. In Karans Augen war er überhaupt nicht mehr der Chronist, den sie kannte und liebte. Er war eher der scheue, linkische junge Mann, der er als Schüler gewesen sein musste, sich seines Platzes in der Welt nicht gewiss. Karan gefiel die Veränderung nicht, aber sie sah keine Möglichkeit, ihm zu helfen.

In der Nacht ihrer Rückkehr nach Gothryme legte Karan gerade die Kleidung in die Schubladen zurück, als ihr die kleine schwarze Perle in die Hände fiel, die Rulke ihr geschenkt hatte.

Sie nahm sie aus der durchsichtigen Schachtel und wog sie in der Hand. Sie war leicht und schwarz wie Lakritz. »Das Mindeste, das ich für dich tun kann«, hatte Rulke gesagt. Was tausend Bedeutungen haben konnte. War es ein Schmuckstück, ein Glücksbringer, ein magischer Talisman oder sogar eine Tablette?

Sie schnupperte an ihr, aber die Perle hatte keinerlei Geruch an sich. Dann leckte sie daran. Die Perle hatte einen schwachen, ätherischen Geschmack, ebenso schwer fassbar wie wochenalter Moschus. Karan steckte sich die Perle in den Mund. Sie lag auf ihrer Zunge und löste sich langsam auf, und ein leichtes Prickeln durchlief sie.

»Llian!«, rief sie.
»Ja?«
»Komm rauf!«

Sie lebten weiter wie zuvor. Llian arbeitete ruhig an der Vervollständigung der Kopien seiner Großen Geschichte und ging sogar so weit, einige der Anfangsbuchstaben mit Gold und Silber sowie mit Tinte zu verzieren, die aus den pulverisierten Splittern von Lapislazuli hergestellt war, das er den ganzen Weg vom Großen Turm von Katazza bei sich geführt hatte. Illuminierung war eine Kunst, in der er einiges Geschick besaß, da seine Mutter und seine Schwestern diesem Gewerbe nachgegangen waren. Er verbrachte den Winter mit dieser Arbeit und sorgte so dafür, dass die drei Kopien, die nach Chanthed geschickt werden mussten, im Frühjahr vollendet waren. Er hatte vorgehabt, sie persönlich hinzubringen, aber jetzt kam er sich wie ein Ausgestoßener vor. Lilis' Kopie würde in der Großen Bibliothek verbleiben.

Und danach? Llian wusste nicht, was er mit sich anfangen sollte. Die Historien waren sein Leben, aber es war ihm verboten, daran zu arbeiten, außer wie ein ungebildeter Amateur. Alle Bibliotheken waren ihm verschlossen, auch sämtliche Archive.

Er hatte viel Zeit damit verbracht, über seine Zukunft nachzudenken, insbesondere über den Schlüssel, den Rulke ihm gegeben hatte. Llian verbarg ihn an einem geheimen Ort. Eines Tages, sollte er jemals wieder als Meisterchronist eingesetzt werden, würde er dieser Geschichte nachgehen und die Historie der Charon schreiben, wie er es Rulke versprochen hatte. Er musste wieder eingesetzt werden! Dieser Verpflichtung konnte er sich niemals entziehen!

Llian hatte sich entschlossen, seine Notizen, die *Mendarks Geschichte* erzählten und die in den Tagebüchern standen, die er vor dem Feuer gerettet hatte, in die Archive der Bibliothek von Chanthed zu bringen. Eines Tages würde ein anderer Schüler sie für die Nachwelt erzählen und sie vielleicht sogar zu der Großen Geschichte machen, nach der es Mendark so gelüstet hatte. Allerdings nicht Llian.

So gingen die Wochen dahin, und Llian fühlte sich nur unglücklich. Er hatte die Arbeit eines Schreibers einmal geliebt, aber jetzt war selbst das Kopieren seiner Großen Geschichte eine langweilige Aufgabe, die er dennoch nicht vernachlässigte. Nichts als das Beste war gut genug für seine *Geschichte vom Spiegel.*

Wenn ihm vor lauter Erschöpfung alles vor den Augen zu verschwimmen begann oder er die Hand nicht mehr ruhig halten konnte, wanderte Llian lustlos im Gutshaus umher. Er versuchte sich an vielen Arbeiten und brachte keine davon zustande, denn er konnte nichts außer schreiben und erzählen, und für beides bestand auf Gothryme nur wenig Bedarf. Er fühlte sich elend, und dementsprechend war das Ergebnis all dessen, was er auch nur anfasste, denn man musste die Arbeit noch einmal tun, nachdem er damit fertig war.

»Das geht so nicht weiter, Llian«, sagte Karan eines Tages so freundlich, wie sie nur konnte.

»Ich verdiene meinen Lebensunterhalt nicht, oder?«

»Natürlich tust du das! Aber du musst das tun, worin du gut bist, nicht den ganzen Haushalt stören, nur um dich irgendwie zu beschäftigen.«

Am folgenden Tag nahm Llian sein Bündel, ging auf die Straße und erzählte Geschichten gegen Geld, wo immer er ein Publikum fand. Er war wochenlang weg, erreichte am Ende sogar Thurkad. Er kehrte mit einem kleinen Beutel voller Münzen zurück, um die Karan dankbar war, obwohl Llian das Erlebnis nicht annähernd so sehr genoss, wie er es einmal getan hatte. Es war schrecklich einsam auf der Straße, und seine Tätigkeit als Erzähler erinnerte ihn daran, wie sehr es ihn danach verlangte, Meisterchronist zu sein.

»Hier gibt es für mich nichts zu tun!«, sagte er wenige Tage nach seiner Rückkehr. »Ich fühle mich ziemlich nutzlos.«

Karan überlegte, ihn darum zu bitten, ihre eigene Familiengeschichte zu erforschen und herauszufinden, was ihr Vater in Carcharon eigentlich im Sinn gehabt hatte. Das ging ihr unentwegt im Kopf herum. Aber da sie fürchtete, dass Llian etwas Unangenehmes ans Tageslicht brächte, nahm sie davon Abstand.

Ende Herbst versammelten sich alle wieder vor Karans knisterndem Herdfeuer und erzählten einander, was während der vergangenen Monate geschehen war. Es gab heroische Geschichten von Kämpfen gegen wilde Tiere und Ungeheuer, auch tragische Erzählungen. Karans eigene Geschichte beanspruchte nicht viel Zeit, denn was sie getan hatte, ließ sich an Garten, Obstgarten und Feldern ablesen. Die Dürre in Gothryme war zu Ende gegangen, und die Ernte war gut gewesen. Die Arbeiten an den Gebäuden waren allerdings noch weit von der Vollendung entfernt, weil es an Mitteln fehlte. Das Jahr war nicht *so* gut verlaufen, dass Geld übrig war, und jetzt war es wieder an der Zeit, die Steuern zu bezahlen.

Davor fürchtete sich Karan, denn sie konnte unmöglich nach Elludore gehen und Faelamors Reichtum bergen. Der Ort war völlig von Lorrsk verseucht. Vielleicht könnte sie ihn deshalb niemals mehr bergen. Sie war sich gewiss, Gothryme dieses Mal zu verlieren.

Die winzige Dosis an Historie hatte nichts zur Heilung Llians beigetragen, der nach wie vor in einem elenden Zustand war. Das Erzählen und Kopieren hatte sein Verlangen nach dem, was er nicht mehr haben konnte, nur weiter verstärkt. Draußen hatte ein eisiger Regen eingesetzt. Es wurde bereits dunkel. Shand zog seinen Stuhl näher ans Feuer und entkorkte eine Flasche Gellonlikör, die erste aus einer Kiste, die er von Tullin hatte herbeischaffen lassen. Er schenkte jedem großzügig den Becher voll und tat es nicht einmal ungern.

»Ihr kennt die Zeile über den *drei Mal Verratenen*?«, fragte Yggur. »Ich habe die ganze Zeit gedacht, damit wärst du gemeint.«

»Ich?«, lachte Shand. »Nein, die Aachim waren die drei Mal Verratenen. Verraten von Rulke, als Tar Gaarn fiel, dann verraten von Faelmaor, als Shazmak fiel; aber am meisten verraten von ihrer eigenen unausweichlichen Dummheit.«

Tallia saß schweigend am Feuer und nippte an ihrem Likör. Bestimmt vermisste sie Jevi, der mit Pender die Küste hinabfuhr.

»Meint ihr, Mendark war die ganze Zeit über korrupt?«, fragte sie niemandem im Besonderen. Sie fühlte sich nach wie vor durch seine Taten betrogen.

»Nein«, erwiderte Shand. »Er hat sich stets um Santhenar und Thurkad gesorgt. Seine Fehler waren eine zu große Liebe zur Macht und dem damit verbundenen Drum und Dran und eine zu große Sorge um den eigenen Ruf. Alles war gerechtfertigt, wenn es ihn bloß an der Macht hielt, denn er hielt sich für den Einzigen, der sich gegen den Feind stemmen könnte.«

»Dennoch war er größer, als er erschien«, sagte Yggur. »Obwohl er mein Feind war, hat er bis zum Ende Santhenars Geschicke gelenkt. Wir schulden ihm sehr viel. Niemand hätte sich mehr um den Schutz unserer Welt kümmern können. Trotzdem sind seine Verbrechen schrecklich und lassen sich nicht leicht vergeben.«

»Er wusste auch, dass er seine Zeit überlebt hatte, wie ich«, sagte Shand. »Das Leben war Mendark zur Last geworden. Es hätte ihm nicht leidgetan zu gehen. Aber er liebte das Risiko, und die Möglichkeit, das Konstrukt in die Hand zu bekommen, war zu verlockend, um ihr widerstehen zu können. Selbst so hat er am Ende das Richtige getan. Wahrscheinlich bekommt er eines Tages doch seine Große Geschichte.«

Yggur schnitt eine Grimasse und wechselte das Thema. *So* großzügig war ihm nicht zu Mute. »Ein Thranx wurde neulich nur wenige Meilen von hier gesichtet. Wie viele sind durchgekommen, was meinst du?«

»Dutzende, wenn nicht gar hunderte«, erwiderte Malien. »Und tausende kleinerer Kreaturen. Genügend, dass sie sich in der Wildnis vermehren können. Wir werden sie nie mehr loswerden.«

»In was für schwierigen Zeit wir doch leben!«, rief Yggur aus. »Manchmal frage ich mich, wie gewöhnliche Menschen mit ihrem Leben weitermachen können, ihre Felder bestellen und Kinder in die Welt setzen können, wenn ihnen alles so brutal genommen werden kann.«

»Eine unsichere Welt«, stimmte Shand zu. »Eine unsichere Zukunft. Wer würde da Pläne schmieden?«

»Ich!«, schnaubte Karan. »Während die Großen philosophieren, müssen sich die kleinen Leute das tägliche Brot erarbeiten. Wenn wir uns nicht um die Zukunft kümmern, werden wir dahinwelken wie die Aachim. Habt ihr meine neuen Gärten gesehen? Ich werde Gothryme erblühen lassen wie ein kleines Stück vom Paradies. Und vielleicht sogar genügend einnehmen, um meine *Steuern* zu bezahlen«, fügte sie mit einem funkelnden Blick auf Yggur hinzu, denn sie erwartete jetzt jeden Tag seinen Steuereintreiber.

Yggur verlangte es immer noch schmerzlich nach Maigraith, und sein Schmerz schien im Verlauf der Zeit noch größer zu werden. »Wenn nur eine Möglichkeit bestünde, sie zurückzuholen«, sagte er nach dem Essen in seinen Weinbecher hinein. »Sie hat meinem Leben die Hoffnung zurückgebracht, und ich habe sie im Stich gelassen.«

»Ich trauere auch um sie«, sagte der alte Shand. »Aber sie ist wenigstens bei Yalkara.«

»Ich hätte gedacht, das Verlangen würde mit der Zeit nachlassen«, sagte Yggur, »aber es schmerzt jeden Tag mehr. Ich wünschte, ich könnte sie zurückholen.«

»Das kannst du nicht, und selbst wenn du es könntest, möchte sie vielleicht nicht ... die Beziehung erneuern.«

»Das weiß ich!«, knurrte Yggur. »Aber ich habe sie hier in Aachan eingesperrt. Damit werde ich einfach nicht fertig. Wenn ich nur wüsste, ob es ihr gut geht!«

Es folgte ein langes Schweigen. Karan drückte sich mit den Armen in ihrem Sessel hoch. »Es geht ihr gut!«, sagte sie leise.

Yggur fiel fast aus seinem Stuhl. Er starrte sie an, aber sie saß einfach nur lächelnd da. Llian, der ihre Boshaftigkeit nur allzu gut kannte, sagte: »Du bist nicht nett, Karan. Sag ihm, wenn du etwas weißt!«

»Maigraith war nie in der Lage gewesen, von sich aus die Verbindung zu mir, die ich hergestellt habe, abzubrechen«, erwiderte sie. »Sie ist nach wie vor vorhanden, ein kleiner warmer Knoten in meinen Gedanken. Ich kann über den Abgrund hinweg nicht senden, aber ich weiß, dass sie immer noch am Leben ist.«

»Warum hast du mir das nicht früher gesagt?«, fragte Yggur wütend.

»Ich war sosehr mit anderen Dingen beschäftigt gewesen«, erwiderte sie mit einem süßen Lächeln. »Wie zum Beispiel mit meinen Steuern.«

»Oh, verdammt sollen deine Steuern sein!«, brüllte er.

»Ich wünschte mir, das wäre so.«

»Na gut! Bringt mir rasch Papier und einen Stift, bevor ich es mir anders überlege!«

Llian kam mit frischen Blättern und einer Feder herübergelaufen. Yggur kritzelte etwas darauf nieder, unterschrieb es, drückte sein Siegel darunter, und Shand und Llian beeideten das Geschriebene als Zeugen.

Yggur las laut vor: »Die Eigentümerin, Karan Elienor Melluselde Fyrn, ist hiermit in Anerkennung ihrer Verdienste für den Staat von allen Steuern, Schulden, Abgaben, Gebühren, Tributen und anderen Dingen für einen Zeitraum von zehn Jahren ab diesem Datum an befreit. Reicht das?« Er übergab Karan die Dokumente.

»Sehr nett«, erwiderte sie, behielt ein Exemplar und reichte das andere zurück. »Trinken wir darauf!«

Aber nachdem sie getrunken hatten, schnitt Yggur das Thema erneut an. »Wenn nur die Flöte nicht vernichtet worden wäre, dann hätten wir den Weg wieder öffnen und sie über deine Verbindung aufspüren können. Ich gehe nicht davon aus ...«

»Nein, Yggur«, sagte Shand sanft. Da er selbst seine Hoffnung aufgegeben hatte, ertrug er es nicht, den Weg wieder geöffnet zu sehen. »Unmöglich, in jeder Hinsicht.« Erneut verfielen sie in Schweigen.

Später an diesem Abend saßen Karan und Llian am Feuer, nachdem alle anderen zu Bett gegangen waren. Karan holte tief Luft. »Llian ...«, setzte sie an.

»Weißt du«, sagte Llian und kehrte zu dem Thema zurück, das ihn so oft beunruhigte, »ich war einmal der Ansicht, ich wüsste alles – alles war so sicher, als ich jung war.«

»Du bist immer noch jung, erst dreißig.«

»Ich fühle mich zwanzig Jahre älter als zu der Zeit, da ich dir begegnet bin. Aber ich meinte, nachdem ich Chronist geworden bin. Du kannst einfach nicht verstehen, wie sehr mich das verändert hat. Fast über Nacht wurde ich von einem mittellosen, verfolgten Kind zu jemandem, zu dem die Menschen aufschauten. Das hat mein Leben verändert! Ich hatte Respekt und einen wichtigen Platz in der Welt! Ich gehörte dazu! Aber wenn ich jetzt ins Kollegium zurückkehren würde, käme ich mir wie ein Störenfried vor. Alles ist dahin. Ich hab's weggeworfen.«

Karan spürte, wie sich ihre Wut auf Wistan wieder regte. »Du warst töricht, ja, aber du hast nicht verdient, was Wistan dir angetan hat. Du warst Opfer eines bösartigen, die Zain hassenden alten Mannes.«

»Ich habe Mendark dazu gebracht, dass er die Archive niedergebrannt hat, und viele Gefangene sind gestorben.«

»Nein, hast du nicht! Du hast ihn bedrängt, aber die Entscheidung hat er selbst getroffen.«

»Ich war für Rulkes Tod verantwortlich. Das werde ich mir nie vergeben.«

»Nein, warst du nicht! Du hast versucht, mir das Leben zu retten. Tensor hat Rulke getötet, nicht du.«

»Ah, aber wie sehr habe ich die Macht genossen, dass ich ihn so manipulieren konnte! Ich habe es verdient, dass man mir die Meisterschaft aberkannte.«

»Wenn man alle, die den Gebrauch von Macht genießen, bestrafen würde, blieben wohl nur wenige Menschen in Santhenar übrig. Es waren Witze über skrupellose Meister in Umlauf.«

»Allerdings«, erinnerte sich Llian. »Ich habe sie selbst erzählt. Da war Gissini, der Perverse, Relch, der Plagiator, Mara, die Betrügerin – sie hat gelogen, dass sich die Balken bogen! Keiner von ihnen ist jemals bestraft worden.«

»Nicht zu vergessen Wistan, der dich ursprünglich in die Sache mit dem Spiegel hineingezwungen hat, um dich loszuwerden. Widerlicher alter Scheinheiliger! Er hat dafür gesorgt, dass das Kollegium die Große Geschichte akzeptierte, bevor er dich hinauswarf.«

Llian war erfreut, so wacker verteidigt zu werden, jedoch nicht völlig besänftigt. »Ich war trotzdem dumm. Ich möchte mehr als alles ander meine Meisterehre zurück.«

Sie nahm ihn bei der Hand. »Du wirst sie zurückbekommen, Llian. Nun ...«

»Werde ich nicht!«, fauchte er.

Karan rutschte unruhig auf ihrem Stuhl hin und her. Sie hatte ihm etwas Wichtiges zu sagen, konnte jedoch während diesem ganzen Geplänkel die rechten Worte nicht finden. »Llian ...«

»Was ist das für eine schreckliche Welt!«, unterbrach er sie erneut. »Sieh dir nur die letzten beiden Jahre an! Sieh dir die Historie an! Das Leben ist eine Lotterie. Es überleben nicht immer diejenigen, die in der Lage sind, sich Veränderungen am besten anzupassen, ansonsten würden wir bis ans Ende aller Tage für die Charon schuften. Eine unbedeutend erscheinende Kleinigkeit kann darüber entscheiden, wer überlebt oder nicht.«

»Und das soll mich trösten?«, gab Karan zurück. »Was ist

mit unserer gemeinsamen Zukunft? Was ist mit der Zukunft unserer Kinder?«

»Kinder?«, fragte er träumerisch. »Triunen können keine Kinder haben.« Dann brachte ihn etwas an ihrem Tonfall dazu, aufzuschauen. Karans wunderschöne, malachitgrüne Augen glänzten hell und sahen ihn verwundert an. Auf ihren Wangen glitzerten Tränen. Sie streckte die Hand aus, und er nahm sie und zog sie zu sich.

»Na ja, vielleicht waren es meine Verletzungen, vielleicht war es das Hrux, wahrscheinlich jedoch Rulkes Geschenk. Wie dem auch sei, etwas hat sich gelöst. *Ich bin schwanger.*«

Epilog

»Wohl seh ich und beklag' ich dies Ereigniß,
Das durch der Niederlage grausen Sturz
Den Himmel uns verlor...«[1]
Milton, Paradise Lost

Maigraith hatte den Lebenswillen verloren. Wochenlang lag sie in einem depressiven Koma und war außerstande zu sprechen. Dann kehrten eines Morgens ihre Sinne von selbst zurück, und sie öffnete die Augen. Ihre Großmutter saß an ihrem Bett und sah Aachans kleiner roter Sonne zu, wie sie über Bergspitzen aufstieg, die ebenso schartig und wenig einladend aussahen wie zerbrochenes Glas. Ein riesiger orangefarbener Mond hing so tief am Himmel, dass Maigraith sein Gewicht spürte, das in ihrem Körper regelrechte Flutwellen hervorrief. Sie war vom Verlust Rulkes völlig am Boden zerstört gewesen; dann war ihre Lethargie schließlich einer Wut und dem irrationalen Drang gewichen, seinen Tod zu rächen. Aber sie war hilflos und konnte nichts dagegen unternehmen. Tore funktionierten nicht mehr.

»Maigraith!« Sogleich war Yalkara an ihrer Seite. »Ich dachte, du würdest nie mehr erwachen.«

1 Übersetzung von Adolf Böttger

Maigraith öffnete den Mund, aber nur ein Krächzen kam heraus. Sie hatte praktisch das Sprechen vergessen. »Ich sehne mich so sehr nach Rulke«, flüsterte sie.

»Es tut mir so leid!« Yalkara strich mit den Fingern Maigraith das Haar zurück. »Wenn ich bloß etwas für dich tun könnte, aber ich kann's nicht.«

»Wenn es eine Möglichkeit gäbe, ihn zurückzubringen, würde ich dafür übers Grab hinausgehen. Ich würde *alles* tun.«

»Er kann niemals zurückgeholt werden, Maigraith.«

»Dann werde ich mein Leben der Rache widmen, die er geschworen hat, was es auch kosten mag.«

»Das ist genauso sinnlos. Tensor ist tot.«

»Aber die Faellem haben alles bekommen, was sie je haben wollten.«

»Wirklich?«, fragte Yalkara.

Sie holte den Spiegel aus Maigraiths Mantel und beschwor eine Vision der blutigen Hölle herauf, in die sich Tallallame verwandelt hatte. Es sah aus, als würde die ganze Welt brennen. Die einstmals wunderschönen Wälder waren bloß noch schwarze Spitzen in einem Meer aus Asche. Yalkara schrie entsetzt auf, und mehrere der Charon kamen herbeigelaufen. Alle starrten die Ruinen dessen an, was einstmals ihre Welt gewesen war, bevor die Mariem in die Leere geworfen worden waren.

»Sie sind wahrscheinlich auch tot«, sagte Yalkara flüsternd. »Sieh mal, Rulke *ist* gerächt, und sie haben es sich selbst angetan.«

»Der Verdrehte Spiegel«, sagte Maigraith bitter, musste dennoch den Kopf abwenden. »Er belügt uns!«

»Nicht mich.«

»Faelamor hat es bestimmt überlebt.«

»Sieh hin!«, sagte Yalkara und warf ihr den Spiegel ins Gesicht. »Sieh hin und erkenne, dass Rache sinnlos ist.«

Erneut veränderte sich die Szenerie, veränderte sich wiederum und blieb dann an einer Stelle stehen. Es war eine Lichtung, darauf lag Asche wie Schnee und in der Mitte ein kleiner Haufen unidentifizierbarer Knochen. Maigraith wusste instinktiv, dass es Faelamors Knochen waren. Erst da weinte sie um die Großmutter, mit der sie den größten Teil ihres Lebens verbracht und die sie nie wirklich gekannt hatte.

Die Charon trauerten um Tallallame, eine uralte Erinnerung, wenn auch eine sehr mächtige. Keine Welt reichte an sie heran. Ihr Verlust war der letzte Schlag. »Ich habe nur noch einen Wunsch«, sagte Yalkara, »und der lautet, mein Volk zurück in die Leere zu führen.«

Maigraith sackte in sich zusammen. »Ich habe nie gefragt, wer mein Großvater auf Seiten der Faellem war, und jetzt werde ich es nie erfahren. Ich habe nichts mehr, wofür sich zu leben lohnt. Ich komme mit dir, Großmutter.«

»Unsinn! Wir wählen die Leere wissend, da wir sie kennen. Du hast keinen Vorstellung davon. Denke an Rulkes Opfer! Denke an seine Abschiedsworte!«

»Die Frucht unserer Liebe wird die Drei Welten bis in ihre Grundfesten erschüttern«, zitierte sie. »Ich weiß nicht, was er damit meinte.«

»Vielleicht kann ich herausfinden, was er damit meinte«, sagte Yalkara nachdenklich. Sie zog Maigraiths Hemd hoch und legte diese schrecklich vernarbten Hände auf ihren Bauch. Maigraith fühlte sich beruhigt, im Frieden mit sich selbst. Sie trieb in den Schlaf, als Yalkaras Aufschrei sie hochschrecken ließ.

»Ein Wunder!« Yalkara bebte vor Gefühl. »Ein Wunder ist geschehen!«

»Was ist?«, fragte Maigraith schläfrig.

»Sein Abschiedsgeschenk. Rulke hat dich geschwängert.«

»Unmöglich«, sagte Maigraith. »Ich bin unfruchtbar. Das hat Faelamor mir gesagt.«

»Und du hast ihr geglaubt? Natürlich hätte *sie* das gesagt. Sie hatte eine furchtbare Angst vor der Triune und vor allem, was du repräsentiertest! Nein, es besteht kein Zweifel daran. Wir wissen *alles* über Empfängnis.«

»Rulke hat das auch gesagt«, meinte Maigraith und lächelte zum ersten Mal seit seinem Tod.

Yalkara sah auf. Mit Tränen in den Augen rief sie ihr Volk zu sich. »Das ist unser größter Tag seit eintausend Jahren.«

Die Hundert, oder was von ihnen geblieben war, versammelten sich um Maigraith und berührten sie, als ob sie eine Heilige sei, ein wunderbares Behältnis, ihr Weg in die Zukunft.

»Jetzt schöpfe ich wieder Hoffnung«, schrie ein Weiser, ein Graubärtiger, völlig in Tränen aufgelöst. »Ich sehe, dass es das Erste einer neuen menschlichen Art sein wird. Unser Aussterben ist eine Wiedergeburt – eine Art, die eine bessere Aussicht aufs Überleben hat, als wir sie jemals hatten.«

»Mein Plan hat sich verselbstständigt«, murmelte Yalkara vor sich hin. »Und einen Verlauf genommen, wie ich ihn niemals erwartet hätte. Oh weh! Ich werde niemals das Ergebnis erleben.«

»Was meinst du damit?«, rief Maigraith, die sehr scharfe Ohren hatte. »Hast du das die ganze Zeit über geplant?«

»Nicht so, wie du denkst, Enkelin«, erwiderte Yalkara ruhig. »Aber ich wusste – im Gegensatz zu Rulke –, dass wir Charon keine lebensfähige Art mehr waren. Einhundert reichten nicht aus – wir haben zu viel unseres Erbes in der Leere verloren. Unsere einzige Chance lag darin, uns mit den anderen menschlichen Arten zu vermischen und einen Weg zu suchen, die Nachkommenschaft überlebensfähig zu machen.«

»Dann wirst du bleiben?«, fragte Maigraith und hielt die vernarbten Hände ihrer Großmutter fest.

»Nein, mein Kind. Unsere Zeit ist vorüber. Ich war die jüngste der Charon, aber ich habe mein halbes Leben gegeben, und jetzt hat Aachan meine Eier verdorren lassen wie die Keimdrüsen von uns allen. Wir haben uns bereits zum Gehen entschieden.«

»Aber ...«, setzte Maigraith an.

»Maigraith, das Aussterben einer Art lässt alle anderen menschlichen Tragödien unbedeutend erscheinen. Es war stets mein Ziel gewesen, mein Volk anzuführen. Wie kann ich es jetzt im Stich lassen? Aber das Wissen, dass du unseren Samen in die Zukunft trägst, dass aus dir vielleicht eine neue Art entspringt, ist alles, was wir brauchen.«

Maigraith sah einem Leben auf Aachan ohne sie entgegen. »Selbst die Leere wäre besser, als hierzubleiben, nachdem ihr gegangen seid.«

»Aber du bist eine Triune! Du bist auf allen Drei Welten zu Hause, in jeder menschlichen Kultur.«

»Oder keiner!«, sagte sie bitter. »So sehr hat Faelamor mich verformt.«

»Wir würden nicht zulassen, dass du unser Schicksal erleidest«, sagte Yalkara. »Abgesehen davon ist diese Welt gewiss dem Untergang geweiht. Wir versuchen, dich zurück nach Santhenar zu schicken, bevor wir gehen. Hast du dort Freunde, die dich unterstützen? Dir stehen schwere Monate bevor.«

Maigraith dachte an diejenigen, die sie zurückgelassen hatte. »Da ist Karan, falls sie noch lebt – die beste Freundin, die jemals jemand haben konnte.«

»Gut! Gibt es weitere?«

»Malien, Tallia, Yggur, Llian! Ja«, erwiderte sie und begriff zum ersten Mal in ihrem Leben, dass sie Freunde hatte. »Und natürlich der liebe Shand, der mir alles bedeutet.«

»Shand?«, fragte Yalkara stirnrunzelnd.

»Mein Großvater, Gyllias!«

Yalkara war wie vom Blitz getroffen. »Gyllias lebt? Und er hat dich gefunden?«

»Er lebt, und es verlangt ihn immer noch nach dir. Willst du jetzt nicht mit nach Santhenar zurückkehren?«

Yalkara fiel auf die Knie. »Gyllias!«, rief sie.

»Gyllias«, wiederholte sie flüsternd. »Wie ich dich liebe! Gyllias! Ich will dich noch immer ...«

Ein Schrei schreckte sie auf. Die Charon hatten sich um sie geschart und starrten sie verzweifelt an, weil sie Angst hatten, sie würde sie im Stich lassen. Sie waren jetzt alt; älter als sie.

»Verlasse uns nicht, Yalkara«, weinte der bärtige alte Weise. »Nicht in unserer größten Not.«

Yalkara sah von ihnen zu Maigraith und wieder zurück. Sie legte Maigraith den Arm um die Schultern und führte sie zu einer Bank.

»Sieh dir mein Volk an«, sagte sie leise. »Wir sind beisammen gewesen, haben alles miteinander geteilt, seitdem die Hundert aus der Leere kamen. Wir siebzig sind die letzten Charon des Universums, und wir sterben einer nach dem anderen. Wir ertragen das nicht länger. Wir haben uns geschworen, gemeinsam in die Leere zu gehen. Jeder Einzelne. Sie hängen von mir ab, und ich brauche sie.«

»Aber Gyllias ...«

»Ich möchte ihn so sehr sehen! Ich möchte auch mit dir gehen. Aber ich kann's nicht, Maigraith. Es ist jetzt zu spät. Viel zu spät.«

Yalkara erhob sich. Ihre Stirn war mit einem Halbmond aus Staub verschmiert. »Die Vergangenheit lässt sich nicht wiederherstellen. Ich *kann* nicht in Santhenar bleiben im Wissen, dass die anderen meiner Art nicht mehr sind. Nicht einmal für Gyllias möchte ich *die Letzte* sein. Ich werde mit ihnen in die Leere gehen.«

Maigraith schauderte. »Du hast Recht, Großmutter. Ich bin daran gewöhnt, mich um mich selbst zu kümmern. Aber armer Shand! Wie werde ich es ihm sagen?«

»Sage ihm die Wahrheit! Er wird es verstehen. Unser beider Leben hat seinen jeweiligen Verlauf genommen. Aber zunächst müssen wir einen Weg finden, dich zurückzuschicken!«

Die Charon fassten bei diesem neuen Projekt frischen Mut. Sie machten sich daran, alles aus dem zerstörten Konstrukt herauszuholen, was sie noch verwenden konnten, um einen Apparat zu bauen, der den Weg wieder öffnen würde. Das war eine undankbare Aufgabe und eine langwierige. Mehr als ein halbes Jahr war verstrichen, bevor sie einen Apparat vollendet hatten, der die Aufgabe erledigen konnte. Er war ziemlich simpel – bloß eine an einem Ende sich weitende Metallröhre, wie ein Jagdhorn, jedoch komplizierter in der Herstellung.

Sie stellten Maigraith auf eine polierte Messingplatte, die im Boden eingelassen war, und die verbliebenen Hundert umarmten sie, einer nach dem anderen. Als Letzte von allen durchnässte Yalkara Maigraiths schmale Schultern und den gewaltig geschwollenen Leib mit ihren Tränen.

»Bitte, komm mit!«, bettelte Maigraith und umklammerte die vernarbten Hände ihrer Großmutter. »Ich habe Angst. Du sollst dabei sein, wenn meine Zeit gekommen ist.«

»Es geht nicht. Alles ist jetzt anders. Der Weg zwischen den Welten wird viel schwieriger zu finden und zu überwinden sein als zuvor. Dieses Horn ist nur für zwei Sendungen geeignet – eine, um dich nach Santhenar zu schicken; eine weitere, um uns in die Leere zu bringen. Wir bedauern nicht, gehen zu müssen, jetzt nicht mehr. Bist du bereit?«

»Ja!«, quiekte sie.

»Sei auf alles vorbereitet! Vielleicht kommst du nicht ganz am erhofften Ort heraus. Die Passage ist vielleicht schmerzhaft. Und du wirst nackt dort eintreffen, denn ich kann nur dich hinüberschicken.«

»Ich bin mit allem, was mein war, hergekommen«, sagte Maigraith. »Ich muss zumindest den Ring mitnehmen, den Rulke mir geschenkt hat.«

»Das Konstrukt hat dich *hergetragen*«, korrigierte Yalkara, »zusammen mit allem, was du hattest. Dieses Horn *schickt* dich einfach zurück.« Sie besprach sich mit den anderen. »Ich werde versuchen, auch den Ring mitzuschicken, aber sei nicht überrascht, wenn du ihn verlierst. Verbinde dich nun mit mir!«

Sie taten es, und Maigraith zeigte Yalkara ihr Ziel, das Gut Gothryme. Yalkara suchte ein letztes Mal den Weg zwischen den Welten, den Weg nach Santhenar, und das *war* viel schwieriger als beim letzten Mal.

»Bist du bereit?«

Maigraith sah ihrer Großmutter in die Augen, holte tief Luft und nickte.

»Warte!«, sagte Yalkara. »Das wirst du nicht brauchen.« Sie holte den Spiegel aus Maigraiths Tasche. »Ich nehme ihn mit in die Leere, wo er keinen Schaden mehr anrichten kann.« Dann fiel ihr etwas ein. »Oh, Maigraith!«

»Ja?«

»Ich glaube, auf Santh sind immer noch einige Faellem verblieben. In der Wildnis von Mirrilladell.«

»Allerdings«, erwiderte Maigraith und fragte sich, worauf sie hinauswollte. »Viele haben sich geweigert, zu Faelamor nach Elludore zu gehen.«

»Wenn du dorthin gehst, findest du vielleicht jemanden, der Faelamors Gatten von früher kennt. Deinen anderen Großvater.«

»Vielen Dank«, sagte Maigraith. »Das werde ich eines Tages tun.«

»Und, Maigraith?«

»Ja, Yalkara?«

Yalkara umklammerte ihre Hand so fest, dass es schmerzte. »Sage Gyllias ... sage Shand ... dass ich nie aufgehört habe, ihn zu lieben. Ich werde es auch nicht.« Abrupt ließ sie los. »Jetzt geh!«

»Lebt wohl!«

»Leb wohl, leb wohl!«, riefen die Charon im Chor.

Das Horn wurde geblasen. Maigraith hatte das Gefühl, als würde ihr Innerstes nach außen gekehrt. Das Baby trat heftig um sich. Aachan verschwand. Sie wirbelte durch das Nichts und klammerte sich verzweifelt an das Abbild von Gothryme. Ihre Finger brannten, als der Ring sich in geschmolzenes Gold verwandelte. Sie schloss die Faust und legte die andere Hand so fest darüber, wie sie nur konnte, und setzte ihren ganzen Willen daran, ihn festzuhalten. Alles wurde leer, sie hatte den Weg verloren, fand ihn wieder, und mit einem Krachen, das ihr in den Ohren schmerzte und das Baby in wilde Wut versetzte, landete sie auf dem Hinterteil auf dem fadenscheinigen Teppich vor dem Feuer in Karans Wohnzimmer.

Der Raum war leer. Es war gerade dunkel geworden. Unsicher stand Maigraith auf. Sie stützte sich auf eine Tischkante, warf den Tisch dabei um und fiel auf die Knie. Ihr Bauch war bedeutend schwerer als auf Aachan. Sie war ebenso nackt wie das Kind in ihr. Hand und Ringfinger brannten unerträglich.

Sie öffnete die Faust. Der Ring war nach wie vor dort, jedoch zu Strängen geschmolzen, vier ineinander gedrehte Drähte mit einem Goldknopf vorn und hinten. Er war immer noch sengend heiß. Sie zerrte ihn von Finger, und die Haut ging mit herunter. Ihr Finger war um den Ring herum derart verbrannt, dass wohl eine Narbe zurückbleiben würde. Weitere Brandnarben liefen ihren Arm hinauf bis zum Ellbogen. Wie bei Großmutter, dachte sie. Maigraith ließ den Ring über einen Finger der rechten Hand gleiten und zog ihn niemals mehr herab.

Ein dünner alter Mann mit weißem Haar tauchte auf der Schwelle auf. Er hatte viel zu gute Manieren, um sein Erstaunen zu zeigen. Er half Maigraith auf, legte ihr ein Tischtuch um und setzte sie in einen Sessel vor dem Feuer.

»Und wer ... Ah, ich erinnere mich!«, sagte Rachis. Dann rief er zur offenen Tür hinaus: »Karan! Komm rasch her!«

Karan humpelte herein. Ihr sträubten sich die Haare. Dann sprang sie quer durchs Zimmer und nahm Maigraith in die Arme.

»Maigraith!«, schrie sie. »Wie bist du hergekommen? Und sieh mal an, wie dick du geworden bist! *Moment mal, bist du etwa schwanger?*«

»Allerdings«, erwiderte Maigraith lächelnd. »Von Rulke. Es ist so gut, wieder daheim zu sein.«

»Wie bist du hergekommen?«

»Yalkara fand einen Weg, mich zurückzuschicken. Oh, Karan, ich habe keine Ahnung, was ich mit meinem Leben anstellen werde, aber ich habe das Gefühl, dass ich zum ersten Mal dazugehöre.«

»Na ja, da gibt's eine Komplikation ...«

Genau in diesem Augenblick trat Yggur ein, der nachsehen wollte, was der Lärm zu bedeuten hatte. Beim Anblick Maigraiths wurde er bleich, und eine Seite seines Gesichts erstarrte wie früher, als er noch von Rulke besessen gewesen war. Er stolperte, seine Knie gaben nach, dann trat er schwer humpelnd heran. Shand stand hinter ihm in der Tür, und seine Augen strahlten.

»Maigraith!«, flüsterte Yggur und streckte die Arme aus. »Ich habe versucht, einen Weg zu finden, dich zurückzuholen.«

Sie nahm seine Hand, umarmte ihn jedoch nicht. »Verstehe«, sagte Yggur und wandte sich abrupt ab.

»Ist Yalkara ...?«, setzte Shand an.

»Sie lebt«, erwiderte Maigraith.

»Hast du ihr von mir erzählt?« Das Verlangen in Shands Augen war unbeschreiblich groß.

»Ja«, erwiderte Maigraith, die vor seinem hoffnungslosen Verlangen weglaufen wollte. Stattdessen nahm sie ihn in die Arme. »Sie hat gesagt, sie würde nie aufhören, dich zu lieben.«

Shand versteifte sich. »Sie kommt nicht her, oder?«

»Nein. Sie wollte es, so sehr wollte sie es, aber sie konnte ihr Volk nicht im Stich lassen. Sie kehren in die Leere zurück.«

Shand barg den Kopf in den Händen. Seine Stimme hallte dumpf vom Fußboden zurück. »Ich hätte sie aufgeben sollen, als sie durch das Tor gegangen ist. Aber die Hoffnung wollte nicht sterben.«

Er ging zum Fenster hinüber und sah hinaus.

»Maigraith«, sagte Yggur. »Ich bekomme dich nicht aus

dem Sinn. Ich möchte dich mehr denn je. Wirst du zu mir zurückkehren?«

»Nein«, erwiderte sie so sanft, wie sie konnte. »Ich kann's nicht, Yggur, obwohl ich dir das Allerbeste wünsche. Abgesehen davon, was würdest du tun, wenn ich dem Sohn deines lebenslangen Feindes das Leben schenke? Was würdest du dazu sagen?«

»Ein … bitterer … Tag«, sagte er stockend, obwohl nicht klar war, ob er jenen Tag meinte oder den heutigen.

Maigraith hielt die Luft an. Yggur focht einen entsetzlichen Kampf mit sich selbst aus. Seine Charakterstärke war zugleich seine Schwäche. Würde er sie überwinden, oder würde sie ihn überwältigen?

»Es gab eine Zeit, da wäre ich außerstande gewesen, einen solchen Schlag hinzunehmen«, sagte er. »Vor Carcharon hätte ich etwas zerschmettern müssen; *oder jemanden!*« Er zwang sich zu einem Lächeln und reichte ihr die Hand. »Ich wünsche dir alles Gute!«

Er wandte sich ab und humpelte davon. »Ich kehre eine Zeitlang nach Fiz Gorgo zurück«, sagte er zu Shand.

»Edel gesprochen«, sagte Shand. »Aber wer wird sich um dein Reich kümmern? Wer wird das unregierbare Thurkad regieren?«

»Es gehört dir, wenn du magst.«

Shand lachte. »Natürlich mag ich nicht. Übergib es deinem fähigsten General, bis ein neuer Rat gewählt werden kann. Oder, noch besser, übergib es Tallia.«

»Darauf bin ich nicht aus«, sagte Tallia und schüttelte das lange schwarze Haar. »Ich möchte kein Magister sein.«

»Dann hast du die wichtigste Prüfung bestanden«, meinte Shand. »Und hier liegt eine Herausforderung. Sieh dir den Schlamassel an, in dem sich Thurkad und Meldorin befinden! Wer sonst hätte die Kraft und die Weisheit, und das *Mitgefühl*, alles Unrechte zu richten, das getan worden ist?«

»Ich ...«

»Würdest du nicht all das Gute tun, das kein anderer Magister täte? Was wäre, wenn Thyllan zurückkehren würde? Was wäre, wenn es überhaupt keinen Magister gäbe und einer von Yggurs Generälen regieren müsste? Antworte mir.«

»Es sind harte Männer«, entgegnete Tallia nachdenklich. »Und Thyllan ist ein Narr und ein Ungeheuer. Na schön, wenn du das Risiko eingehen willst und der Rat die Entscheidung stützt, werde ich den Titel für ein Jahr tragen. Aber nicht länger. Ich habe jetzt andere Pläne. Wir werden nach Crandor zurückfahren, sobald Lilis ihre Lehrzeit beendet hat.«

»Vielleicht kommen wir mit«, warf Llian ein. »Damit unser Baby seine Großeltern kennenlernt.«

»Was meinst du, Yggur?«, fragte Shand.

»Eine bessere Wahl fällt mir auch nicht ein«, entgegnete er und reichte ihr die Hand. »Leb wohl!«

»Was hätte ich anderes tun können?«, fragte Maigraith, nachdem sich die Tür hinter ihm geschlossen hatte. »Es war schon längst vorüber.«

In diesem Augenblick kam Malien von draußen herein. Beim Anblick Maigraiths erbleichte sie, dann rannte sie, höchst uncharakteristisch für sie, zu ihr hin und nahm sie bei der Hand. »Wie geht es meinem Volk, Maigraith?«, flüsterte sie.

»Ich habe es nach der Zerstörung des Konstrukts nicht mehr gesehen«, erwiderte Maigraith. »Sie sind in ihre eigenen Städte zurückgekehrt. Aber Aachan liegt ihn Todesqualen. Tausende Vulkane waren ausgebrochen, als ich ging. Ich sehe keine Möglichkeit, wie Aachan überleben könnte.«

Malien ließ ihre Hand fallen. »Und ich kann nichts dagegen tun.« Sie sackte in einem Sessel zusammen und starrte ins Feuer.

Eine volle Minute lang sprach niemand ein Wort. Aber zu Maigraiths Überraschung stand Malien wieder auf und lächelte sogar.

»Ein Missgeschick stärkt nur unsere Entschlusskraft«, sagte Malien. »Wenn es eine Möglichkeit zum Überleben gibt, wird mein Volk sie finden, wie es das stets getan hat. Und ich muss einfach ebenso stark sein. Ich habe viel zu tun. Lebt wohl!« Sie umarmte alle und eilte hinaus.

»Was wirst *du* jetzt tun, Shand?«, fragte Karan.

Shand lächelte. »Plötzlich habe ich alles, wofür sich zu leben lohnt.« Er umarmte Maigraith. »Ich war mir sicher, dich ebenfalls verloren zu haben. Ich bleibe für eine Weile, zumindest bis zur Geburt meines Urenkels, und auch deines Kindes, Karan. Du hast keine Vorstellung, wie sehr ich mich darauf freue, Urgroßvater zu sein. Und dann? Zurück nach Tullin, vermute ich mal. Das ist nicht so weit weg, dass ich euch nicht oft besuchen könnte. Ich kümmere mich um meine Gellonbäume und setzte Likör für die Kinder an, bis meine Zeit kommt.«

Llian kroch schwermütig ins Bett, wie er es jeden Abend seit der Rückkehr vom Kollegium getan hatte.

»Was ist los?«, fragte Karan gereizt. Das Baby zu tragen, war bereits schwere Arbeit, und seine ewige Niedergeschlagenheit erschöpfte sie allmählich.

»Das übliche Problem«, erwiderte er und starrte die Wand an.

Karan ertrug es nicht mehr. »Na, dann such dir eine sinnvolle Aufgabe für dein restliches Leben!«, sagte sie wütend.

»Unser Baby braucht einen zufriedenen Vater, keinen depressiven.« Sie blies die Lampe aus und kehrte ihm den steifen Rücken zu.

Llian lag wach da, starrte in die Dunkelheit und ging seine Situation immer und immer wieder durch. Es war offensichtlich, dass es nur zwei Dinge auf der Welt gab, für die er geeignet war – ein Dasein als Meisterchronist und eines als Erzähler. Aber für Llian gingen die beiden Berufe Hand in Hand; er musste beides haben.

Ich werde eine Aufgabe finden!, dachte er. Verdammt sollen das Kollegium und die Meisterchronisten sein! Verdammt der alte Direktor und auch die neue Direktorin! Niemand wird mir vorschreiben, dass ich meine Kunst nicht ausüben darf! Ich werde mir den Lebensunterhalt als Erzähler verdienen und insgeheim als Chronist arbeiten. Ich fange mit Rulkes Geschichte an. Angesichts dieser trotzigen Haltung verspürte er einen mächtigen Nervenkitzel. Es war wie zu der Zeit im Nachtland, als Rulke ihm das Geächtete Wissen angeboten hatte. *Ich werde es bekommen!* Ich kann nicht anders. Vielleicht bin ich verdorben, aber *ich werde bekommen, was ich haben will, und den Preis dafür bezahlen,* worin er auch bestehen mochte.

Mitten in der Nacht stieß Karan einen spitzen Schrei aus und setzte sich aufrecht hin.

Llian strich ihr schläfrig über die Stirn. »Was ist los?«

»Meine Knochen schmerzen.«

»Du hast zu lange in derselben Position gelegen.«

»Du verstehst das nicht! Wenn ich mich bewege, fühlt es sich an, als bestünden meine Hüften aus zerbrochenem Glas!«

Er drehte sie um, stützte sie mit Kissen und rieb ihr den Rücken. Es half nicht im Geringsten.

»Ich glaube ...« Karan hielt inne, zugleich schwitzend und frierend. Die Geburt war ein weiterer ihrer Albträume. Sie stellte sich vor, wie ihre Beckenknochen unter der Belastung zersplitterten. Aber was weitaus schlimmer war, dieses entsetzliche Verlangen war stärker als jemals zuvor zurückgekehrt. Sie wollte Hrux. Wie sehr sie die Droge wollte! Aber sie fürchtete sich auch davor. Sie fürchtete, nie mehr davon loszukommen – fürchtete, dass es, wenn sie nachgäbe, ihrem Baby schaden würde.

»Was?«, schrie er.

»Ich glaube, du schickst besser nach Idlis.«

»Gleich jetzt?«, rief Llian aus, und hätte sie ihn nicht beim Handgelenk gepackt, er wäre aus dem Bett gefallen. »Das Baby kommt doch nicht schon?«

Karan ertappte sich dabei, wie sie lächelte. Wie unwissend er war! »Erst in sechs Monaten, du Dummerchen! Schick am Morgen nach ihm. Und bitte ... bitte ihn, etwas Hrux mitzubringen.«

Llian nahm sie bei der Hand. »Hrux!« Er schauderte. »Ganz bestimmt?«

Lange Zeit gab sie keine Antwort. »Ich hatte es seit Monaten vergessen, aber beim Erwachen war das Verlangen wieder da. Ich brauche es unbedingt, Llian!«

Er hielt sie fest. »Ganz bestimmt?«

Sie erschauerte heftig. *»Nein!«*, tobte sie. »Kein Hrux!«

»Karan?«

»Ich glaube, ich kann es beherrschen«, sagte sie. Sie spürte ihr Verlangen danach, zitterte am ganzen Körper. »Halt mich ganz fest, Llian! Ich brauche dich mehr denn je.«

»Ich werde immer für dich da sein, Karan«, sagte er. »Ich werde dir helfen. Gemeinsam werden wir es schaffen.«

Karan legte sich zurück und schloss die Augen. »Ja, Llian.

Gemeinsam können wir alles erreichen. Und das werden wir auch.«

Am folgenden Tag saßen Karan, Maigraith, Llian und Shand zusammen auf der Veranda und genossen die Wintersonne. Llian wandte sich an Maigraith, die träumerisch ins Leere sah.

»Maigraith?«, fragte er.

»Hm?«

»Ich denke die ganze Zeit über die Charon nach. Als du in Aachan warst ... hast du da jemals mit Yalkara über ihr Leben gesprochen? Oder mit den anderen Charon?«

»Immerzu.«

»Was ist mit der Leere? Haben sie sie erwähnt?«

Karan sah durch halb geschlossene Lider auf. Llian saß vornübergebeugt, als wolle er in seinem Eifer gleich vom Stuhl springen. Seine Augen leuchteten. Das hatte sie seit Chanthed nicht mehr erlebt. Sie lächelte in sich hinein und schloss die Augen wieder. Heute fühlte es sich gut an, in der Sonne zu sitzen. Sie wollte überhaupt kein Hrux. Und einmal wenigstens hatte sie absolut nichts zu tun. Niemand wollte etwas von ihr.

»Genügend, um viele Bände zu füllen«, erwiderte Maigraith. Sie drehte sich zufrieden um.

»Meinst du ... du könntest mir einige dieser Geschichten erzählen?«

Bei Sonnenuntergang war der Boden um Llian übersät mit Papieren, die mit seiner feinen Handschrift bedeckt waren, und er schrieb nach wie vor wie wild. Er sah völlig verzückt und glücklich aus.

Maigraith hielt die rechte Hand hoch und musterte den seltsamen Ring. Nur vier ineinander gedrehte Drähte und zwei Klümpchen Gold.

»Maigraith, du wirkst so erfüllt«, bemerkte Karan.

»Schon komisch, nicht wahr?«, erwiderte Maigraith. »Ich habe zuvor nie gewusst, wie es ist, glücklich zu sein. Mir fehlte dazu die Fähigkeit.«

»Aber du hast so viel verloren!«

»Alles, was ich jemals wollte, war, zu wissen, wer ich bin.«

»Was ist mit Rulke?«

Maigraith lächelte, sagte jedoch nichts.

»Du hast ihn sehr geliebt.«

»Ich *liebe* ihn noch immer, und in meinem Gedächtnis werde ich ihn stets bei mir haben. Das reicht aus.« Sie hielt inne. »Aber da ist noch eine Sache.«

»Was denn?«, fragte Karan.

»Wenn deine Tochter und mein Sohn heiraten sollten«, sagte Maigraith. »Beide Triunen ...«

»Hinweg, du Schlange!«, sagte Karan. »Wir müssen sie erst noch zur Welt bringen, und wir wissen nicht, was wir gebären werden ...«

»Ich weiß, was ich weiß«, meinte Maigraith selbstgefällig. »Wen sonst kann der Sohn einer Triune heiraten, als die Tochter einer Triune? Aus unseren Lenden entspringt ein neues Volk, eine neue Art, die vielleicht mehr von der Stärke und weniger von der Schwäche derjenigen besitzt, die uns gezeugt haben. Treffen wir doch jetzt die Übereinkunft, sie zu paaren!«

Karan vernahm einen schrillen Alarmschrei. Hatte das Schicksal sie die ganze Zeit über dahingehend manipuliert, dass dies dabei herauskäme? Oder sogar ihr Vater mit seinen Experimenten oben in Carcharon? Hastig wich sie vor *diesem* Gedanken zurück.

Der Sache musste sogleich Einhalt geboten werden. Sie rückte unbehaglich im Sessel umher. Obwohl ihre eigene Schwangerschaft noch nicht weit vorangeschritten war, schmerzten ihre beschädigten Knochen sie die ganze Zeit über. Angesichts von Idlis' Warnung wollte sie an die Geburt nicht einmal denken.

»Wir ergänzen einander«, sagte Karan. »Beide sind wir Waisen, beide *geformt*, beide Triunen, aber völlig verschieden. Wenn du aus deinem eigenen Leben nichts lernen willst, so höre zumindest zu, was ich aus meinem gelernt habe. In dieser Geschichte sind mehr als genügend Kinder manipuliert worden. Schenke ihnen die Freiheit, sich die Zukunft selbst zu gestalten. Auf jeden Fall wird die neue Art nach wie vor menschlich sein – ebenso schwach und ebenso töricht wie diejenigen, aus denen sie entsprang. Ebenso gut und ebenso böse. Wie können sie sich in ihrer Menschlichkeit unterscheiden? Das macht uns zu dem, was wir sind.«

Maigraith hörte nicht mehr zu. Sie schloss die Augen, war weit, weit entfernt. In der Ferne vernahm sie den Ruf eines Jagdhorns. *Leb wohl!*, hallte es durch ihre Gedanken. Dann war die hauchzarte Verbindung zwischen ihr und Yalkara auf immer dahin.

Sie sah auf. Shands Blick ruhte auf ihr. Seine Augen waren ebenfalls feucht. »Jetzt sind nur noch du und ich übrig«, sagte er.

»Nur noch wir drei«, erwiderte sie und legte die Arme um ihren prächtig gewölbten Leib.

Glossar der Namen, Orte und Begriffe

Aachan: eine der Drei Welten; die Welt der Aachim und, nach ihrer Eroberung, der Charon.

Aachim: die Menschenart, die Aachan ursprünglich besiedelte und von den Charon unterworfen wurde. Die Aachim sind klug, große Kunsthandwerker und Ingenieure, aber auch melancholisch und gekennzeichnet von einem Hang zur Überheblichkeit. Nach ihrer Umsiedlung auf die Welt Santhenar erlebten die Aachim eine Blütezeit, wurden jedoch im Kataklysmus verraten und zum Niedergang verurteilt. Sie zogen sich aus der Welt in ihre gewaltigen Festungsstädte in den Bergen zurück.

Alcifer: die letzte und größte von Rulkes Städten, entworfen von Pitlis dem Aachim.

Almadin: ein trockenes Land, von Thurkad aus jenseits des Meers gelegen.

Altmenschen: die ursprünglich auf Santhenar beheimatete Menschenart und die bei weitem zahlreichste.

Asper: ein Heiler der Aachim aus Tensors Gefolgschaft.

Aufzeichner, der: die Person, die neben vielen anderen die Geschichten der vier großen Schlachten zwischen Faelamor und Yalkara niedergeschrieben hat. Es heißt, er habe den Spiegel genommen (nachdem Yalkara Faelamor schließlich geschlagen hatte und von Santh geflohen war) und ihn für die Zukunft versteckt. Sein Name war Gyllias.

Bannador: ein lang gestrecktes, schmales und hügeliges Land an der Westgrenze von Iagador. Karans Heimat.

Basitor: ein verbitterter Aachim, der die Plünderung Shazmaks überlebt hat.

Basunez: ein Vorfahre Karans. Errichtete Carcharon, führte dort die Geächteten Experimente durch und wurde später wahnsinnig.

Bel Gorst: ein Piratenkapitän aus Crandor.

Benie: Küchenjunge im Haus Gothryme.

Bibliothek der Historien, die: die berühmte Bibliothek des Kollegiums der Historien in Chanthed.

Bibliothekar: Nadiril der Weise. Er ist außerdem ein Mitglied des Rates von Iagador.

Booreah Ngurle: der brennende Berg oder Feuerberg, ein Vulkan in den Wäldern östlich von Almadin. Die Charon unterhielten dort einst eine Festung.

Calliat: eine antike Philosophin und Mystikerin. (siehe auch: **Chrighm, die Neunundvierzig**)

Carcharon: ein von Wällen umgebener Wehrturm auf einem zerklüfteten Berggrat hoch über dem Wald von Gothryme. Errichtet wurde er von Karans wahnsinnigem Vorfahren Basunez als Knotenpunkt an einer Stätte, wo die Geheime Kunst besonders mächtig ist.

Chacalot: ein großes, im Wasser lebendes Reptil, das ein wenig an ein Krokodil erinnert.

Chanthed: eine Stadt im nördlichen Meldorin, in den Gebirgsausläufern gelegen. Hier hat das Kollegium der Historien seinen Sitz.

Chard: eine Art Tee.

Charon: eine der vier Menschenarten, das Herrenvolk auf der Welt Aachan. Sie flohen aus der Leere, um den Aachim

Aachan zu entreißen. Ihren Namen haben sie von einem eisigen kleinen Trabanten am äußersten Rand der Leere abgeleitet. Sie besitzen seltsame Augen, indigoblau oder karmesinrot, manchmal auch beides zugleich, je nach den Lichtverhältnissen.

Chrighm der Calliat, die Neunundvierzig: eine Reihe miteinander verknüpfter Rätsel und Paradoxa, die so vertrackt sind, dass tausenddreihundert Jahre nach Calliats Tod nur eines gelöst wurde. Maigraith hat in letzter Zeit viele weitere gelöst.

Chronist: ein Historiker. Ausgebildet und geprüft in der Kunst und der Wissenschaft, die Historien aufzuzeichnen und zu überliefern.

Crandor: ein reiches, tropisches Land an der nordwestlichen Grenze von Lauralin. Tallias Heimat.

Direktor von Chanthed, der: gegenwärtig Wistan; der Direktor des Kollegiums der Historien ist zugleich das ernannte Oberhaupt von Chanthed.

Dolodha: ein Botenmädchen; eine von Yggurs Dienerinnen.

Drei Welten, die: Santhenar, Aachan und Tallallame.

Dunnet: ein abgeschiedener Landstrich innerhalb des Walds von Elludore, gegenwärtig Faelmaros Versteck.

Düsternis: siehe **Geschichte von der Düsternis, Die**.

Elienor: eine große Heldin der Aachim aus jenen Tagen, als die Charon auf Aachan einfielen.

Ellami: eine weibliche Faellem, Hallals Schwester.

Elludore: ein weites waldiges Land, nordwestlich von Thurkad.

Emmant: ein Halb-Aachim, Bibliothekar in Shazmak, der

ein ungezügeltes, wollüstiges Verlangen nach Karan entwickelte und sie angriff. Sie tötete ihn in Thurkad.

Erzähler: jemand, der das rituelle Erzählen der Geschichten beherrscht, die Teil der Historien von Santhenar sind.

Faelamor: Anführerin der Menschenart der Faellem, die kurz nach Rulke nach Santhenar kamen, um über die Charon zu wachen und das Gleichgewicht zwischen den Welten zu wahren. Maigraiths Lehnsherrin.

Faellem: die Menschenart, die die Welt Tallallame bewohnt. Es handelt sich um kleine, gestrenge Menschen, denen es verboten ist, Maschinen oder gar magische Geräte zu benutzen, die jedoch Meister der Maske und der Illusion sind. Faelamors Schar saß dank der Düsternis auf Santh fest; seither suchen sie unablässig nach einem Weg, der sie wieder nach Hause bringt.

Festival von Chanthed, das: eine jährlich stattfindende Festveranstaltung, die zur Herbstzeit in Chanthed ausgerichtet wird und bei der die Meister und Schüler des Kollegiums die Historien vortragen.

Feste: Yggurs Hauptquartier in Thurkad, ein einfacher alter Bau, der auf die Zitadelle des Magisters herabschaut.

Fiz Gorgo: eine Festungsstadt in Orist, in alter Zeit geflutet und jetzt wieder aufgebaut; eine von Yggurs Festungen.

Flöte; auch **goldene Flöte, die:** eine in Aachan auf Rulkes Geheiß von dem genialen Schmied Shuthdar verfertigte Apparatur. Anschließend von Shuthdar gestohlen und nach Santhenar zurückgebracht. Wenn sie von einem Empfindsamen benutzt wird, vermag sie den Weg zwischen den Welten zu öffnen. Sie wurde zur Zeit der Düsternis von Shuthdar zerstört.

Fyrn: der Familienname Karans von Bannador, mütterlicherseits.

Galliad: Karans Vater, ein Halb-Aachim. Er wurde umgebracht, als Karan noch ein Kind war.

Garr, Garrfluss: der größte Fluss in Meldorin. Er verläuft im Westen von Shazmak und mündet im Meer von Thurkad östlich von Sith.

Geächtete Experimente: magische Handlungen, die ersonnen wurden, um einen Fehler in der Düsternis ausfindig zu machen, der dazu dienen könnte, Rulke für immer zu verbannen. Äußerst riskant aufgrund der Gefahr, dass Rulke Kontrolle über den Ausführenden erlangt.

Geheime Kunst, die: der Gebrauch magischer oder zauberischer Kräfte (Wirken). Eine Kunst, die nur sehr wenige beherrschen, und auch das nur nach eingehender Übung. Beachtliche Wirker sind Mendark, Yggur, Maigraith, Rulke, Tensor und Faelamor, obwohl jeder von ihnen andere Stärken und Schwächen darin aufweist. Tallia besitzt einiges Geschick darin, hat aber noch zu wenig Übung.

Gellon: eine Frucht, die wie eine Mischung aus Mango und Pfirsich schmeckt.

Geschichte von der Düsternis, die: die Größte aller Großen Geschichten. Sie erzählt von der endgültigen Zerstörung der Flöte durch Shuthdar vor mehr als dreitausend Jahren und wie die Düsternis Santhenar von den übrigen zwei Welten abschnitt.

Geschichte der Aachim, die: eine Zusammenfassung der Geschichte der Aachim aus alter Zeit, das *Nazhak tel Mardux*. Das Buch wurde kurz nach der Gründung von Shazmak verfasst. Llian hat es in Shazmak gelesen und sich eingeprägt, sodass er es später übersetzen konnte.

Gethren: ein männlicher Faellem.

Ghâshâd: die uralten Todfeinde der Aachim. Sie wurden von Rulke verdorben und schworen ihm vor zweitausend Jahren Gefolgschaft, nachdem die Zain den Aufstand geprobt hatten. Doch als Rulke tausend Jahre später ins Nachtland verbannt wurde, vergaßen sie ihre Bestimmung und nahmen einen neuen Namen an: Whelm. Von Rulke mittels Karans geistiger Verbindung zu Maigraith neu erweckt, wurden sie wieder zu Ghâshâd und plünderten kurz vor dem Konklave Shazmak.

Gothryme: Karans verarmtes Landgut in der Nähe von Tolryme in Bannador.

Grint: eine Kupfermünze von geringem Wert.

Große Bibliothek, die: gegründet in Zile von den Zain zur Zeit des Imperiums von Zur. Die Bibliothek wurde geplündert, als die Zain ins Exil getrieben wurden, doch bald darauf neu gegründet. Ihr gegenwärtiger Bibliothekar ist Nadiril der Weise.

Große Gebirge, das: der größte und höchste Gebirgszug in Santhenar, umschließt den süd-östlichen Teil des Kontinents Lauralin.

Große Geschichten: die größten Geschichten innerhalb der Historien von Santhenar; nach altem Brauch auf dem Festival von Chanthed und bei wichtigen feierlichen Anlässen auf ganz Santhenar vorgetragen. Eine Geschichte kann nur durch den einstimmigen Beschluss der Meisterchronisten zur Großen Geschichte erklärt werden. Innerhalb von viertausend Jahren sind überhaupt nur zweiundzwanzig Große Geschichten entstanden.

Große Projekt, das: der Versuch des Rates, eine Methode zu finden, um die Charon für immer aus Santh zu verbannen.

Große Täuscher, der: Rulke.

Großes Konklave: siehe **Konklave, das**.

Gyllias: der Aufzeichner.

Hakasha-ka-najisska: siehe **Machtzauber.**

Hallal: eine weibliche Faellem, langjährige Rivalin Faelamors.

Hana: Maigraiths Lehrerin, als sie ein Kind war.

Havissard: Yalkaras aufgegebene Feste in der Nähe von Tar Gaarn. Faelamor entdeckte dort das versteckte Gold der Aachim; außerdem ein Buch, von dem sie erkannte, dass es tödlich für die Faellem ist.

Heimatlose, die: Penders drittes Boot, unter dem Namen *Schwarzer Opal* einstmals ein zur Fahndung ausgeschriebenes Schmugglerfahrzeug.

Historien, die: die gewaltige Sammlung von Aufzeichnungen, die mehr als viertausend Jahre erzählter Geschichte auf Santhenar wiedergeben. Die Historien bestehen aus geschichtlichen Dokumenten, aufgeschrieben oder bewahrt von den Chronisten, wie auch aus den Erzählungen, Liedern, Legenden und Sagen der Völker von Santhenar und der Einwanderer aus anderen Welten, die von der Erzählern vorgetragen werden. Die Kultur von Santhenar ist untrennbar mit den Historien verwoben und der allergrößte Wunsch, den ein Mensch nur hegen kann, besteht darin, in ihnen erwähnt zu werden.

Hlune: das schlaksige Volk, das die Hafenstadt von Thurkad und sämtlichen Seehandel dort beherrscht.

Hulings Turm: der Ort, wo Shuthdar die goldene Flöte zerstörte.

Hundert, Die: diejenigen Charon, die die Eroberung Aachans überlebten. Rulke ist der größte von allen.

Hythe: der Mittwintertag, der vierte Tag der Endre, der Mittwinterwoche. Der Hythe gilt als Unglückstag.

Iagador: das Land, das zwischen den Bergen und dem Meer von Thurkad liegt.

Idlis: einstmals der Niederste der Whelm, zugleich ein Heiler und lange Zeit der Jäger Karans und des Spiegels. Er wurde zum Ghâshâd und ging nach Shazmak.

Jark-un: Anführer eines Trupps von Whelm, einst Rivale von Vartila, doch nun ein Ghâshâd.

Jepperand: eine Provinz an der Westflanke der Berge von Crandor. Heimat der Zain und Llians Geburtsort.

Jevi (Jevander): Lilis' Vater, vor sieben Jahren zum Dienst auf See gepresst worden.

Kalender: ein Jahr auf Santhenar umfasst etwa 395,7 Tage und enthält zwölf Monate, deren jeder dreiunddreißig Tage hat.

Kandor: Einer der drei Charon, die nach Santhenar kamen. Er wurde einige Zeit nach dem Ende des Kataklysmus getötet und ist der einzige Charon, der auf Santh umkam.

Karama Malama: der See des Dunstes, südlich des Meers von Thurkad gelegen.

Karan, Karan von Bannador: eine Frau aus dem Hause Fyrn, in deren Adern jedoch seitens ihres Vaters, Galliads, das Blut der Aachim fließt und mütterlicherseits das der Altmenschen und der Faellem. Das macht sie zur Triune. Sie ist auch eine Empfindsame und lebt auf Gothryme. Karan half Maigraith dabei, den Spiegel aus Fiz Gorgo zu entwenden, entkam und versuchte, ihn Faelamor zu bringen. Seitdem wurde sie ununterbrochen gejagt.

Kataklysmus: eine Folge von Kriegen zwischen den Charon und den Aachim, die vor etwa eintausendfünfhundert Jahren einsetzten und zur fast völligen Verwüstung Santhenars führten.

Katazza: eine Festungsstadt, in uralter Zeit von Kandor erbaut. Sie entstand auf dem Gipfel eines Vulkans auf der Insel Katazza und war die Hauptstadt von Kandors Reich Perion, ehe die Perionische See zum Meer der Trockenheit wurde. Nach Kandors Tod wurde Katazza aufgegeben.

Kollegium der Historien, das: das älteste der Kollegien zur Ausbildung derer, die Chronisten oder Erzähler der Historien werden wollen, oder auch nur niedere Barden oder Königssänger. Es wurde kurz nach der Zeit der Düsternis in Chanthed eingerichtet.

Konklave, das: eine Zusammenkunft, die in Thurkad zur Überwindung einer Krise abgehalten wird. Es wird von den ›Gerechten‹ geleitet, einer ausgewählten Gruppe von Richterinnen und Richtern oder ranghohen Würdenträgern. Das bislang letzte Konklave wurde einberufen, um den Besitzanspruch auf den Spiegel zu klären, doch Tensor setzte einen Machtzauber ein, warf die Anwesenden nieder und entwendete ihn.

Konstrukt: eine Maschine, die zumindest teilweise von der Geheimen Kunst betrieben wird.

Lar: eine in Thurkad gebräuchliche Ehrenbezeichnung.

Lasee: ein blassgelbes, leicht berauschendes Gebräu, weit verbreitet in Orist; gegoren aus dem süßen Saft des Sard-Baums.

Lauralin: der Kontinent, der östlich des Meers von Thurkad liegt.

Leere, die: die Räume zwischen den Drei Welten. Ein darwinistischer Ort, wo das Leben grausamer und weniger wert ist als irgendwo sonst. Die Leere wimmelt von Leben, das so exotisch ist wie nur irgend denkbar, da dort nichts überleben kann, ohne sich ständig neu zu erschaffen.

Lichtkugel: ein aus Kristall und Metall gefertigtes Instrument, das Licht spendet, wenn man es berührt.

Lilis: ein Straßenkind, das sich in Thurkad als Führerin verdingt. Ihr Vater Jevi wurde verschleppt und zum Matrosendienst auf einem Schiff gezwungen.

Llian: ein Zain aus Jepperand. Ein Meisterchronist und Erzähler der Großen Geschichten. Ein hervorragender Student der Historien.

Lorrsk: eine intelligente Kreatur, die in der Leere lebt, von humanoider Gestalt, obwohl massig gebaut. Einige sind empfindsam.

Machtzauber: ein übermächtiger, den Geist brechender Zauber, der von den Aachim als Waffe gegen die Charon entwickelt wurde und gegen jeden wirksam ist, ausgenommen jene Zain, die Rulkes Gabe besitzen.

Magister: ein Wirker und Vorsitzender des Rates. Mendark war tausend Jahre lang Magister, abgesehen von einer kurzen Zeitspanne, als Thyllan ihn widerrechtlich abgesetzt hatte. Nach dem Konklave entkam er aus Thurkad nach Zile, von wo aus er seine Gemeinschaft nach Katazza führte.

Maigraith: eine Waise, die von Faelamor für einen unbekannten Zweck großgezogen und ausgebildet wurde. Sie ist eine Meisterin der Geheimen Kunst. Nach dem Konklave wurde sie Yggurs Geliebte, obgleich die Verbindung nicht gänzlich von Erfolg gekrönt war.

Malien: eine Aachim; Raels Mutter; einst Gemahlin Tensors. Nach Tensors Aufstand in Katazza übernahm sie die Führerschaft über die Aachim.

Meer von Thurkad, das: das lang gezogene Meer, das Meldorin vom Kontinent Lauralin scheidet.

Meisterchronist: jemand, der das Studium der Historien

gemeistert und die Abschlussprüfung des Kollegiums mit den höchsten Auszeichnungen bestanden hat.

Meldorin: die große Insel, die unmittelbar westlich des Meers von Thurkad und des Kontinents Lauralin liegt.

Mendark: Magister des Rates von Iagador, bis zu seiner Absetzung durch Thyllan. Ein mächtiger und raffinierter Wirker, wenngleich in letzter Zeit beunruhigt, durch den Aufstieg seines langjährigen Feindes Yggur.

Menschenarten: es gibt vier klar unterscheidbare Menschenarten: die Aachim von Aachan, die Faellem von Tallallame, die Altmenschen von Santhenar und die Charon, die aus der Leere kamen. Mit Ausnahme der Altmenschen können sie alle überaus langlebig sein. Verbindungen zwischen den verschiedenen Arten bringen selten Nachwuchs hervor (siehe **Mischling**).

Mischling: Spross einer Vereinigung zweier der vier verschiedenen Menschenarten. Mischlinge kommen selten vor und sind häufig geistesgestört, können jedoch über bemerkenswerte Talente verfügen.

Mond: der Mond umkreist Santhenar einmal innerhalb von dreißig Tagen. Allerdings ist eine Seite (das dunkle Antlitz) durch Vulkantätigkeit rot und schwarz gefleckt, und weil der Mond sich weit langsamer um die eigene Achse dreht als er um Santhenar kreist, ist die dunkle Seite Santhenar nur alle zwei Monate voll zugewandt. Das fällt nur selten mit einer Vollmondphase zusammen, doch wenn dies geschieht, gilt es als böses Vorzeichen.

Nachtland: ein Ort fernab der wirklichen Welt, an dem Rulke gefangen gehalten wurde. Rulke hatte versucht, die Macht seines Stadt-Konstruktes Alcifer zu gebrauchen, um die Düsternis zu durchbrechen, doch scheiterte dies. Der Rat wandte die Geächteten Experimente an, um Rulke in eine Blase zu zwingen, erschaffen aus der Außenhaut der Düsternis, die dann in sich zusammenfiel und den unentrinnbaren Kerker des Nachtlandes bildete. In Katazza erschuf Tensor ein Tor ins Nachtland, um Rulke daraus hervorzuzerren und Rache an ihm zu üben, erreichte aber nur, dass Rulke freikam.

Nachwehen: eine Übelkeit, die Menschen befällt, nachdem sie Gebrauch von der Geheimen Kunst gemacht haben oder in der Nähe weilten, während eine andere Person eine derartige Kraft anwandte. Oft reicht es schon, ein angeborenes Talent eingesetzt zu haben. Empfindsame sind besonders anfällig dafür.

Nadiril: der Leiter der Großen Bibliothek und Mitglied des Rates. Nadiril nahm Lilis als Lehrling an, nachdem sie mit Mendark und Tallia nach Zile gekommen war.

Nanollet: ein kleines Musikinstrument, das jedes Kind der Faellem erlernt. Gefertigt aus Holz und Metall. Es besteht aus komplizierten Klanghölzern sowie klingenden Kammern.

Narne: eine Hafenstadt am schiffbaren Seitenarm des Garr.

Nazhak tel Mardux: ein Buch mit Geschichten der Aachim, das sich Llian in Shazmak ins Gedächtnis einprägte. Auch die **Geschichte der Aachim** genannt.

Nilkerrand: eine Festungsstadt auf der anderen Seite des Meers von Thurkad.

Osseion: der Hauptmann von Mendarks Körperwache, ein großer dunkler Mann, der Mendark bei der Flucht aus Thurkad half und ihn nach Katazza begleitete.

Pender: ein meisterlicher Seemann, der Karan und Llian von Narne nach Sith und später nach Thurkad beförderte. Nach dem Konklave half er Karan und Shand bei der Flucht aus Thurkad und wurde anschließend von Mendark in Dienst genommen.

Perion, das Reich von: Kandors Reich, das zusammenbrach, als die Perionische See austrocknete.

Pitlis: ein bedeutender Aachim aus ferner Vergangenheit, durch dessen Torheit die große Stadt Tar Gaarn an Rulke verraten und die Macht der Aachim gebrochen wurde. Der Architekt, der Tar Gaarn und Alcifer entwarf. Von Rulke erschlagen.

Portal: siehe **Tor**.

Prinzip der Übertragung, das: eines der Prinzipien der Geheimen Kunst, demzufolge Objekte, die einmal miteinander in Verbindung standen, sich auch nach der Trennung gegenseitig beeinflussen.

Rachis: Karans Gutsverwalter auf Gothryme.

Rat, der; auch **Rat von Iagador**, **Rat von Santhenar**, **Großer Rat**, **Hoher Rat:** ein Zusammenschluss der Mächtigen. Gemeinsam mit den Aachim erschuf der Rat das Nachtland und setzte Rulke dort gefangen. Danach diente er zweierlei Zwecken – der Fortführung des Großen Projekts und der ständigen Bewachung Rulkes.

Rulke: ein Charon von Aachan. Er lockte Shuthdar nach Aachan, damit dieser dort die goldene Flöte erschuf, womit alles Ungemach seinen Anfang nahm. Nach dem Kataklysmus wurde er im Nachtland gefangengesetzt, bis eine Methode gefunden wäre, ihn zurück nach Aachan zu verbannen. Als Tensor ein Tor zum Nachtland öffnete, wurde Rulke in die Lage versetzt, zu entkommen.

Rulkes Gabe; auch **Rulkes Fluch:** das Wissen, das Rulke den Zain schenkte und das ihre Widerstandskraft gegen den geistbrechenden Machtzauber der Aachim stärkte. Sie hinterließ Stigmata, die sie als Zain kenntlich machten.

Santhenar, Santh: die unbedeutendste der Drei Welten, Heimat der Altmenschen.

Sendung, Senden: eine Botschaft – Gedanken oder Empfindungen –, die auf geistigem Wege verschickt und empfangen wird.

Shalah: eine junge Aachim, Zwillingsschwester von Xarah.

Shand: ein alter Mann, der im Gasthof von Tullin arbeitet und mehr ist, als er zu sein scheint. Ein Freund von Karans verstorbenem Vater, rettete Karan beim Konklave, schmuggelte sie aus Thurkad heraus und begleitete sie während der ganzen langen und gefährlichen Reise nach Katazza.

Shazmak: die vergessene Stadt der Aachim in den Bergen westlich von Bannador. Sie wurde von den Ghâshâd eingenommen, nachdem diese aus ihrem langjährigen Dasein als Whelm erweckt worden waren.

Shuthdar: ein Altmensch von Santhenar, der Schöpfer der goldenen Flöte. Nachdem er die Flöte und sich selbst vernichtet hatte, kam die Düsternis herab und verschloss den Weg zwischen den Welten.

Sith: eine freie Stadt und Handelsnation, errichtet auf einer Insel im Flusse Garr, im südlichen Iagador.

Skeet: ein Botenvogel, grau oder blaugrau. Groß, hässlich und übellaunig.

Spanne: Längenmaß. Entspricht der Weite der ausgestreckten Arme eines großen Mannes. Ungefähr sechs Fuß oder etwas weniger als zwei Meter.

Spiegel von Aachan, der: ein Instrument, das von den Aachim auf Aachan gefertigt wurde, um weit entfernte Dinge sehen zu können. Auf Santhenar wandelte er sich und verfälschte die Wirklichkeit, woraufhin die Aachim ihn verborgen hielten. Der Spiegel entwickelte auch ein Gedächtnis und bewahrte Abdrücke der Dinge, die er gesehen hatte. Nachdem Yalkara ihn gestohlen hatte, benutzte sie den Spiegel, um eine Verwerfung in der Düsternis ausfindig zu machen und so zurück nach Aachan zu fliehen. Nach dem Konklave stahl Tensor ihn, brachte ihn nach Katazza und entdeckte in ihm das Geheimnis der Erschaffung von Toren.

Stassor: eine Stadt der Aachim im Osten Lauralins.

Stimme, die: die Fähigkeit großer Erzähler, in ihren Zuhörern durch ihre bloße Wortmacht jede beliebige Empfindung auszulösen.

Tafel des Berechners, die: ein halbmythischer Schlüssel zu der geheimen Schrift der Charon.

Talent: eine angeborene Geschicklichkeit oder Gabe, gewöhnlich verfeinert durch ausgiebige Übung.

Tallallame: eine der Drei Welten, die Welt der Faellem. Eine schöne, gebirgige Welt voller Wälder.

Tallia bel Soon: Mendarks erste Stellvertreterin. Sie ist eine Wirkerin und Meisterin der Kampfkunst mit und ohne Waffen. Tallia stammt aus Crandor.

Tar oder **Silbertar:** eine Silbermünze, die in Meldorin sehr gebräuchlich ist. Ausreichend, um eine Familie mehrere Wochen lang zu ernähren.

Tar Gaarn: wichtigste Stadt der Aachim zur Zeit des Kataklysmus; von Rulke geschliffen.

Tell: eine Goldmünze im Gegenwert von zwanzig Silbertar.

Tensor: Anführer der Aachim. Er betrachtete es als seine Bestimmung, die Aachim wieder zu ihrer alten Größe zu führen und zu guter Letzt ihre Rache an Rulke zu vollziehen, der sie verriet und zu Fall brachte.

Thandiwe: eine Schülerin am Kollegium von Chanthed und Freundin Llians.

Thranx: eine gewaltige, geflügelte humanoide Kreatur aus der Leere. Hochintelligent und imstande, die Geheime Kunst anzuwenden.

Thurkad: eine uralte, einwohnerreiche Stadt am Flusse Saboth und dem Meer von Thurkad, bekannt für ihren Reichtum wie für ihre Verderbtheit. Sitz des Rates und seines Magisters.

Thyllan: Kriegsherr aus Iagador und Mitglied des Rates. Er intrigierte gegen Mendark und stürzte ihn kurzzeitig vom Magisterstuhl, doch nachdem Yggur die Stadt eingenommen hatte, zog er sich übers Meer zurück, um eine Armee auszuheben.

Tolryme: eine Stadt im nördlichen Bannador nahe an Karans Familiensitz Gothryme.

Tor: ein Gebilde, das der Geheimen Kunst untersteht und das Menschen erlaubt, augenblicklich von einem Ort zum anderen zu reisen. Auch Portal genannt.

Torgsted: einer von Mendarks Gardisten. Ein gut gelaunter, zuverlässiger Bursche, der sich bereit erklärte, Verrat an Mendark vorzutäuschen und in den Dienst Thyllans zu treten, um ihn auszuspionieren.

Triune: ein zweifacher Mischling – einer, in dessen Adern das Blut aller drei Welten und dreier verschiedener Menschenarten fließt. Triunen sind äußerst selten und fast immer unfruchtbar. Sie können über bemerkenswerte Fähigkeiten verfügen. Karan ist eine Triune.

Tullin: ein kleines Dorf in den Bergen südlich von Chanthed. Shand lebt hier.

Vanhe: Marschall Vanhe, einer von Yggurs Offizieren mittleren Ranges, der nach dem Tode sämtlicher Generale Yggurs gezwungen war, den Oberbefehl zu übernehmen.

Vartila: Anführerin einer Whelmschar. Sie blieb eine Whelm und diente Yggur weiter, nachdem die meisten ihresgleichen wieder zu Ghâshâd geworden waren.

Verbindung, Herstellen einer Verbindung: eine geistige Verknüpfung, mittels derer Personen Gedanken und Empfindungen miteinander teilen und einander Hilfe leisten können. Manchmal auch eingesetzt, um Herrschaft über eine Person zu erlangen.

Verdrehte Spiegel, der: der Spiegel von Aachan, gefertigt in Aachan und an Tensor übergeben, der ihn mit sich nach Santhenar schmuggelte. Wie alle Gegenstände, die von einer Welt zur anderen überführt werden, wandelte er sich und wurde verräterisch. Der ›Verdrehte‹ Spiegel genannt, weil er nicht immer die Wahrheit zeigt.

Versammlung, die: die Marionettenregierung von Thurkad, beherrscht einerseits vom Magister und andererseits vom Stadtkommandanten.

Vuula Fyrn: Karans Mutter, eine Leierspielerin. Beging Selbstmord, kurz nachdem Karans Vater Galliad getötet wurde.

Wahn Barre: die Krähenberge. Yalkara, die Herrin der Täuschung, hatte dort eine Feste, Havissard. Ein übler Ort.

Weg zwischen den Welten, der: die geheimen, ewig im Wandel begriffenen, ätherischen Pfade, die den schwierigen Übergang von einer Welt zur anderen ermöglichen. Sie wurden von der Düsternis versperrt.

Whelm: Yggurs Diener, seine Schreckensgarde. Siehe auch: **Ghâshâd**.

Wirker: ein Zauberer oder Hexer; ein Meister der Geheimen Kunst.

Wistan: der vierundsiebzigste Direktor des Kollegiums der Historien und von Chanthed.

Xarah: eine junge Aachim, Zwillingsschwester von Shalah, die in Katazza zu Tode kam.

Yalkara: die Dämonenkönigin, die Herrin der Täuschung. Die letzte der drei Charon, die nach Santhenar kamen, um die Flöte aufzufinden und sie nach Aachan zurückzubringen. Sie nahm den Spiegel an sich und benutzte ihn, um eine Verwerfung in der Düsternis zu entdecken, dann floh sie aus Santh, wobei sie den Spiegel zurückließ.

Yetchah: eine junge Whelm, die Llian von Chanthed nach Tullin jagte.

Yggur: ein großer und mächtiger Wirker und eingeschworener Feind Mendarks. Einst ein Mitglied des Rates, hat er sich in Fiz Gorgo niedergelassen. Nachdem Karan den Spiegel gestohlen hat, überrannten seine Armeen den größten Teil Süd-Meldorins und eroberten Thurkad. Er und Maigraith wurden Geliebte. Yggur hasst und fürchtet Rulke seit jener Zeit, da Rulke, ehe er im Nachtland gefangengesetzt wurde, von ihm Besitz ergriffen hatte.

Zain: ein Volk von Gelehrten, das einst in Zile beheimatet war und die Große Bibliothek gründete. Sie schlossen einen Pakt mit Rulke und wurden nach seinem Fall größtenteils niedergemacht, die Überlebenden ins Exil getrieben. Sie leben in Jepperand und gehen keinerlei Bündnisse mehr ein.

Zile: eine Stadt nord-westlich der Insel Meldorin. Einstmals Hauptstadt des Reichs von Zur, jetzt kurzzeitig berühmt für die Große Bibliothek.

Zitadelle, die: der Palast des Magisters in Thurkad, ein gewaltiges, festungsartiges Bauwerk von barocker Extravaganz.

Zwang, Zwingbann: eine Spielart der Geheimen Kunst; eine Methode, jemanden zu nötigen, etwas gegen den eigenen Willen zu tun.